# 은골로 가는 길 ❶  활인송의 전설

나남
nanam

나남창작선 158

# 은골로 가는 길 ❶ 활인송의 전설

2020년 7월 14일   발행
2020년 7월 14일    1쇄

지은이      鄭長和
발행자      趙相浩
발행처      (주) 나남
주소        10881 경기도 파주시 회동길 193
전화        (031) 955-4601 (代)
FAX        (031) 955-4555
등록        제 1-71호 (1979.5.12)
홈페이지     http://www.nanam.net
전자우편     post@nanam.net

ISBN    978-89-300-0658-3
ISBN    978-89-300-0660-6 (세트)

나남창작선 158

정장화 장편소설

# 은골로 가는 길 ❶ 활인송의 전설

나남
nanam

은골로 가는 길은 부모님을 향한 그리움이고
황혼에 찾아가는 유년의 꿈이다.

## 작가의 말

나는 두메산골 작은 마을 은골에서 태어났다. 그때 아버지는 30세, 어머니가 22세였다. 우물 속처럼 산으로 첩첩이 둘러싸인 은골은 하늘만 빠히 보였다.

나의 첫 단편소설 〈품앗이〉가 《대전일보》 신춘문예에 당선되었을 때, 93세가 된 아버지는 폐암 말기로 오늘내일하면서도 연명 치료를 거부하셨다. 시상식 날, 담당의사가 오전 회진을 다녀간 뒤 나는 병실을 동생들에게 맡겼다. 시상식장은 이미 수상자 자리를 찾아가기 힘들 만큼 꽉 차 있었다. 시상대에 올라가 수상소감을 말하기 위해 마이크 앞에 서는 순간 온몸이 얼음처럼 굳어버리고 머릿속이 하얘졌다. 의사가 회진을 볼 때만 해도 병상에 누워 호흡조차 고통스러워하시던 아버지가 맨 앞줄에 꼿꼿이 앉아 계셨다. 그때 내가 전혀 의도하지 않았던 수상소감이 툭 튀어나갔다.

"여기 우리 아버님이 오셨습니다."

박수 소리가 들렸다. 머리와 눈썹까지 하얀 노인네가 수상소감 첫 마디가 신기했던 모양이다. 그때라도 정신을 수습하고 준비한 수상소감을 밝혔어야 했는데 이어서 "올해 우리 아버지 연세는 93세입니다"라고 말했다. 아무도 아버님이 시상식장에 오셨느냐고 묻지 않았고, 아버지 연세를 궁금해 할 사람도 없었을 텐데도 말이다. 박수소리가 아득히 들렸다. 스스로 무슨 말을 하는지도 모르고 수상소감을 마치고 시상대를 내려왔다.

시상식을 마치고 서둘러 다시 병실로 돌아가 문을 여는 순간 아버지와 눈이 마주쳤다. 아버지는 마치 이 세상에서 마지막으로 내 모습을 담아가시려는 듯 내게서 눈을 떼지 않으셨다. 문득 내가 아버지 모습을, 앞머리가 먼저 점박이처럼 하얗게 세는 것까지 닮아가고 있다는 걸 알았다. 여전히 숨을 힘겹게 몰아쉬는 아버지를 지켜보다 못해 담당의사를 찾아갔다. 의사는 현대 의약과 의술로도 해드릴 게 아무것도 없다고 했다.

나는 수건을 빨아 아버지 얼굴과 손발 그리고 등을 닦아드렸다. 어린 시절에 본 흉터가 그대로 남아있었다. 아버지가 평생 안아주고 손바닥으로 쓸어주던 뒷골 활인송(活人松)에 난 상처가 떠올랐다. 아버지 증손주들이 병실로 우르르 들어왔다. 내 손주가 아버지 등에 동전만 한 상처를 유심히 살펴보다 갑자기 손가락 끝으로 꾹 찔러보고 궁금한 표정으로 나를 말끄러미 쳐다봤다. 그때 먼 훗날 손주들에게 들려줄 은골 이야기를 소설로 써야겠다는 생각을 했다.

철이 없었을 땐 아버지처럼 살겠다고, 철이 들면서 절대로 아버지처럼 살지 않겠다고 했지만, 막상 소설을 쓰려니 아버지라는 거대한 산을 넘기엔 역부족이었다. 더욱이 작품을 시작하기 전 아버지가 돌아가셨다. 작품이 완성되기 전 어머니도 아버지 뒤를 따라가셨다.

얼마 전 서점에서 1세에서 100세까지 100장면으로 그려진 서화첩을 샀다. 이제 100세 시대라고 하지만 내 나이까지 책장을 넘기고 보니 남은 두께가 너무 얇았다. 책장을 넘기던 손끝이 파르르 떨렸다. 더 이상 남은 책장을 넘길 수 없었다. 그렇다! 나머지 장은 내가 쓰자!

나는 농경사회 후기에 태어나 청소년기를 보냈고, 산업사회 초기 건설회사에 입사하여 평생 국내외의 현장근무를 했다. 일제강점기에 부엌살림까지 수탈당하고, 6·25 전쟁이 지나간 폐허 위에 고속도로, 항만, 제철공장, 발전소, 아파트를 건설했다. 제4차 중동전쟁 여파로 발생한 오일쇼크로 우리나라 경제가 위기일 때 현장근로자들이 중동에 진출하여 오일달러를 벌어들일 때, 나도 그곳으로 갔다. 오일쇼크로 비산유국들은 기름 사 대기에 나라 경제가 파탄지경에 이르렀는데, 산유국들은 넘쳐나는 오일달러를 주체하지 못할 정도였다. 중동에서 현장근로자들도 오일달러를 주체할 수 없을 만큼 벌어들였다. 언론은 우리들을 가리켜 조국 근대화를 앞장서 이끈 산업전사라고, 우리나라가 아시아의 네 마리 용 중 하나라고, 한강의 기적을 이뤄냈다고 박수갈채를 보냈다. 물론 현장에 들어가 일에 묻혀 사는 근로자들은 도무지 실감할 수 없었다.

어느 날 아이엠에프가 터졌다고 했다. 청천 하늘에 날벼락 떨어지는 소리였다. 현장근로자들이 제일 먼저 구조조정의 대상이 되었다. 그 대상에 나도 포함되었다. 망연자실했다. 엎드려 삽질하다 망치로 뒤통수를 얻어맞은 듯, 마냥 억울하고 분했다. 한국이 너무 일찍 샴페인을 터뜨렸다는 외신보도를 접하고 더더욱 분했다. 울분의 세월, 온 국민이 외환 부채를 갚기 위해 자발적으로 금모으기 운동을 벌였다. 금모으기 운동은 전국적으로 요원의 불길처럼 일어났다. 나는, 우리는 다시 몸을 추스르고 결혼반지, 돌반지를 꺼내 들고 나가 줄을 섰다. 우리가 일구어낸 한강의 기적이 허물어버릴지 모른다는 위기감이었을 것이다. 스스로 적어두지 않으면, 역사의 기록에 결코 남지 않을 현장 근로자, 금모으기에 나선 우리의 이야기를 남기고 싶어 이 작품을 쓰게 되었는지도 모른다.

《은골로 가는 길》1, 2권에 이어 남은 인생 여백을 채우기 위해 내 젊음을 바친 아프리카 사하라사막으로 날아가고 있다. 1년 내내 비 한 방울 내리지 않고, 풀 한 포기, 나무 한 그루 자라지 않고, 전갈조차 살 수 없는 그곳에 인공(人工) 만리장강이 흐르게 하여 초원으로 만들겠다는 꿈이 있었다. 기아로 죽어가는 모든 아랍민족을 구하겠다는 그 꿈을 '녹색혁명'이라고 했다. 우리도 꿈이 있었다. 같은 생각, 같은 꿈을 가진다고, 같이 이루어지는 것은 아닐 것이다. 하늘에 지는 별, 가슴엔 지지 않는 별이 있다. 시원(始原)의 별, 태어난 생명은 모두 자궁 속의 별이다.

내 길에 은골로 통하지 않은 길은 없다. 모든 길은 은골로 이어졌다. 내가 어디로 가든, 어디에 있든 최후에 돌아갈 곳은 내가 떠나온 은골이다. 은골로 가는 길은 아직 끝나지 않아 나머지는 여백으로 둔다.

2020. 2.
사하라사막에서
隱光 정장화

정장화 장편소설

# 은골로 가는 길 ❶ 활인송의 전설

차례

# 새벽

지난밤 순자가 새뜸으로 밥을 얻어먹으러 가다 죽었다. 새뜸에 큰 부자가 살고 있었다. 부잣집 대문은 늘 닫혀있었고, 사나운 개를 풀어놓았다. 순자는 개에게 물어뜯기면서도 배가 고프면 부잣집을 찾아갔다. 나보다 한 살 적은 순자는 내 육촌 여동생이었다.

큰아버지가 이른 새벽에 아버지를 찾아와 뜨덤뜨덤 말했다. 당숙은 며칠 전 어디론가 머슴 살러 떠났고, 귀먹은 당숙모는 순자가 밖에 나가 있는 동안 산 넘어 친정으로 양식 구하러 갔다가 빈손으로 돌아왔다고. 큰아버지가 죽은 순자를 보고 당숙모를 찾아가 순자가 죽었다고 해도 따라오지 않더라고.

한동안 망연히 새뜸을 바라보던 아버지가 헛간에 들어가 빈 가마니를 꺼내 낫으로 옆구리를 텄다. 가마니는 쥐가 쏠아 여러 군데 구멍이 숭숭 뚫려 있었다. 아버지는 가마니에 달라붙은 쥐똥을 낫등으로 탁탁 털어낸 뒤 거둬 들고 앞장선 큰아버지를 따라갔다. 첫새벽에 일어나 마당에 떨어진 감꽃을 주워 먹던 나는 아버지 뒤를 쫓아갔다.

순자는 마른 논바닥에 쓰러진 허수아비처럼 양팔을 쭉 벌린 채 죽어있었다. 아버지는 들고 간 가마때기를 돗자리 깔듯 논바닥에 깔고, 큰아버지와 순자를 마주 들어다 뉘었다. 큰아버지는 순자 앞섶을 끌어당겨 하얗게 드러난 배를 덮어주고 양팔을 내린 뒤 멍석말이하듯 가마때기로 둘둘 말았다. 둥글게 말린 한쪽은 순자의 까만 정수리가 보였고, 한쪽으로 삐죽이 빠져나온 하얀 맨발이 보였다.

가마때기에 말린 순자를 아버지가 옆구리에 끼고 추썩거리며 작은복사골로 올라갔다. 큰아버지는 집에 들어가 삽, 괭이, 곡괭이를 어깨에 메고 우리 뒤를 따라왔다. 묵정밭을 지날 때 칡에 걸려 넘어진 아버지는 순자를 안고 뭉그적뭉그적 무릎걸음으로 일어났다. 아버지는 아름드리 팽나무 밑에 순자를 내려놓고 큰아버지와 번갈아 땅을 팠다. 땅을 파다 돌이 나오면 돌을 빼냈고, 나무뿌리가 걸리면 나무뿌리를 잘라냈다. 아버지 엉덩이가 보이지 않을 만큼 땅을 판 뒤 아버지는 큰아버지가 들어다 준 순자를 받아 구덩이에 넣고 흙을 채워가며 발로 꾹꾹 밟았다. 순자의 무덤은 봉분 대신 큰 바위를 굴려다 눌러놓았다. 순자를 산에 묻고 내려오던 아버지는 돌부리에 자주 발이 걸렸다. 집으로 돌아온 아버지는 돌부리에 걸려 나동그라지듯 방바닥에 몸져누웠다.

우리 학교는 이부제 수업을 했는데 나는 오후반이었다. 순자가 죽은 그날도 결석한 학생이 63명 중 스무 명이 넘었다. 선생님은 출석을 부르며 결석한 아이 빈자리를 확인한 뒤 출석부를 덮고도 한동안 공부를 시작하지 못했다. 쉬는 시간에 운동장은 헐렁했다. 선생님은 종례시간에 숙제를 내주지 않았고 청소검열도 하지 않았다. 내가 학교에 다녀왔을 때 아버지는 아침에 누운 채로였다. 산으로 나물 뜯으러 간 엄마는 그때까지 돌아오지 않았다.

다음 날 엄마는 새벽에 일어나 전날 뜯어 온 산나물을 삶고 아버지는 생 솔잎을 따다 배코칼로 잘디잘게 썰었다. 아버지는 끼니로 생 솔잎을 조금씩 집어 입에 넣고 맹물을 마셨다. 나는 맛이 궁금해 도마 위에 남겨놓은 솔잎을 조금 집어 입에 넣고 물을 마셨다가 아주 곤욕을 치렀다. 아버지가 아무리 잘게 썰었어도 솔잎이 목구멍으로 넘어갈 때 가시로 훑듯 찔러 울컥울컥 토하며 재채기가 나왔다. 재채기는 창자가 끊어질 듯 아프고 온몸에 식은땀이 나는데도 멈추지 않았다. 엄마가 물 한 동이를 들고 들어와 바가지로 물을 퍼 입에 대주며 다급하게 말했다.

"세혁아, 꿀꺽 생켜. 어여 꿀꺽 생켜."

엄마가 물을 꿀꺽 삼켜야 산다고 연신 물을 퍼주어도 삼키면 토하고 삼키면 토하고. 물 한 동이가 바닥난 뒤에야 겨우 잦아들었다.

우리는 뒷골 밭에 심은 보리가 여물 때까지 무엇이든 먹고 버텨내야 했다. 양지부터 올라오는 쑥이나 산나물은 물론 솔잎, 송기, 칡뿌리, 뱀, 개구리, 두더지까지 하여튼 먹고 죽지 않을 것이면 모조리 뜯어먹고, 캐 먹고, 주워 먹고, 잡아먹으며 연명했다. 산으로 나물 뜯으러 갔다가 매가 언제인지 꿩을 잡아 살은 모조리 발라 먹은 하얀 뼈다귀를 발견하면 주워다 가마솥에 푹 고아 어른이나 아이나 한 사발씩 마셨다. 솥에 무엇을 끓이든 양은 늘 물로 채웠다. 심지어 다람쥐 장사가 다람쥐 새끼를 꺼내 간 곳에 남아 있는 밤, 도토리, 상수리도 주워 먹었다.

파헤친 다람쥐 굴에 뱀이 똬리를 틀고 있기도 했다. 뱀도 요긴한 먹을거리였다. 물론 뱀을 잡아 집으로 들고 가 요리를 만들어 먹는 것은 아니었다. 뱀을 잡은 자리에서 불을 피우고 껍질을 벗겨 나뭇가지에 돌돌 말아 구워 먹었다. 뱀은 목을 쳐 껍질을 홀딱 벗겨내도 꿈틀거렸다. 꿈틀거리는 뱀을 나뭇가지에 돌돌 말아 타오르는 불꽃에 살살 돌려가며 구워도 풀리지 않아, 바싹 구운 뒤 떼어내면 엿가락 부러지듯 똑똑 부러졌다.

개구리도 잡아먹었다. 개구리를 잡을 땐 동생들 손에 막대기를 하나씩 나눠주고 풀숲을 때리며 걸어가게 했다. 매사에 적극적인 흥혁이 앞서가며 "형아. 여기" 하며 달아나는 개구리를 가리켰고, "형아 저기루 뛰었어. 빨리"라고 길길이 뛰어가는 개구리를 가리켰다.

나뭇가지를 주워다 불을 피우고 바싹 구운 개구리 뒷다리를 잡고 잡아당기면 통통한 다리가 쏙 빠졌다. 그걸 들고 동생에게 "아 혀" 하면 동생은 어미가 물어다 주는 먹이를 받아먹는 새 새끼처럼 입을 짝 벌렸다. 개구리 뒷다리를 입에 넣어주며 "꼭 물어" 하고 동생이 입을 꼭 다물 때 잡아당기면 꼬치구이에서 꼬챙이 빠져나오듯 하얀 다리뼈가 쏙 빠져나왔다.

뱀, 개구리뿐만 아니라 두더지도 잡아먹었다. 두더지를 잡으려면 두더지보다 먼저 두더지 굴 앞에 가서 끈질기게 기다려야 했다. 이윽고 두더지가 땅을 들썩이며 굴을 팔 때 멀리뛰기 선수처럼 모둠발로 펄쩍 뛰어 퇴로를 차단한 뒤, 바로 땅굴을 파헤치고 잡았다. 두더지는 까만 비로드처럼 보드라운 털에 윤기가 자르르 흘렀다. 재수 좋은 날은 하루에 두서너 마리를 잡기도 했다. 잡은 두더지는 불을 피우고 털을 끄슬려 배를 가르고, 호두알맹이처럼 꼬불꼬불 뭉쳐진 내장을 빼낸 뒤 불에 구워 그대로 먹었다. 우리집 소금단지는 늘 비어 있었다.

나는 동생들과 산으로 들로 쏘다니며 오뉴월 송아지처럼 찔레, 수영, 삘기, 잔대는 물론 먹을 수 있는 것은 모조리 먹었다. 시금시금한 맛이 나는 수영을 많이 먹으면 뱃속이 부글부글 끓었고, 동생들은 설사를 했다. 새벽에 일어나 떫떠름한 감꽃도 주워 먹고, 오디나 버찌를 입이 새카맣도록 따 먹었다.

아버지가 칡뿌리 캐오는 날은 온 식구가 동원되었다. 아버지는 칡뿌리를 톱으로 토막토막 잘라 절구통에 넣고 절구질을 했다. 절구에서 튀어나온 칡 물이 하얀 옷에 떨어지면 갈색 물이 들었다. 엄마는 절구에 짓찧은 칡뿌리를 자배기에 담아 들고 개울로 내려갔다. 아버지는 짓찧은 칡뿌리가 자배기에 가득 차면 개울 쪽으로 고개를 돌리고 "자배기 다 찼어"라고 소리를 질렀다. 엄마가 오지 않으면 더 큰 소리로 "자배기 다 찼다니께"라고 소리쳤다. 개울에서 온 엄마가 "개울 물소리 땜에 못 들었슈." 그러곤 빈 그릇을 갖다 놓고 칡뿌리가 담긴 자배기를 가져갔다.

도대체 개울 물소리 때문에 못 들었는데, 엄마는 아버지가 부른 걸 어떻게 알까! 하도 이상해 물어보았다. 엄마는 아버지가 부르는 소리를 들어보면 처음 부르는 소리인지 거듭 부르는 소린지 안다고 했다. 내가 그걸 어떻게 아느냐고 물어보면, 엄마는 되레 그걸 왜 모르느냐고 했다.

아버지가 절구질하는 동안 엄마는 자배기에 개울물을 퍼붓고 빨래하듯 칡뿌리를 주물렀다. 수 칡뿌리는 씹어도 쇠가죽처럼 질기기만 했지 나오는 게 없는데, 암 칡뿌리는 씹으면 비지 같은 즙이 빠져나왔다. 우리는 그걸 알이라고 했다. 엄마가 손으로 주물러 알이 빠져나온 칡뿌리는 건져내고 한동안 두었다 물을 따르면 바닥에 뽀얀 앙금이 가라앉았다. 엄마는 칡뿌리 앙금을 멍석 위에 깔아놓은 홑청에 쏟아붓고 얇게 펴 널었다.

그날 저녁은 온 식구가 둘러앉아 입술이 새카맣도록 칡뿌리를 씹어 먹었다. 이가 나지 않은 막내는 칡뿌리를 입에 물고 징징거렸다. 엄마는 칡뿌리를 물고 질근거리며 징징거리는 막내에게 젖을 물렸다. 막내가 젖을 먹는 동안 엄마는 칡뿌리를 씹다 말고 입을 딱딱 벌리며 얼굴을 찡그렸다. 나는 엄마가 막내에게 젖을 먹이며 왜 입을 딱딱 벌리며 얼굴을 찡그리는지 몰랐다. 막내는 엄마 양쪽 젖을 다 먹고도 울었다.

아버지는 산에 올라가 송기도 긁어왔다. 송기를 송피라고도 했다. 소나무 순이 뾰족이 나오고 솔방울이 몽글몽글 맺히기 시작할 무렵이 송기를 채취하는 적기였다. 그때가 바로 보릿고개였다. 송기를 벗기려면 소나무를 잘 골라야 했다. 되도록 너덜겅이나 메마른 땅에 악 마디게 자란 소나무는 피했다. 소나무 마디가 짧고 가지가 다닥다닥 붙은 것도 제쳐두었다. 양지바른 곳에 대나무처럼 곧게 올라간 소나무를 골라 겉껍데기를 벗기고 낫으로 속껍질을 긁으면 송기가 주름지며 올라왔다. 뒷골을 오르다 보면 아름드리 소나무마다 송기를 긁어낸 상처에 세월의 흔적이 주름살처럼 켜켜이 쌓여 있었다. 아버지는 매일 생 솔잎을 따다 썰어 먹으며 산전을 일궈 감자, 고구마, 옥수수를 심고 조와 메밀을 갈았다.

18

# 마죽과 고구마순

솔잎을 썰어 먹으며 산전을 일구던 아버지가 도로 자리에 누웠다. 나는 매일 결석을 했다. 엄마는 어두운 새벽에 일어나 동생들을 내게 맡기고 나물을 뜯으러 다녔다. 동생은 한두 해 걸러 태어났다. 어른들은 동생이 태어날 때마다 "다 저 먹을 것은 타고 난다."고, "하늘이 사람을 낼 때 먹을 것도 같이 낸다."고 말했지만 나는 동생들에게 먹일 게 없었다.

　나는 엄마가 나물 뜯으러 가며 일러준 대로 해가 정수리까지 올라오면 동생들을 데리고 개울로 내려갔다. 개울가에 엄마가 나물을 삶아 담가놓은 옹자배기가 있었다. 동생들은 옹자배기에 수초처럼 떠 있는 나물을 보고 "아이구, 많어!" 하고 탄성을 내지르다 내가 소쿠리에 대고 물을 따르면 나물이 소쿠리 밑바닥에 깔리는 것을 보고 "애개개" 하고 실망했다. 나는 다시 소쿠리를 개울물에 집어넣고 흔들흔들 흔들면 나물이 물 위로 둥둥 떠올라 소쿠리에 가득했다. 동생들이 또 "아이구, 많어!" 하고 탄성을 내지르다 내가 소쿠리를 번쩍 들어 올리면 물 빠진 소쿠리 바닥에 깔린 나물을 보고 "애개개." 그랬다.

정말 내가 소쿠리에 나물을 가득 차게 할 수만 있다면 얼마나 좋을까! 보기만 해도 허기지는 나물 소쿠리를 물에 몇 번 설렁설렁 헹궈 바위에 올려놓으면 동생들이 우르르 달려들어 이놈이 집어 먹고, 저놈이 집어 먹고, 소쿠리 틈새에 끼인 나물 한 잎까지 깨끗이 먹어 치웠다.

나는 동생들이 나물을 집어 먹는 걸 지켜보며 엄마 생각을 했다. 엄마가 있으면 나도 내 배 채우기 바빴다. 동생들은 나물을 먹고도 배가 고프다고 울었다. 울고 싶은데 뺨 때린다고 배고파 우는 동생들에게 먹일 게 없으니 배고픈 나도 눈물이 났다. 내가 눈물을 보이면 안 울던 동생들도 따라 울었다. 우는 시간은 왜 그리 더디 가던지. 머리가 띵하게 울어도 긴긴 봄날의 해는 늘 그 자리에 박혀있는 듯했다. 엄마는 해거름이 되어야 돈대로 올라왔다.

우리집 마당에서 돈대까지 50여 미터가량 되었는데 돈대를 지나고부터 바로 가파른 내리막길이었다. 엄마가 돈대를 올라올 땐 능선 위로 보름달이 솟듯 둥그런 나물자루가 둥싯둥싯 솟아오르고, 나물자루 잡은 팔뚝이 보이고, 펄럭이는 치맛자락이 보였다. 엄마는 집에 들어오자마자 나물을 삶았다.


하루는 엄마가 막내를 업혀준 뒤 띠를 뒤로 꽁꽁 묶어주고 나물을 뜯으러 갔다. 내가 뒷간에 가려고 띠를 풀어도 풀리지 않았다. 내 바로 밑에 여동생 명주에게 띠를 풀어보라고 했지만 풀지 못했다. 나는 막내를 업은 채 쪼그리고 앉아 오줌을 싸고 똥을 쌌다. 막내도 내 등에 똥을 싸고 오줌을 쌌다. 내 등이 갑자기 뜨거워지면 오줌을 싸는 거고, 서서히 푸근하게 뜨거워지면 똥을 쌀 때였다. 그날은 띠

를 풀 수 없어 막내가 내 등에 똥을 싸고 오줌을 싸도 내려놓고 닦아
줄 수 없었다. 해가 머리 위에 올라왔을 때 나는 동생들과 개울로 내
려가 옹자배기에 담가 놓은 나물을 건져 먹었다. 나물은 늘 모자랐
다. 막내는 잠이 들었는지 내가 걸음을 옮길 때마다 울타리에 매달
린 조롱박처럼 옆으로 꺾인 머리가 덜렁덜렁했다.

엄마가 오려면 한참 멀었는데 나를 부르는 엄마 목소리가 환청처
럼 들렸다. 어라! 환청이 아니었다. 엄마가 빈 몸으로 돈대를 올라
오며 나를 불렀다. 엄마는 내게 다가와 선 채로 막내에게 젖을 물리
다 말고 다급히 소리쳤다.

"어허! 이런! 막내가 젖을 못 빤다! 막내가 젖을 못 빨어! 아가!
아가!"

엄마는 띠를 풀고 오줌똥을 싸 개떡처럼 뭉개진 막내를 안고 털썩
주저앉으며 소리쳤다.

"세혁아, 막내를 이러키 안어. 어서!"

나는 엄마가 하라는 대로 막내를 받아 머리를 뒤로 젖혀 안았다.
엄마는 막내 입에 젖꼭지를 밀어 넣고 두 손으로 젖을 짰다. 젖꼭지
에서 물총 쏘듯 뽀얀 젖이 쭉쭉 나왔다. 막내는 숨이 막히는지 물장
구치듯 두 다리를 바동거리며 젖을 한 모금씩 꼴깍꼴깍 넘겼다. 나
는 팔에 힘을 주어 막내를 안고, 엄마는 입을 딱딱 벌리며 젖을 짜
먹인 뒤 다시 나물 뜨러 갔다. 엄마는 해거름에 나물자루를 이고
치맛자락을 펄럭이며 돌아왔다.


그날 밤 안방에서 엄마와 아버지가 나누는 말소리가 문지방을 넘
어왔다. 우리집은 아래 윗방을 넘나드는 쪽문이 있는데 문짝은 없었

다. 문짝을 달았던 흔적이 없는 것으로 보아 애당초 달지 않은 모양이다. 어른은 머리를 숙이고 넘어 다녔고, 아이들은 고무줄놀이 하듯 문턱을 가운데 두고 팔짝팔짝 뛰어넘기도 했다. 우리는 석유를 아끼려고 등잔불 하나를 아랫방과 윗방 사이에 두고 밝혔는데 달이 뜨는 밤이면 등잔불을 켜지 않았고, 달이 없는 밤은 초저녁에 등잔불을 꺼주며 일찍 자라고 했다. 나는 밤에 몹시 공부가 하고 싶으면 마당가에 있는 멍석바위에 관솔불을 피우고 공부를 했다. 아버지는 나를 위해 틈만 나면 산에 가 관솔을 해왔다.

엄마가 아버지에게 물었다.
"당신 몸은 좀 워뚜?"
한참 만에 아버지가 말했다.
"그냥 그런디 눈만 감으면 죽은 순자가 자꾸 나타나 빨리 오라구 손짓을 혀."
순자란 말에 나는 자다가 발에 밟힌 듯 깜짝 놀랐다. 순자가 살아 있을 땐 보고 돌아서면 바로 잊었는데, 죽은 뒤로 그림자처럼 따라다녔다. 낮에는 고만고만한 동생들을 돌보느라 생각할 겨를이 없는데 아이들이 잠들면 죽은 순자가 떠올라 잠을 이룰 수 없었다. 아버지는 꿈에서도 순자가 나타나는 모양이었다. 아버지 꿈에 자꾸 순자가 나타나 부른다는 말에 엄마가 절박한 목소리로 말했다.
"안 되유. 순자가 부른다구 따러가면 절대루 안 되유."
엄마는 아버지의 꿈 이야기에 불길함을 느꼈던지 절대로 죽은 순자를 따라가면 안 된다고 했다. 아버지 목소리가 더는 넘어오지 않았다. 한참 만에 엄마가 말했다.

"에이구 오늘 우리 막내두 큰애 꼴이 될 뻔 했슈."

"뭐여! 막내가 큰애 꼴이 되다니?"

말이 없던 아버지가 깜짝 놀란 목소리로 되물었다.

어느 날 엄마는 내가 모르는 누나가 있었다고 했다. 아버지는 일제강점기 강제징용으로 끌려갔고 엄마 혼자 보릿고개에 자식들을 먹여 살려야 했다. 엄마는 부황 들어 비실거리는 누나를 업고 자식들에게 한 입이라도 더 먹이려고 온 산을 헤매며 뜯은 나물을 이고 산비탈을 내려오는데 누나 머리가 덜렁덜렁해 잠든 줄 알고 집에 돌아와 내려놓고 보니 이미 죽었더라고 했다.

나는 죽은 순자의 모습은 생생하게 떠오르는데 말로만 들었던 죽은 누나는 상상조차 되지 않았다. 엄마는 한숨을 쉬며 말했다.

"오늘은 관음골 양지쪽으로 올라가며 나물을 뜯다가 칡순이 올라왔기에 뜯어먹구설랑 개울에 엎드려 물을 마시는디 막내 울음소리가 들리대유."

엄마가 막내 얘기를 했다. 동생이 태어나면 그냥 막내라고 부르다가 이름은 다시 막내가 태어난 뒤 출생 신고할 때 항렬에 따라 지었다. 막내가 막내를 밀어내고 자꾸 태어나니 진짜 막내는 언제 태어날지 몰랐다. 아버지가 불쑥 엄마 말을 자르고 말했다.

"그게 무슨 소리여. 예서 거기가 어딘디 막내 울음소리가 들려?"

그건 아버지 말이 맞았다. 내 생각도 그랬다. 관음골은 우리집에서 멀고 골이 워낙 깊어 막내 울음소리가 거기까지 들릴 리가 없다. 엄마가 말했다.

"그러니께 내 말 좀 들어봐유. 나두 막내 울음소리를 듣구 참 이상허다, 황소가 울어두 안 들릴 텐디 막내 울음소리가 들리다니! 혹시 세혁이가 막내를 업구 나를 찾아온 줄 알구 사방을 둘러봐두 안 보이대유. 내가 무엇에 홀린 게 아닌가! 생각허면서 참나무 고주배기(고주박)를 잡구설랑 비탈을 오르는디 갑자기 가슴이 찌르르 허구 젖이 도는 규. 내내 뻐쩍 말랐던 젖이 나오니께 막내에게 젖을 멕이구 싶어 도저히 참을 수가 없어 한걸음에 달려와 젖을 물렸는디, 아 글쎄 젖을 못 빨대유. 그래서 손으루 젖을 짜 멕여 죽어가는 걸 겨우 살려놨슈. 아마 쬐끔만 더 늦었으면 우리 막내두 큰애 꼴이 되었을 규.”

나는 윗몸을 벌떡 일으켜 안방을 쳐다봤다. 안방은 넘어가는 달빛이 뒷문으로 들어와 희붐했다. 아버지는 자리에서 일어나 막내 얼굴을 지켜보고 엄마는 치마를 덮고 잠든 막내와 마주 누워 있었다.

내 등에서 잠든 줄 알았던 막내가 누나처럼 죽어가고 있었다니! 안방에서 넘어온 그 한 마디에 온몸이 고드름처럼 얼어버렸다. 그러고 보니 막내에게 암죽을 먹여본 지도 꽤 오래되었다.

나는 아버지와 엄마하고 밭을 매다 엄마 등에서 머리를 덜렁거리며 죽어간 누나 이야기를 들었다. 내가 뒷골 밭에 들어가 보리밭을 매는 날이었다. 어른들은 밭 매는 것을 보면 그 사람의 성격을 알 수 있다고 했다. 잡초를 뽑다 끊어지면 그대로 두는 사람, 호미 끝으로 끝까지 뿌리째 뽑는 사람, 잔풀까지 뽑는 사람, 잔풀은 호미로 땅을 파 흙으로 덮는 사람, 풀을 뽑아 풀뿌리에 엉긴 흙을 톡톡 털어 뿌리가 하늘을 향하게 놓는 사람, 뿌리에 엉긴 흙을 다 털지 않고 그대로 두어 비 온 뒤 되살아나게 하는 사람, 생땅이 생기지 않게 호미질을 하는 사람, 남들이 두세 번 하는 호미질을 한 번 하는 사람도 있다.

밭을 매다 보면 한 뙈기밭이라고 일의 양과 조건이 같은 것이 아니었다. 밭고랑에 풀이 많이 난 곳도 있고, 적게 난 곳도 있고, 밭고랑이 기계로 찍어낸 것처럼 고른 것이 아니라 폭이 넓은 것도 있고, 좁은 것도 있다. 땅이 딱딱한 곳, 푸석푸석한 곳, 질척거리는 곳도 있다. 사람이 다르듯이 밭 매는 속도도 열이면 열, 백이면 백, 모두 달랐다. 부부가 같이 밭을 매도 남편은 저만큼 앞서 나가고 아내는 그만큼 뒤처졌다. 부자나 형제가 매도 그렇고, 시어머니와 며느리가 매도 그렇고, 남남끼리 품앗이하며 매도 그렇다.

아버지는 밭을 매며 엄마와 떨어지는 게 너무 싫어, 아버지 말대로 몇 날 며칠을 고민한 끝에 생각한 것이 바로 밭 세 고랑을 둘이 매는 것이었다. 아버지와 엄마 사이에 밭 한 고랑을 두고 똑같이 반반씩 매는 것이 아니라 아버지가 더 매기도 하고 엄마가 덜 매기도 하면서 서로가 한 몸처럼 속도를 맞춰가며 일을 했다. 나란히 앉아 밭을 매면 서로 힘든 줄 모르고, 시간 가는 줄 모르고, 일이 즐겁다고 아버지는 쌍동밤처럼 늘 엄마와 같이 밭을 맸다.

무슨 얘기를 하는지 보리밭을 매면서도 두런두런 얘기하는 소리가 끊이지 않았다. 귀 기울여 들어보면 엄마가 아버지를 만나기 전 살아온 어린 시절 이야기를 하고 있었다.

나는 외할머니, 외할아버지가 일찍 돌아가셔서 본 적이 없었다. 엄마 얘기에 따르면 외할아버지는 청양에서 서당 훈장을 했고 지관이었다. 외할아버지는 구령말댁과 혼인한 지 6년 만에 자식을 낳았는데 딸이었다. 아들을 기다렸던 외할아버지는 첫딸 이름을 득남이라고 지었다. 구령말댁은 득남이 다섯 살 되던 해 또 딸을 낳았다.

둘째 딸 이름도 새로 아들을 얻으려고 신남이라고 지었다. 구령말댁은 외할아버지가 그토록 아들을 원했는데 딸만 둘을 낳고 더는 낳지 못했다.

외할아버지는 중년이 지나 아들을 보려고 둘째 부인을 들였는데 둘째 부인에게도 자식은 딸만 둘이었다. 엄마는 외할아버지 둘째 부인에게 둘째 딸로 태어났다. 외할머니는 엄마를 낳고 돌을 넘기지 못하고 돌아가셨다. 외할머니가 돌아가신 뒤 외할아버지가 엄마를 아홉 살까지 손수 키웠다. 엄마가 아홉 살되던 해 외할아버지는 시름시름 앓던 환후가 깊어졌다.

외할아버지는 서둘러 엄마보다 다섯 살 많은 이모를 시집보냈다. 엄마는 이모가 시집간 뒤 사나흘 동안 물 한 모금 넘기지 못하고 누워있었다고 했다. 이모를 시집보낸 뒤 외할아버지는 엄마의 사촌 큰오빠를 양자로 삼았다. 환후가 날로 악화되자 외할아버지는 엄마를 구령말댁에게 맡기고 논산에 살고 있던 양아들 집으로 들어갔다고 했다.

엄마와 아버지가 보리밭 세 고랑을 같이 매는 동안 나는 한 고랑을 매면서도 뒤로 처졌다. 호미질 소리만 듣고도 아버지는 내가 어디쯤에서 밭을 매는지 알았다. 내 호미질 소리가 점점 멀어지자 아버지가 이렇게 말했다.

"이늠아, 너무 뒤처지면 맥 빠져 일헐 맛이 떨어지니께 한 고랑을 다 매지 말구 밭두둑 한쪽을 냉겨두고 어여 따러와. 내가 들어갈 때 맬 테니께."

아버지가 일러준 대로 보리밭 한쪽 두둑을 제쳐두고 나는 아버지를 따라갔다. 엄마는 어린 시절 이야기를 계속했다.

"그러니께 우리 아부지가 논산에 사는 양아들 집으루 떠난 날부터 구령말댁은 나를 돌절구통에 폭 집어 넣쿠 뭐라구 씨부렁거리며 회초리가 부러질 때까지 호되게 때렸슈. 츰음 맞을 때는 너무 아프구 겁두 나구 두려우니께 우느라구 무슨 말인지 알아듣지 못했는디 자꾸 매를 맞으며 듣다 보니께 '이년아!' 허구 탁 때리구, '이 찢어 죽여두 시원찮을 년아!' 그러군 또 탁 때리구, '젊은 년이 워디가 헐 짓이 없어?' 또 탁 때리구, '남의 서방 뺏어다 새끼를 낳구!' 또 탁 때리구, '새끼를 낳았으면 지가 키울 것이지!' 또 탁 때리구, '죽긴 왜 죽어!' 하며 계속 매질을 했슈.

그러니께 구령말댁은 아들 낳지 못한 죄루 새파랗게 젊은 시앗에게 서방을 뺏기고 평생 가슴에 불화로를 품고 살아온 그 한을 무당처럼 씨부렁거리며 내게 앙갚음헌 거쥬."

나는 외할아버지가 양아들 집에 들어간 것까지는 몇 번 들어서 알고 있었는데 구령말댁에게 구박당한 얘기는 처음이었다. 엄마 이야기를 듣고 있던 아버지가 말했다.

"때릴 때 맞지 말구 얼릉 달어나지 그랬어?"

엄마가 호미로 땅을 북북 긁으며 말했다.

"어이구 답답혀. 아니 당신두 생각을 좀 해봐유. 구령말댁이 내가 달어나지 못허게 절구통 속에 폭 집어 넣쿠 때렸는디 어티기 달어나유. 옴짝달싹 못 허구 때리는 대루 고스란히 맞었쥬. 그때는 돌절구가 왜 그러키 높게만 보였던지. 그러키 한 1년을 맞구 나니께 몸에 못이 백혔는지 매가 몸에 익숙해졌는지 아니면 내가 독이 올러서인지 톡톡, 탁탁, 펑펑 때리는 소리만 들리지 츰음 맞을 때처럼 그러키 아프거나 매가 두렵지 않대유. 그때부터 매를 피해 절구통을 빠져나오다가 떨어져 코가 깨지구 이마가 터지구 볼때기가 찢어지구 그야말루 만신창이가 되었쥬.

구령말댁이 절구통 속에 집어넣구 때리는데도 내가 점점 커가며 자꾸자꾸 빠져나오니께 기둥나무에 꽁꽁 묶어 놓구 때리기 시작허대유. 때리다가 볼 일 있으면 그대루 두구 나갔다가 들어와 다시 회초리를 들구 지칠 때까지 매질을 계속했슈. 차라리 돌절구에 들어가 맞는 게 낫지 기둥에 묶여 있으니 뒷간엘 갈 수가 있나, 물을 먹을 수가 있나, 가려운디 긁을 수가 있나, 개미가 물어두 움직일 수가 있나. 어떤 날은 구령말댁이 득남이를 장에 보낸 뒤부터 기둥나무에 묶어 놓구 때리다 나가구 나갔다 돌어와 또 때리구 하루 죙일 때리다 저녁 때 득남이가 장에서 돌아오자 '야, 쟤 풀어줘' 그러면 득남이는 얼른 풀어줬는디 신남이는 지 볼 일 다 본 뒤 풀어줘 어찌나 밉살맞던지.

구령말댁은 나를 기둥나무에 묶어 놓구 때리기만 헌 게 아니었슈. 쉴새 읎이 온갖 일을 다 시키면서 주먹으루 쥐어박구 발루 걷어차구 닥치는 대루 꼬집었는디, 꼬집을 땐 이빨을 옹송그려 물면서 어린 살을 쥐구 바짝 비틀었으니께 얼마나 아퍼쥬. 살이 찢어지는 것처럼 아퍼 소리를 바락바락 질러대며 몸서리를 쳤쥬. 여자가 한을 품으면 오뉴월에 서리가 내린다더니 나는 지금껏 살면서 그러키 악독한 여자는 보지두 듣지두 못했슈."

엄마는 호미를 놓고 잠시 흘러가는 구름을 바라보다 다시 이야기를 계속했다.

"그런디 어느 날 구렁말댁이 어디를 가는지 득남이와 신남이만 데리구 집을 나갔다 사나흘 뒤에 들어오대유. 워디 간다는 말두 읎었구 워디를 갔다왔다는 말을 안 했으니께 나는 아무것도 몰렀쥬. 그런디 다음 날 사촌 오빠가 나를 보러왔는디 나를 보자마자 내 손목을 잡구 막 울대유. 오빠가 왜 우는지두 모르구 가만히 있었는디, 오빠가 늬 아부지가 돌어가셔서 지금 장례를 치르구 오는 질이라구 그러대유. 구렁말댁에게 온갖 구박을 당허면서두 아부지가 나를 데리러 오기만 눈 빠지게 기다렸는디 돌어가셨다는 말을 듣구 나니께 하늘이 무너진 것처럼 한동안 눈앞이 아주 캄캄허대유."

아버지가 엄마 말을 뚝 자르고 말했다.

"아니 집안에 으른들두 계셨을 텐디 당신을 찾어보지두 않구 장례를 치르다니 그게 뭐늬므 경우여?"

엄마가 호미를 높이 들었다 내리찍으며 말했다.

"경우는 뭐늬므 경우가 있었슈. 구렁말댁이 제 새끼만 데리구 가서 내가 많이 아퍼서 못 데리구 왔다구 그러더래유. 그런 줄만 알구 장례를 치른 뒤 사촌 오빠가 집에 가다가 우리집에 들른 거쥬. 오빠는 구렁말댁이 왜 나를 데려가지 않았는지 나를 보는 순간 금방 알었겠쥬. 내 얼굴에 피딱지가 졌쥬. 물 질어 오구 빨래 허구 밥 허구 농사짓는 손은 소나무껍질처럼 터지구. 입은 옷이라군 …. 아마 그지두 나 같은 그지는 읎었을 규. 그러니 나를 데리구 갈 수가 읎었겠쥬. 그날 오빠가 나를 밖으루 데리구 나가 구렁말댁허구 살다가 정 못살 것 같으면 전주로 오라구 전주루 들어가는 초입에 산다며 오빠가 사는 마을을 땅바닥에 그려가며 자세히 가르쳐주구 구렁말댁에게 간다는 말두 읎이 그냥 가버렸슈.

그날 구령말댁이 자기에게 인사두 읎이 왔다간 사촌 오빠에게 욕을 퍼붓다가 나를 부르기에 갔더니 내 목을 겨드랑이에 바짝 끼구설랑 김치 담그던 시뻘건 손에 양념을 묻혀 가지구 내 눈을 마구 비벼대는 규. 고춧가루에 소금에 파, 마늘을 버무린 김치 양념으루 눈을 비벼댔으니 눈알이 금방 빠질 것 같구 눈에서 열불이 확확 일어나구 욱신거리구 쓰라려 견딜 수가 있어야쥬.

사지를 버르적거리며 바락바락 악다구니를 쓰다가 빠져나와 개울을 찾어 가는디 눈은 뜰 수가 읎지 앞은 뵈지 않지 더듬더듬 걸어가다 나둥그러지구 엉금엉금 기어가 하루 쬥일 개울에 엎드려 울면서 눈을 씻어내두 와락거리구 욱신거리구 쓰라린 게 멈추지 않대유. 나는 그때 당달봉사가 되는 줄 알었슈."

아버지가 밭 매던 호미로 땅을 꽉꽉 찍으며 말했다.

"인두껍을 썼으니 사람이라구 허지 그게 무슨 사람이여."

엄마는 아무 일도 없던 것처럼 보리밭을 매다가 좀 진정되었는지 하던 이야기를 이어갔다.

"그래두 구령말댁허구 그러키 2년을 살었는디 어느 날 저녁에 하두 추워 영 잠이 오질 않는 규. 불을 땔 때 아궁이 안쪽에 불을 때야 윗방까지 따뜻헌디 구령말댁이 일부러 아궁이 앞쪽에 불을 때니 안방만 따뜻허구 윗방은 늘 냉방이었쥬. 아무리 자려구 애써두 추워서 잠을 잘 수 읎기에 부엌에 들어가 저녁해 먹은 불씨를 살려 놓구 불을 쬐며 병든 달구새끼모양 꼬박꼬박 졸었는디, 하필이면 그때 구령말댁이 자다말구 뒷간에 갔다 오다가 나를 봤슈. 나를 본 구령말댁이 방으루 들어가다 말구 부엌으루 들어오더니, 물 한 바가지를 푹 퍼 아궁이에 확 껸져 불을 싹 꺼트리구 방으루 들어가 버리대유.

그땐 나도 모르게 에이 씨부랄거. 죽어두 이 집구석에서 안 죽구 나가 죽겄다구 벌떡 일어나 그날 새벽에 빈몸으루 집을 나와 전주로 가는 질루 들어섰쥬. 그런디 집을 나오긴 했어두 손에 돈 한 푼 쥔 것두 읎구 설령 돈이 있어두 어디 가서 차를 타구 어티기 가야 허는지 몰렀으니께 그냥 걸어가기루 마음먹구 전주 가는 질을 물었쥬. 으른들이 질을 가리켜주긴 가리켜주면서두 늬가 전주까지 걸어가려면 열흘두 더 걸린다는 규.

열흘이든 백 일이든 어차피 집을 나왔으니께 죽더라두 가다 죽겄다구 전주루 가는 질을 물어가며 마냥 걸었쥬. 가다가 배가 되게 고프면 발길이 가는 대루 들어가 밥 좀 달라구 했더니 미친년이라구 마구 내쫓는 규. 엄동설한에 꾀죄죄한 치맛단은 찢어지구 누덕누덕 기운 홑치마저구리에 아궁이에서 불을 쬐다 나왔으니 보나 마나 얼굴은 새카맣게 끄슬렸을 거구 머리는 산발이 되었을 테니께 보는 사람마다 미친년으루 봤겄쥬.

그래두 세상이 그러키 나쁘진 않았슈. 내가 열 사람에게 질을 물으면 한두 사람은 질을 가르쳐주었구, 열 집에 들어가 구걸허면 한두 집은 뭐가 되었든 먹을 걸 줬으니께유. 그런디 꼬라지가 하두 드러워서인지 재워주는 집은 한 집두 읎었슈. 그래서 잠은 들판에 쌓아 놓은 짚가리에 들어가 잤쥬. 나는 들판에 싸놓은 짚가리가 그러키 안온허구 포근허구 향긋헌 줄 몰렀슈. 내가 츠음 짚가리에 들어가 자구 난 뒤루 질을 가다 짚가리를 만나면 낮이나 밤이나 쑤시구 들어가 한숨씩 자구 일어나 다시 걸었슈. 짚가리가 읎으면 헛간이나 농막에 숨어 들어가 자구 밥을 은어 먹으며 매일 전주를 물어가며 걸어갔쥬.

어느 날인가, 그날은 가두가두 짚가리두 읎구 해는 떨어지구 집은 보이지 않구 몸은 꽁꽁 얼어오는디 자꾸 잠이 오구 다리에 힘이 빠져 길가에 쪼그리구 앉았쥬. 그러키 얼마 동안을 앉아 있었는디 누가 나를 흔들대유. 나는 일어서려다 그냥 질가생이루 떼구루루 굴렀슈. 내가 넘어져 구르니께 그 사람이 입구 있던 도포를 벗어 나를 폭 싸 안구 가대유. 한참을 구름 위에 둥둥 떠가덕기(떠가듯이) 그의 집까지 갔는디 아 글쎄! 그 집에 가니께 방안이 훈훈한디 청동화로두 있구 벽에 사진액자두 걸려 있구 붓글씨를 써서 걸어 놓은 족자두 있대유.

한참 있으니께 밥상에 고봉밥을 차려주면서 어서 먹으라는 규. 내가 머리털 나구 그러키 좋은 밥상은 츠음 받아봤슈. 뜨끈뜨끈한 무국에 쌀밥을 말어먹구 나니께 나를 도포에 싸서 안구 간 그 어른이 늬가 누구며 어디루 가느냐구 묻대유. 그래서 내가 집을 나서게 된 사정을 털어놓구설랑 구령말댁허구는 도저히 더는 같이 살 수 읎어 전주에 사는 사촌 오빠네 집을 찾아가는 질이라구 했쥬. 그 어른이 듣구나더니 방에 들어가 자라구 허기에 방에 들어가 보니께 이부자리를 깔아놨대유. 몸이 꽁꽁 얼었다 녹았지 배불리 먹었지 그냥 염치불구허구 세상 모르구 잤쥬.

아침에 문 뚜드리는 소리를 듣구 일어나니께 중년 부인이 문을 열구 밥상을 들구 들어와 내려놓으며 아침 먹으라구 허대유. 아침을 먹구 나니께 나를 데리러 간 그 어른이 들어와 '내가 너를 전주에 데려다 주구 싶지만 늬가 나선 질이구 이제 전주까지 얼마 남지 않았으니께 바루 떠나라'구 허대유. 그래서 그날 아침꺼정 잘 을어 먹구 그 집을 나오는디 아침에 내게 밥상을 갖다준 부인이 새것이나 진배읎는 쓰개치마를 들구 나와 내 머리에 폭 씌워주며 잘 가라구 허대유."

엄마는 그날 이야기를 하면서 감정이 복받치는지 잠시 말을 끊고 숨을 고른 뒤 다시 이야기를 계속했다.

"뜨뜻한 방에서 잘 자구 아침까지 배불리 먹구 쓰개치마를 쓰구 밖으루 나오니께 그날은 백 리가 아니라 천 리라두 갈 거 같은 규. 그날 부지런히 걷다가 다 저녁때 밥을 좀 은어 먹구 다시 걷는디 짚가리가 보이기에 일찍 들어가 자구 다음 날 사촌 오빠네 집을 찾어 들어갔쥬. 그런디 참 희한한 일두 다 있대유. 사촌 오빠가 가르쳐준 지 1년이 지났구 내가 한 번두 가보지 않은 오빠네 집을 금방 나왔다 들어가는 것처럼 단번에 찾어 들어갔슈. 아마 오빠가 사는 집을 땅바닥에 그려준 뒤 매일 오빠네 집을 그리워하며 살어서 그랬던 개뷰. 사촌 오빠네 집에 가보니께 오빠허구 올케는 모두 국민핵교 선상님이구 아들 다섯에 딸 둘이 있더라구유. 가는 날부터 오빠네 살림은 내가 다 했슈. 큰살림에 몸은 고되두 매 맞지 않구 밥은 안 굶었으니께 그것만으루두 살 만했쥬. 올케와 조카들허구는 데면데면 했어두 오빠는 잘 해줬슈. 거기서 언문두 다 배웠구유."

언젠가 엄마가 외삼촌한테 한글을 배워 삼국지를 백 번도 더 읽었을 거라고 했다. 뒷골 산마루에서 뻐꾸기가 뻐꾹 뻐꾹 울었다. 나는 엄마 얘기를 듣다 이모가 생각나 물었다.

"이모는 어티기 됫슈? 시집간 뒤루 한 번두 못 만났슈?"

엄마가 잠시 호미질을 멈추고 말했다.

"그땐 여자가 시집가면 출가외인이라구 친정 근처에두 못 오게 했어. 더군다나 엄마 읎는 친정에 오고 싶었겄니. 그런디 내가 사촌 오빠 집에 있는 걸 어티기 알었던지 형부랑 한 번 찾어왔더라. 꿈이

냐 생시냐 했지. 언니두 오래 집을 비울 수 없으니께 오자마자 내 얼
굴 봤으니 그만 가겄다는 겨. 그래서 내가 형부에게 울며불며 매달
려서 하룻밤 재워 보냈어. 언니는 그때까지 아버지가 양자를 들인
것두 모르구 혼자 양아들 집에 들어가 사시다 돌아가신 것조차 모르
더라. 서루 사는 곳을 잊구 살었으니께."

아버지가 엄마 밭고랑을 매주었다. 엄마는 내려놓았던 호미를 다
시 잡으며 말했다.
"내가 오빠네 집에서 생각해보니께 구령말댁은 아들 낳지 못헌 죄
루 어린 시앗에게 서방을 빼앗긴 한풀이를 내게 했구나 그런 생각이
들대유. 그런디 우리 엄마는 또 무슨 죄유. 아무려면 울엄마가 처자
식까지 딸린 늙은 남자가 좋아서 시집갔겄슈, 젖먹이 나를 두구 죽
구 싶어 죽었겄슈. 우리 외갓집이 가랭이가 찢어지게 가난했으니께
데리구 앉어 굶겨 죽이느니 살 놈은 나가 살라구, 입이나 하나 덜어
보겄다구 강제루 시집보냈겄쥬. 나는 또 무슨 죄가 있슈. 내가 엄
마, 아부지를 골러서 태어난 것두 아니잖어유.
사촌 오빠네 집에서 그러키 2년을 더 살다가 당신을 만났슈. 에이
구 내가 구령말댁에게 받은 고통이 아무려면 내 등에서 굶어 죽은
자식을 내려 놓구 봤을 때만이야 허겄슈. 내가 그 어른집에서 준 쓰
개치마루 죽은 우리 큰애를 내 손으루 싸서 밤새 품에 안고 있다가
어둔 새벽에 산에 들어가 묻어줬슈. 내가 그러구두 여지껏 살아 있
는 게 용허지유 뭐."
나는 밭을 매다 말고 벌떡 일어서며 소리쳤다.
"도대체 할아부지는 그때 뭐했구 큰아부지는 또 뭐했슈. 손녀가

34

죽구 조카가 죽어 나가는 걸 보구만 있었슈?"

엄마는 자주 헛손질하면서도 여전히 밭을 매며 말했다.

"이늠아 큰집이라구 뭐가 다르겄니. 늬 누나가 죽기 전 가남이두 죽구 완혁이두 죽구 둘이나 죽었는걸. 그때는 우리집과 좀 떨어져 살기두 했구. 동네서 누가 죽어두 죽었다구 기별조차 허지 않었어. 각자 알어서 가마때기에 둘둘 말어다 산에 갖다 묻었으니께. 자식을 낳는 대루 다 키운 집이 몇 집이나 되었겄니. 초근목피루 근근이 연명허다 봄 가뭄이 길어지면 그해 보릿고개를 못 넘기구, 흉년이 들면 이듬해 보릿고개에 많이 죽어 나갔어. 그때는 죽음을 예사루 받아들였어. 그러니께 인명은 재천이라구 했겄지."

엄마 얘기를 듣다 보니 누나는 죽었는데 나는 어떻게 죽지 않고 살았는지 궁금했다.

"그럼 나는 죽지 않구 어티기 살었슈?"

엄마가 "너는," 그러고도 한참 호미질을 한 뒤 대답을 했다.

"너는 마죽으루 살렸어."

마죽이라니! 나는 암죽은 알아도 마죽은 보지도 듣지도 못했다. 내가 무슨 말인지 몰라 엄마를 멀뚱멀뚱 쳐다봤다. 엄마가 알았다는 듯 길게 한숨을 쉬며 말했다.

"첫새벽에 죽은 큰애를 안구 산으루 묻어주러 갈 때는 땅을 밟었는지 돌을 밟었는지 나뭇등걸에 긁히구 찔리는 것두 모르구 올라갔지. 땅을 파구 묻는디 그 경황에두 방에 뉘어 놓구 나온 늬가 번개치딕기 번쩍 떠오르는 겨. 죽은 자식은 죽은 자식이구 산 자식은 어티기든 살려야겄다는 생각에 슬퍼할 겨를 읎이 묻어주구 집으루 득달같이 달려가 늬를 안구 젖을 물렸는디 내가 먹은 게 읎으니께 늬가 빈 젖을 빠는디 이미 젖 빠는 힘이 읎어. 금방 죽을 것 같은 늬를 살리려면 당장 암죽을 끓여 멕여야겄는디 암죽거리가 있어야지. 별이별걸 다 생각허다 머루나무골 마 덤불이 생각난 겨. 늬를 방에 뉘어놓구 괭이와 구럭을 메구설랑 머루나무골에 들어가 마를 캤는디 아 글쎄! 늬가 명이 길었던지 팔뚝만 한 마가 캐두캐두 계속 나오는 겨. 마 뿌리는 땅속으루 칡뿌리처럼 깊게 들어가거든. 다 저녁때까지 한 구럭을 가득 캐서 무겁게 이고 집으루 오는디 몸이 붕붕 날러가는 거 같었어. 집에 오자마자 마를 푸욱 쪄서 짓찧어 죽을 맹글어 멕이며 보릿고개를 넹겼지. 보릿고개만 넹기면 내가 무얼 먹든 먹으면 젖은 나오니께."

엄마가 호미를 내려놓고 일어나 뒷골 샘터로 올라갔다. 아버지는 지겟다리에 매달고 온 찐 감자를 들고 엄마 뒤를 따라갔다. 나도 샘터로 올라갔다. 아버지는 송기를 긁어낸 뒷골 소나무를 '활인송'이라고 했고, 뒷골 샘을 '활인샘'이라고 했다. 아버지가 들고 올라온 보자기를 엄마가 받아 풀면서 말했다.

"에이구 뭐니 뭐니 해두 나를 낳아준 건 부모지만 그래두 내가 이러키 살어있는 건 엄동설한에 얼어 죽어가는 나를 도포로 싸서 살려준 그 어른 덕분이여."

나도 그 어른이 누군지 엄마 얘기를 듣는 내내 궁금했다.

"그 어른은 다시 못 만났슈?"

엄마가 크게 한숨을 쉬며 말했다.

"나는 그 어른이 엄마, 아부지보다 더 보구 싶을 때가 있어. 그런 디 밤에 도포에 싸여 들어갔지 아침에 쓰개치마루 얼굴을 가리구 나

36

왔으니께 도무지 그 집이 생각나지 않어. 그때 내 걸음으루 오빠네 집에서 하루 한나절 질인디. 내가 찾을 수만 있다면 죽어서라두 그 어른만은 꼭 한 번 찾어보구 싶어."

파리가 날아와 감자에 앉았다. 아버지가 파리를 쫓으며 감자 한 개를 집어 들었다. 아침에 밥솥에 찐 감자에 보리 밥풀이 드문드문 달라붙어 있었다. 감자는 크고, 작고, 동글고, 동글납작하고, 길쭉했다. 엄마가 감자를 먹다 말했다.

"이것 좀 잡숴 봐유. 포실포실한 게 아주 맛있슈."

나는 엄마가 주는 감자를 받아먹는 아버지를 보며 말했다.

"엄마, 나는?"

엄마가 큰소리로 나무라듯 말했다.

"이늠아, 손이 읎어 발이 읎어 나이가 즉어? 늬는 그냥 늬가 먹어."

나는 잠시 어리둥절해서 아버지를 멀뚱멀뚱 쳐다봤다. 아버지는 어린애처럼 웃고 있었다.


나는 엄마 등에서 머리를 덜렁거리며 죽어간 누나를 상상했다. 마른 논바닥에 허수아비처럼 두 팔을 벌리고 하얀 배를 드러낸 채 죽은 순자도 생생히 떠올랐다. 가마때기에 둘둘 말린 순자의 까만 정수리와 삐죽이 삐져나온 하얀 맨발도 눈에 선했다. 순자 무덤에 올려놓은 커다란 바위가 떠오를 땐 숨이 막힐 듯 가슴이 답답했다.

나는 다음 날 막내를 업지 않고 학교로 달아나려고 했다. 엄마가 나를 붙잡고 말했다.

"늬가 막내를 안 보면 우리 식구 다 굶어 죽어. 내가 나물을 많이 뜯어 올 테니께 얼릉 업어.”

나는 굶어 죽는다는 말에 더는 버티지 못하고 막내를 앞으로 업혀 달라고 했다. 막내가 내 등에서 누나처럼 나도 모르게 죽을까 봐 불안해서였다. 앞으로 업은 막내가 내 가슴에 얼굴을 묻고 새근새근 잘 때는 마음이 놓이다가 머리가 꺾이면 소스라치게 놀랐다. 막내는 시간이 지날수록 자꾸 몸이 늘어졌다. 나는 한낮에 동생들을 데리고 개울에 내려가 엄마가 옹자배기에 담가 놓은 나물을 건져내 바위에 올려놓았다. 동생들이 우르르 달려들어 나물을 집어 먹었다. 나는 동생들이 집어 먹는 나물 한 잎을 떼어 막내 입에 넣어주었다. 막내가 입을 몇 번 움질거리다 퉤, 퉤 뱉었다. 이가 나오지 않은 막내 입에 산나물이 너무 억세 씹히지 않는 모양이었다. 나는 나물 뜯으러 간 엄마가 돌아오기 전 막내에게 무엇이든 먹여야겠다는 생각이 들었다. 막내에게 아무것도 먹이지 않으면 누나처럼 죽을 것만 같았다. 그때 문득 방안에 심어놓은 고구마순이 떠올랐다.

아버지는 해마다 땅이 얼기 전 삼태기로 흙을 파다 윗방 윗목에 화단처럼 만들고 씨 고구마를 촘촘히 묻었다. 엄마는 매일 채마밭에 물을 주듯 씨 고구마에 물을 살짝살짝 날림으로 뿌려주었다. 서너 파수 지나면 고구마 싹이 아기 젖니 나오듯 올라와 떡잎이 되었다. 어느 매섭게 추운 밤 뒷간에 다녀와 방문을 열었는데 정혁이 고구마 순에 오줌을 깔기며 나를 빤히 쳐다봤다. 아마 갑자기 찾아온 꽃샘 잎샘 추위에 밖으로 나가기 싫었던 모양이었다.

다음 날 아침에 물을 주려고 들어온 엄마가 고구마 싹이 허옇게 말라 죽어가는 것을 보고 누가 오줌을 눴다고 단박에 알아차렸다. 엄마는 회초리를 들고 누가 고구마순에 오줌을 눴느냐고 엄하게 물

었다. 방안은 물간 듯 조용했다. 엄마는 여간해 회초리를 들지 않았
는데 한번 회초리를 들면 평생 잊을 수 없을 만큼 호되게 때렸다. 그
때 겁에 질려 사색이 된 정혁이 애원하는 눈빛으로 나를 쳐다봤다.
그 순간 엄마가 나를 바라보는 정혁을 보고 부싯돌에 불꽃 튀듯 눈
에서 뻔쩍 광채가 났다. 아하! 엄마는 정혁이 오줌 눈 것을 눈치를
챘구나! 나는 당장 호된 매가 떨어질 줄 알았다. 아니었다. 엄마는
무슨 생각을 했던지 정혁을 다그치지 않고 나를 엄한 표정으로 쳐다
봤다. 물론 내가 매 맞을지언정 정혁이 오줌을 눴다고 이를 생각은
없었다.

한동안 나를 지켜보던 엄마가 고개를 끄덕이며 회초리를 거뒀다.
"고구마 싹에 오줌을 누면 오줌이 뜨거워 고구마 싹이 죽는 겨. 고구
마 싹이 죽으면 우리 모두 굶어 죽어. 모르구 그랬을 테니께, 이번
만 용서해주는 겨." 우리는 누가 뭐래도 굶어 죽는다는 말이 회초리
보다 무섭고 두려웠다.


나는 윗방에서 자라고 있는 고구마순이 떠오르자 그걸 뜯어 막내
에게 삶아 먹여야겠다는 생각이 들었다. 삶은 고구마순은 부드러우
면서도 달착지근한 맛이 났다. 나는 막내를 명주에게 맡기고 득달같
이 달려가 고구마 한 줄기에 한 잎씩 연한 것을 골라 한 주먹 솎아 냄
비에 푹 삶아 찬물에 헹궜다. 그대로 주면 안 먹을지도 모른다는 생
각에 살강에 넣어둔 깨소금 단지를 꺼냈다. 깨소금 단지는 텅 비어
있었다. 나는 삶은 고구마순을 곤죽처럼 으깨어 행주로 설거지하듯
깨소금 단지 안에 먼지처럼 달라붙은 깨소금을 싹싹 묻혀들고 달려
갔다. 명주 품에 안긴 막내가 전날처럼 고개를 옆으로 늘어뜨리고

있는 것을 보는 순간 가슴이 덜컥 내려앉았다. 나는 막내 얼굴을 잡고 흔들었다. 막내가 눈을 허옇게 뜨고 나를 멀거니 올려다보며 힘없이 울었다.

나는 엄마가 막내 입에 젖꼭지를 밀어 넣듯 고구마순을 엄마 젖꼭지만 하게 뭉쳐 우는 막내 입에 밀어 넣었다. 막내가 울음을 그치고 젖을 빨듯 나물을 움질거리다 꿀꺽 삼켰다. 옳다. 살았다! 나는 그 순간 이제 막내는 죽지 않는다는 생각이 번쩍 들었다. 막내는 고구마순을 먹고도 목을 자꾸 꺾어 애간장을 태웠다.

엄마는 해거름에 나물자루를 이고 돈대 위로 둥싯둥싯 올라오는 게 보였다. 돈대에 올라선 엄마는 한 손으로 머리에 인 나물자루를 잡고 한 손은 가슴에 무얼 끌어안고 오는데 토끼같이 보였다.

"엄마, 퇴끼 잡었슈?"

나는 엄마에게 달려가며 크게 소리쳤다. 엄마는 안고 온 것을 토방에 내려놓으며 말했다.

"아녀. 퇴깽이가 아니구 강아지여, 강아지."

엄마는 강아지와 나물자루를 내려놓기 무섭게 가마솥에 물을 붓고 아궁이에 불을 지폈다. 강아지는 두 눈이 모두 감겨 있었다. 막내가 엄마 목소리를 듣고 칭얼칭얼 울고 토방에 내려놓은 강아지는 머리를 가누지 못하고 자꾸 나동그라지며 입을 딱딱 벌렸다. 엄마는 아궁이에 불을 지핀 뒤 명주에게 부지깽이를 넘겨주며 불을 때라고 했다.

부엌을 나온 엄마는 토방에 앉아 가슴을 열고 한쪽 젖은 막내에게 물리고 또 한쪽 젖은 강아지에게 물렸다. 막내도 강아지도 엄마 가슴에 매달려 두 다리를 바동거리며 온몸으로 젖을 빨았다. 엄마는 얼굴을 찡그리며 입을 딱딱 벌렸다. 막내가 젖을 빨다 말고 칭얼칭얼 울었다. 젖을 빨던 강아지가 처음으로 깨갱깨갱 우는 소리를 냈다. 막내도 강아지도 다른 젖으로 바꿔 달라는 신호였다. 막내가 울어도 강아지가 깨갱거려도 바꿔줄 젖이 없는 엄마는 막내와 강아지를 가슴으로 끌어안고 어깨를 들썩이며 함께 울었다.

그때 노스님이 마당으로 들어오다 막내와 강아지에게 젖을 먹이며 울고 있는 엄마를 보고 우뚝 멈췄다. 엄마는 노스님이 지켜보는 줄도 모르고 있었다. 나는 강아지에게 젖을 먹이는 엄마도 엄마 젖을 빨아 먹는 강아지도 신기하기만 했다. 엄마는 한참 만에 빈 젖에 매달려 떨어지지 않으려는 강아지를 억지로 떼어 놓고 막내를 내 등에 다시 업혀주었다. 엄마는 강아지를 먹둥구미에 담아 마루에 올려놓았다. 먹둥구미 안에 들어간 강아지가 깨갱거리며 고슴도치처럼 온몸을 동그랗게 말았다.

엄마가 한쪽 젖을 강아지에게 먹여 양이 덜 찬 막내가 힘없이 칭얼칭얼 울었다. 엄마는 막내가 앙앙 울면 오히려 기운차게 운다고 기뻐했는데 이날처럼 맥없이 칭얼거리면 얼굴에 근심이 서렸다.

노스님이 목탁을 치며 염불을 시작했다. 깜짝 놀란 엄마가 노스님을 쳐다보고 앞섶을 여미며 부엌으로 들어갔다. 강아지에 정신이 팔려있던 나는 마당가에 노스님이 와 있는 것을 깜빡 잊고 있었다. 염불 소리가 흐르는 계곡물 소리처럼 청아했다. 엄마는 채반에 냉수 한 그릇을 들고 부엌을 나와 내게 내밀며 노스님께 갖다 드리라고 했다. 나는 엄마가 일러준 대로 노스님에게 머리 숙여 절을 한 뒤 냉수 그릇을 두 손으로 공손히 올렸다. 노스님이 냉수를 받아 달게 마시고 우리집을 향하여 두 손을 모으고 절을 한 뒤 돌아갔다.

아버지가 개울물에 몸을 씻고 들어오다 강아지를 보고 물었다.

"이 강아지 어디서 난 겨? 아직 눈두 못 떴는디."

엄마가 부엌을 나오며 말했다.

"에이구, 하두 기가 맥혀 말이 다 안 나오네유."

"말이 안 나오다니. 또 무슨 일인디 그려?"

엄마는 칭얼대는 막내와 깨갱 거리는 강아지를 바라보며 말했다.

"내가 새뜸서 징검다리를 건너오는디 징검돌 밑에 누런 짐승이 냇물에 대가리를 처박구 있더라구유. 징검돌을 내리밟으려는 찰나 그걸 보구 어찌나 놀랬던지 그만 발을 헛딛구 쪼딱 미끄러져 냇물에 풍덩 빠졌슈. 물에 빠지면서 놓친 나물자루가 둥둥 떠내려가는 것을 보면서두 건질 생각조차 못 허구 철퍼덕거리며 냇물을 건넜는디, 냇가에 웬 강아지 한 마리가 배를 쭉 깔구 있대유. 그 경황에두 강아지를 보구나니께 마음이 진정되어 뒤를 돌어봤더니 냇물에 대가리를 처박은 짐승이 죽은 개였슈. 죽은 개를 보구 다시 냇물루 뛰어 들어가 떠내려가는 나물자루를 건져올렸쥬.

개가 언제 죽었는지 알 수 읎지만 냇물에서 썩으면 안 되겄기에 죽은 개를 물가생이루(물가로) 끌어 내구 강아지를 치우려구 질가생이루(길가로) 툭 밀었는디 죽은 줄만 알았던 강아지가 뒤로 발랑 넘어지면서 입을 딱딱 벌리대유. 세상에 얼마나 굶주렸으면 울지두 못 허구 입만 딱딱 벌릴까. 아무리 짐승이라두 굶어 죽어가는 새끼를 그대루 두구 발걸음이 떨어지지 않기에 강아지를 안구 집에 와 막내허구 같이 젖을 멕였는디 두 놈이 모두 양이 안 차니께 젖을 얼마나 오지게 빨어대던지 양쪽 젖꼭지가 아주 쏙 빠지는 줄 알았슈. 그나저나 막내 멕일 젖두 턱읎이 부족헌디 이누무 노릇을 워턱헌대유?"

나는 엄마가 막내에게 젖을 먹일 때 왜 입을 딱딱 벌리며 얼굴을 찡그리는지 그제야 알았다. 엄마가 얘기하는 동안 강아지를 들여다보던 아버지가 말했다.

"죽은 개가 늬집 개인지 모르겠담?"

아버지는 죽은 개 주인이 궁금한 모양이었다. 엄마가 고개를 저으며 말했다.

"이 근방에 개 키우는 집은 새뜸 황 씨네 뿐인디, 그 집 개는 꺼멓찮어유."

황 씨네 개가 제 말 하는 것을 알아듣기라도 한 듯 컹컹 짖었다. 은골 언덕 위에 지은 우리집은 마주 보이는 새뜸보다 지대가 월등히 높고 앞마당에 울타리가 없어 새뜸 황 씨네 집 안이 한눈에 내려다보였다. 순자가 죽기 며칠 전 새뜸에서 자지러지는 비명이 들렸었다. 황 씨네 집 앞에서 순자가 달려드는 개에게 돌멩이를 집어 던지며 내지르는 비명이었다. 황 씨는 마당에서 긴 통나무에 대패질을 하고, 황 씨 마누라는 키질을 하고 있었는데 순자가 비명을 질러대도 대문을 열어보기는커녕 개조차 불러들이지 않았다.

나는 헛간에 들어가 모가지가 부러진 괭이자루가 눈에 띄기에 움켜쥐고 달려갔다. 순자 종아리에 피가 벌겠다. 내가 괭이자루를 치켜들고 소리치며 달려가자 개는 꽁지 빠지게 달아났다. 나는 순자 손에 괭이자루를 넘겨주며 말했다.

"순자야, 밥 읃어 먹으러 댕길 때 이 몽둥이를 꼭 들구 댕겨. 몽둥이가 읎으면 개두 너를 깔보니께."

순자가 죽어 나자빠진 논바닥에 내가 넘겨준 모가지가 부러진 괭이자루가 기어가는 구렁이처럼 길게 누워 있었다.

부엌에서 불을 때던 명주가 소리쳤다.

"엄마, 물 끓어유."

엄마는 부엌에 들어가 나물을 삶아 들고나와 마루에 올려놓았다. 동생들이 우르르 달려들어 나물을 먹기 시작했다. 나물은 금방 바닥이 났다. 엄마는 나물을 배불리 먹으려면 달포는 더 버텨내야 한다고 했다.

그날 밤 마루 밑에 넣어둔 강아지가 깨갱, 깨갱 우는 소리에 잠을 이룰 수 없었다. 나는 강아지가 들어있는 먹둥구미를 빈 외양간으로 옮겨 놓으려고 방문을 열고 밖으로 나갔다.

마루 위에 하얀 자루 하나가 덩그러니 놓여 있었다. 나는 안방에 대고 소리쳤다.

"엄마, 마루에 웬 자루가 있슈."

엄마가 등잔불을 들고 마루로 나와 자루를 열었다. 뿌유스름한 보리쌀, 노란 좁쌀, 검은콩, 흰콩, 붉은팥이 섞여 있었다. 펄럭 지나가는 바람에 등잔불 불꽃이 춤을 추다 기어이 꺼졌다. 엄마는 불 꺼진 등잔을 안방으로 들여놨다. 아버지가 부젓가락으로 화로에서 잉걸불을 가려내 등잔 심지에 대고 입으로 후후 불어 불이 켜지자 다시 엄마 앞으로 밀어놓으며 물었다.

"그게 뭐여?"

엄마는 미심쩍은 눈으로 자루 속을 들여다보며 말했다.

"이것저것 잡곡이 섞여 있는 곡식 자루유."

아버지가 놀란 눈으로 곡식 자루를 내다보며 물었다.

"웬 곡식 자루여?"

엄마는 금방 대답을 못 하고 한참 만에 말했다.

"글쎄유. 아무리 생각해두 오늘 다 저녁때 왔다 간 노스님이 갖다 놓은 거 같어유."

아버지가 곡식 자루를 추슬러보며 말했다.

"이걸 노스님이 갖다 놨는지 어티기 알어?"

엄마가 서슴없이 말했다.

"스님은 동냥을 주는 대루 받어 모두 바랑에 넣잖어유. 그러니께 여러 가지 곡식이 섞였지 누가 일부러 섞었겠슈."

아버지는 엄마 말을 듣고도 고개를 좌우로 흔들며 말했다.

"그래두 그려. 노스님이 왜 아무 말두 읎이 곡식 자루를 놓구 가?"

아버지는 알 수 없는 표정으로 곡식 자루를 엄마 앞으로 밀어놓았다. 나는 노스님이 메고 있던 잿빛 바랑이 떠올랐다. 노스님이 걸음을 옮길 때마다 길게 멘 바랑이 궁둥이 위에서 이쪽저쪽으로 왔다 갔다 씰룩씰룩 걸어갔다. 엄마는 노스님 말고 짚이는 게 없었던지 똑같은 말을 되풀이했다.

"그렇긴 허지만, 내 짐작이 그래유."

아버지는 더 이상 아무 말도 하지 않았다. 엄마는 한동안 무슨 생각을 했는지 장리쌀을 얻어왔을 때처럼 됫박을 찾다 곡식을 되어보고 닷 되 가웃은 된다고 했다.

다음 날 엄마는 캄캄한 새벽에 일어나 자루 속에 들어있는 곡식을 덜어내 맷돌에 갈아 죽을 쒔다. 엄마가 등잔불을 켜고 차려놓은 상 위에 자는 막내를 뺀 식구 수만큼 죽사발이 한 그릇씩 놓여 있었다. 문을 여닫을 때마다 문바람에 일렁거리는 등잔 불빛이 멀건 죽 그릇에 어룽거렸다. 우리 식구들이 모두 달려들어 죽 그릇을 깨끗이 비웠다. 엄마는 죽 한 종지를 내게 주며 강아지에게 숟갈로 떠먹이라고 주고, 한 종지를 들고 막내에게 갔다.

나는 지난밤 외양간 구유 속에 넣어둔 강아지를 꺼냈다. 지린내가 물씬 풍겼다. 숟갈로 죽을 떠 입에 대주자 강아지가 혓바닥을 날름거리며 할짝할짝 핥아 먹었다. 강아지에게 죽을 거의 다 먹여갈 무렵 등 뒤에서 마른기침 소리가 났다. 일어나 뒤를 돌아보니 머리가 하얀 낯선 할아버지가 마당으로 들어서며 내게 말했다.

"얘야, 안에 으른 계시냐?"

내가 숟가락을 떼자 강아지가 깨갱, 깨갱 울었다. 강아지 울음소리에 소스라치게 놀란 할아버지가 다가와 강아지를 유심히 살펴봤다. 나는 안방에 대고 소리쳤다.

"아부지, 누가 찾어오셨슈!"

아버지가 방문을 열고 나와 할아버지에게 물었다.

"늬시유?"

할아버지가 마루에서 토방으로 내려서는 아버지에게 한발 다가서며 말했다.

"저는 엊그제 청양에서 쩌 위 은광촌으루 이사 온 천갑수유."

천갑수 할아버지가 이미 폐광된 은광촌을 가리키며 말했다. 영롱한 아침 햇살이 관불산 관음봉에 고였다가 넘치듯 산비탈을 내려오고 있었다. 잘 모르는 사람들은 은광촌에 은이 나와 '은골'이라는 지명이 생긴 것으로 알지만 은골은 은이 나오기 전부터 은골이었다. 은광촌이라는 이름도 나중에 나온 것이고, 처음에는 은광이 산마루에 있었기에 '은구덩이 날'('마루'의 방언, '날망'의 줄임말)이라고 불렀다. 아버지가 마당으로 내려서며 말했다.

"야아. 저는 정두영이유. 진생이구유."

"아 그류. 저는 임오생이유."

나는 진생이 뭔지 임오생이 뭔지 알지 못했다. 아버지는 바로 알
아듣고 대답했다.

"야아. 그런디 무슨 일루 오셨슈?"

할아버지는 손으로 괭이질하는 흉내를 내며 말했다.

"괭이 좀 빌리러 왔슈."

아버지는 괭이 없는 집도 있느냐는 듯 의아한 표정으로 괭이를 찾
아다 건네주며 물었다.

"이른 아침부터 괭이루 뭘 허시게유?"

"우리집 개가 죽어 묻어 주려구유."

할아버지 말에 깜짝 놀란 아버지가 손가락으로 새뜸을 가리키며
물었다.

"개가 죽다니유. 그럼 저기 새뜸으루 건너가는 징검다리 밑에 빠
져 죽은 누런 개유?"

이번엔 할아버지가 놀란 표정으로 대답했다.

"맞어유 맞어. 그게 바루 우리 워리유 워리. 그런디 그걸 어티기
아셨슈?"

아버지는 어제 엄마에게 들은 얘기를 들려준 뒤 되물었다.

"그런디 개가 왜 냇물에 대가리를 처박구 죽었는지, 아직 눈두 못
뜬 강아지는 또 어디서 온 건지, 밤새 생각해두 영 짚이는 게 읎더라
구유. 도대체 어찌된 일이유?"

할아버지는 잠시 생각에 잠겨 있다가 무겁게 입을 열었다.

"이제야 우리집 워리가 왜 거기서 죽었는지, 강아지는 왜 길바닥에서 죽어가고 있었는지 대략 짐작이 되네유."

할아버지가 강아지를 다시 한 번 살펴본 뒤 이야기를 이어갔다.

"메칠 전 집사람허구 집을 비우구 산으루 나물 뜯으러 갔다왔는디, 살던 집이 불에 타 폭삭 내려앉았지 뭐유. 나는 꿈인지 생신지 넋을 놓구 잿더미를 바라보구 있었는디, 동네 사람들이 몰려와 그러대유. 자기들이 달려와 불을 껐지만 너무 늦었다구유."

"어허, 저런! 그런디 아무두 읎는 빈집에서 왜 불이 났을까유?"

할아버지 이야기를 듣고 아버지가 물었다. 초가집에 불이 붙으면 손을 써볼 겨를 없이 가랑잎이 타들어 가듯 순식간에 후루룩 타버렸다. 할아버지가 허망한 표정으로 말했다.

"동네 사람들이 불을 끄러 와서 보니께 뒷간이 먼저 탔더래유. 아마 아침에 아궁이 재를 쳐다 뒷간에 부어 놓았는디, 거기에 불씨가 있었던개뷰."

시골은 뒷간에 잿간도 같이 있었다. 아침에 불을 때기 전 아궁이에 쌓인 묵은 재를 쳐내 잿간에 부어 놓았다. 재가 어느 정도 쌓이면 똥을 퍼내 켜켜이 부어 놓았다가 재와 똥을 골고루 섞어 씨 뿌릴 때 밑거름으로 썼다. 아버지가 의아한 표정으로 말했다.

"아니 불은 청양에서 났는디, 개가 왜 예까지 와서 죽었을까유?"

우리집에서 청양까지 꼬박 하룻길이었다. 할아버지는 뭔가 짚이는 게 있었던지 고개를 주억거리며 말했다.

"그러니께 살던 집이 갑자기 불에 타버렸으니 당장 들어가 살디가 읎잖어유. 참으루 막막했는디 내가 은광에 댕길 때 기거했던 산막이 퍼뜩 떠올렀슈. 생각 끝에 바루 청양을 떠나 은광촌에 당도해 산막

48

을 살펴보니께 부엌 문짝두 떨어져 나가구 방문에 바른 창호지두 죄다 찢어지긴 했어두 그냥저냥 살 만허겄대유. 나는 산막을 둘러보구 대충 손을 본 뒤 다시 청양으루 돌어가 하룻밤을 지내구 솥단지랑 장항아리 몇 개 짊어지구 길을 나섰는디 미처 생각허지 못했던 우리 집 워리가 줄렁줄렁 따러오대유. 그날 저녁 늦게 산막에 도착해 눕자마자 그냥 곯어떨어졌슈.

아마 한밤중이었을께유. 비몽사몽간에 강아지 울음소리가 들리대유. '웬 강아지 울음소리일까' 라구 생각허면서두 너무 피곤혀 그냥 내쳐잤슈. 아침에 일어나 방문을 열어보니께 문 앞에 강아지 한 마리가 죽어 있대유. 나는 직감적으루 우리 워리가 새끼를 낳은 줄 알구 그놈을 기다렸쥬. 그놈은 하루 쬥일 나타나지 않았슈. 전날 이사 올 때 따러왔던 놈이 하룻밤 사이 감쪽같이 사러지구 뜻밖에 죽은 강아지를 보구 나니께 별의별 생각이 다 들대유.

예서 청양까지 꼬박 하룻길인디. 만약 워리가 혼자 청양으루 되돌어갔다면 필시 청양에 새끼를 낳은 모양이구나! 그런 생각이 들대유. 그러니께 워리가 청양에서 낳은 새끼를 밤사이 물어다 놨겄쥬. 그런디 개가 새끼를 낳으면 한 마리만 낳는 게 아니라 대여섯 마리씩 낳잖어유. 나는 또 워리가 새끼를 물러간 줄 알구 기다렸는디 나타나지 않았슈. 먼저 살던 집에서 챙겨올 게 있어 아침 일찍 청양으루 가다가 냇가에 죽은 워리를 발견허구 살펴봤는디 젖이 불었더라구유. 그러니께 우리집 워리가 청양에서 새끼를 낳은 게 분명해유."

할아버지 얘기 끝에 아버지가 물었다.

"그럼 개가 새끼 낳은 걸 몰렀슈?"

할아버지가 고개를 끄덕이며 말했다.

"몰렀슈. 멕일 게 읎어 풀어 놨으니께. 혼자 싸돌어 댕기다 새끼를 배구 낳었겠쥬."

아버지는 무슨 생각이 들었던지 갑자기 큰 소리로 말했다.

"아하! 그러니께 주인은 개가 새끼 낳은 걸 모르구 이사했구, 개는 주인이 어디루 이사 가는지 모르구 따라왔다가 집을 알구 난 뒤 되돌어가 새끼 한 마리를 물어다 놓구설랑 다시 새끼를 물구 오다 탈진해 죽었는개뷰."

할아버지가 눈을 번쩍 뜨고 고개를 끄덕였다.

"그류. 내 생각두 그래유. 우리 워리가 처음에 물어온 새끼는 우리집 방문 앞에서 죽었구 두 번째 물구 오던 놈이 바루 저놈이겠쥬. 워리는 주인을 믿구 방문 앞에 새끼를 두고 갔을 텐디 그걸 지켜주지 못한 내 죄가 크쥬."

아버지는 내가 어르고 있는 강아지를 가리키며 말했다.

"곤히 잠든 사이에 일어난 일을 어쩌겠슈. 안됐지만 저놈이나 잘 키우슈. 암놈이니께 크거들랑 새끼두 들이구유."

할아버지가 고개를 크게 끄덕이며 맞장구를 쳤다.

"그러믄유. 그래야쥬."

워리를 묻어주고 돌아온 할아버지가 강아지를 안고 돌아갔다. 드는 줄은 몰라도 나는 줄은 안다고 깨갱깨갱 울던 강아지를 데려가자 갑자기 집 안이 텅 빈 듯했다.

# 자궁 속의 별

강아지가 할아버지 품에 안겨 집으로 간 그날 밤, 나는 쉽게 잠들지 못하고 뒤척거리다 설핏 잠이 들었는데 숨이 컥 막힐 만큼 묵직한 것이 배를 콱 눌렀다. 동생들이 잠결에 다리를 올려놓은 줄 알고 내려놓으려고 손을 댔는데 손끝이 차고 섬뜩했다. 나는 직감적으로 '구렁이구나' 생각하며 안방에 대고 소리쳤다.

"엄마, 천장에서 뭐가 떨어졌슈!"

우리집은 조선시대에 돌과 흙과 나무로 지었는데 서까래를 걸고 외를 얽은 뒤 천장에 흙을 바르지 않은 채 그대로 지붕을 덮어 구렁이가 밤낮 서까래 사이를 들쑤시고 돌아다니며 쥐를 잡아먹었다. 어느 날은 천장에서 쫓기는 쥐와 쫓던 구렁이가 함께 방바닥으로 철퍼덕 떨어지기도 했다. 등잔불을 들고 윗방으로 넘어온 건 엄마가 아니고 아버지였다. 아버지가 등잔불을 비춰보며 말했다.

"우리집 구렁이니께 꼼짝 말구 있어!"

나는 동생들이 깨면 놀랄까봐 가만히 누워있었다. 아버지는 등잔불을 문 앞에 내려놓고 방문을 열었다. 그때 비로소 구렁이가 내 배 위로 담을 넘듯 스르르 지나갔다. 나는 그놈을 안 봐도 눈에 선했다.

우리집 구렁이는 굵고 긴 바지랑대만 한 황구렁이였다. 큰아버지는 그놈이 우리집 수호신이라며 잡지 말라고 했다. 마을 어른들도 집 구렁이를 잡으면 집안이 망하든가 큰 재앙을 입는다고 했다. 아버지는 집에 들어온 짐승은 잡는 게 아니라며 집 구렁이뿐만 아니라 한겨울에 노루, 오소리, 토끼가 울안으로 들어와도 잡지 않았고, 심지어 봄에 너구리가 빈 외양간에 들어가 새끼 낳은 걸 알면서도 키워 데리고 나갈 때까지 잡지 않았다.

아버지는 마루 밑에 들어가 똬리를 틀고 있는 구렁이를 가리키며 말하곤 했다. 오래 묵은 구렁이는 사람을 물지 않는다고. 아닌 게 아니라 그놈은 사람을 해치지 않을 뿐만 아니라 우리집 구석구석 안 가는 곳이 없었다. 안방, 윗방, 마루, 토방, 천장, 헛간을 순회하듯 돌아다녔다. 그래서인지 우리집 부근에 쥐를 찾아보기 힘들었다. 그놈은 우리 식구들과 맞닥뜨려도 겁을 먹지 않았다. 우리집이 비어 있을 땐 개가 집을 지키듯 마루 밑에 들어가 똬리를 틀고 있다가 낯선 사람이 멋모르고 마당으로 들어서는 걸 보면 대가리를 불쑥 치켜들고 혓바닥을 날름거리며 노려봐 혼비백산하여 달아나기도 했다. 밤중에 일어나 부엌에 들어가면 그놈이 나뭇간에 맷방석만 하게 똬리를 틀고 있기도 했는데 지붕을 들쑤시며 지나갈 때는 지붕 추녀가 들썩들썩했다.

어느 날 뒷골 밭에 갔다 돌아왔는데 알을 품던 암탉이 닭장 천장에 매달린 둥우리를 향해 미친 듯이 날개를 파닥거리며 꼬꼬댁, 꼬꼬댁 울었다. 나는 막내를 업은 채 닭장으로 달려갔다. 우리집 황구렁이가 둥우리에 대가리를 집어넣고 알을 널름널름 물어 삼키고 있었다. 아버지가 둥우리에 병아리를 까려고 넣어 준 알은, 병아리를 길러 돼지 새끼를 사고, 돼지 새끼를 길러 송아지를 사다 길러 가난을 벗어나겠다는 꿈이었다. 나는 둥우리 속의 알을 볼 때마다 송아지를 상상했다. 구렁이가 우리 가족의 꿈을 삼켜버리다니!

나는 너무 다급해 빨래를 널어놓고 받쳐 놓은 바지랑대를 쑥 빼들고 구렁이에게 달려갔다. 내가 바지랑대를 들고 닭장 속으로 들어서자 구렁이가 둥우리 위로 대가리를 올린 채 혓바닥을 날름거리며 나를 빤히 쳐다봤다. 나와 눈이 마주친 그놈은 마치 내가 무슨 짓을 하려는지 다 알고 있다는 듯 혀를 날름거리며 둥우리를 슬며시 내려오더니 닭장을 빠져나가 마당으로 기어갔다.

나는 둥우리를 기울이고 안을 들여다봤다. 둥우리가 텅 비어 있는 걸 보는 순간 가슴이 뻥 뚫린 듯 허탈했다가, 이내 분노로 폭발했다. 나는 바지랑대를 들고 구렁이 급소를 노려봤다. 달걀을 그대로 물어 삼킨 구렁이 배는 강낭콩처럼 볼록볼록 드러나 있었다. 나는 당장 구렁이를 잡아 배를 가르고 알을 꺼내야겠다고 생각했다. 구렁이는 멀리 달아나지 않고 토방으로 기어 올라가 기둥에 몸을 칭칭 감고 꼬리를 파르르 떨며 힘을 불끈 주자 뱃속의 알이 눈 깜짝할 사이 으깨져 강낭콩 같던 구렁이 배가 무 밑동처럼 매끈해졌다. 내가 고대하던 병아리 열 마리가 알에서 나오지 못하고 구렁이 뱃속에서 바싹 깨져버렸다.

그놈을 그냥 둘 수 없었다. 그놈을 당장 잡아먹어야겠다는 생각이 들었다. 그놈이 우리집 수호신이라거나, 그놈을 잡으면 집안이 망한다거나 재앙이 온다는 말이 믿기지 않았지만, 집 안에서 때려죽이기는 왠지 꺼림칙했다. 물론 그놈을 잡아먹더라도 아버지와 엄마가 모르게 감쪽같이 잡아먹어야 했다.

그놈을 어떻게 쥐도 새도 모르게 잡아먹을까 궁리하다 문득 할아버지가 뒷골 큰 바위 사이에 동굴처럼 파놓은 방공호가 떠올랐다. 그놈을 방공호에 넣어두었다가 잡아먹어야겠다고 생각했다. 구렁이가 매일 식구들 앞에 나타나는 것도 아니고 산속에 있는 방공호에 넣어두었다 잡아먹으면 집 구렁이인지 산 구렁이인지 알 수 없을 거라는 생각에서였다. 나는 막내를 방에 내려놓고 명주에게 보라고 했다. 동생들도 모두 방으로 몰아넣고 밖에서 문고리를 걸어 잠갔다.

구렁이는 그때까지 마루 밑에 들어가 똬리를 틀고 있었다. 내가 구렁이를 노려보자 그놈도 내게서 살기를 느꼈던지 혓바닥을 날름거리다 똬리를 풀고 달아나려고 했다. 나는 대번에 팔을 쭉 뻗어 구렁이 목을 움켜잡았는데 그놈의 모가지가 내 팔뚝보다 굵어 한 손으로 잡기엔 어림도 없었다.

나는 마루 밑으로 기어들어가 두 손으로 구렁이 모가지를 움켜잡고 끌어냈다. 내 몸길이보다 몇 배 길어 보이는 구렁이는 내가 마당을 나설 때까지 미끄러지듯 끌려왔다. 마당을 몇 발짝 벗어나자 갑자기 끌려오지 않았다. 나는 구렁이 모가지를 움켜잡고 온 힘을 다해 끌었다. 구렁이가 끌려오는가 싶더니 갑자기 내 몸을 칭칭 감기 시작했다. 나는 재빨리 뒷골로 끌고 가 방공호에 던질 생각이었는데 순식간에 다리까지 칭칭 감아 도저히 움직일 수 없었다. 그것도 잠시였다. 구렁이가 대가리부터 꼬랑지까지 내 몸을 칭칭 감고 옥죄어올 때마다 갈비뼈가 우그러들고 숨조차 쉴 수 없을 만큼 가슴이 답답했다. 나는 금방 죽을 것만 같았다. 그때 아버지가 내게 들려준 말이 번개처럼 떠올랐다.

"만일에 말이다, 구렁이가 몸을 칭칭 감거들랑 절대루 당황허지 말구, 앞자락으루 구렁이 대가리를 폭 싸 입에 넣구 바싹 깨물어야 살 수 있는 겨."

나는 아버지가 일러준 대로 할 생각이었는데 이미 구렁이가 내 몸을 칭칭 감고 있어 내 앞자락을 빼낼 수 없었다. 나는 너무 다급해 구렁이 맨대가리를 그대로 입에 넣고 바싹 깨물려고 했는데 대가리가 너무 커 입에 넣을 수 없었다. 잠시도 머뭇거릴 틈이 없었던 나는 주먹으로 힘껏 구렁이 급소를 내리쳤다. 뱀은 몸통이 으깨 지고 끊어져도 달아나는데 대가리를 때리면 바로 기절했다. 물론 한참 지나면 기절했던 뱀은 잠에서 깨어나듯 대가리를 슬며시 쳐들고 스륵 스르륵 달아났다.

내가 주먹으로 구렁이 대가리를 힘껏 내리쳤어도 구렁이는 점점 내 몸을 옥죄어왔다. 가슴이 답답하고 구렁이 무게에 몸을 지탱할 수조차 없었다. 내 몸이 구렁이 뱃속에 들어간 달걀처럼 바싹 으깨질 것만 같았다. 나는 다시 주먹으로 구렁이 대가리를 겨누어 죽을힘을 다해 연거푸 내리쳤다. 그제야 긴 혀를 날름거리며 한입에 삼켜버릴 듯 나를 노려보던 구렁이가 몸을 풀고 사라졌다.

그날 뒤로 한동안 보이지 않던 구렁이가 다시 나타난 것이다. 그놈이 내게 해코지하려고 야밤에 나타난 게 아닌가 하는 생각도 들었다. 아버지는 방문을 열어놓고 구렁이가 밖으로 나가기를 기다리고 있었다. 내 배 위를 묵직하게 넘어간 구렁이가 아버지에게 고맙다는 듯 잠깐 쳐다보고 문지방을 넘어갔다. 아버지는 구렁이가 등잔 불빛을 받으며 마루 밑으로 들어갈 때까지 방문을 닫지 않았다.

나는 밤마다 내 등에서 죽어가던 막내와 논바닥에 허수아비처럼 널브러져 죽어있던 순자가 떠올라 잠을 이룰 수 없었다. 특히 죽은 순자를 둘둘 말은 가마때기 밖으로 까맣게 보이던 정수리와 삐죽이 빠져나온 하얀 맨발, 그걸 그대로 땅속에 묻고 무덤 위에 올려놓은 커다란 바위가 떠오를 땐 무엇에 홀린 듯 알 수 없는 힘에 이끌려 벌떡 일어서다 고꾸라지기 일쑤였다. 게다가 잠시 잊었던 구렁이까지 다시 나타나자 잠은 아주 멀리 달아나버렸다.

"당신 자?"

내가 잠 못 이루고 뒤척이는데 아버지 말소리가 넘어왔다.

"아니유."

엄마가 나직이 받았다. 안방은 다시 조용해졌다. 아마 구렁이 소동으로 엄마도 아버지도 잠이 달아난 모양이었다.

"아니 왜 말을 허다 말어유?"

엄마는 말을 꺼내 놓고 입을 다문 아버지를 채근했다.

"우리 세혁이 말여."

나는 아버지 입에서 내 이름이 나오자 귀가 번쩍 뜨였다. 엄마가 말했다.

"세혁이는 왜유? 뜸 들이지 말구 무슨 말인지 얼릉 해봐유."

"우리 세혁이를 새뜸 황 씨네루 보내면 안 될까?"

아닌 밤중에 홍두깨라고 아버지가 나를 황 씨네로 보내자는 말에 가슴이 덜컥 내려앉았다. 나는 귀를 곤두세웠다.

"야아? 우리 세혁이를 황 씨네루 보내다니유!"

엄마의 목소리에 놀라움이 가득 배여 있었다. 아버지가 담담한 목소리로 말했다.

"메칠 전 황 씨가 나를 찾아와 우리 세혁이를 보내주면 농사일두

56

가르치구 나중에 장가들여 호두나무골 밭 한 뙈기 딸려 살림을 내주 겄다구 허던디."

엄마가 펄쩍 뛰었다.

"그건 그 능구렁이 같은 놈이 제 새끼 귀헌 줄만 알구 우리 세혁이 데려다 평생 머슴으루 부려 처먹을 심보잖유."

안방은 다시 조용해졌다. 한참 만에 아버지가 말했다.

"그래두 세혁이는 이제 어디 가서 남의 심부름을 해줘두 제 밥벌 이는 헐 테니께 살 놈은 어티기든 살려야지?"

살 놈이라니! 나는 퍼뜩 내 등에서 죽어가던 막내가 떠올라 가슴 이 덜컥 내려앉았다. 나는 굶어 죽을지언정 동생들을 두고 혼자 떠 나기 싫었다.

"우리가 굶어 죽는 한이 있어두 세혁이는 가르쳐야 해유. 걔는 내 가 별을 보구 낳은 애유. 개천에서 용 난다는 말두 못 들었슈?"

엄마는 아버지와 이야기 중에 내 태몽 이야기를 꺼냈다. 내가 초 등학교에 입학하기 전날 밤 바느질을 하다말고 내게도 태몽 얘기를 들려줬다.

"그러니께 내가 새벽에 일어나 문을 열구 밖으루 나갔는디 온 세 상이 물루 가득 찼구 승적골 산등셍이 위로 큰 주먹만 한 별 하나가 뻔쩍뻔쩍 빛나는 겨. 그게 늬 태몽이여."

엄마는 얘기 끝에 내가 듣기 민망한 말도 했다.

"내가 늬를 가졌을 때 산달이 다가오자 배가 앞산만 했는디 늬가 발길질을 얼마나 호되게 했던지 아주 뱃가죽이 찢어지는 줄 알았어. 한 번은 새벽에 물동이를 이구 가는디 발길질을 어찌나 심허게 허던 지 오두가두 못 허구 섰다가 참을 수가 읎기에 물동이를 내려놓구 소리를 지르며 내 배를 내가 마구 때렸어. 그리구 ….”

엄마가 갑자기 가슴을 열고 왼쪽 젖꼭지를 내보이며 말했다.

“이것 좀 봐라. 늬가 젖을 먹다 젖이 안 나오면 젖꼭지가 너덜너덜 허게 물어뜯은 흉터여. 그 뒤루 겁이 나 젖을 멕일 수가 있어야지. 그래서 늬가 울어두 젖을 못 주구 젖이 퉁퉁 불어야 줬어. 그 바람에 늬는 젖을 일찍 뗐지. 하여튼 늬는 별나기두 참 별났어.”

아버지가 돌아눕는지 말소리가 벽에 부딪고 돌아왔다.

“개천에서 용이 나기루 이런 산골짜기에서 용은 무슨 용.”

“그러니께 세혁이를 큰물루 보내야지유.”

“큰물루 보내다니. 뭐라두 손에 쥔 게 있어야 보내든 말든 허지.”

아버지는 여전히 엄마 말을 퉁명스럽게 받았다. 엄마가 말했다.

“그래두 어티기든 가르쳐야 해유. 가르쳐 놓으면 제발루 걸어 나 갈 테니께 그건 걱정허지 말어유. 못〔池〕 파면 깨구락지 생긴다는 말두 못 들었슈?”

“그걸 어티기 알어. 당신이 세혁이 뱃속에 들어갔다 나왔남?”

아버지가 여전히 볼멘소리로 어깃장을 놓자, 엄마도 언짢은 목소 리로 받았다.

“어미가 제 새끼 속을 모르면 누가 알겠슈. 세혁인 그러구두 남을 애니께 두구 봐유.”

언젠가 잠결에 엄마와 아버지가 조용조용 나누는 얘기를 엿들었 다. 엄마는 나를 큰물로 보내야 한다고 했고, 아버지는 송충이는 솔 잎을 먹어야 산다고 했다.

엄마와 아버지는 서로 팽팽히 맞서기만 했지 결론은 나지 않았다. 나는 아버지가 말하는 송충이는 솔잎을 먹어야 산다는 말은 금방 알아들었는데, 엄마가 말하는 큰물은 어디에 있는지 언제 가야 할지 그런 생각은 해보지 않았다. 물론 내가 산골에서 보고, 듣고, 배운 게 없어 왜 큰물로 가야 하는지, 가서 뭘 어떻게 해야 하는지 생각조차 해본 적이 없었다.

나는 그때까지 자동차 한 번 타본 적도 없었고, 면 소재지를 벗어나 본 적도 없었고, 가게에 들어가 눈깔사탕 한 개도 사 먹어 본 적도 없었다. 나는 아버지와 산전을 일구고, 나무장사를 하고, 소를 길러 동생들하고 배곯지 않게 먹고 사는 거 말고는 생각해 본 게 없었다. 한동안 침묵이 흐른 뒤 아버지가 말했다.

"나두 세혁이를 그 집에 오래 둘 생각은 읎어."

엄마가 아버지 말끝에 쐐기를 박듯 말했다.

"내일은 갈밥을 한 번 맹글어 볼 테니께, 세혁이 내보낼 생각은 아예 허지 말구 얼릉 몸이나 추스르구 일어날 생각이나 해유."

나를 황 씨네로 보내지 않겠다는 엄마 말을 듣고 놀란 가슴을 쓸어내리면서도 아버지가 살 놈은 어떻게든 살려야 한다고 한 말이 뇌리에 박혔다. 한참 만에 아버지가 많이 누그러진 목소리로 말했다.

"갈밥을 맹글기는 좀 이르잖어?"

그랬다. 내가 생각해도 갈밥을 짓기에 보리가 덜 여물었다. 그건 매일 보리밭 두렁이 닳도록 둘러보는 엄마가 더 잘 알텐데 갑자기 갈밥을 만들어 보겠다고 했다.

"좀 이른 게 아니라 많이 이르지만 이제 그 수밖에 읎잖어유."

풋보리 이삭을 잘라다 솥에 볶은 뒤 맷돌에 갈아 체에 치면 고운 가루는 밑으로 빠지고 무거리만 남는데 그걸로 지은 밥이 갈밥이고 가루로 죽을 쑤면 보리죽이 되었다.

다음 날 엄마와 뒷골 파란 보리밭에 들어가 누른빛이 나는 보리 이삭을 골라 자르는데 꿩이 꿩꿩 힘차게 울었다.

'꿩 꿩 꿩 서방 뭣 먹구 살았나. 윗 밭에 콩 하나 아래 밭에 팥 하나. 그러키 먹구 살았지 뭣 먹구 살았나.'

꿩 울음소리에 이어 엄마가 풋보리 이삭을 자르며 꿩 서방 노래를 또박또박 불렀다. 엄마는 작년 이맘때도 풋보리 이삭을 자르며 그 노래를 불렀다. 종다리가 보리밭 위로 풀썩 날아올라 공중에서 포롱포롱 날개를 치다 땅으로 뚝 떨어지듯 내려앉았다. 엄마는 수굿하게 서서 보리 이삭을 잘랐다. 나는 엄마에게 물었다.

"엄마, 지금 부른 노래는 누가 부른 노래유?"

"몰러 이늠아. 그걸 내가 어티기 알어."

"누구헌티 배웠는디유?"

"배우긴 누구헌티 배워. 늬 고모가 부르는 걸 들었지."

"우리 고모 노래 잘 불렀슈?"

"글쎄. 늬 고모는 평생 그 노래만 불렀으니께. 내가 들은 것두 그 거밖에 읎어."

"고모는 왜 평생 그 노래만 불렀대유?"

"글쎄. 보리 이삭이 누렇게 여물 때까지 굶어 죽지 않구 살아남기가 쉽지 않거든. 그러니께 그때까지 용케 살어서 산을 쩡쩡 울리는 꿩 울음소리를 듣구 대견스러웠겠지."

꿩은 보리 이삭이 팰 무렵 보리밭이나 야산에 둥지를 틀고 알을 낳아 품었다. 보리밭 위쪽에서 갑자기 꿩꿩, 푸드득 하는 소리에 깜짝 놀라 쳐다봤을 땐 이미 장끼가 작은복사골로 날아갔다. 장끼 뒤를 이어 까투리 여러 마리가 따라갔다. 나는 문득 병아리 대신 꿩을 길러 보고 싶은 생각이 들었다. 구렁이가 알을 집어삼킨 뒤로 다시 넣어주지 못했다. 나는 기발한 생각이 떠올랐다는 듯 엄마에게 들뜬 목소리로 물었다.

"엄마. 꿩 알을 주워다 암탉이 까게 해서 키우면 되잖어유?"

나는 닭보다 꿩이 더 비싸게 팔린다는 것을 알고 있었다. 엄마 대답이 금방 돌아왔다.

"이늠아, 그건 절대루 안 되는 겨."

엄마는 안 된다고 한 마디로 잘라 말했다. 나는 엄마가 암탉이 달걀을 품어 병아리를 까듯이 꿩 알도 품어 꺼병이를 깐다는 걸 모르는 줄 알고 다시 말했다.

"암탉은 꿩 알두 품어 꿩 병아리를 깐다는디유."

우리 고장은 꺼병이를 꿩 병아리라고 했다. 엄마가 말했다.

"그건 그려. 암탉은 지가 낳은 알이든 남이 낳은 알이든 가리지 않구 병아리를 까긴 혀."

"그런디 왜 안 되쥬?"

나는 엄마에게 따지듯 물었다. 엄마는 여전히 잰 손놀림으로 보리 이삭을 자르며 말했다.

"병아리는 하루 죙일 사방으루 쏘댕기며 모이를 찾어 먹다가두 해가 지면 집을 찾어 들어오구, 꿩 병아리는 부화되자마자 산으루 도망을 가는디 눈 깜짝할 새 사라져버리거든. 하여튼 고놈들이 몸을 숨기는 디는 귀신이여 귀신. 한 번은 산에서 꿩 병아리 떼를 만났는디 내가 보는 사이 감쪽같이 사라졌어. 하두 신기해 달아난 쪽으루 쌓인 가랑잎을 살살 제쳐가며 찾어봤는디 아 글쎄 고놈들이 어느새 가랑잎을 입에 물구 가랑잎 속으루 들어가 뒤루 발딱 누워 있는 겨.

고놈들은 사람이 밟어두 찍소리두 안 내. 찍소리를 내면 다른 놈들 꺼정 몽땅 잡힐 테니께. 물론 꿩을 가둬 놓구 키울 수야 있을 테지만 사람 먹을 것두 읎는디 뭘루 키워."

아하! 그렇구나. 나도 산에서 꺼병이를 여러 번 만났다. 갓 부화 된 꺼병이는 참새보다 작은데 눈에 띄었다 하면 마술사 손에서 사라지는 비둘기처럼 어디론가 순식간에 숨어버렸다.

# 위생검열

엄마는 온종일 풋보리 이삭을 잘라 가마솥에 볶아 말린 뒤 초저녁부
터 맷돌에 갈아 체에 쳤다. 갈밥을 먹을 때까지 살아남으면 굶어 죽
지 않았고, 굶어 죽지 않기 위해 갈밥을 만들어 먹었다.

"나두 학교 갈 때 점심 한 번 싸갖구 가봤으면 소원이 읎겠슈."

갈밥을 만들려고 맷돌질하는 엄마에게 나도 모르게 불쑥 내뱉고
깜짝 놀랐다. 엄마가 나를 황 씨네로 보내지 않으려고 갈밥거리를
만드는 것을 지켜보며 너무 좋아 들뜬 마음에 생각지 못했던 말이
툭 튀어나갔다. 들었는지 못 들었는지 엄마는 아무 말 없이 밤늦도
록 맷돌질을 했다. 보리는 갈밥을 만들기에 너무 일러 온종일 풋보
리 이삭을 따다 가마솥에 여러 번 볶아 냈어도 한 파수 양식거리조
차 되지 않았다. 물론 그동안 보리밭에 풋보리는 단단히 여물 것이
고, 산야의 나물도 좀더 자랄 것이다.

"너는 즘심 한 번 싸가는 게 그토록 소원인 겨?"

맷돌질을 다 한 엄마가 맷방석을 톡톡 털며 물었다. 나는 대뜸 "야
아" 하고 대답하며 엄마 눈치를 봤다.

"그려. 그럼 내일 즘심 싸줄 테니께 갖구 가."

내가 말을 꺼내 놓고도 정작 엄마가 점심을 싸 주겠다는 말에 몹시 당황했다. 우리집엔 도시락이 없었다.

다음 날 아침 엄마는 내 책보를 풀고 광목보자기에 싼 냄비를 꼭꼭 싸매 주었다. 그건 도시락이 아니라 우리집에 하나밖에 없는 둥그런 냄비였다. 거기에 밥을 담으면 장정 대여섯이 먹을 만한 크기였는데 주로 김치찌개, 된장찌개, 버섯찌개는 물론이고 하여튼 뭘 끓여 먹는 음식은 모두 그 냄비에 끓여 먹었다. 죽도 쑤고 암죽도 끓였다. 엄마는 내게 고추를 따오라고 할 때도, 감자나 고구마를 캐오라고 할 때도 그 냄비를 내줬다. 우리는 개울에 들어가 가재, 미꾸라지, 고둥을 잡을 때 심지어 산에 올라가 머루나 다래를 따고 오디나 버찌를 딸 때도 그 냄비를 찾아들고 나갔다. 그렇게 냄비 하나를 가지고 하도 오래 쓰다 보니 언제 떨어져 나갔는지 양쪽 손잡이가 떨어져 나갔고 냄비 꼭지가 빠져버려 뚜껑에 구멍이 뽕 뚫려 있었다. 그래서 엄마는 냄비에 뭘 끓일 때 뚜껑 위에 납작한 접시를 덮어 놓고 접시가 달그락거리는 소리를 들어가며 불을 조절했다.

냄비는 맷돌처럼 옴폭 들어갔거나 볼록 튀어나와 요철이 심했다. 엄마는 냄비를 개울로 가져가 마른 풀을 쥐어뜯어 만든 수세미에 모래를 듬뿍 묻혀 박박 문질러 닦았어도 볼록 튀어나온 데는 하얗지만 옴폭 들어간 데는 새카맸다.

엄마는 거기다 갈밥을 담아 내 책보를 풀고 같이 싸 주었다. 등굣길에 아이들이 항아리를 싸맨 것처럼 큼지막한 내 책보를 가리키며 그게 뭐냐고 물었다. 나는 대답하지 않고 그냥 혼자 뛰어갔다. 오전 수업이 끝나고 점심시간이 돌아왔다.

나는 2학년에서 시험을 치르고 월반하여 4학년으로 올라간 지 얼마 되지 않아 도시락을 같이 먹을 만큼 친한 친구를 사귀지 못했다. 아이들 몇 명이 교실에서 도시락을 풀 때 나는 책상 밑에 내려놓았던 냄비를 들고 교실 뒤로 돌아가 추녀 밑에 앉아 보자기를 풀었다. 냄비뚜껑을 열자 왕모래 같은 갈밥에 고추장 종지가 박혔는데 뛰어오는 동안 묽은 고추장이 넘쳐 고추장 종지 주위로 갈밥이 달무리처럼 발갛게 물들어 있었다. 나는 숟갈 등으로 고추장을 스치듯 묻힌 뒤 빵에 버터를 바르듯 굳은 갈밥에 고추장을 썩썩 발라 석수장이가 돌을 떼어내듯 숟갈로 똑똑 떼어먹었다.

"에이그 이 새끼야, 그걸 밥이라고 먹냐?"

대여섯 수저 먹었을 때 등 뒤에서 소리가 들렸다. 너무 당황하여 벌떡 일어나는 바람에 사타구니에 끼고 먹던 냄비가 땅으로 툭 떨어졌다. 냄비 안에 들어있던 갈밥이 알밤처럼 쏙 빠져나와 데굴데굴 굴러가고 엎질러진 고추장은 질경이 잎사귀에 시뻘겋게 묻었다. 나는 얼른 뒤를 돌아봤다. 목소리를 듣고 직감한 대로 우리 담임선생이었다. 열린 창문틀을 두 손으로 짚고 내려다보던 담임선생이 앞니 사이로 침을 찌익 뱉고 돌아섰다.

그날 오후 첫 시간에 갑자기 전교 합동 위생검열을 했다. 우리 담임선생은 다른 반으로 갔고 다른 반 선생이 우리 반에 들어와 위생검열을 했다. 위생검열을 끝내고 오후수업에 들어온 담임선생이 교실로 들어서며 다짜고짜 나를 앞으로 불러냈다. 내가 교탁 앞에 이르자 담임선생이 교단에서 내려오며 벼락 치듯 귀싸대기를 후려갈겼다. 딱 소리에 이어 귀가 멍했다. 나는 정신 차릴 겨를 없이 담임선생이 때리는 대로 고스란히 맞으며 뒤로 밀려나다 앞줄 책상에 막혀 뒷걸음질조차 칠 수 없었다. 무지막지하게 때리던 담임선생은 지쳤는지 숨을 헐떡거리며 칠판지우개를 터는 짤막한 나무 몽둥이를 집어 들고 교단을 탕탕 내리치며 말했다.

"여기에 똑바로 올라 서!"

담임선생은 아이들에게 등이 보이도록 나를 돌려세우고 내 윗도리 속으로 몽둥이를 집어넣고 툭툭 들쳐 올리다가 몽둥이를 빼내 닥치는 대로 후려갈겼다.

"이게 옷이냐? 이게 옷이야?"

작신 두들겨 맞고 돌아섰을 때 공포에 질린 아이들의 눈빛과 마주친 나는 등에 비수를 맞은 듯 전율했다. 담임선생은 몽둥이 끝으로 내 등을 쿡쿡 찌르며 청소도구함과 쓰레기통이 놓여 있는 제일 뒷줄 구석 빈자리에 앉으라고 가리킨 뒤 고함을 쳤다.

"오늘 위생검열에서 우리 반이 전교 꼴찌를 했다."

그랬구나! 아무 영문도 모른 채 실컷 두들겨 맞은 그 경황에도 담임선생의 노기에 찬 말이 몽둥이 끝처럼 내 귀를 아프게 찔렀다. 나는 아이들 앞에 고개를 들지 못하고 내 자리로 돌아가 보따리장수처럼 책보를 싸 들고 뒷줄 구석진 자리에 들어가 홀로 앉았다.


내 머리는 엄마가 밤에 관솔불을 켜놓고 엿장수 가위처럼 커다란 가위로 깎아 얼룩말처럼 가위 자국이 죽죽 나 있었다. 나는 학교에 가는 시간을 빼고 기저귀도 없고 포대기도 없이 낡은 소창띠 하나로 동생들을 업어 키웠다. 동생들이 똥 싸고 오줌 싸고 며칠씩 설사를 해도 내 등으로 받아냈다. 나는 똥 묻은 옷을 벗어 개울물에 엄지손가락에 피가 나도록 비벼 빨아 꼭 짜 입고 몸으로 말렸다. 엄마가 돌아올 때까지 기다릴 수 없어서였다.

갈아입을 옷도 없었다. 엄마가 광목을 끊어다 손수 잠방이와 등거리같이 만들어준 옷을 입고 자고, 일어나 학교에 가고, 집에 돌아와 동생들 업어주고, 그대로 또 자고, 일어나 학교에 가고. 한 번 입으면 며칠이 되었든 빨래할 때 벗었는데, 비누 대신 잿물을 내려 삶아 빨아도 동생들이 싸지른 오줌, 똥이 누렇게 배여 얼룩덜룩했다. 손톱, 발톱은 가위로 깎았어도 길었고, 십여 리를 걸어 통학하는 발은 밑창이 닳아 구멍 난 고무신 바닥으로 올라온 흙먼지와 땀으로 범벅이 되어있었다.

나는 하굣길에 퉁퉁 부은 얼굴을 아이들에게 보이기 싫었다. 학교 정문으로 나가지 않고 가시에 찔리면서도 기어이 아카시아 나무울타리를 뚫고 학교 뒤로 빠져나갔다. 그때 거미줄처럼 울타리를 타고 얼기설기 얽힌 동부 줄기가 우두둑 끊어지며 부전나비 모양의 동부 꽃 몇 송이가 눈물방울처럼 내 발등에 뚝뚝 떨어졌다. 신작로를 피해 옛길로 걸어가다 사람들이 내려오는 걸 보고 냇가로 내려갔다. 냇물을 거슬러 올라가며 개구리를 만나면 개구리를 움켜잡아 땅바닥에 패대기를 쳤고, 독사를 만나면 피하지 않고 굳이 때려죽였다. 독사를 때려죽인 막대기로 냇가에 무성하게 자란 갈대 허리를 모조리 분질렀다. 물봉숭아꽃 무더기도 작살을 냈다.

내가 무슨 짓을 해도 땅바닥에 떨어진 냄비에서 빠져나와 데굴데굴 구르던 갈밥, 고추장을 뒤집어쓴 시뻘건 질경이, 그걸 내려다보며 침을 찌익 뱉고 돌아선 담임선생 얼굴이 떠올라 미쳐버릴 것 같았다. 담임선생이 나를 교단 위에 세우고 몽둥이로 내 윗도리를 들쳐 올리며 "이게 옷이냐?"고 소리를 지르며 두드려 패는 동안 그 모습을 지켜보던 아이들의 공포에 질린 눈빛이 떠오를 땐 나도 모르게 커다란 돌을 들고 벌떡 일어나 바위를 내리쳤다. 바위를 때린 돌이 산산조각 날 때 분노와 수치심으로 터질 듯했던 내 머리통도 산산이 부서져 흩어지는 듯했다.

나는 갈 곳 없는 분노와 지울 수 없는 수치심에 안으로 깊은 상처를 입고 돌을 들어 바위를 치다 땅거미가 징검다리를 덮을 무렵 집으로 돌아갔다.

가만가만 토방에 올라섰을 때 안방은 조용한데 윗방에서 동생들이 재깔거리는 소리가 새어 나왔다. 목구멍이 포도청이라고 갑자기 심한 시장기를 느낀 나는 책보를 마루에 던져놓고 부엌으로 들어가 밥을 찾았다. 부뚜막에 큰 바가지로 덮어 놓은 두레 소반에 갈밥 한 그릇과 고추장과 나물 한 보시기가 있었다. 선 채로 갈밥을 한 수저 떠 입에 넣으려다 화들짝 놀랐다. 담임선생에게 맞은 턱이 빠개지는 듯 아파 입을 벌릴 수 없었다. 갈밥을 떠낸 자리를 도로 채우고 바가지로 덮어 놓은 뒤 부엌을 나오는데 온종일 참았던 설움이 북받쳐 개울에 내려가 엉엉 울었다.

바위를 때린 돌이 부서지듯 머리로 바위를 들이받고 죽고 싶을 만큼 분하고 얼굴을 들 수 없을 정도로 수치스러운데 왜 나를 때리고 모욕을 준 담임선생에게 분노하지 못하고 모든 게 내 잘못인 양 자꾸 안으로 움츠러드는 건지! 나도 모르게 눈물이 줄줄 흘러내렸다. 마당가 감나무 위로 떠 오른 둥근달이 뒤로 넘어갈 때까지 내 그림자를 앞에 두고 울다 방에 들어가 동생들 틈에 누웠는데 그길로 앓기 시작했다. 몸이 불덩이처럼 펄펄 끓었고 헛소리를 내질렀다.

다음 날 한낮이 기운 뒤 겨우 일어나 바깥 똥독에 갔다가 어지러움에 몸을 지탱하지 못하고 그만 두 길이 넘는 거대한 똥독에 빠져버렸다. 그래도 타고난 명은 길었던지 엉겁결에 똥독 테두리를 붙잡았는데 밖으로 나오기는커녕 버텨낼 힘이 없었다. 나는 금방 똥독에 빠져 죽을 것만 같아 매달린 팔을 바들바들 떨면서 죽을힘을 다해 아버지를 불렀다. 텃밭을 매던 아버지가 득달같이 달려와 목숨은 건졌으나 나는 그 뒤 더욱 심하게 앓았다.

아버지는 내가 똥독에 빠졌다 나온 뒤 한결 더 심하게 앓자 귀신이 씌운 줄 알고 무당을 찾아갔다. 무당집에 다녀온 아버지가 말없이 나를 지켜봤다. 엄마가 물었다.

"무당이 뭐래유?"

아버지가 낭패한 표정으로 말했다.

"오늘 밤 세혁이가 빠진 똥독 앞에 흰무리를 해다 놓구, 세 번 절허구 그 자리에서 그 떡을 다 먹어야 살 수 있댜."

'내가 떡을 먹지 못하면 죽을 수도 있단 말인가!'라고 생각하면서도 나는 조금도 두려운 생각은 들지 않았다. 아버지 말을 듣고 난 엄마가 한숨을 쉬며 말했다.

"에이구 지금 보릿고개가 한창인디, 당장 흰무리 맹글 쌀을 어티기 구헌대유?"

아버지는 나를 지켜보다 말고 아무런 말도 없이 밖으로 나갔다. 나는 아버지가 나간 뒤 높은 열에 시달리다 잠이 들었다. 내가 얼마나 잤는지 엄마와 아버지가 나를 억지로 일으켜 깨웠을 때 문밖은 캄캄했다. 어라! 아무 영문도 모른 채 밖으로 끌려가는데 관솔불이 활활 타오르는 똥독 앞에 덩그러니 놓여 있는 하얀 떡 덩어리가 눈에 들어왔다. 똥독으로 다가갈수록 확실히 보이는 하얀 떡 덩이를 향해 기를 쓰고 다가가, 떡을 덥석 집어 먹으려는데 엄마가 팔뚝을 잡아당기며 말했다.

"아이구, 애야 그냥 먹으면 안 된댜. 세 번 절허구 그 자리에서 늬 혼자 다 먹어야 산댜."

엄마, 아버지에게 양쪽 팔뚝을 잡힌 채 곡마단 원숭이가 쇼를 한 뒤 관객에게 인사하듯 세 번을 다 굽신거리자 팔뚝이 슬며시 놓여났다. 나는 냉큼 떡 덩이를 집어 먹었다. 꿈에 떡 맛보듯 한밤에 떡 한 덩이를 먹고 나는 며칠 만에 자리를 털고 일어났다.


엄마가 내 이마를 짚어보며 아버지에게 물었다.

"도대체 흰무리 맹글 쌀을 어티기 구했슈?"

아버지가 허허 웃었다.

"흰무리를 맹글어 멕여야 산다는 무당 말을 듣구 하두 막막허길래 무작정 장터로 뛰어가며 생각해 보니께 나무가 떨어지면 산으루 가구 괴기를 잡으려면 개울루 가듯기 쌀을 구허려면 방앗간으루 갈 수밖에 읎더라구. 그런디 당신두 알겠지만 방앗간 주인 천수득이가 어떤 놈여? 사람이 곧 죽는다구 해두 쌀 한 톨 내줄 놈이 아니잖어. 온갖 생각 끝에 궁허면 통헌다구 그때 귀신두 멕여야 헌다는 말이 퍼뜩 떠오르데.

그길루 주막에 들어가 외상으루 막걸리 한 주전자를 받아 들구 방앗간으루 달려갔지. 내가 주전자를 들구 느닷읎이 뛰어드니께 수득이가 나를 보구 화들짝 놀래는 겨. 도둑이 제 발 저려 띈다구 보리방아 찧으러 가서 나허구 대판 싸운 적이 있었으니께. 어찌 되었든 수득이 손을 잡구 막걸리를 따러주며 우리 아들이 죽게 생겼으니 외상으루 쌀 한 됫박만 달라구 사정했지. 막걸리 한 주전자가 바닥날 때까지 아무리 사정해두 수득이는 쇠새끼처럼 커다란 눈깔만 껌뻑 껌뻑거리며 입두 뻥끗 않는 겨. 그때는 그누므자식 먹살을 움켜잡구 대번에 물고를 내구 싶더라니께."

아버지 이야기를 가만히 듣고 있던 엄마가 물었다.

"아니 도둑이 제 발 저려 뛰다니유. 보리방아 찧다 수득이 허구 무슨 일 있었슈?"

아버지는 하던 이야기를 멈추고 엄마가 묻는 말에 대답했다.

"지난 번 형님허구 보리방아 찧으러 간 일이 있었잖어?"

엄마도 그 일을 기억하고 있었던지 바로 대답했다.

"그류. 있었쥬."

아버지는 보리방아 찧으러 간 얘기를 시작하고부터 목소리가 점점 커졌다.

"방앗간에 가자마자 형님은 보리방아를 내게 매껴 놓구 혼자 휑하니 장터로 나가대. 장터에 만나 볼 사람이 있다구. 형님이 나간 뒤 나 혼자 방아를 다 찧구 방아 삯을 주구설랑 내 나름대루 가량을 해 보니께 보리쌀이 적어두 너무 적게 나온 겨. 그래서 수득이에게 물었지. 보리방아를 곱게 찧어 보릿겨가 많이 나온 것두 아닌디, 왜 이렇게 보리쌀이 적게 나왔냐구. 내 말이 떨어지기 무섭게 수득이가 두 눈에 쌍심지를 켜고 삿대질을 해대며 성을 벌컥 내는 겨. '보리쌀이 그거밖에 안 나온 걸 어티기 허느냐'구. '누가 보리쌀을 떼어 먹기라두 했냐'구.

나두 당장 뭐라구 대꾸헐 말이 읎길래 그렇다면 보리쌀이 어디루

샜는지 모르니께 내가 한 번 살펴봐야겄다구 방앗간 안으루 들어갔지. 보리방아를 찧으려면 우선 겉보리를 알곡 구딩이에 쏟아붓구 그게 벨트를 타구 올라가 알곡 통에 들어갔다가 도정기를 거쳐 나오며 겉껍데기가 벗겨지구 다시 벨트를 타구 다음 쌀통으로 들어갔다 나오기를 반복허면서 쌀이 되어 나오는 겨. 내가 알곡이 들어가 도정되어 나오는 순서대루 살펴보니께 마지막으루 도정되어 나오는 쌀통 밑에 손으루 추스르기 어려울 만큼 큼지막헌 맷방석이 깔려있어. 나는 그냥 지나치려다 맷방석 귀퉁이를 잡구 들췄더니 송판때기가 또 있더라구. 방앗간에 맷방석이야 어디든 깔어놓을 수두 있지만 맷방석 밑에 또 송판때기를 깔어놓은 건 좀 이상허다 싶어 송판때기를 발루 쓱 밀었더니 아 글쎄 거기에 보리쌀이 수북허게 쌓여 있는 겨. 내가 엎드려 살펴보니께 마지막 쌀통 밑에 구딩이를 파구 쌀통에 새끼손까락이 들어갈 만허게 구멍을 뚫어 놨더라구. 쌀통에 들어간 보리쌀이 지나갈 때 그 구멍으로 빠져나가 구딩이에 쌓이는 거지.

나는 두말헐 것두 읎이 대번에 수득이 등덜미를 바짝 움켜잡구 한 손은 사타구니 밑으루 쑥 집어넣어 번쩍 들어 올려 방앗간 바닥에서 팍 소리가 나두룩 패대기를 쳤지. 그래두 그누므 자식이 잘못했다는 말 한 마디 읎이 그냥 날 잡어 잡쑤 허구 누워 있는 겨. 그 꼬락서니가 어찌나 괘씸허던지. 옆에 겉보리 가마니가 높직이 쌓여 있길래 그 위로 엉금엉금 기어 올러가 두 눈을 질끈 감구 그만 펄쩍 뛰어내리며 장구통만 한 수득이 배때기를 콱 밟었지.

내 발에 밟히자마자 죽은 딕기 누워있던 수득이가 발에 밟힌 깨구락지처럼 꽥 소리를 내지르더니 사지를 버리적거리며 '아이구 나 죽네. 아이구 나 죽어' 라구 소리를 버럭버럭 내지르니께 안채에서 수득이 마누라가 뛰어나와 잘못했으니 제발 살려달라 애걸복걸 허는 거. 그때 장터에 갔던 형님이 술 한잔 했는지 불콰한 얼굴루 들어와 무슨 일이냐구 묻길래 있었던 일을 그대루 말했지. 형님은 내 말이 떨어지기 무섭게 '뭐여! 이런 도적누므 새끼. 이런 새끼는 더 맞어야 혀' 허더니 복날 개패듯기 패더라구. 수득이 소행으루 보면 맞어두 싸지만 그누므 자식 마누라를 생각해 내가 간신히 뜯어말렸어."

엄마는 손에 땀이 나는지 치마에 손바닥을 문지르며 말했다.

"그랬슈. 그런 일이 있었는디 어티기 쌀을 은어 왔슈?"

아버지가 내 이마를 짚어보고 나서 말했다.

"글쎄. 내가 수득이 속을 알 수야 읎지만 그놈이 무슨 생각을 했는지 내가 들구 있던 빈 주전자를 아무 말두 읎이 툭 채어 안으루 들어가더니 방아 찧어 나오는 쌀을 몇 주먹 푹푹 집어 주며 얼른 나가라구 막 밀어내는 겨. 나야 쌀 주전자를 건네받었으니께 제발 가지 말라구 붙잡어두 나올 판인디, 나가라구 밀어내기에 얼씨구나 허구 방앗간을 후딱 뛰쳐나왔지. 방앗간을 나와 집으루 오면서 곰곰 생각해보니께 수득이가 무지무지허게 고마운 생각이 들긴 들었는디 다시 생각해보면 그누므 자식은 술 한 잔 같이 마시자는 말두 읎이 내 막걸리 한 주전자를 몽땅 바닥내놓구설랑 제 쌀 집어준 게 아니라 방아 찧으러 온 남의 쌀을 집어준 거 같어. 방아 찧어 막 나오는 쌀을 집어줬으니께 제 쌀은 아닐테구. 아주 쬐끔 은어 오기는 했지만 지금 생각해두 영 기분이 찜찜혀."

내가 정말 귀신에 씌었었는지 떡 한 덩어리가 효험이 있었는지 하여튼 나는 그날 밤 똥독에 절하고, 그 자리에서 떡 한 덩어리를 먹은 뒤 하루가 다르게 회복되어갔다.

까악 까악. 나는 온몸이 땅속으로 잦아들듯 나른하여 방에 누워있다 경쾌한 까치울음 소리에 벌떡 일어나 방문을 열었다. 한 쌍으로 보이는 까치 두 마리가 묵은 집 맞은편 감나무 가지에 새로 집을 짓고 있었다. 나는 아예 문지방에 턱을 괴고 앉아 까치가 집 짓는 걸 지켜보았다. 까치 한 마리가 나뭇가지를 물고 들어가 집을 짓고 나가면 뒤를 이어 다른 또 한 마리가 나뭇가지를 물고 들어가 집을 지었다. 까치가 물고 들어간 나뭇가지로 집을 짓고 날아가기 전 제짝에게 '어디 있어?' 라고 묻듯이 두어 번 까악 까악 울고 어디선가 '나 여기 있어' 라고 화답하듯 까악 까악 우는 소리가 들렸다. 나중에 날아온 놈도 집을 짓고 나가며 그렇게 울고 뒤를 이어 또 어디선가 그렇게 우는 소리가 들렸다.

묵은 까치집은 나뭇가지를 대충 얼기설기 쌓은 듯 엉성해 보였는데 새로 집을 짓는 것을 지켜보는 동안 나는 까치가 나뭇가지를 대충 쌓는 것이 아니라는 걸 알았다. 까치는 물고 간 나뭇가지가 쌓을 자리에 맞지 않으면 맞을 때까지 요리조리 수없이 자리를 옮겨가며 쌓았다. 여러 번 맞춰도 아귀가 맞지 않는 나뭇가지는 옆으로 젖혀두었다가 자리를 봐가며 다시 물어다 쌓기를 반복했다.

내가 지켜보는 동안 까치 두 마리 중 몸집이 좀더 커 보이는 놈이 자기 몸통보다 훨씬 긴 나뭇가지를 물고 둥지로 들어가다 감나무 가지에 걸려 들어가지 못했다. 까치는 들어가는 공간을 사방으로 바꿔가며 들어가려고 여러 번 시도했는데 번번이 나뭇가지에 걸렸다. 들어갈 공간을 찾지 못하고 날개를 애처롭게 파닥거리던 까치가 물고 있던 나뭇가지를 땅으로 떨어뜨렸다. 나는 까치가 애써 물고 간 나뭇가지를 버리는 줄 알고 몹시 안타까웠다. 내가 할 수만 있다면 당장 쫓아가 긴 나뭇가지를 짧게 똑 분질러 주고 싶었다.

그런데 까치가 나뭇가지를 버린 게 아니었다. 물고 있다 놓아버린 나뭇가지가 땅에 떨어지자 까치가 뒤쫓아 내려가 다시 나뭇가지를 물고 감나무 밑에서 위로 올라갈 구멍을 찾았다. 까치는 넓어 보이는 공간을 찾으면 밑에서 위로 올라가려고 했지만 거의 둥지까지 솟구쳐 오르다가 여전히 나뭇가지에 걸려 실패에 실패를 거듭했다. 그동안 다른 까치는 벌써 서너 번이나 나뭇가지를 물고 들어가 집을 짓고 까악 까악 울며 날아갔다. 까치가 집을 짓는데도 대들보처럼 굵고 긴 나뭇가지가 필요한 걸까!

까치가 너무 무모한 것 같아 실망스럽기도 했다. 까치도 도저히 안 되겠다는 걸 뒤늦게 깨달았는지 나뭇가지를 땅바닥에 버려둔 채 훨훨 날아가 감나무 위 상공을 유유히 선회했다. 에이그 멍청한 놈. 진작 포기했어야지! 까치가 끝내 둥지에 이르지 못하고 나뭇가지를 버리고 날아가는 것을 보고 나는 다시 자리에 누우려고 했다.

그때 나를 비웃듯 까치가 쏜살같이 땅으로 내려가 나뭇가지를 다시 물고 하늘 높이 날아올랐다가 감나무 위에서 둥지까지 내려가는 걸 보고 나도 모르게 탄성을 내지르며 벌떡 일어섰다. 내가 탄성을 내지르자 화들짝 놀란 까치가 집짓기를 멈추고 사방을 경계하면서도 물고 들어간 긴 나뭇가지가 양쪽에 맞물리도록 수없이 자리를 옮겨가며 아귀에 맞춰 쌓았다. 나뭇가지를 쌓고 나온 까치가 이번엔 멀리 날아가지 않고 둥지를 짓고 있는 감나무 가지로 옮겨 다니며 부리로 잔가지를 콕콕 쪼아보았다. 마른 나뭇가지를 찾는 듯했다. 까치는 생나무로 집을 지으면 마르면서 부피가 줄어들고 뒤틀리는 것을 본능적으로 아는지 반드시 잎이 없는 마른 나뭇가지를 물어다 집을 지었다. 까치는 잠시도 쉬지 않고 감나무 잔가지를 쪼아보며 다니다 드디어 나뭇가지 하나를 부리로 물어 당기고 콕콕 쪼다가 다시 당겨보고 그러기를 수없이 되풀이했는데 끝내 부러지지 않았다.

왜 하필이면 그 많은 나뭇가지 중에 부러지지 않는 나뭇가지에 저토록 목을 맬까! 잠시 후 나는 그만 '앗!' 하고 다시 한 번 탄성을 내질렀다. 아무리 애를 써도 감나무 가지가 부러지지 않자 까치는 나뭇가지 끝을 입에 문 채 제 몸을 허공에 내던져 제 몸무게와 떨어지는 힘으로 나뭇가지를 뚝 분질러 허공으로 높이 날아올라 조금 전 감나무 위에서 아래로 들어간 공간을 정확히 찾아 들어갔다. 비행기에서 뛰어내린 병사의 낙하산이 펴지기 직전 수직으로 떨어지다 어느 순간 활짝 펴지듯, 까치는 뚝 부러뜨린 나뭇가지를 물고 수직으로 떨어지다 날개를 파다닥 펴며 허공을 박차고 날아올랐다.

나는 수많은 잔가지로 길이 막혔어도 끝까지 포기하지 않고 길을 찾는 까치를 보며 불현듯 2학년 때 담임선생님이 내 꿈을 물어본 뒤 하신 말씀이 떠올랐다.

"하늘은 스스로 돕는 자를 돕는다."

"뜻 있는 곳에 반드시 길이 있다."

"네가 꿈을 잃지 않고 노력하면 반드시 도달할 날이 올 것이다."

나는 그 순간 견딜 수 없이 학교에 가고 싶었다. 아니 2학년 때 담임선생님이 너무 보고 싶었다. 집에는 동생들뿐이었다. 나는 뒷마당에서 동생들을 돌보고 있는 명주에게 학교에 간다고 이른 뒤 집을 나섰다.

내가 2학년 때였다. 보릿고개에 동생들 돌보느라 걸핏하면 결석했던 나는 어미 닭이 병아리를 몰고 다니듯 올망졸망한 동생들을 데리고 학교에 가 교실에 들어가지 못하고 밖에서 옹기종기 둘러서서 발을 동당거릴 때가 있었다. 누가 가라고 해서 간 것도 아니고 내가 가려고 마음먹고 간 것도 아니었다. 그냥 학교 갈 시간에 막내를 업고 학교 가는 아이들 뒤를 나도 모르게 주춤주춤 따라가다 보니 우리 교실이었다. 어느 순간 내가 한눈 파는 사이 담임선생님이 내 뒤에서 깜짝 나타났다.

"너 동생 봐주느라고 오늘 결석했구나?"

담임선생님이 나를 따라나선 동생들 머리를 쓰다듬어 주었다.

어느 날은 막내가 느닷없이 '으앙' 하고 울었는데 깜짝 놀란 선생님이 뒷문으로 나와 도망치는 나를 붙잡고 등에 업힌 채 울고 있는 막내를 내려달라고 했다. 우리 반 아이들이 창가로 몰려들어 나를 내다보고 있었다. 나는 막내를 선생님께 내려줄 수 없었다. 내가 막내를 내려주지 않고 주춤거리자 선생님이 직접 띠를 풀고 막내를 안았다. 나는 우리 반 아이들의 시선은 아랑곳없이 선생님이 입은 검정 치마, 하얀 저고리에 더럼 타거나 냄새가 배지 않을까 부끄러워 쩔쩔매는데 그걸 알 바 없는 막내는 대차게 울어댔다.

선생님은 늘 왼쪽 손목에 질끈 매고 다니던 손수건을 풀어 눈물, 콧물이 범벅된 막내 얼굴을 닦아주며 달랬다. 막내가 울음을 그칠 때까지 달래어 내게 다시 업혀준 선생님은 부끄러워 쩔쩔매는 나를 바라보며 싱긋이 미소를 지으며 교실로 들어갔다. 나는 그토록 나를 아껴주고, 꿈을 묻고, 용기를 주었던 선생님에게조차 말할 수 없는 사연을 가지고 있었다.

해마다 가을이면 운동회가 열렸다. 여름방학이 끝나고 더위가 한

풀 꺾이면 전교생이 방과 후 운동장에 모여 운동연습을 했다. 집에서 학교까지 십여 리가 넘는 길을 늘 바쁘게 뛰어다녔던 나는 다른 건 몰라도 달리기 하나는 자신 있었다. 나는 방과 후 집으로 돌아가 동생들을 돌봐주어야 했기 때문에 달리기 말고 곤봉 돌리기, 텀블링, 기마전, 기계체조, 박 터트리기, 줄다리기 등 다른 종목은 나가고 싶어도 나갈 수가 없었다.

운동회 날이었다. 사람이 그렇게 많이 모인 건 처음 보았다. 관중석은 물론 화단까지 사람이 빽빽이 올라선 것도 모자라 철봉대에 올라가고 아름드리 벚나무 위에도 사람이 하얗게 올라가 있었다. 농악대가 들어와 쿵쿵 북 치고, 장구 치고, 상고를 빙글빙글 돌리며 운동장을 돌아 나갔다. 형형색색의 노점상들이 즐비했고, 울타리 밑에 가마솥을 걸고 장작으로 불을 때 속을 훌렁훌렁 뒤집으며 펄펄 끓는 국물에 국밥과 국수를 말고, 솜사탕이 빙글빙글 돌아가고, 철 늦은 아이스케이크 장사가 목청껏 소리치고, 등에 커다란 북을 짊어진 엿장수가 개발에 똥 털듯 발로 쾅쾅 북 치고 장구 치고 가위를 철컥철컥 쳐대며 장타령을 불렀다.

운동경기를 시작하고 나는 다섯 명씩 뛰는 백 미터 달리기에 1등을 했고 상품으로 공책 한 권을 받았다. 달리기에 1등한 것보다 공책이 생겨 더 기뻤다. 나는 오래전 엄마에게 손에 잡히지 않는 몽당연필과 겉장까지 다 쓴 공책을 내보이며 사달라고 했다. 엄마는 아버지가 쓰던 몽당붓자루로 연필깍지를 만들어 몽당연필에 끼워주었고 창호지를 가위로 잘라 송곳으로 구멍을 뚫고 청올치를 꼬아 잡아매 주었는데 그것도 겉장만 남아있었다.

내가 두 번째 참가한 경기는 출발선에서 20미터가량 앞에 놓인 종이쪽지를 주워 쪽지에 적힌 가족을 찾아 같이 손잡고 달리는 동반달리기였다. 종이쪽지에 가족의 호칭이 적혀 있었다. 내가 주운 쪽지에 적힌 이름은 아버지였다. 나는 쪽지를 높이 쳐들고 관중석을 향해 큰소리로 아버지를 불렀다. 다른 아이들은 쪽지에 적힌 가족을 찾아 손잡고 운동장을 돌아가는데 나는 고삐에 매인 송아지처럼 발만 동동거리며 아버지를 찾고 있었다. 다음 조가 출발선으로 나왔다. 나는 포기하고 옆으로 빠지거나 혼자 뛸 수밖에 없었다. 그때 머리가 하얗고 얼굴에 주름이 쪼글쪼글한 할아버지가 갑자기 나타나 내 손목을 꽉 잡았다. 나는 깜짝 놀라 할아버지를 쳐다보았다.

"이늠아, 뭘 쳐다봐. 그냥 뛰어!"

하더니 나를 끌고 뛰었다. 할아버지는 반 바퀴도 채 돌기 전 헐떡거려 내가 잡아끌며 뛰었는데 꼴찌를 면하지 못했다.

오전 경기가 끝나고 점심시간이 돌아왔다. 나는 엄마와 만나기로 약속한 학교 정문으로 들어가 왼쪽 세 번째 벚나무 밑으로 갔다. 엄마는 거기에 없었다. 엄마가 왼쪽을 오른쪽으로 잘못 알고 그쪽으로 간 줄 알고 가보았는데 거기도 없었다. 엄마는 며칠 전부터 운동회 날 점심도 싸고 햇고구마도 쪄 오겠다고 했다. 운동장을 돌고 돌았어도 엄마를 찾지 못했다. 가는 곳마다 사람 천지 먹을 것 천지였다. 모두 넓은 운동장에 빈틈없이 자리를 깔고 앉아 입이 미어지게 점심을 먹고 있었다. 점심시간이 끝날 때까지 나는 엄마를 끝끝내 찾지 못했다. 나는 배가 고파 빈 자루처럼 허리가 푹 꺾였다.

나는 마지막 경기인 청백 계주에 나가게 되어있었다. 청백 계주는 전 학년에서 반별로 선발한 학생 대표와 선생님과 청백으로 편을 짰다. 우리 담임선생님도 나와 같은 백군이었다. 마지막 경기를 앞둔

종합점수는 백군이 우세했다. 어느 팀이 이길지 청백 계주에 달려있었다. 청백 계주를 시작하고부터 백군이 월등히 앞섰다. 나는 1학년에 이어 청군보다 20여 미터 앞서 바통을 넘겨받고 출발하자마자 머리가 핑 돌았다. 도저히 배가 고파 뛸 수 없었다. 내 몸이 내 몸 같지 않았다. 텅 빈 배에 헛바람만 들어가 헉헉거리기만 했지 좀처럼 속력을 낼 수 없었다. 나는 반 바퀴도 못가 1학년이 앞섰던 20여 미터를 지키지 못하고 오히려 그만큼 뒤로 처졌다. 관중은 물론 학생, 선생 할 것 없이 자기편을 응원하느라 아우성이었다. 내가 역전을 당하자 운동장이 떠나갈 듯한 함성이 터져 나왔다. 백군을 응원하던 사람들은 뛰면 뛸수록 뒤처지는 나를 향해 야유와 욕설을 퍼붓기 시작했다. 운동장에 털썩 주저앉고 싶었지만 이를 악물고 뛰어 30여 미터 뒤처진 채 바통을 넘겼다.

학생 릴레이가 끝나고 선생 릴레이가 시작되었다. 네 번째 바통을 이어받은 우리 담임선생님은 내가 뒤처진 거리를 많이 좁혀 놓고 바통을 넘겨준 뒤 그 자리에 물먹은 토담이 무너지듯 폭삭 주저앉았다. 나는 차마 선생님을 바로 볼 수 없었다. 선생님들이 마지막까지 악착같이 따라붙었지만 내가 뒤로 처졌던 거리를 끝내 만회하지 못한 채 몇 미터 차이로 백군이 졌다. 역전한 청군 쪽에선 하늘을 찌를 듯이 '와아' 하고 함성을 내지르는데 백군 쪽에선 저기 저 새끼 때문에 졌다고 사방에서 내게 손가락질을 해대며 욕설을 퍼부었다.

고개를 들 수 없었다. 귀를 막고 싶었다. 그때 담임선생님이 다가와 물었다.

"세혁아 너 얼굴이 왜 그렇게 창백해. 어디 아파? 점심 먹은 게 체했니?"

나는 아무 대답도 못 했다. 담임선생님이 아이들에게 큰 소리로 말했다.

"세혁이가 점심 먹은 게 체했나 본데 그래도 끝까지 뛰었잖아. 그러니까 모두 박수."

내 귀에 우리 선생님 박수 소리만 들렸다. 나도 나 때문에 백군이 졌다고 생각했다. 운동회 날 점심을 갖고 가겠다고 몇 번이나 약속했던 엄마는 왜 오지 않았는지 짐작조차 할 수 없었다. 백 미터 달리기에 1등하고 받은 공책을 잃어버린 것도 분했지만, 빈손으로 집에 들어가 달리기에 1등 했다고 말할 수 없는 것이 더 분했다.

눈에 헛것이 보일 만큼 주린 배를 움켜쥐고 빈손으로 집에 갔는데 엄마가 퉁퉁 부은 얼굴에 누런 된장을 처덕처덕 붙인 채 나를 기다리고 있었다. 엄마를 보자마자 운동장에서 받은 설움이 복받쳐 엄마 목을 끌어안고 엉엉 울었다. 엄마는 된장 냄새가 풀풀 나는 손으로 내 눈물을 닦아주며 말했다.

"에이구 이늠아, 하루 쬥일 쫄쫄 굶구 운동허느라 얼마나 배가 고팠어? 내가 밥허구 고구마만 갖구 갔더라면 아무 일두 읎었을 텐디. 밤을 한 주먹 따다 삶어갖구 가야겄다는 생각이 들더라. 늬가 밤을 좋아허니께. 해를 올려다봤더니 시간이 넉넉허길래 바루 뒷골루 올러갔지. 밤나무에 다닥다닥 달린 밤송이가 아람이 짝짝 벌어진 겨. 올밤나무니께. 큰 돌을 주워들구 밤나무 둥치를 쿵쿵 내려쳤지. 밤이 우박 쏟어지딕기 우수수 떨어졌어.

돌을 내던지구 밤을 주우려는 찰라에 시뻘건 벌떼가 달려들어 얼굴이구 어깨쭉지구 어디구 헐거읎이 마구 쏘아대는 겨. 아마 밤나무에 벌집이 있었던개벼. 걸음아 날 살려라 허구 정신 읎이 도망쳐 집에 와 보니께 글쎄 짚세기가 어디서 벗겨졌는지 맨발이더라구. 나는 맨발이라두 갈려구 했는디 얼굴이 점점 부어올라 눈을 뜰 수가 있어야지. 아부지는 산 넘어 가는골루 쇠품 갚으러 가셨구. 솥에 밥두 있구 고구마두 잔뜩 쪄놨으니께 저녁은 늬 양껏 먹어.”

다음 날 첫 수업시간에 들어온 선생님이 내게 물었다.

“세혁아, 괜찮니?”

아이들이 모두 나를 쳐다봤다. 나는 전날의 악몽이 되살아나 기어 드는 목소리로 말했다.

“야아. 괜찮어유.”

선생님이 교단에 올라가 말했다.

“가을 운동회는 끝났다. 작년에는 백군이 이겼고 금년엔 백군이 졌다. 기회는 다시 온다. 이제 공부하기 좋은 계절이 돌아왔다. 지금부터 열심히 공부하자.”

그날부터 나는 담임선생님에게 더 많은 관심을 받고 싶어 열심히 공부했다. 동생들 돌보고 집안일을 할 때도 늘 책을 옆구리에 끼고 다니며 공부했다. 국어책은 토씨 하나 안 틀리고 처음부터 끝까지 뜨르르 외웠다. 3학년으로 올라가기 전날 담임선생님이 쉬는 시간에 교무실에 갔다가 다시 교실로 달려와 나를 꼭 안고 말했다.

“세혁아, 우리 반에서 월반 시험에 너 혼자 합격했어.”

나는 월반 시험에 합격한 기쁨보다 선생님이 기뻐하며 나를 안아 줄 때 숨이 콱 멎을 만큼 감격했다. 4학년에 올라가서도 나는 한동 안 2학년 담임선생님을 지켜보며 다녔다. 어느 날 내가 2학년 교실 창문으로 선생님을 바라보는데, 나를 알아본 선생님이 창문을 열고 소리쳤다.

"세혁아, 늦었어. 빨리 들어가."

내가 앓고 일어났을 때 제일 먼저 떠오른 사람도, 가장 보고 싶은 사람도 2학년 담임선생님이었다. 나는 앓고 일어난 뒤끝이라 걷는 것조차 힘들어 땀을 뻘뻘 흘리며 2학년 때 담임선생님 교실 앞에 이르렀을 때 두 시간째 수업 중이었다. 나는 열린 창문으로 수업 중인 선생님을 한동안 바라본 뒤 그냥 집으로 돌아갈까 망설이다 우리 교실 뒷문으로 들어갔다.

칠판에 글씨를 쓰다가 문 여는 소리에 고개를 돌렸던 담임선생이 아흐레 동안 무단결석하고 두 시간 넘게 지각한 나를 소 닭 쳐다보듯 했다. 나는 모르고 남의 교실에 들어갔을 때처럼 매우 낯설었다.

# 굴렁쇠 굴리기

우리집 뒷간은 돌과 흙으로 돌담에 바짝 붙여 지었다. 내가 빠졌다나온 똥독은 마당가 감나무 밑에 지붕도, 덮개도, 가리개도 없이 테두리가 지면보다 약간 높았는데 모든 똥을 모으는 곳이었다. 우리는 똥으로 곡식을 키우고 그 곡식을 먹고 살았다. 사람과 똥과 곡식은 돌고 돌았다.

똥을 목숨처럼 소중하게 여겼던 아버지는 산에서 눈 똥을 나뭇잎에 싸 가지고 와 똥독에 넣었다. 겨울이 지나고 해동기가 돌아오면 들판에 개들이 겨우내 싸질러 놓은 개똥이 녹으면서 허옇게 보였다. 아버지는 새벽에 일어나 구럭을 메고 다니며 개똥, 쇠똥, 멧돼지똥, 고라니똥, 토끼똥 … 하여튼 똥이라는 똥은 눈에 띄는 대로 모두 거둬들여 똥독에 넣었다. 소를 키울 땐 외양간에 고인 쇠오줌도 퍼다 똥독에 부었다. 나는 학교 갔다 집으로 돌아가는 길에 변이 마려워도 꾹 참고 집에 가 똥독에 똥을 누고 오줌을 눴다. 다른 사람들은 똥이 썩는다고 하는데 아버지는 똥이 익는다고, 잘 익는 냄새가 난다고 했다. 아버지는 사방팔방으로 돌아다니며 똥을 주워도 남의 논밭에 있는 똥은 줍지 않았다.

1년 농사지을 똥이 든 똥독에 밑씻개로 쓴 검불과 나뭇잎이 두껍게 층을 이루고 있었다. 그 위로 뱀, 개구리, 두꺼비, 쥐, 족제비가 빠져있기도 했다. 동생들은 똥독에 무엇이 빠져있든 보기만 하면 서로 경쟁하듯 바지춤을 내리고 오줌을 갈겨댔다. 그놈이 오줌 벼락을 맞지 않으려고 사방으로 피해 다니면 고추를 잡고 조종해 가며 더욱 신나게 갈겨댔다.

언제부터인지 동생들은 새벽에 일어나 똥독 테두리에 나란히 올라서서 누구의 오줌 줄기가 더 멀리 나가는지 시합을 했다. 동생들은 모두 고만고만했는데 동생이 형을 이기기는 여간 어려운 게 아니었다. 두 살 터울인 홍혁이 초저녁부터 밤새 오줌을 참은 뒤 아침에 기를 쓰고 갈겼지만 바로 위 정혁을 이기지 못했다. 정혁이와 홍혁이는 우리집에 하나뿐인 굴렁쇠를 서로 차지하려고 수시로 찌그럭찌그럭 싸우기도 했다. 굴렁쇠는 아버지가 만들어 준 유일한 장난감이었다. 물론 싸워봐야 홍혁이 정혁을 이길 수 없었다.

어느 날 밤 잠들기 전 홍혁이 무슨 생각을 했는지 정혁에게 내일 아침 오줌 줄기가 더 멀리 나가는 사람이 굴렁쇠를 굴리자고 내기를 걸었다. 나는 의뭉한 홍혁이 또 무슨 꼼수를 부릴 거라는 생각이 들었는데 남을 의심할 줄 모르는 정혁이 냉큼 받아들였다.

동생들은 생김새가 다르듯 성격도, 습관도, 하는 짓도 모두 달랐다. 내 바로 밑에 명주는 눈썰미가 좋고 손끝이 야무져 엄마가 없을 땐 부엌일을 곧잘 했다. 정혁은 정도 많고 겁도 많고 눈물도 많은 아이였다. 홍혁은 의뭉스럽고 밖에 나갔다 돌아올 땐 손에 무엇이든 먹을거리를 쥐고 들어왔다. 먹을거리가 없으면 하다못해 땔나무 한 토막이라도 쥐고 들어왔지 빈손으로 들어오는 걸 보지 못했다. 붙임

성이 좋은 찬혁은 밝고 상냥해 누구와도 잘 어울렸다. 그런데 운혁은 좀 특별했다. 잘 놀다가도 엄마만 보면 울었다. 그때마다 엄마가 운혁을 밀어내며 말했다.

"이늠아, 거치적거리지 말구 저리가. 엄마 바뻐!"

그래도 운혁은 물러서지 않고 울었다.

"이거 끝내구 얼릉 저녁 해줄 테니께 나가 놀어."

엄마가 달래다가 엉덩짝을 철썩철썩 때리며 내쫓아도 운혁은 한 발짝도 움직이지 않고 엄마만 바라보며 앙앙 울었다. 엄마가 기어이 소리쳤다.

"세혁아, 운혁이 데려가!"

나는 운혁을 헛간으로 데려가 회초리를 쥐고 다그쳤다.

"야 임마, 너는 왜 엄마만 보면 울어?"

운혁이 느닷없이 손등으로 눈물을 싹 씻고 당차게 대들었다.

"울구 싶으니께 울지."

"왜 울구 싶은디?"

내가 어이가 없어 재차 소리치면 운혁은 더 크게 "나두 왜 우는지 몰러" 하고 되받아쳤다.

다른 동생들은 엄마가 회초리를 들기만 해도 엄살을 피우거나 줄행랑을 놓는데 운혁은 종아리에 피가 맺혀도 고스란히 맞았다.

"이늠아, 얼릉 잘못했다구 허든가 달아나든가 혀!"

회초리를 든 엄마가 피맺힌 종아리를 보며 소리쳐도 미동조차 없는 아이였다. 나는 차마 운혁을 때리지 못하고 회초리를 버린 뒤 가만히 안아주었다. 운혁은 그제야 울음을 그치고 몸을 부르르 떨며 나를 힘껏 안았다. 나는 그때 알았다. 운혁은 정이 그리워 운다는 걸. 동생들이 태어날 때마다 자꾸 멀어져가는 엄마의 정이 너무 그리워 우는 거라고.

"엄마, 운혁이 우는 건 안어달라구 우는 규."

나는 엄마에게 달려가 엄마가 그것도 모르느냐는 듯 자랑스럽게 말했다. 엄마가 혀를 끌끌 차며 말했다.

"이늠아, 내가 에민디 그걸 모르겠어? 한두 번 안어주다 보면 그게 버릇이 되는 겨."

나는 속으로 '엄마도 이미 알고 있었구나!' 라고 생각하면서도 따지듯 대꾸했다.

"그래두 자꾸 울잖어유?"

"사내자식이 참어내야지, 그러키 나약한 자식을 어따 쓸겨."

엄마는 더는 말할 수 없게 잘라 말했다.

다음 날 홍혁이 눈을 뜨자마자 정혁을 깨워 밖으로 나갔다. 나도 궁금해 뒤를 따라갔다. 두 놈이 나란히 똥독 테두리에 올라섰다. 나도 올라섰다. 모두 바지춤을 내리고 고추를 꺼내 잡은 뒤 홍혁이 "시작!" 하자 거의 동시에 두 놈의 오줌 줄기가 뻗쳐나가는데 뜻밖에 홍혁이 오줌 줄기가 정혁이보다 서너 뼘 앞에 떨어지는 이변이 일어났다. 홍혁은 아무리 시합을 해도 정혁을 이길 수 없자 고추 껍데기를 홀딱 까고 물총 쏘듯 깔겼다. 아무 영문도 모르고 역습을 당한 정혁이 당황하는 사이 홍혁은 제가 이겼다고 두 손을 번쩍 쳐들고 달려가 굴렁쇠를 차지했다.

나도 유년시절 가지고 놀아본 장난감은 아버지가 만들어 준 굴렁쇠뿐이었다. 그날은 장날이었다. 장에 갔던 아버지가 쇠로 된 둥그런 테를 가지고 왔다. 그건 아버지가 대장간에 들어가 호미와 낫을 벼리고 나오다 드럼통을 잘라 사용하고 남은 테두리를 얻어온 것이었다. 나는 처음 본 드럼통 테두리를 어디에 쓸 건지 전혀 몰랐다. 아버지는 한동안 드럼통 테두리를 마루 밑에 넣어 두었다. 어느 날 엄마가 그걸 가리키며 물었다.

"저걸 어따 쓸려구 주워 왔슈?"

아버지는 어린아이처럼 웃으며 말했다.

"주워온 게 아녀. 내가 애들 장난감 맹글어 주려구 대장간 주인헌티 은어온 겨."

나는 동생들을 돌보며 흙장난을 하거나 잠자리, 매미, 방아깨비, 두꺼비를 잡아 실로 묶어서 가지고 놀고, 개울에 들어가 나뭇잎을 띄우고, 물레방아를 돌리고, 물고기를 잡으며 놀았어도 무슨 장난감을 가지고 놀아본 적은 별로 없었다. 나는 아버지가 드럼통 테두리로 무슨 장난감을 만들어줄지 몰랐고 보기에 너무 흉해 전혀 관심도 없었다.

그러고도 며칠이 더 지난 뒤였다. 저녁상을 물린 아버지가 마당에 관솔불을 환하게 밝히고 마루 밑에 두었던 드럼통 테두리를 꺼냈다. 드럼통 테두리는 잘라낸 부분이 톱날처럼 매우 날카로웠다. 아버지는 마당가 멍석 바위에 드럼통 테두리를 올려놓고 대장간에서 연장을 벼리듯 날카로운 부분을 쇠망치로 두드렸다. 망치로 두드린 뒤 거친 부분을 줄로 쓸어 매끄럽게 했다. 철근토막으로 긴 담뱃대 모양의 손잡이도 만들었다. 그날 밤 드럼통 테두리로 만든 것이 바로 굴렁쇠였다.

다음 날 아침 아버지는 자고 있던 나를 깨워 마당에 데리고 나가 굴렁쇠 굴리는 것을 보여주었다. 나는 아버지가 굴렁쇠 굴리는 모습이 어찌나 신기했던지 한순간에 잠이 싹 달아났다. 아버지는 내게 굴렁쇠를 넘겨주며 굴리는 요령을 가르쳐주었다.

"그러니께, 오른손은 굴렁쇠 손잡이를 잡구 왼손은 굴렁쇠를 반듯하게 세워 앞으루 슬쩍 굴리는 동시에 굴러가는 굴렁쇠를 손잡이루 살짝 드는딕기 밀며 앞으루 나가면 되는 겨."

굴렁쇠를 받아들고 아버지가 가르쳐 준 대로 한다고 했는데 굴렁쇠는 내가 손을 떼자마자 나동그라졌다. 다시 해도 마찬가지였다. 어쩌다 잘 굴러간다고 해도 겨우 너더댓 바퀴 돌면 옆으로 쓰러지거나 제멋대로 달아났다. 어떻게 하면 나도 아버지처럼 굴렁쇠를 잘 굴릴 수 있느냐고 물었다. 아버지는 자꾸 굴려보라며 지게를 지고 휭하니 밖으로 나갔다. 나는 굴렁쇠를 이렇게도 굴려보고 저렇게도 굴리다가 좀더 세게 굴려보았다. 굴렁쇠가 홀렁홀렁 굴러 마당을 지나 채마밭으로 들어가 꽃이 하얗게 핀 고춧대를 부러뜨리고 멈췄다. 마당가 채마밭은 엄마가 아침저녁으로 물주고, 풀 뽑아주고, 거름 줘가며 어린아이 다루듯 애지중지 키우는 것이었다. 엄마가 부러진 고춧대를 보면 대번에 불호령이 떨어질 것은 불을 보듯 뻔했다. 나는 고추밭에 들어가 부러진 고춧대를 그 자리에 꽂아 놓았는데 그건 임시방편일 뿐이었다. 고춧대는 땅에 꽂는 순간부터 고춧잎이 시들어 늘어지기 시작했다.

아버지가 땔나무 한 짐을 지고 마당으로 들어서며 말했다.

"이늠아, 아직두 그러구 있는 겨?"

나는 아버지가 땔나무를 나뭇간에 들여쌓고 나오기를 기다렸다가 말했다.

"아부지, 저 일 저질렀슈."

아버지가 깜짝 놀라며 물었다.

"일을 저질러. 무슨 일을?"

나는 부엌에 있는 엄마가 들을까 봐 채마밭을 가리키며 목소리를 낮춰 말했다.

"굴렁쇠 굴리다 저기 저 고추 한 포기를 분질렀슈. 엄마가 알면 굴렁쇠 굴리지 말라구 야단칠 텐디 어쩌쥬."

아버지는 아무 말도 없이 성큼성큼 걸어가 내가 가리킨 고추 포기를 뽑아 들고 부엌으로 들어갔다. 엄마 목소리가 밖에까지 들렸다.

"에혜. 이제 한창 꽃이 피는디 그걸 꺾어오면 어특해유?"

아버지도 속이 상했는지 퉁명스럽게 말했다.

"내가 일부러 꺾었겠남."

나는 엄마가 아버지에게 뭐라고 할지 조마조마했다. 엄마는 동생들이 고추밭에 들어가기만 해도 번쩍 들어 내놓고 엉덩짝을 철썩철썩 때리며 고추밭에 얼씬거리지 못하게 했다. 부엌에선 아무 말도 들리지 않았다.

부엌을 나온 아버지는 괭이로 마당가를 판판하게 고른 뒤 나를 데리고 뒤꼍으로 갔다. 뒤꼍에 통나무가 쌓여 있었다. 나는 아버지와 긴 통나무를 맞잡고 들어다 마당가에 잇대 놓았다. 내가 왜 통나무를 잇대 놓느냐고 물었을 때 아버지가 이렇게 말했다.

"사람은 말이다. 아무리 야단을 치구 벌을 줘두 똑같은 상황이라면 똑같은 잘못을 또 저지를 수 있으니께."

아하! 나는 그제야 아버지는 내게 벌을 주는 대신 마당가에 통나무를 놓아주었다는 것을 깨달았다. 굴렁쇠는 여러 번 엉뚱한 곳으로

90

굴러갔는데 통나무에 막혀 채마밭으로 들어가지 않았다. 나는 마음 놓고 굴렁쇠를 굴렸는데 자꾸 넘어지고 엉뚱한 곳으로 굴러갔다. 나는 아버지에게 물었다.

"아부지두 굴렁쇠 굴리다 일 저질러 봤슈?"

아버지는 당연한 것 아니냐는 듯 말했다.

"그럼. 나라구 뭐가 다르겄어. 나는 고춧대 부러뜨린 건 일두 아니었어. 굴렁쇠 굴리다 큰누님이 채마밭에 물 주려구 물을 가득 채워 놓은 물동이를 깨뜨렸으니께."

"물동이를유!"

나는 내가 물동이를 깨뜨린 것처럼 화들짝 놀랐다. 물동이가 깨지면 다시 장만하기가 쉽지 않아 귀 떨어진 것이나 손잡이가 깨진 건 그대로 썼고, 금이 간 것은 테 메워 썼고, 구멍 난 것은 때워 썼다. 나는 물동이를 깨뜨린 아버지를 할아버지가 어떻게 했는지 궁금해 물었다.

"물동이 깨뜨리구 할아부지헌티 혼났슈?"

아버지는 뻔한 걸 왜 묻느냐는 듯 말했다.

"그럼 물동이 깨뜨리구 좋은 소리 들었을까!"

나는 아버지가 할아버지한테 무슨 소리를 들었는지 더욱 궁금해 다시 물었다.

"할아부지가 어티기 했는디유?"

아버지는 내게 고자질하듯 말했다.

"아부지가 글쎄 부엌에 큰 바가지두 잔뜩 있었는디 하필 내 밥그릇만 한 종구라기를 주면서 그걸루 물을 퍼다 부엌에 있는 물 항아리를 가득 채우라는 겨."

나는 아버지가 엄한 벌을 받았을 줄 알고 긴장했다가 할아버지 심부름 정도로 생각되어 심드렁한 기분으로 물었다.

"물 항아리가 얼마나 컸는디유?"

"물 항아리는 별루 크지 않었는디 하루 쥥일 땀을 뻘뻘 흘리며 쉴 새 읎이 물을 퍼다 부어두 이노므 항아리가 차기는커녕 점점 줄어드는 겨."

항아리에 물을 붓는데 줄어들다니! 나는 물을 퍼다 깨진 항아리에 붓는 줄 알고 물었다.

"깨진 항아리였슈?"

"깨진 게 아니구 내가 퍼다 붓는 물보다 누님이 쓰는 물이 더 많었으니께. 나는 매일 녹초가 되었는디 아부지가 장에 가신 날 큰 바가지루 물을 퍼다 채웠어."

아버지는 지난 이야기를 하면서도 어이가 없었는지 허허 웃었다. 나는 문득 아버지가 매 맞는 상상을 하면서 물었다.

"할아부지헌티 맞지는 않었슈?"

내 말끝에 아버지 얼굴에 웃음기가 사라지고 어두워졌다. 나는 말을 해놓고 머쓱해졌는데 아버지가 낮은 목소리로 말했다.

"나중에 큰누님헌티 들었는디 내가 혼자 놀면서 자꾸 일을 저지르니께 아부지가 큰누님에게 '두영이가 정신이 번쩍 들게 한 번 때려주구 싶어두 에미 읎이 크는 게 너무 불쌍혀 못 때리겠다. 늬가 잘 좀 보살펴주라.'구 그러시더랴. 엄마가 나를 낳은 뒤 바루 돌어가셨거든. 그래서인지 몰러두, 나는 아부지헌티 단 한 번두 맞은 기억은 읎어."

나는 할머니가 안 계신 것은 알았지만 그렇게 일찍 돌아가신 줄은 몰랐다. 나는 아버지를 누가 키웠는지 궁금해 물었다.

"그럼 아버지는 누가 키웠슈?"

"이늠아 누가 키우긴 누가 키워 아부지가 키웠지."

"할아부지가 아버지를 어티기 키워유. 아버지는 엄마 읎이 우리 막내 키울 수 있슈?"

아버지는 당연한 것을 왜 묻느냐는 듯 말했다.

"그럼 내 새끼 내가 키워야지 누가 키워?"


나는 얼마 전 두성이 새엄마를 데려온 두성이 아버지가 떠올랐다. 내 친구 두성이 엄마는 젖먹이 두성이 동생을 두고 죽었다. 우리 마을에 두성이 아버지 말고도 새장가 간 사람도 있고, 작은 마누라를 장터에 두고 사는 사람도 있었다. 나는 별생각 없이 떠오르는 대로 말했다.

"어특허긴 뭘 어특해유. 새장가 들면 되쥬."

아버지는 내 말이 뜻밖이었던지 어이없는 표정으로 말했다.

"이늠아, 그게 말처럼 그러키 쉬운 게 아녀. 엄마가 돌아가신 뒤 아부지에게 여러 번 중매가 들어왔댜. 그런디 아부지는 중매쟁이가 올 때마다 누가 내 자식을 나보다 더 잘 키울 수 있겄느냐구, 내 생각만큼 못 키우거나 구박허면 그걸 보구 어티기 의좋게 살 수 있겄느냐구 그러시더랴."

아버지는 쓰고 난 괭이를 다시 헛간에 갖다 두고 나와 말했다.

"자식은 낳은 부모보다 더 잘 키울 수 있는 사람은 읎는 겨."

나는 할 말이 없어 아버지에게 굴렁쇠를 내밀며 말했다.

"아부지가 굴렁쇠 굴리는 거 한 번만 더 가르쳐줘유."

아버지가 머리를 절레절레 흔들며 말했다.

"이늠아, 늬가 헐 줄 몰러 못 허는 게 아니라 안 해서 안 되는 겨. 딴생각 허지 말구 될 때까지 해봐. 그건 늬가 해야 허니께."

내가 다시 굴렁쇠 굴리는 것을 지켜보던 아버지가 말했다.

"늬는 그래두 나보다 빨리 배운 겨. 나는 늬만큼 굴리는 디 몇 달 걸렸거든."

나는 아버지가 굴렁쇠 굴리는 것도 놀라운 일인데 배우는 데 몇 달 걸렸다는 말에 더욱 놀랐다. 나는 굴러가는 굴렁쇠를 잡고 아버지에게 물었다.

"누구헌티 배웠는디 몇 달씩이나 걸렸슈?"

아버지는 담배통에 담배를 꾹꾹 눌러 담으며 말했다.

"그러니께 말이다. 내가 늬보다 한 살 적었을 때였어. 아부지가 초등핵교 앞을 지나가는디 애들이 운동장에서 굴렁쇠를 어찌나 재미나게 굴리며 노는지 그걸 보는 순간 맨날 큰누님 뒤꽁무니만 졸졸 따라댕기는 내 생각이 나셨댜. 그때 아부지가 내게두 굴렁쇠를 맹글어 주구 싶어 눈여겨 보니께 헌 자전거바퀴를 굴리며 댕기는 놈, 도라무깡(드럼통) 테두리를 굴리는 놈, 굵은 철근을 둥그렇게 맹글어 굴리는 놈, 자동차 바퀴에서 빼낸 헌 쥬브(튜브)에 바람을 잔뜩 불어 넣어 맨손으루 겅정겅정 굴리며 댕기는 놈. 하여튼 제대루 된 굴렁쇠를 굴리는 놈은 몇 놈 안 되더랴. 아마 그날이 굉일(공일)이었던개벼. 아부지가 그길루 자전거포를 찾아가 헌 자전거바퀴 한 개를 읃어다 밤새 고무바퀴허구 쥬브허구 바퀴살을 모조리 빼낸 뒤 굴렁쇠를 맹글구 철사를 꾸부려 손잡이까지 맹글어 줬어. 그런디 아부지는 굴렁쇠를 보고 직접 맹글기는 했어두 굴려본 적은 읎었던개벼.

내가 아부지에게 굴렁쇠를 받아들구 어티기 굴리느냐구 물었는디 그냥 손잡이루 밀구 댕기라구만 했으니께."

나는 자전거 바퀴가 굴러가는 것을 상상하며 물었다.

"자전거 바퀴는 잘 굴러갔슈?"

"이늠아 잘 굴러가긴 뭐가 잘 굴러가. 잘 굴러갈 턱이 읎지. 츰엔 아부지가 허라는 대루 했는디두 이늠의 굴렁쇠가 손을 놓으면 넘어지구 손잡이루 밀어두 자꾸 넘어지니께 도통 재미가 읎어 마루 밑에 처박어 뒀다가 생각나면 다시 끄집어내 굴려보는 사이 차츰차츰 손에 익었어. 한 바퀴를 굴리든 두 바퀴를 굴리든 내가 굴렁쇠를 굴린다는 생각이 들면서 재미가 붙기 시작했는디, 그때부턴 하루 죙일 굴렁쇠를 굴려두 손에서 놓기가 싫었어. 늬두 좀더 굴리다 보면 잘 굴릴 수 있을 겨."

나는 굴렁쇠를 넘어뜨리면서도 계속 굴리며 마당을 돌았다. 손으로 굴렁쇠를 굴리면서도 눈길은 자꾸 채마밭으로 갔다. 고추 한 포기 뽑아낸 자리가 허전할 만큼 아주 커 보였다.

아버지가 마당에 모닥불을 피우고 멍석을 편 뒤 부엌에 들어가 저녁상을 내왔다. 나는 상위에 놓인 고춧잎나물을 보고 가슴이 뜨끔했다. 고춧잎나물은 내가 굴렁쇠를 굴리다 부러뜨린 고춧대에서 따낸 것이 틀림없다는 생각이 들어서였다. 나는 저녁을 먹고 부엌에 들어가 설거지하는 엄마에게 능청을 떨었다.

"엄마, 아부지가 부러뜨린 고춧대 어딨슈?"

엄마가 나를 흘긋 쳐다보고 픽 웃으며 말했다.

"아부지가 부러뜨린 고춧대는 읎구, 늬가 굴렁쇠를 굴리다 부러뜨린 고춧대는 저기 있어."

엄마가 가리킨 손가락 끝에 잎을 떼어낸 앙상한 고춧대가 있었다. 도둑이 제 발 저리다고 너무 무안해 한동안 엄마 눈치를 살피다 기어드는 목소리로 말했다.

"엄마는 아버지가 그짓말 허는 걸 알면서 왜 모르는 척 했슈. 나를 불러다 야단두 치지 않구."

엄마가 혀를 끌끌 차며 말했다.

"늬는 아부지가 통나무를 들어다 왜 마당가에 울타리를 치딕기 길게 이어 놨는지 알겄니?"

"그야, 내가 굴리는 굴렁쇠가 고추밭으루 들어가지 못허게 막어 놓은 거쥬. 엄마는 그것두 몰러유?"

나는 엄마에게 그것도 모르느냐고 퉁명스럽게 말했다. 엄마는 혼잣말하듯 '에이구 언제 철이 들른지, 원' 하면서 다그치듯 말했다.

"이늠아. 늬가 굴리는 굴렁쇠가 고추밭에 들어가지 못허게 아부지가 통나무를 들어다 막아놓은 건 너를 위한 거구, 나를 위한 거구, 아부지를 위한 겨. 그래야 우리 집안이 편안헐 테니께."

굴렁쇠는 내가 굴리는데 그게 왜 엄마를 위한 일이고, 아버지를 위한 일이고, 어떻게 우리 집안에 평안을 가져온다는 건지 나는 도무지 이해할 수 없었다.

"그게 어째서 그렇츄?"

설거지를 마친 엄마가 치맛단을 걷어 올려 손을 닦으며 말했다.

"이 에미 말 잘 새겨들어! 늬가 굴렁쇠를 굴리다 부러트린 고춧대를 아부지가 들구 왔을 때 나는 깜짝 놀래서 생각할 겨를 없이 '에헤. 이제 꽃이 한창 피는디 그걸 꺾어오면 어특해유'라구 소리를 질렀지. 아부지가 대뜸 나를 나무라딕기 '내가 일부러 꺾었겄남' 하는 소

리에 나는 늬가 마당에서 굴렁쇠를 굴리다 부러트렸다는 걸 금방 알
어챘지. 고춧잎도 이미 시들어 있었구. 허지만 그때 내가 아부지에
게 왜 내게 그짓말 했느냐구, 내가 계모냐구, 자식을 너무 감싸구
돈다며 대들구 너를 불러다 야단치면 아부지 체면이 스겠니, 뿌리진
고춧대가 살어나길 허겄니? 늬가 부러트린 것을 알면서두 늬 아부지
체면을 세워주니께 슬며시 나가 통나무를 들어다 막어 놨지. 그러니
께 늬는 안심허구 굴렁쇠를 굴리라는 뜻이구, 내게는 늬가 마당에서
굴렁쇠를 굴려두 고추밭에 들어갈 일은 읎을 테니께 걱정하지 말라
는 겨. 나는 그런 늬 아부지가 고맙구 하늘같은 믿음이 가."

엄마는 남편은 하늘이라고, 아버지를 하늘에 비유해 말하기도 했
다. 동생들에게 장형은 부모라고 가르치기도 했다. 그래야 집안이
평안하다고. 엄마는 아궁이 불을 안쪽으로 밀어 넣은 뒤 아궁이를
막아놓고 덧붙여 말했다.

"너두 이담에 가장이 되어봐. 한 집안이 편하려면 나보다 남을 더
위할 줄 아는 깊은 궁량과 넓은 도량이 필요헌 겨."

엄마는 설거지하기 전 대접에 떠 놓은 숭늉을 들고 나가 아버지에
게 드렸다. 나도 엄마 뒤를 따라 부엌을 나갔다. 아버지는 엄마가
가져다주는 숭늉을 받아 달게 마셨다. 모닥불이 활활 타올랐다.


다음 날 아침 눈을 뜨자마자 굴렁쇠가 떠올랐는데 전날 무리한 탓
에 오른팔을 들 수 없을 정도로 어깨가 아팠다. 나는 굴렁쇠를 굴릴
줄 알고부터 굴렁쇠 굴리는 재미에 푹 빠져 지냈다. 마당을 빙글빙
글 돌다가 마당을 벗어나 마을길을 오르락내리락했다. 굴렁쇠를 넓
은 마당에서도 넘어뜨리던 내가 좁은 논두렁길, 밭두렁길에서도 굴

리고 다녔다. 급기야 긴 통나무를 마당에 길게 이어놓고 그 위로 굴리는 묘기도 터득했다.

그해 첫눈이 내리고 개울가에 살얼음이 낄 때도 땀을 뻘뻘 흘리며 굴렁쇠를 굴리고 난 뒤 개울물에 들어가 멱을 감았다. 지나가던 어른들이 보고 고뿔 걸린다고 했지만 나는 그해 겨울 단 한 번도 고뿔에 걸리지 않았다. 이듬해 굴렁쇠 굴리는 요령을 정혁에게 가르쳐주었고, 정혁은 홍혁에게 가르쳐주었다.


오줌발 대결에서 이긴 홍혁이 굴렁쇠를 굴리며 학교에 가는 내 뒤를 따라왔다. 그날 학교 정문에 '쥐잡기운동' 현수막이 길게 걸려있었다. 그때는 온 나라가 쥐잡기운동을 펼칠 때였다. 쥐잡기운동뿐만 아니라 잔디 씨를 훑어 와라, 싸리 씨를 따와라, 송충이를 잡아라, 퇴비를 증산해라, 사방공사에 나와라, 집 안을 청결히 해라, 신작로를 닦아라 ….

그때 우리 면을 지나가는 신작로는 왕복 일차선이었는데 도로 양쪽에 논두렁처럼 자갈을 쌓아 경계표시를 했다. 사람들이 길을 가다 자동차를 만나면 자갈무더기 위에 올라가 피했고, 마주 달리던 자동차끼리 비켜 갈 때도 서로 바깥 타이어는 자갈무더기 위로 지나갔다. 비포장도로는 울퉁불퉁했고 자동차 바퀴가 지나간 자리는 봇도랑처럼 깊게 파여 심한 곳은 운전사가 차를 세우고 자갈이나 돌을 주워다 채우고 지나갔다. 망가질 대로 망가진 도로는 인근 지역주민들에게 보수하라고 했다.

도로 보수하는 날을 '길 닦으러 가는 날'이라고 했다. 면에서 날을 잡아 마을 이장에게 통보했고 이장은 반장에게 통보하여 반별로 지

정된 도로를 닦게 했다. 오전에 나가 길을 닦아 놓으면 해 질 무렵에 면 서기가 자전거를 타고 나와 한 바퀴 돌아봤다. 도로 양편에 경계로 쌓아 놓은 자갈무더기 높이가 낮거나 움푹 파인 도로에 자갈을 제대로 채우지 않았으면 불합격처리 했다. 불합격 받으면 다음 날다시 길을 닦고 재검열을 받아야 했다. 우리 마을은 자동차는 고사하고 자전거 한 대 없어도 길을 닦으려면 파종을 미루고 수확시기를 놓치면서까지 동전 한 닢 주지 않는 부역을 나가야 했다.

나는 왜 우리가 자동찻길을 닦아야 하는지 의문이 들었는데 그것보다 더 이해할 수 없었던 건 우리가 내는 세금이었다. 우리는 세금고지서를 받아 본 적이 없다. 도대체 우리가 내야 할 세금이 무슨 세금인지, 얼마를, 언제까지, 어디에 내야 하는지 몰랐다. 어느 날 갑자기 낯선 사람이 찾아와 면에서 나왔다며 세금을 내라고 했다. 무슨 세금인지는 차치하더라도 우리는 그 사람이 면에서 세금을 징수하러 나온 면서기인지 확인할 길이 없었다. 호구조사가 제대로 되어있지 않아 면서기도 우리 마을에 몇 가구가 어디에 있는지조차 몰라큰길에서 보이는 집만 들어가 세금을 받아갔다. 때로는 면서기가 이장을 앞세우고 세금을 걷으러 다니기도 했는데 이장도 큰길에서 보이는 집만 찾아갔다.

관에서 고지서 없는 세금을 받아가면서도 영수증을 주지 않았다. 관공서뿐만 아니라 학생들이 학교에서 내라는 돈을 내도 선생님이갖고 다니는 장부에 연필로 표시할 뿐 영수증은 주지 않았다.

면서기는 학교에서 위생검열하듯 청결조사도 했는데 그것도 세금을 거둬들이듯 큰길에서 보이는 집만 했지 산골짜기 안에 있는 집은 찾아가지 않았다.

어느 날 반장 집 아들이 식전바람에 헐레벌떡 뛰어 왔다.

"오늘 청결조사 나온대유."

아침거리로 솔잎을 썰고 있던 아버지가 말했다.

"세혁아, 늬는 막내 내려놓구 뜰팡부터 마당까지 깨깟이 쓸어!"

나는 전날 깨끗이 청소하여 안 해도 될 것 같아 바로 대답했다.

"어제 저녁때 쓸어서 검부락지 하나 읎이 아주 깨깟헌디유."

아버지는 여전히 솔잎을 썰며 말했다.

"그래두 청결조사 나온다니께, 마당에 빗자루질헌 흔적이라두 내 봐."

새뜸 사람들도 빗자루를 들고나와 마당을 쓸고 길을 쓸었다. 그날 저녁나절 팔뚝에 '청결'이라는 완장을 찬 사람이 인기척도 없이 우리집 마당으로 성큼성큼 들어섰다. 마을사람들은 그를 '청결'이라고 불렀다. 청결이 우리집 마당, 뒷간, 장독대, 헛간, 우물을 둘러보는 동안 아버지는 선생에게 청소 검열받는 아이처럼 지켜보았다. 청결이 토방을 가리키며 말했다.

"저기 저건 뭐유?"

"그건 애들 오줌 받는 오줌동인디유."

"왜 오줌동이를 뜰팡에 둬유. 당장 치워유!"

"아니 안방에다 오강두 두는디유."

"그래서 치우겄다는 거유, 못 치우겄다는 거유?"

아버지가 더는 대꾸하지 않고 오줌동이를 들고 나갔다.


불시에 밀주단속도 나왔다. 마을사람들은 밀주단속을 매우 두려워했다. 물론 밀주를 담그지 않는 집은 두려울 게 없으나 몸이 아프면 민간요법으로 치료하는 산골 사람들은 굿을 하고, 침을 맞고, 약초를 달여 먹거나, 약술을 담가 먹는 게 고작이었다. 그래서 병은 널리 알려야 한다고 했다. 폐병에 걸리면 뱀을 잡아 고아 먹고, 허리가 아프면 지네를 태워 가루로 만들어 술에 타 먹고, 설사에 홍시를 먹고, 벌에 쏘이면 된장을 바르고, 종기에 감자떡을 붙이고, 언덕이나 나무에서 떨어져 골병이 들면 뒷간에 잘 삭은 똥물에 용수를 박고 고이는 똥물을 퍼먹으라고 했다.

내가 새벽에 뒷골 밭에 들어가 보리를 한 짐 베어 지고 내려오다 서너 길 되는 논두렁 밑으로 떨어지며 차돌 바위에 가슴을 부딪쳤다. 아버지가 나를 업어다 방에 뉘어주었지만 나는 가슴이 결려 숨 쉬기조차 힘들었다. 내가 다쳤다는 소문은 온 동네로 퍼졌다. 아버지를 만나는 사람마다 내게 해 먹이라는 약이 왜 그렇게 많던지. 잘 삭은 똥물부터 약초, 나무, 나무뿌리, 벌레 등 부지기수였다. 아버지는 산 너머 여래미골 약초꾼에게 약초를 구해 약술을 담갔는데 하필 밀주단속이 나왔다.

밀주단속반이 우리집에 들이닥쳤을 때 나는 방안에 혼자 누워있었다. 밖에서 주인 찾는 소리에 방문을 열고 내다보는데 그들은 밀주단속을 나왔다며 온 집 안을 샅샅이 뒤져 아버지가 담가 놓은 약술을 찾아들고 나왔다. 나는 내가 몸을 많이 다쳐 약으로 먹을 약술이라고 했다. 그가 술독에 손을 집어넣고 휘휘 저어 약초를 확인하고 말했다.

"약술두 집에서 담구면 밀주니께 술을 사다 담구라구 혀."

그러곤 마당으로 들고 나가 텃밭에 쏟아버렸다. 나는 약술을 담그는 것이 단속대상이라는 걸 이해할 수 없었다. 뒤늦게 집으로 돌아온 아버지가 노발대발했지만 이미 엎지른 물이었다. 아버지는 다시 약술을 담갔다. 약술이 거의 익어갈 무렵 밀주단속이 또 나왔다. 그날은 엄마가 집에 있었는데 밀주단속이 나온 걸 모르고 있었다. 점심 먹고 얼마 지나지 않아 새뜸 큰집 아주머니가 엄마를 불렀다. 엄마가 방문을 열고 마루로 나가자 큰집 아주머니가 대접을 들어 보였다. 엄마가 단박에 알아차리고 잽싸게 부엌으로 들어가 함지박에 술 담은 항아리를 담고 빨랫감으로 푹 덮은 뒤 머리에 이고 개울로 내려가 빨래를 했다. 술 냄새를 개코같이 맡는다는 단속반이 우리집에서 나는 술 냄새를 맡고 샅샅이 뒤졌지만 끝내 술 항아리를 찾아내지 못했다.

며칠 뒤 아버지가 잠자리에 들기 전 약술을 한 대접 갖다 놓고 말했다.

"술은 으른헌티 배워야 혀. 한 방울두 냉기지 말구 다 마셔."

나는 아버지가 하라는 대로 약술 한 대접을 다 마셨다. 나를 지켜보던 아버지가 "이리와!" 그러곤 나를 품에 담쏙 안고 누웠다. 나는 약술에 취해 아침까지 마취주사 맞은 짐승처럼 곯아떨어졌다. 다음 날도, 그다음 날도 하루도 거르지 않고 스무날 동안 약술을 먹고 아버지 품에서 잤다. 그리고 기적처럼 나았다. 그 바람에 나는 술을 초등학교 때 아버지 앞에서 약술로 배웠다.


내가 처음 먹어 본 양약은 회충약이었다. 어느 날 종례시간에 선생님이 내일 전교생이 회충약을 먹는다며 아침을 먹지 말고 오라고 했다. 다음 날 선생님이 출석을 부르고 난 뒤 아이들 입에 회충약을 직접 넣어주었다. 아침을 먹고 나온 아이에겐 회충약을 주지 않았다. 회충약을 다 먹인 뒤 선생님이 대변에서 회충이 몇 마리 나왔는지 확인해 오라고 했다. 나는 밭에 똥을 누고 막대기로 헤집었다. 논밭에서 본 지렁이같이 생긴 회충 아홉 마리가 나왔다. 아홉 마리 중 이미 죽은 것도 있고, 살아있는 것도 있었는데 눈도 코도 없는 것이 입만 짝짝 벌리며 꿈틀거렸다. 나는 배가 아플 때 엄마에게 뱃속에서 뭐가 꿈틀거린다고 하면 엄마는 그냥 지나가는 말처럼 횟배라고 했다. 나는 횟배가 뭔지 몰랐는데 회충을 보고 알았다.

다음 날 선생님은 수업에 들어가기 전 회충이 한 마리도 안 나온 사람 손들라고 했다. 선생님은 손든 아이를 세어 칠판에 적었다. 다음으로 한 마리에서 다섯 마리 나온 아이, 여섯 마리에서 여덟 마리 나온 아이, 아홉 마리에서 열 마리 나온 아이 그리고 마지막으로 열 마리 이상 나온 사람 손들라고 했다. 손드는 아이가 몇 명 있었다. 선생님이 손든 아이에게 몇 마리 나왔냐고 물었다. 열두 마리 나온 아이, 열네 마리 나온 아이, 열일곱 마리 나왔다는 아이가 가장 많이 나온 아이였다. 나는 시도 때도 없이 뱃속에서 공이 굴러다니는 것처럼 아프던 횟배가 회충약을 먹은 뒤 씻은 듯이 나았다.

어린 시절, 나를 아주 지긋지긋하게 괴롭힌 건 머리에 난 부스럼과 몸에 꾀는 이와 방에 있는 빈대 벼룩이었다. 나는 초등학교 들어갈 무렵 머리에 난 부스럼은 나도 모르게 사라졌는데, 동생들 머리에 껌 딱지 달라붙듯 덕지덕지 난 부스럼에서는 진물이 흘렀다. 머리카락까지 싸잡아 딱지가 앉자 엄마는 가위로 머리를 깎아주었다. 동생들 머리통은 소가 풀을 뜯어먹은 풀밭 같았다. 동생들은 이, 빈대, 벼룩에 물려 밤낮 긁어대 몸에서도 진물이 흘렀다. 아버지가 온

갖 약초를 구해 달여서 먹이고, 발라주고, 씻어주고, 가루로 만들어서 뿌려주고, 덮어줘도, 몸에 이가 꾀고 방안에 빈대 벼룩이 득시글거리니 나을 턱이 없었다.

어느 날 낯선 사람이 찾아와 우리 마을에 용한 의원이 왔다고 했다. 그 의원이 아이들 몸에 난 부스럼을 치료하고, 방안에 약을 한 번만 뿌려도 빈대, 벼룩의 씨가 마른다고 했다. 기적 같은 말이었고 꿈같은 얘기였다. 그 사람이 다녀간 뒤 그 용한 의원이 우리집에 왔다. 아버지는 의원이 시키는 대로 아이들을 모두 불러 모았다. 의원은 아이들 머릿수를 세어보고 살펴본 뒤 아버지를 앞세우고 안방과 윗방을 둘러보고 나와 말했다.

"집을 지은 지가 하도 오래되어 약이 많이 들어가겠슈."

의원은 아버지에게 약값을 말했다. 아버지는 그만한 돈을 가지고 있지 않았다. 그는 다음 장날 다시 방문해 아이들에게 난 부스럼이 낫지 않았거나, 방에 빈대 벼룩이 한 마리만 발견되어도 약을 무료로 다시 뿌려주겠다고, 약값은 현금이나 곡물로 받아가겠다고 했다. 아버지는 메주 쑤는 흰 콩 3말을 주기로 했다. 의원은 아버지와 흥정이 끝나자 동생들 머리에 가루약을 눈사람처럼 하얗게 뿌려주었다. 분무기에 약을 넣어 방바닥, 벽, 천장에 이슬이 맺히도록 뿌리고 나와 서너 시간 동안 문을 열지 말라고 했다.

한 파수 지난 뒤 그 의원이 왔을 때 동생들 머리에 난 부스럼에 딱지가 앉고 몸에 흐르던 진물도 멈췄다. 물론 빈대 벼룩도 전멸했다. 먼 훗날 그 용한 의원이 동생들 머리와 몸에 하얗게 뿌려 준 것이 디디티였고, 방에 뿌린 약도 농업용 맹독성 살충제인 것을 알았다.

사람 몸에 이가 꾀듯 소나무에 송충이가 기승을 부렸다. 송충이는 마을사람들이 손으로 잡았다. 면에서 '송충이 잡는 날'을 마을 이장에게 통보하면 그날은 온 마을사람들이 모두 산에 올라가 송충이를 잡았다. 송충이를 잡으려면 잡은 송충이가 기어나갈 수 없는 깡통이 필요했다. 깡통이 없으면 양철 세숫대야를 들고 나가기도 했고, 놋쇠 요강을 들고나온 할머니도 있었다. 내가 섶에 오른 누에처럼 송충이가 다닥다닥 달라붙은 소나무에 올라가 발로 소나무 가지를 콱콱 밟아대면 송충이가 가을바람에 도토리 떨어지듯 우수수 떨어졌다. 송충이는 누에와 비슷한데 검은 갈색 몸통에 길쭉한 시커먼 털이 듬성듬성 나 있어 아주 징그럽고 흉측했다.

내가 송충이를 털고 내려올 때 옷에 달라붙었던 송충이가 소나무와 배 사이에 끼어 꽈리 터지듯 터져버려 기겁하기도 했는데 퍼렇게 으깨진 송충이에게서 진한 솔향기가 났다. 저녁때 이장과 면 서기가 산 밑에 커다란 구덩이를 파 놓고 기다렸다. 나는 큰 목소리로 아버지 이름을 대며 온종일 잡은 송충이를 구덩이에 쏟아 부었다.

정부에서 장려하는 퇴비증산을 위해 건초 다발을 메고 학교에 가기도 했다. 매일 교문을 지키고 섰던 선생이 빈손으로 등교하는 아이들을 교문에 세워두었다가 시작종이 울리면 몽둥이로 손바닥에 불이 나도록 때린 뒤 들여보냈다. 교실에 들어가면 담임선생이 우리들에게 지각했다, 반에 먹칠했다, '조센징'은 팽이를 닮아 때려야 말을 듣는다며 때렸다. 나는 2학년에서 4학년으로 월반하여 아이들 이름을 다 알지 못해 조센징이 누군지 몰랐는데 이상하게도 담임선생은 아무나 불러내 조센징이라며 때렸다.

한번은 등굣길에 갑자기 뒤가 급해 메고 가던 건초 다발을 길가에 두고 수수밭에 들어갔다 나온 사이 어느 놈이 건초 다발을 들고 달아났다. 그날 빈손으로 학교에 갔다가 교문에서 손바닥에 불이 나도록 매 맞고 교실에 들어가 담임선생에게 조센징 소리를 들어가며 조센징이 뭔지도 모르면서 아픈 손바닥을 또 맞았다. 물론 나중에 조센징이 뭔지 알게 되었지만 ….

매년 식목일이 돌아오면 전교생이 수업을 전폐하고 인근 산에 들어가 주로 소나무, 낙엽송, 오리나무를 심었고, 자동차가 지나갈 때 흙먼지가 뭉게구름처럼 피어오르는 신작로 가에 쪼그리고 앉아 꽃을 심었다. 나는 신작로 가에 심은 코스모스 꽃을 좋아했고, 꽃향기에 심취했다. 등굣길 코스모스 꽃에 살며시 입맞춤하면 냉기가 입술에 오스스 흐르고 향기는 날카로웠다. 하굣길에 코스모스 꽃을 한아름 싸잡아 안고 얼굴을 묻으면 왠지 푸근한 향기에 눈물이 났다.

빗자루와 물걸레로 교실 바닥과 복도를 쓸고 닦고, 입김을 호호 불어가며 유리창을 말갛게 닦고, 코를 싸쥐고 변소 청소를 하고, 화단을 가꾸고, 운동장에 나가 쓰레기 줍는 일을 매일 했다. 아이들이 창틀에 올라가 유리창을 닦다 화단으로 떨어져 많이 다쳐도 다친 아이 잘못이라고 했다.

학교에서 구호품으로 나온 분유를 직접 끓여 한 컵씩 주는 날도 있었다. 우유를 주는 날은 학생들이 하굣길에 운동장을 일렬종대로 걸어가며 한 컵씩 받아 마시고 빈 컵은 뒤에 선 아이에게 넘겼다. 내 앞에 선 아이가 우유를 마실 때 코에서 누런 코가 흘러내려 하얀 우유에 기름띠처럼 둥둥 떠 있었다. 그 아이는 우유에 떠 있던 코까지 홀짝 마신 뒤 빈 컵을 내게 넘겨주었다. 나는 그 컵에 우유를 받아 마시고 빈 컵을 뒤로 넘겼다.

우유를 마신 날 하굣길에 아이들이 신작로 가에 쪼그리고 앉아 소방호스에서 물줄기 뻗치듯 설사를 했다. 다음 날에는 설사병으로 결석하는 아이들이 부지기수였다. 담임선생은 공부시간에도 교실 문을 활짝 열어놓고 뒤가 급한 아이는 허락을 받지 않고 바로 변소에 가도록 했다. 심지어 변소가 만원이라 변소 밖에서 설사했고, 바지에 설사했다. 급기야 학교에서 우유 급식을 중단하고 그 대신 분유를 한 됫박씩 주었다.

엄마는 내가 가져다준 분유로 끼니를 때우려고 밀가루 반죽하듯 반죽하여 칼국수도 만들었고 수제비도 만들었지만 끓일 때 모두 풀어져 우유가 되었다. 내가 분유를 가져갈 때마다 실패를 거듭하던 엄마가 분유를 차지게 반죽한 뒤 개떡처럼 만들어 밥솥에 쪘다. 대성공이었다. 엄마는 그걸 '우유 개떡'이라고 했다. 하얀 우유 개떡을 밥솥에 쪄내면 샛노란 색이 되었는데, 따뜻할 때는 쫀득쫀득한 게 맛이 엄청 좋았다. 엄마가 아침 밥솥에 쪄준 우유 개떡을 학교에 갖고 가 점심시간에 먹으려고 했는데 돌덩이처럼 굳어 빨아 먹을 수도 깨물어 먹을 수도 없었다.


학교에서 쥐잡기운동을 시작하고부터 나는 매일 담임선생에게 쥐를 잡아 꼬리를 잘라오라는 시달림을 받았다. 한 사람에게 할당된 쥐꼬리는 세 개였다. 쥐는 어딜 가나 아주 흔했다. 수업시간에도 구멍 뚫린 교실 마룻바닥 밑으로 몰려다니는 쥐 떼가 보이기도 했고 변소에 가면 먼저 들어가 있던 쥐들이 후다닥, 후다닥 사방으로 달아났다. 나는 하루에 몇 번씩 쥐를 보고 쫓아가 발로 콱 밟아 잡으려고 해도 여전히 한발 늦었고 돌팔매로 잡으려 했는데 쥐가 돌에 맞아주지 않았다.

위생검열에 꼴찌한 우리 반이 쥐잡기운동에서조차 꼴찌라고 다그치는 담임선생에게 나는 매일 혹독한 시달림을 받았다.

나는 초등학교를 나와 서당에 다니던 사촌 형에게 쥐 한 마리만 잡아달라고 졸랐다. 내 이야기를 듣고 난 사촌 형이 껄껄 웃으며 오징어 다리를 쥐꼬리로 둔갑시키는 방법을 자세히 가르쳐 주었다. 나는 그 방법은 배웠는데 쥐꼬리보다 오징어 다리 구하기가 더 힘들었다. 궁리 끝에 차부에서 점방을 하는 동식에게 눈깔사탕만 한 쇠구슬 다섯 개를 오징어 다리 세 개와 바꾸기로 했다. 내 속셈을 알 턱이 없는 동식이 그토록 오징어가 먹고 싶으냐며 점방에 몰래 들어가 오징어 한 마리에서 다리 한 개씩 떼어다 주었다.

동식에게 받은 오징어 다리를 사촌 형이 가르쳐준 대로 길이를 제각각 다르게 쥐꼬리만큼씩 자르고, 물에 흠씬 불린 뒤, 빨판을 떼어냈다. 그리고는 뒷간에 모아 둔 고운 재를 물에 개어 오징어 다리에 듬뿍 묻혀 땅바닥에 놓고 발바닥으로 쓱싹쓱싹 비볐다. 아닌 게 아니라 그건 영락없는 쥐꼬리였다. 나는 널찍한 칡잎을 따다 오징어 다리를 싸 가지고 학교에 가 담임선생에게 불쑥 내보였다. 담임선생은 징그럽다며 얼른 통속에 버리라고 했다.

내가 오징어 다리로 쥐꼬리를 만들어 가지고 간 날 드디어 우리 반이 꼴찌를 면했다. 나는 담임선생을 감쪽같이 속였는데 뒤늦게 들통 난 아이들은 손바닥에 불이 나도록 맞았다.

어느 날 이도치가 담임선생에게 쥐꼬리 독촉을 받다가 말했다.

"선생님, 저는 쥐를 잡기는 잡었는디 꼬리가 읎는 쥐를 잡었슈."

아이들은 이도치 말을 듣고 긴가민가하여 눈을 말똥말똥 뜬 채 숨죽이고 있었다. 당황한 담임선생은 이도치를 멀뚱멀뚱 쳐다보다 몽둥이를 집어 들고 교탁을 내리치며 말했다.

"야 임마, 세상에 꼬리 없는 쥐가 어디 있어?"

담임선생이 몽둥이를 들고 꾸짖어도 이도치는 기죽지 않고 되레 더 큰소리로 대답했다.

"안유. 진짜유. 지가 잡은 쥐는 증말루 꼬리가 읎었슈."

와아. 아이들이 담임선생과 이도치를 번갈아 바라보며 교실이 떠나갈 듯 웃었다. 담임선생 목소리가 교실을 쩌렁 울렸다.

"이도치, 이리 나와!"

교실은 갑자기 쥐죽은 듯했다.

이름을 천하게 지으면 오래 산다는 속설을 믿고 아이를 낳으면 개똥이, 도치(도끼), 수돌(숫돌), 돌쇠(돌쩌귀), 저승에 가지 못하게 붙잡으라고 '부뜰이', 제발 아이 좀 그만 낳으라고 '고만'이라고 짓기도 했다. 이도치는 호적에 오른 이름이고 진짜 이름은 도끼인데 우리가 사는 지역은 도끼를 도치라고 했다. 이도치의 출생신고 내막을 들어보면 이렇다. 도치 아버지가 출생신고 하러 면에 갔다.

"아들 이름이 뭐유?"

면서기가 묻자 도치 아버지가 "도치유"라고 대답했다. 면서기가 고개를 끄덕이며 말했다.

"야아. 아드님 이름을 아주 잘 지었네유. 한문으루 무슨 '도'자에 어떤 '치'자를 쓰나유?"

도치 아버지가 머리를 쓰다듬으며 말했다.

"지는 까막눈이니께, 그냥 도치라구 올려줘유."

면서기가 말했다.

"그럼 길 도(道) 자에 이룰 치(致) 자를 써 이도치라구 올릴께유."

도치 아버지가 고개를 끄덕이며 말했다.

"그류. 무슨 도치든 상관 읎슈."

면서기가 알았다며 고개를 끄덕이자, 도치 아버지가 벌떡 일어나 면사무소를 나가더라고 했다.

담임선생이 벼락 치듯 이도치를 불러내 거짓말한다, 선생을 놀린다고 미친 듯이 두들겨 팼다. 이도치는 맞으면서도 분명히 꼬리 없는 쥐를 잡았다고 바락바락 우기는 바람에 몸을 가누지 못하고 자리로 돌아가 구토할 만큼 맞았다. 도치가 수업을 마치고 교무실로 돌아가는 담임선생 등 뒤에 대고 중얼중얼 말했다.

"선생님 늙거든 봐유. 내가 크면 가만 안 둘 규."

그날 하굣길에 이도치가 틀림없이 꼬리 없는 쥐가 있다며 내게 보여주겠다고 하기에 따라갔다. 정말 그때까지 쥐가 달아나지 않고 논두렁 밑에 웅크리고 있었다. 독이 바짝 오른 도치가 비실비실 달아나는 쥐를 쫓아가 발로 대가리를 꾹 밟았다. 어라! 도치가 밟고 있는 쥐는 정말 꼬리가 없었다. 아니 자세히 살펴보니 누가 쥐를 잡아 꼬리만 똑 잘라간 모양이었다. 잘려져 나간 꼬리 끝에 검붉은 피가 뭉툭하게 뭉쳐있었다. 도치가 꼬리 없는 쥐를 꾹 밟고 혼잣말처럼 중얼거렸다.

"두구 봐. 내가 크면 우리 담임선생은 절대루 가만두지 않을 겨."


어느 날 아침 똥독에 갔다가 새카만 털에 기름기가 자르르 흐르는 생쥐 한 마리가 빠져있는 걸 봤다. 똥독에 빠졌을망정 산초 씨처럼 까만 눈을 반짝이는 생쥐가 내 눈에 그렇게 귀여울 수가 없었다. 동생들이 생쥐를 보고 누가 먼저랄 것도 없이 똥독 테두리에 빙 둘러서서 바지춤을 내린 뒤 고추를 잡고 물총 쏘듯 생쥐를 겨냥해 오줌을 깔겼다. 사방에서 내리쏘는 오줌 줄기를 맞지 않으려고 생쥐가 필사적으로 피해 다니면 동생들은 더 열광적으로 고추를 조준해 가며 마구 갈겨댔다.

나는 생쥐를 잡아 도치에게 주려는 생각도 들었지만 살려주고 싶어 이내 접었다. 아버지 모르게 생쥐를 살려내는 것도 문제였다. 만약 아버지가 똥독에 생쥐가 빠진 걸 알면 대번에 작대기로 휘휘 저어 똥물에 익사시켜버릴 것이 뻔했다.

나는 똥독에 빠진 생쥐를 어떻게 구조할지 백방으로 궁리한 끝에 자루가 긴 똥바가지로 담아 올리려고 했다. 생쥐는 제가 살길인지도 모르고 죽기 살기로 똥바가지를 피해 다녔다. 내가 소발에 쥐 잡듯 어찌하다가 생쥐를 똥바가지에 담았더라도 들어 올리려면 다시 밖으로 팔짝 뛰어나가 도로아미타불이었다. 실패를 거듭한 끝에 나는 똥바가지를 치우고 긴 통나무를 똥독에 꽂아 밖으로 걸쳐 놓은 뒤 멀찌감치 서서 지켜보았다. 아니나 다를까, 생쥐가 통나무를 타고 쪼르르 기어 올라가 밖으로 폴짝 뛰어내려 돌담으로 쏙 들어갔다.

나는 매일 그 거대한 똥독에 시원스레 오줌을 깔기고 잠을 잤는데 캄캄한 밤엔 동생들이 무섭다고 혼자 가지 않으려고 했다. 유난스레 겁이 많은 정혁이 땅거미가 지면 혼자 문밖에 나가지 않으려고 떼를 썼다. 캄캄한 밤에 똥독에 가려면 등불이 필요했다. 우리는 석유를 아끼려고 관솔을 썼다. 관솔은 불이 붙으면 잘 타는데 불을 붙이는

데 시간이 좀 걸렸다. 오줌이 급한 어린 동생은 그동안을 참지 못하고 오줌을 쌌다.

나는 관솔 대신 소나무 겉껍질을 벗겨내고 속껍질을 대패질하듯 낫으로 얇게 깎아 말려두었다가 밤에 한 개씩 꺼내 불을 붙여서 가지고 다녔다. 마른 소나무 속껍질은 종잇장처럼 불은 잘 붙는데 가랑잎처럼 빨리 탔다. 나는 소나무 속껍질에 불을 붙이기 전 동생들을 문 앞에 모아 놓고 불을 붙이자마자 방문을 활짝 열어젖히면 동생들이 경마장의 말처럼 뛰쳐나가 똥독 테두리에 빙 둘러섰다. 똥독에 이르면 들고 간 불을 똥독에 던져버렸다.

오줌을 누고 방으로 돌아갈 때 내가 앞장서 감각으로 더듬더듬 걸었다. 동생들은 캄캄한 어둠 속에서 무섭다고 내 팔뚝이나 허리춤을 붙잡고 한 덩어리로 얽혀 어기적어기적 걸어갔다.

동생들은 잠들기 전 똥독에 다녀왔어도 자다 말고 일어나 잠꼬대하듯 웅얼웅얼 보챘다.

"형아, 오줌 마려."

그때마다 나는 이렇게 말했다.

"참어!"

잠시 뒤 몸에 이 많은 동생이 일어나 온몸을 긁적거리며 말했다.

"형아, 오줌 마려워."

"너두 참어!"

오줌 마렵다고 자다 말고 일어나 갸울갸울 졸던 동생이 눈을 번쩍 뜨며 말했다.

"형아, 나 오줌보가 터질 거 같은디."

"형아, 나두."

"그려. 그럼 우리 모두 같이 나가자."

자는 동생들까지 깨워 데리고 나가 다 같이 똥독 테두리에 빙 둘러서서 시원스레 오줌을 깔기고 잠을 자도 자다가 오줌을 싸는 동생이 있었다. 그것도 하루 이틀이 아니었다. 동생들이 장마철에 오이 자라듯 자라는 것도 아니다. 동생은 한두 살 터울로 계속 태어났다.

그놈들이 사방으로 뒹굴며 오줌을 싸대면 오줌을 싼 놈보다 내 옷이 더 많이 젖을 때가 있었다.

어느 날 아침 엄마는 오줌에 젖은 내 옷을 보고 종구라기를 건네주고 머리에 키를 씌워주며 큰집에 가 소금을 얻어오라고 했다. 나는 머리에 키를 쓰는 것이 싫었지만 키를 쓰고 가야 소금을 준다는 엄마 말만 믿고 큰집에 가 소금을 달라고 했다. 부엌에서 불을 때던 큰엄마가 벌떡 일어나 달라는 소금은 안 주고 머리에 쓴 키를 부지깽이로 냅다 내리치며 "다 큰 놈이 왜 오줌을 싸"라고 호통을 쳐 빈손으로 쫓아냈다.

"내가 오줌을 쌌으면 아랫도리가 젖지, 왜 윗도리가 젖어유?"

집에 돌아와 엄마에게 성난 멧돼지처럼 씩씩거리며 따졌지만 이미 지난 일을 되돌릴 수 없었다. 나는 억울해도 너무 억울해 묘수 찾기에 골몰한 어느 날 밤 회심의 미소를 지으며 잠자리에 들었다.

한밤중이 지나자 오줌싸개 동생이 미친 듯이 팔팔 뛰며 앙앙 울었다. 나는 벌떡 일어나 등잔불부터 켰다. 안방에서 자던 엄마가 기겁하여 윗방으로 넘어와 말조차 못 하고 팔팔 뛰는 동생을 끌어안고 왜 그러느냐며 이마를 짚어보고 볼을 맞대보다가 갑자기 동생 귀때기를 잡아당기며 귓속을 들여다봤다. 잠자는 사이 귓속에 벌레가 들어간 줄 알았던 모양이었다. 나는 그제야 정신이 번쩍 들어 다급하게 소리쳤다.

"엄마, 개 꼬추 끄트머리 실 풀어 줘유."

나는 유독 오줌을 자주 싸는 오줌싸개 동생이 잠들기를 기다렸다가 번데기처럼 쏙 들어간 고추 끄트머리를 과일나무에 매달린 과일을 싸매 주듯 실로 칭칭 감아놓고 깜빡 잠이 들었다. 내가 소리를 지르자 엄마가 다급히 동생 아랫도리를 홀딱 벗겼는데 고추 끄트머리가 꽈리처럼 퉁퉁 부풀어 잡아맨 실이 살 속으로 파고 들어가 허둥대는 엄마 손으로 금방 풀어내지 못했다. 엄마가 실 끝을 잡고 앞니로 끊어내기는 용케 끊어냈는데 엄마 얼굴은 이미 오줌 벼락을 흠뻑 맞은 뒤였다.

동생 놈은 그 경황에도 오줌을 멈추지 못하고 시원스레 갈겨댔다. 나는 깔깔거리며 오줌싸개 동생 놈을 지켜보는데 엄마가 느닷없이 소견머리 없는 놈이라며 수수 빗자루 몽둥이로 닥치는 대로 후려갈겼다. 나는 오줌싸개 동생 버릇을 고쳐주려다 한밤에 몽둥이찜질을 당하고 쫓겨났다.


학교에 가기를 장날 장에 가듯 했던 나는 4학년을 마친 뒤 자퇴하여 아버지 일을 도우며 서당에 다녀야겠다고 생각했다. 어른들은 한글을 언문이라 했고, 언문은 자기 이름만 알아보고 쓸 줄 알면 된다고, 사람 행세를 하려면 한문을 배워야 한다고 했다. 그때는 우리집 주소도 한문으로 썼고, 문패도 한문이었고, 내가 받은 통신표에 학교 이름, 교장 선생님 이름, 담임선생 이름, 내 이름도 모두 한문이었고, 제사 지낼 때 지방과 축문도 한문으로 쓰고, 거리의 간판도 한문이었고, 신문도 한문투성이였다. 그렇다고 내가 한문을 배우려고 자퇴하려는 것은 아니었다.

물론 그 영향이 없지는 않았겠으나 산골 아이들은 말을 배우고부터 잔심부름을 했고, 너더댓 살만 되어도 동생들 돌보고 보릿고개에 쑥을 뜯었고, 예닐곱 살이면 남자아이는 땔나무를 하고 농사일을 배웠고, 여자아이는 부엌일을 했다. 초등학교 2학년까지는 이부제 수업을 해도 콩나물교실이라고 했는데 3학년부터는 학생이 줄어 일부제 수업을 해도 교실이 남아돌았다. 초등학교에 두세 번 입학하는 아이도 적지 않았다.

어느 날 선생이 칠판에 쓰는 문제를 필기하다 교실 문 앞에 불쑥 나타난 엄마를 보고 깜짝 놀랐다. 엄마가 학교로 나를 찾아온 건 처음이었다. 나는 얼른 노트를 펴 얼굴을 가렸다. 엄마의 얼굴이 새카맣게 찌들어서도 아니고, 옷이 남루해서도 아니고, 빈 광주리를 옆구리에 끼고 있어서도 아니었다. 엄마를 보는 순간 전교 위생검열에 우리 반이 꼴찌 한 벌로 뒷자리에 홀로 앉아 있어 본능적으로 얼굴을 가렸다. 담임선생 목소리가 들렸다. "누구를 찾아오셨어요?" 내 가슴이 격렬하게 요동쳤다. 엄마 목소리에 이어 담임선생이 큰 소리로 나를 불러냈다. 나는 밖으로 나가 엄마 팔뚝을 잡아끌며 뭐 하러 왔느냐고 퉁명스럽게 말했다. 엄마는 계단에서 운동장으로 내려서더니 '갑자기 공부하는 네가 보고 싶어 왔다'며 뒤도 돌아보지 않고 교문으로 총총 걸어갔다. 그날 내가 "엄마!" 하고 달려 나가지 못하고 얼굴을 가린 것은 평생 회한으로 가슴에 화인처럼 남았다.

나는 끝내 내 자리로 돌아가지 못하고 뒷좌석에 홀로 앉아 4학년을 마치고 통신표를 받았다. 내 통신표 생활기록부에 '용의가 불결하다'고 적혔는데, 그걸 읽는 순간 담임선생이 떠오르며 온몸에 소름이 돋고 불판에 올려놓은 오징어처럼 사지가 오그라들었다. 나는 집으로 돌아와 학교를 중퇴하고 서당에 다니고 싶다고 했다. 아버지는 반대하지 않았는데 엄마가 호되게 꾸중했다.

"이놈아! 이 넋 빠진 놈아! 성인두 시속을 따르라구 혔어. 앞으루 언문보다 한문이 더 중허다면 왜 나라에서 핵교를 짓구 선상님을 모셔다가 늬들에게 언문을 가르치겠어. 당최 그런 생각은 허덜 말어. 늬가 핵교 그만두는 날은 이 에미 죽는 날이여."

엄마가 나를 엄하게 꾸짖자 아버지가 슬며시 일어나 밖으로 나갔다. 엄마는 아버지가 나간 방문을 한동안 응시하다 하던 말을 다시 이어갔다.

"그러니께 우리 아부지는 조선시대에 태어나 훈장을 허셨는디 내가 서당에 들어가 문을 빠끔히 열구 들여다보면 들어오라구 손짓을 허셨어. 내가 안으루 들어가면 입 다물구 가만히 있으라구 허셨지. 너더댓 살 때였으니께. 그런디 여섯 살이 지나니께 아부지가 서당 근처에두 못 오게 허셨어. 남녀칠세부동석이라구. 그래서 서당 아이들이 돌아간 뒤에 가면 아부지가 나를 앞에 앉혀 놓구 '밖에 나갈 때 복숭아뼈가 보이게 옷을 입어서는 안 된다. 남자가 가는 길을 막구 지나가지 마라. 길 가다 남자를 만나면 지나갈 때까지 길 옆으루 돌아서서 기다려라. 집안에서 여자 목소리가 담장을 넘어가면 안 된다'고 가르치셨어. 9살이 되니께 시집갈 때가 되었다구 내게 '여필종부, 삼종지도, 삼강오륜, 칠거지악'을 가르치시구, 아내는 모름지기 현모양처가 되어야 헌다구 말씀허셨지."

나는 그때 여필종부, 삼종지도, 삼강오륜, 칠거지악, 현모양처가 뭔지 알았다. 엄마는 그 뜻을 줄줄이 꿰고 있었다. 엄마는 밖에서 장작 패는 소리를 들으며 하던 이야기를 다시 이어갔다.

"그런디 말이다. 내가 열한 살 때 전주에 사는 사촌 오빠네 집에 가보니께 오빠는 아들, 딸 모두 서당에 보내지 않구 핵교에 보냈어. 나는 아침이면 조카들이 교복 입구, 가방 들구, 엄마 아부지 손 잡구, 핵교 가는 게 이 세상에서 제일 부러웠지. 그래서 나는 올케처럼 핵교 선상님은 될 수 읎어두 내 자식들은 모두 핵교에 보내겄다는 결심을 허게 되었어. 물론 우리 아부지두 무슨 낌새를 챘는지 언니들에게 가르치지 않은 천자문을 내게는 가르치셨거든. 여자두 제 이름은 읽구 쓸 줄 알어야 헌다며. 그런디 나는 그게 다가 아니었어. 여자두 신학문을 배워야 헌다는 걸 그때 뼈저리게 깨닫구 사촌 오빠에게 한글을 배웠지. 지금은 조선시대두 아니구 한문시대두 아녀. 그러니께 두말 말구 핵교에 가!"

나는 엄마가 왜 신학문을 주장하는지, 아버지는 어째서 한문을 고집하는지 어렴풋이나마 알게 되었다. 나는 문득 엄마가 아버지를 어떻게 만났는지 궁금하여 물어보았다. 엄마는 "만날 인연이었으니께 만났겄지 뭐"라면서도 이렇게 말했다.

"우리 아부지는 청양서 서당 훈장을 허셨구 지관일도 보셨거든. 늬 할아부지는 서당을 열지 않았지만 집안 아이들이 대여섯 살이 되면 천자문, 명심보감, 동몽선습을 틈틈이 가르치셨어. 풍수에두 관심이 많으셨구. 그런디 부여 능원리라는 곳에 풍수지리에 밝은 지름재 노인이 살구 있었지. 지름재 노인을 도인이라구 부르기두 했는디 그런 분들은 집에 붙어 있지 않구 평생 명산대천을 찾어 댕기며 그곳의 훈장이나 지관을 만나 며칠씩 묵어 가기두 했어. 그때 지름재 노인이 늬 할아부지를 만나구 청양에 갔다가 우리 아부지를 만나 친

분을 쌓게 되었지. 하루는 지름재 노인이 늬 할아부지를 보러왔다가 그때 늬 아부지를 본 겨. 지름재 노인이 늬 아부지를 보는 순간 내 일고여덟 살 때 보았던 얼굴이 아주 또렷허게 떠오르더랴. 지름재 노인은 그 얘기를 늬 할아부지에게 했구 늬 할아부지는 그 말을 듣구 지름재 노인에게 중매를 부탁헌 겨. 그래서 내가 늬 아부지를 만나게 되었어. 지름재 노인이 아니었으면 전주에 있던 내가 이 산골짜기에 있는 늬 아부지를 어티기 만났겠냐. 그때는 그러키 중매루 인연을 맺었어."

아버지가 장작 패는 소리는 들리지 않았다. 잠시 뒤 아버지가 밖에서 엄마에게 말했다.

"여보, 나 뒷골 밭 매러 갈 텨."

엄마가 얼른 받았다.

"그류. 알었슈. 나두 금방 따러갈 테니께 먼저 가유."

엄마가 나갈 준비를 하면서 말했다.

"아부지는 은골에서 태어나 은골에서 줄곧 사셨으니께 신학문을 접헐 기회가 없었지. 그러니께 늬는 이 에미가 시키는 대루 딴 맘 먹지두 말구 딴 생각 허지 말구 열심히 공부혀. 아부지헌티는 내가 잘 말씀드릴 테니께."

엄마가 서둘러 일어섰다. 내 옆에서 눈을 말똥말똥 뜨고 엄마 말을 듣던 명주가 시샘하듯 말했다.

"엄마, 나두 오빠처럼 6학년 졸업헐 때까지 댕겨두 되유?"

아버지는 명주에게 한글은 배웠으니 학교는 이제 고만 다니고 집에서 살림하고 동생들 돌보라고 했다. 엄마는 명주 말을 듣고 마음에 걸렸는지 나가다 말고 한참 만에 나직한 목소리로 말했다.

118

"명주 늬는… 글쎄… 늬두 가르치면야 좋겠지만, 내가 늬를 언제까지 가르칠 수 있을지 모르것다. 그러나 사람이 평생 밥은 먹구 살어야 허니께 음식 맹글구 바느질 허는 거나 좀 가르치구 늬가 허구싶어 하는 것이 있다면 막지는 않을란다."

엄마는 틈틈이 바느질할 때 명주를 옆에 앉혀 놓고 바느질을 가르쳤다. 시골 신부는 혼수보다 농사일, 음식 솜씨, 바느질 솜씨를 더 많이 보았다. 특히 그중에 바느질 솜씨를 중히 여겼다. 농사일이나 음식 솜씨는 숨길 수 있어도 당장 밖에 입고 나가는 옷의 바느질 솜씨는 숨길 수 없었다. 그때는 남자 바지저고리, 두루마기, 등거리 잠방이, 여자 옷은 물론 이불, 요, 베개, 버선까지 집에서 모든 걸 만들었지 시장에서 사는 걸 몰랐다. 여자가 바느질 솜씨가 서툰 건 온 동네에 흉이 잡혔고 남자 체면은 말이 아니었다.

엄마는 문을 열고 밖으로 나가 호미를 찾아들고 뒷골로 올라갔다. 나는 엄마 말씀대로 5학년에 진학했다. 엄마가 아버지를 어떻게 설득했는지 내 진학 문제에 대해선 더는 말이 없었다.

5학년에 올라가서도 나는 아이들과 전혀 어울리지 못했고, 상대 얼굴을 똑바로 바라보지 못했고, 말을 더듬었다. 4학년 담임선생에게 입은 상처는 시간이 지나도 아물지 않는 장애로 굳어갔다.

# 씨앗 뿌리기

5학년 올라가던 해 나는 아버지 일을 돕고 동생들 돌보는 일은 명주에게 돌아갔다. 아버지는 내게 지게를 만들어줬다. 그것은 적어도 내 밥벌이는 스스로 할 때가 되었다는 의미였다. 아버지는 자식들이 말을 알아들을 때부터 성장단계마다 '재떨이 가져와라, 물 떠와라, 방 치워라, 마루 닦아라, 마당 쓸어라, 아궁이에 불 때라, 고추 따와라, 감자 캐 와라, 소 꼴 베어 와라, 소죽 쒀라, 나무해라, 밭매라, 보리를 갈고 거둬들여라'는 등 할 수 있는 심부름을 시키고 일을 가르쳤다.

아버지는 싸리나무를 베어다 바지게도 짜 주었다. 나는 왼손잡이라 집에 있는 호미와 낫은 쓸 수 없었다. 아버지는 장날 왼손잡이 낫과 호미도 사다 주었다. 나는 소가 멍에를 메듯 매일 틈만 나면 지게에 연장을 짊어지고 다니며 일을 했다. 일하다 넘어지고, 가시에 찔리고, 벌에 쏘이고, 연장에 다치는 것은 예사였다.

아버지는 나를 데리고 다니며 산전(山田)을 일구고 감자, 고구마, 옥수수, 보리, 밀, 조, 수수, 메밀, 콩, 팥을 비롯하여 씨를 뿌리고, 김을 매고, 간격을 맞춰 솎아주는 일을 가르쳤다. 밭이랑을

120

짓고 땅속에 씨앗을 심는 깊이와 간격도 일러주었다. 초겨울에 흙을 파다 방안에 화단처럼 만들어 놓고 고구마 종자를 심어 싹을 낸 뒤 날이 풀리면 밖에 내다 옮겨 심었다. 모종한 고구마 줄기가 길게 자라면 서너 마디씩 잘라 밭에 심는 방법도 가르쳐주었다.

모든 씨앗은 심고, 가꾸고, 거두는 때가 있었다. 물론 씨앗을 심는 대로 다 싹이 나오는 것도 아니고, 싹이 났다고 저절로 자라는 것도 아니고, 잘 자랐다고 모두 꽃이 피고 열매를 맺는 것도 아니었다. 해마다 풍년이 드는 것도 아니었고 연년이 흉년이 드는 것도 아니었다. 흉년이 드는 해 노인들은 말했다.

"들에 흉년이 들면 산에는 풍년이 드는 겨."

지나고 보면 그것도 아니었다. 하늘은 소나기 내리듯 산과 들을 차별하지 않았다. 아마도 들에 흉년이 든다고 너무 절망하지 말고 부지런히 먹을거리를 찾아 보릿고개를 대비하라는 얘기일 것이다.

내가 농사일을 시작하고부터 쉽게 터득할 수 없는 것은 씨를 뿌리고 자라는 곡식을 솎아주는 일이었다. 콩, 팥, 고구마, 감자, 들깨, 녹두, 동부, 강낭콩, 완두콩, 옥수수 등 손으로 심는 농작물은 심을 때 한 포기의 수량과 간격을 맞춰 심어 솎아줄 이유가 별로 없었다. 조, 메밀, 수수, 참깨, 목화같이 씨를 뿌리고 싹이 올라온 뒤 김을 매가며 솎아주는 것은 여간 어려운 게 아니었다. 곡식마다 크기와 모양이 다르기 때문이었다.

아버지는 조밭에 들어가 애벌김을 맬 때 좀 배게 솎았다. 개중에 벌레가 잘라 먹거나 병들어 죽을 수도 있기 때문인데 두 벌 맬 땐 꼭 있어야 할 것만 남겨두고 나머지는 모조리 솎아주었다. 나는 조밭을 매며 조와 가라지를 구별할 줄 몰라 조를 솎아주고 가라지를 남겨두기도 했다. 아버지는 조와 가라지가 눈에 익을 때까지 오래오래 보라고 했다. 아버지는 내가 김을 맬 때 '담상담상하게'라든가 '듬성듬성하게', '적당히' 솎아주라고 했다. 나는 담상담상하다거나 듬성듬성한 것을 이해할 수 없었고, 어느 정도가 적당한 것인지 어림짐작조차 할 수 없었다.

뒷골 밭에 보리 가는 날이었다. 보리갈이 할 때가 되면 나뭇잎은 떨어지고 무성했던 풀잎도 서리 맞아 쓸쓸히 말라 갔다. 창공 가득히 날아다니던 곤충들도 사라지고 땅 위를 기어 다니던 미물들도 모두 땅속으로 들어간 뒤였다. 삽상한 가을바람에 낙엽이 날아가듯 밭고랑 위로 긴 그림자가 소리 없이 지나갈 때 하늘을 올려다보면 기러기가 줄지어 날아가고, 바스락거리는 소리에 고개를 돌려보면 다람쥐가 겨울 양식을 찾아 산비탈을 오르내리는 소리였다.

아버지는 가을걷이한 밭을 쟁기로 갈았다. 쟁기 보습이 거꾸로 세워놓은 역삼각형이니 밭고랑도 역삼각형이 되었다. 아버지는 밭 한 고랑을 갈고 난 뒤 괭이를 들고 내게 말했다.

"내가 허는 거 잘 봐. 이건 늬가 헐 수 있는 일이니께."

아버지는 괭이를 들고 밭고랑에 서서 뒷걸음질 치며 밭두둑 양쪽을 괭이 등으로 긁었다. 밭두둑 흙이 고랑으로 흘러내렸다. 흘러내린 흙을 괭이 등으로 밀고 당겨가며 흙을 고르면 역삼각형으로 조붓했던 밭고랑이 평평해졌다. 아버지는 괭이를 넘겨주며 물었다.

"밭고랑에 괭이질을 왜 이러키 허는지 알겄니?"

나는 알지 못했는데 밭고랑을 내려다보며 떠오르는 대로 말했다.

"그야 밭고랑이 넓어지면 보리씨 뿌리는 자리가 그만큼 늘어나니께 그렇게 허겄쥬."

아버지는 고개를 끄덕이며 말했다.

"그려. 그런디 그보다 더 중요헌 건 밭고랑을 평평허게 맹글지 않구 보리씨를 뿌리면 고랑에 떨어진 보리씨가 또르르 굴러 모두 가운데루 몰리거든. 그러면 보리농사는 망치는 겨."

아버지 말은 역삼각형인 밭고랑에 그대로 뿌리면 보리 씨가 고랑 가운데로 또르르 굴러서 한 줄로 쌓이기 때문에 한 줄도 먹을 수 없다는 얘기였다.

"아하! 그렇겄네유."

아버지는 내가 한 번 듣고 바로 알아차리자 환한 얼굴로 괭이를 넘겨주며 말했다.

"그러니께 느는 내 뒤를 부지런히 따라오며 밭고랑을 널찍허구 판판허게 맹글어."

나는 괭이로 밭고랑 바닥을 평평히 만들었다. 금방 쟁기로 갈아엎은 흙이라 부드러웠지만 얼마 지나지 않아 괭이 잡은 손바닥이 아프고 허리도 아팠다. 다리에 힘을 주고 뒷걸음질 치며 하는 일이라 엉덩이뼈가 빠질 것처럼 아팠다. 아버지는 밭 꼭대기 고랑을 갈고 있었다. 나는 몹시 목이 말라 샘터로 올라갔다.

뒷골 샘물은 겨울에 얼지 않고 여름에 얼음처럼 차가웠다. 마을사람들이 한약을 달일 때 뒷골 샘물을 떠갔고, 병약한 사람은 알음알음으로 찾아와 샘물을 마시며 며칠씩 단식을 하고 돌아가기도 했다. 짐승들조차 길이 반들반들하도록 뒷골 샘터를 다녔다. 땀 흘린 뒤 마시는 물은 꿀맛이었다. 나는 땅을 짚고 엎드려 샘물을 마신 뒤 아버지가 내게 그랬듯이, 서리를 피한 칡잎을 따다 고깔처럼 오므려

물을 떠 가지고 아버지한테 갔다. 나는 키가 작아서 아버지가 물을 먹여줄 때 서서 받아먹을 수 있었는데, 이번에는 아버지가 밭고랑에 앉고 내가 두둑에 올라서서 아버지 입에 물을 흘려 넣었다. 가뭄에 비 맞은 풀잎이 살아나듯 물을 한 모금씩 넘길 때마다 지쳐있던 아버지 얼굴에 생기가 돌았다.

아버지는 밭을 다 갈고 멍에를 푼 뒤 소를 끌고 내려갔다. 하늘은 높고, 나뭇잎은 떨어지고, 쌀쌀한 바람에 억새꽃이 눈송이처럼 날렸다. 산골의 봄은 양지쪽 낮은 곳에서부터 높은 곳으로 야금야금 올라가는데 가을은 산꼭대기에서 낙엽이 지듯 뚝뚝 떨어져 내려와 문풍지를 흔들었다. 늦가을에 무서리가 내려도 풀이 한꺼번에 죽는 게 아니라 끈질기게 오래오래 살아남는 것도 있었다. 사람이 먹고 소가 먹는 쑥이 그렇다. 아버지는 쑥이 드문드문 살아있는 산자락에 소를 길게 매어 놓은 뒤 보리 씨가 담긴 구럭을 메고 올라와 말했다.

"우선 내가 보리씨 뿌리는 걸 잘 봐."

아버지는 가방을 메듯 구럭을 오른쪽 어깨에 메고 왼쪽 옆구리로 돌린 뒤 오른손으로 보리씨를 한 주먹 쥐는 걸 보여주며 말했다.

"그러니께 말이다. 보리씨를 이렇게 한 주먹 쥐구설랑 엄지와 검지를 벌린 뒤 요령잽이가 요령을 흔들듯 손을 아래루 내렸다 위루 올리며 휙휙 뿌리면 보리씨가 엄지와 검지와 꼬부린 장지 사이루 빠져나가거든. 중요한 건 보리씨가 그냥 쑥쑥 빠져나가면 한 곳으루 몰리니께 보리씨가 주먹을 빠져나갈 때 중간에 있는 검지를 아래위로 꼽작거리며 뿌려야 혀. 그래야 보리씨가 부챗살 펴지딕기 퍼져나가 밭고랑에 담상담상허게 떨어지니께."

아버지는 보리씨를 담상담상하게 뿌리라고 했다. 아버지가 뿌린 보리씨는 바둑판에 바둑돌을 놓은 듯 고르게 뿌려져 있어 '담상담상 하다는 말이 바로 저것을 두고 한 말이구나!' 하는 생각이 들었다. 나도 구럭을 어깨에 멘 뒤 보리씨를 한 줌 쥐고 밭고랑에 뿌렸다. 내가 뿌린 보리씨는 고랑에 많이 떨어지기도 하고 적게 떨어지기도 하고 아예 떨어지지 않는 곳도 있었다. 나는 보리씨를 서너 주먹 뿌리다 말고 풀이 죽은 목소리로 말했다.

"아부지 제가 뿌린 보리씨는 흩어지지 않구 오줌줄기처럼 막 빠져나가유."

아버지는 내가 뿌린 보리씨를 보고 말했다.

"처음엔 다 그런 거니께 지금부터 흙을 한 주먹씩 쥐구 뿌려봐."

나는 흙을 움켜쥐고 보리씨 뿌리듯 뿌렸다. 보리씨를 뿌리면 고랑에 떨어진 씨앗이 노랗게 보였는데 흙 위에 똑같은 흙을 뿌리니 내가 어떻게 뿌렸는지 눈으로 확인할 수 없었다. 나는 아버지를 바라보며 투정부리듯 말했다.

"아부지. 흙 위에 똑같은 흙을 뿌리니께 제가 뿌린 흙을 볼 수 읎어 더 모르겠슈."

아버지는 다 알고 있다는 듯 말했다.

"흙을 뿌리다 보면 흙이 빠져나가는 걸 느낄 수 있으니께 자꾸 뿌려봐. 보리씨는 손으루 뿌리지 눈으루 뿌리는 게 아니잖어."

나는 아버지가 보리씨는 눈으로 뿌리는 게 아니라는 말이 왠지 우스꽝스러워 깔깔거리며 흙을 움켜쥐고 보리씨 뿌리듯 뿌렸다. 손에서 알알이 빠져나가는 보리씨하고 부드러운 흙이 빠져나가는 느낌이 전혀 달랐다. 얼마 지나지 않아 흙을 판 오른손 손톱이 찢어져 피가 났다. 나는 왼손으로 흙을 파 오른손에 옮겨 쥐고 계속 뿌렸다.

아버지 말대로 손에서 흙이 점점 고르게 빠져나가 어디에 어떻게 떨어질지 느낄 수 있었다. 나는 구럭을 어깨에 멘 뒤 다시 보리씨를 뿌리기 시작했다. 아버지가 뿌린 보리씨를 떠올리며 자꾸 뿌렸다. 나는 자신감을 가지고 보리씨를 뿌리는데 갑자기 불어온 해넘이 바람에 보리씨가 날려 두둑으로 떨어졌다. 낭패였다. 내가 갈팡질팡하는 사이 언제 내려왔는지 뒤에서 아버지가 소리쳤다.

"에헤. 바람 불 땐 허리를 바짝 꼬부리구 뿌려야지. 그래. 좀더. 쬐끔만 더. 그렇지. 그렇게 계속 뿌려나가."

나는 허리를 바짝 꼬부리고 보리씨 쥔 주먹이 밭고랑에 닿을락 말락 하게 내려 다시 뿌리기 시작했다. 갑자기 자세를 바꾸고부터 보리씨가 생각만큼 뿌려지지 않았다. 나는 보리씨를 뿌리다 말고 아버지를 쳐다봤다. 아버지가 말했다.

"그냥 혀. 자꾸 허다 보면 요령이 생기구 손에 익으니께."

손에 익다니! 나는 손에 익는다는 말을 여러 번 듣고도 이해할 수 없어 아버지에게 묻고 싶었지만 물어서 될 일이 아니라는 생각이 들었다. 아버지는 보리씨 한 줌을 쥐고 갈팡질팡하는 내게 이런 말을 들려줬다.

"보리씨 뿌린 것은 수확을 해봐야 제대루 알 수 있는 겨. 배게 뿌리면 이삭이 잘구, 드물게 뿌리면 이삭은 굵지만 소출이 적게 나오거든. 그래두 풋내기치구 이 정도면 잘 뿌린 겨. 내가 꼭대기 두 고랑을 냉겨뒀으니께 늬가 올라가 이렇게두 뿌려보구 저렇게두 뿌려보구 하여튼 늬 마음대루 뿌리구 보리 싹이 나오구 이삭이 나오거든 비교해 봐. 나는 지금부터 보리씨를 덮어야 허니께."

보리갈이는 뿌린 보리씨를 흙으로 덮어줘야 끝난다. 보리씨를 깊게 덮으면 싹이 잘 나오지 않고 얕게 덮으면 보리가 겨울에 얼어 죽거나 봄 가뭄에 말라 죽을 수 있어 이삼 센티미터가량 덮어줘야 한다. 아버지는 쇠스랑으로 밭두둑을 긁어내려 보리씨를 덮어나갔다. 보리갈이는 해가 져서야 끝났다. 아버지는 오래 참았던 담배를 태우며 말했다.

"내가 아부지에게 일을 배울 때 지켜보던 할아부지가 이런 말씀을 하셨어. 마당가에 수수를 심어 놓구 싹이 나올 때부터 매일 아침, 즘심, 저녁으루 하루에 세 번씩 뛰어넘으면 수수가 다 자라두(3, 4미터) 뛰어넘을 수 있구, 송아지가 태어난 날부터 매일 하루에 세 번씩 들었다 놓으면 어미 소가 되어두 들어 올릴 수 있다구. 물론 그 말을 곧이곧대루 들을 수야 읎지만, 아마 무슨 일이든 꾸준히 허면 이루어진다는 말씀이었을 겨."

나는 아버지와 사계절을 보내면서 '담상담상하다'는 말과 '듬성듬성하다'는 말을 가려들을 수 있었다. 보리, 밀, 수수, 조와 같이 대궁이 하나로 자라는 것은 담상담상하게, 콩, 팥, 메밀, 고추, 들깨, 목화같이 가지를 많이 치는 것은 듬성듬성하게 가꾸라는 뜻이었다. 일이 손에 익는다는 말도 나름대로 알게 되었다. 꾸준히 하다 보면 그 일이 몸에 배어 몸이 먼저 반응한다는 뜻이었다. 밭에 김매는 일이 손에 익은 뒤로 내 손이 망설임 없이 담상담상하게 솎거나 듬성듬성하게 적당한 간격으로 솎을 수 있었다.

# 공산바위와 징검다리

아버지는 산전을 일구고 틈틈이 나를 산골짜기로 데리고 다니며 온 갖 먹을거리가 군락을 지어 자라는 곳으로 데려다주었다. 어느 산골 짜기나 계절에 따라 비슷비슷한 먹을거리가 나고 자라고 꽃을 피워 열매를 맺었다. 자작나무숲으로 둘러싸인 뒷골 초입으로 쑥, 달래, 냉이가 올라오고 안쪽으로 고사리, 참나물, 취, 도라지, 곤달비가 자랐고, 봉긋한 봉우리에 진달래꽃이 가득 피는 작은 뒷골은 삽주, 고비, 더덕이 자라는데 아버지가 산삼을 캐기도 했다.

작은복사골보다 골이 깊은 큰복사골은 고사리, 취, 둥굴레, 삽 주, 원추리가 자랐고, 맞은 편 된박골은 송이버섯, 싸리버섯, 능이 버섯, 영지버섯이 다른 골보다 많이 자라는데, 들어가는 길이 바위 절벽이라 맨몸으로 다니기도 힘들었다. 된박골로 가기 전 조붓한 좁 은골은 머위, 고사리, 잔대, 더덕, 미역취, 고비 군락지가 있다.

된박골을 지나 메밀꽃처럼 벚꽃이 흐드러지게 피는 머루나무골로 들어가면 마, 머루, 산포도, 산딸기, 고무딸기, 바나나와 흡사한 으름, 다래나무가 용마루처럼 길게 덤불을 이루고 있었다. 머루나 무골 맞은편 개바닥골은 어느 골보다 넓고 깊었고 취, 둥굴레, 도라지, 더덕, 비비추, 수리취가 나고, 유독 두릅나무, 엄나무, 다래나무, 산초나무, 생강나무가 많았다. 생강나무는 이른 봄에 노란 꽃이 피고 가을에 검붉게 익은 열매를 따다 기름을 짜 여자들 머리에 발랐다. 우리 고향에서는 생강나무를 동백나무라고 부르고, 생강나무 열매로 짠 기름을 동백기름이라고 했다.

우리가 봄에 채취하는 산나물 중 빼놓을 수 없는 건 다래나무 잎이었다. 참취나 고사리처럼 포기로 자라는 산나물은 하루 종일 온 산을 헤매고 돌아다녀도 한 자루 채우기도 힘든데 다래나무 잎은 한 나무에서 여러 자루를 딸 수 있었다. 물론 그게 저절로 되는 건 아니었다. 등나무처럼 덩굴로 자라는 다래나무는 다른 나무보다 성장 속도가 빨라 더 감고 올라갈 자리가 없으면 줄을 매듯 옆에 있는 나무로 계속 옮겨가며 자랐다. 나무를 감고 높이 올라간 다래나무 잎은 딸 수가 없었다. 아버지는 다래나무가 감고 올라간 나무를 베어 쓰러뜨렸다. 한 번 쓰러지면 다시 일어설 수 없는 다래나무는 덤불을 이루며 성장했다. 아버지는 다래나무가 길게 뻗어나갈 수 있도록 길을 만들어주고 가지 중간 중간을 잘라주었다. 이듬해 잘라준 줄기에서 잔가지가 다보록이 돋아 새잎을 많이 딸 수 있었다. 감보다 고욤이 달는 말이 있듯이, 나는 봄에 다래나무 잎을 따오고, 가을에 다래를 따 먹었다. 대추만 한 다래는 아주 다디달았다.

수많은 골골 중에 둥지골도 빼놓을 수 없다. 바위 계곡을 사다리 올라가듯 한참 올라가면 새 둥지와 흡사한 분지에 상수리, 도토리, 청미래, 개암, 고욤, 으름, 다래가 지천이어서, 다람쥐, 너구리, 오소리, 멧돼지가 주워 먹고 남은 것이 썩어 발목이 푹푹 빠졌다. 상수리는 알이 굵고 도토리는 알이 잔데 엄마는 상수리를 주워 묵을 만들어 놓고 도토리묵이라고 했다. 나는 상수리로 만든 묵을 왜 상수리묵이라고 하지 않느냐고 물어보면 엄마는 생뚱맞은 표정으로 한 마디 툭 던졌다.

"내가 머리털 나구 상수리묵이라는 말은 너헌티 츠음 들었어."

작은복사골과 큰복사골 사이에 웅장하게 솟은 공산바위가 산봉우리 하나를 차지했다. 소나무 숲 위로 우뚝 솟은 공산바위는 달항아리 모양 아래는 좁고 위로 올라가며 둥글게 커지다가 꼭대기는 웅덩이처럼 우묵한데 금방 굴러갈 듯 위태위태하게 보였다. 어느 날 아버지가 작은복사골에서 큰복사골로 넘어가다 공산바위 밑에 이르러 이렇게 말했다.

"공산바위 꼭대기는 우묵하게 파였어. 거기에 물이 차 출렁거리면 그 파동으루 공산바위가 구를지 모르니께 바람 불구 비 오는 날은 공산바위 근처에 얼씬거리지 말어."

공산바위가 구르다니! 나는 아버지 말을 듣고 장소팔 고춘자 만담을 듣는 듯 황당했다. 우리 마을은 전기도 들어오지 않았고 라디오도 없었는데 어디서 들었는지 어른들이 모이면 장소팔 고춘자 만담을 곧잘 했다. 내가 어른들 틈에 끼어 황당하게 들었던 만담 중에 이런 것도 있었다.

'어느 추운 겨울날 시골 초가집에 불이 났다. 동네 사람들이 물통을 들고 달려가 활활 타오르는 불길에 물을 확 끼얹었는데 날씨가 하도 추워 그만 물과 불이 한데 꽁꽁 얼어붙었다. 불꽃 얼음은 휘황찬란했다. 시골 농부는 진귀한 불꽃 얼음을 임금님께 보여주려고 소 등에 싣고 한양을 향해 뚜벅뚜벅 걸어가는데 도중에 날씨가 풀려 소

등에 있던 불꽃 얼음이 녹으면서 불이 확 일어나 소가 그만 홀랑 타 버렸다.'

나는 공산바위가 구를지도 모른다는 말을 만담처럼 들었는데, 산전을 일구다 공산바위도 구를 수 있겠다는 생각이 들었다.

아버지와 큰복사골에 들어가 산전을 일굴 때였다. 산전을 일구다 보면 돌이 나오고 바위를 만났다. 작은 돌은 나오는 대로 밭둑 너머로 내다 버렸는데 인력으로 어찌해볼 수 없는 큰 바위를 만나면 그대로 둘 수밖에 없었다.

하루는 큰복사골에 들어가 산전을 일구던 아버지가 밭 가운데에 있는 큰 바위를 밭둑 너머로 굴려보자고 했다. 바위를 쓰러뜨리기만 하면 비탈밭을 스스로 굴러갈 것이라고. 물론 바위를 쓰러뜨릴 수만 있다면 스스로 굴러가겠지만 나는 쓰러뜨릴 엄두조차 나지 않았다. 바위 높이는 아버지 키를 훌쩍 넘었고 둘레는 어른 두셋이 팔을 벌려도 닿을 것 같지 않았는데 꼭 공산바위를 축소해 놓은 것 같았다.

아버지는 그걸 치워버리고 싶어 했다. 물론 밭 가운데 바위가 있으면 바위가 차지한 땅이 아깝고 곡식을 심고 가꾸는데 거치적거려 여간 불편한 게 아니었다. 아무리 그렇다손 치더라도 아버지가 그 바위를 굴리자고 할 때 나는 얼토당토않은 말로 들었다. 나는 내키지 않았으나 아버지는 괭이로 바위 밑을 빙 돌아가며 흙을 파낸 뒤 바위와 마주 서서 내게 말했다.

"너는 여기를 잡구 내가 으이 허면 밀구, 쌰 허면 땡겨. 내가 마지막으루 으이-쌰아 허구 소리를 치거들랑 너두 으이-쌰아 허구 바짝 땡겼다 힘껏 밀어붙여!"

아버지와 내가 아무리 소리치며 밀고 당겨도 바위는 꿈쩍도 안 했다. 그래도 안 할 수 없어 아버지 따라 건성으로 밀고 당기는데 어느 순간 내 손바닥에 바위가 움직이는 미세한 진동을 느꼈다. 그때부터 나도 힘껏 밀고 당겼다. 움직이는 진폭이 점점 커졌다. 마지막으로 '으-이 쌰-아' 라는 말이 떨어지자 바위가 뭉긋뭉긋 넘어갈 듯 말 듯 하다가 간신히 넘어지며 슬금슬금 구르다 가속도가 붙자 팽이처럼 팽글팽글 굴러가다 밭둑에 텅 걸리면서 공중제비로 높이 튕겨 올라 갔다가 밭둑 너머에 콱 처박혔다. 아주 통쾌했다. 나는 그 뒤 공산 바위도 구를 수 있겠다는 생각을 하게 되었다.

공산바위는 언제 어디서 누가 보느냐에 따라 다르게 보였다. 공산 바위 꼭대기 위로 보름달이 넘어갈 땐 장에서 돌아오는 엄마가 하얀 보퉁이를 머리에 이고 돈대에 올라서 있는 듯했고, 어떤 날은 공산 바위에 커다란 풍선을 띄워 놓은 것처럼 보이기도 했다. 아버지는 달밤에 마당에 나가 공산바위를 바라보며 소리쳤다.

"야아! 팔공 광이 떴다."

아버지가 작은복사골에서 큰복사골로 넘어가다 공산바위 밑에 이르러 "땀 좀 들이고 가자."고 했다. 어떤 때는 "땀 좀 식히고 가자." 고도 했다. 나는 아버지가 쉬었다 가자거나 담배 한 대 태우고 가자 는 말은 쉽게 알아들었어도 땀 좀 식히고 가자거나, 땀 좀 들이고 가 자는 말은 도통 이해할 수 없어 물어봤다.

"아부지 나온 땀을 어티기 들여유?"

아버지도 나와 같은 생각을 해봤는지 바로 대답했다.

"이늠아 땀이 나온디루 들어가든 바람 속으루 들어가든 하여튼 어 디루든 들어갔으니께 읊어졌겠지."

나는 그래도 모르겠다고 했더니 아버지가 싱긋 웃으며 말했다.

"사실은 나두 몰러.  우리 할아버지두 아버지두 그렇게 말씀허셨거든.  나두 아부지 말씀을 듣구 곰곰 생각해 봤는디 틀린 말은 아녀.  땀이 어디루든 들어간 건 사실이니께."

아버지는 지게를 내려놓고 땀을 들이기 전 산에 오르며 준비한 나무막대기를 쥐고 공산바위로 올라갔다가 내려올 땐 늘 빈손이었다.  나는 그게 궁금해 아버지 뒤를 따라갔다.  어라!  아버지는 쥐고 올라간 나무막대기로 공산바위를 받쳐놓았다.  공산바위를 받쳐 놓은 나무막대기는 헤아릴 수 없을 만큼 많았다.  작은 것은 회초리만 하고 큰 것은 작대기만 했다.  물론 아버지 혼자 받쳐놓은 건 아니었다.  아버지와 나는 작은복사골이나 큰복사골을 갈 때 직접 들어갔지 산중턱으로 넘어 다니는 일은 드물었다.  그 길은 사람보다 짐승이 더 많이 다니는 길이었다.  나는 아무리 생각해도 아버지가 공산바위를 왜 받쳐놓는지 알 수 없었다.

"아부지,  왜 막대기루 공산바위를 받쳐놔유?"

아버지가 담배쌈지를 꺼내놓으며 말했다.

"이늠아,  보면 몰러?  만약 공산바위가 구르면 공산바위도 공산바위지만 그 밑에 있는 것들은 사람이든 짐승이든 모조리 결딴날 테니께 구르지 말라구 받쳐놓은 겨."

나는 아버지가 나를 놀리는 줄 알고 장난스럽게 말했다.

"야아!  그까짓 나무막대기가 산봉우리 하나를 다 차지한 공산바위를 어티기 막어유?"

아버지는 담배통에 담배를 꾹꾹 눌러 담으며 또박또박 말했다.

"그려.  늬말이 맞어.  구르는 공산바위를 어티기 막겄어.  허지만 그게 사람의 본심이니께."

나는 아버지가 사람의 본심이라고 말하자 할 말이 없어 투정 부리
듯 말했다.

"공산바위가 굴러두 우리집은 상관 읎잖어유?"

아버지가 담배에 불을 붙이며 말했다.

"지성이면 감천이라구 공산바위를 받쳐 놓은 나무막대기가 곧 지
성인 겨. 늬두 한번 생각해봐. 만약 여기를 지나 댕기는 사람들이
모두 나 몰라라 허는디 공산바위 밑에 사는 사람들만 받쳐놓는다면
그게 얼마나 삭막허구 맥 빠지겄어. 그러니께 말이다. 사람은 이웃
과 함께 어울려 살어야지, 혼자 살면 도통 살맛이 안 나는 겨. 혼자
살면 무슨 살맛이 나겄어."

은골은 우리 조상이 들어온 뒤로 수백여 년을 대대로 숲을 가꾸며
자급자족하는 삶의 터전이었다. 우리는 어딜 가도 은골 할아버지,
은골 형님, 은골 아저씨, 은골 아주머니, 은골 아가씨, 은골 도령
등 호칭 앞에 '은골'이 붙는 은골 사람이었다. 아버지가 살아온 삶의
방식이 곧 내가 은골에서 살아갈 삶의 방식이 될 것이다. 나는 아버
지와 다르게 산다는 것은 상상조차 못 했다. 그렇다고 내가 아버지
삶을 모두 이해한 것은 아니었다. 아니 아무리 이해하려고 해도 이
해할 수 없는 일도 있었다.

은골에서 밖으로 나가려면 반드시 징검다리를 건너가야 했다. 큰
비가 내려 징검다리가 유실되면 불어난 냇물이 빠질 때까지 아이들
은 학교에 갈 수 없었다. 아버지는 내가 초등학교에 입학하기 전부
터 징검다리를 놓고 징검다리가 유실되면 다시 놓을 때까지 아이들
모두 내를 건네주었다. 언젠가 내가 징검다리를 놓는 아버지에게 물

었다. 왜 아버지 혼자 징검다리를 놓고 아이들을 건네주느냐고. 아버지가 말했다.

"그건 우리 조상이 은골에 들어와 살 때부터 해오던 일이여."

물론 우리 조상이 아무도 살지 않는 은골에 처음 들어와 살 때는 그럴 수밖에 없었겠지만, 내가 초등학교에 들어갈 무렵은 타성바지도 들어와 우리 말고도 여러 가구가 살고 있었다. 더욱이 은골 고개 너머 가는골은 은골보다 몇 배 많은 가구가 살고 있었다. 큰비가 내려 징검다리가 떠내려가도 아이들이 학교 갈 때 내를 건네주러 따라오는 어른도 없었고, 징검다리를 놓으러 오는 사람도 없었다. 아이들도 으레 아버지가 징검다리를 놓고 내를 건네줄 것으로 믿고 기다렸다. 아버지가 아이들을 등에 업고 내를 건네주는 것을 지켜보며 나도 빨리 학교에 가고 싶은 생각이 들었다.

내가 초등학교에 들어간 뒤 드디어 큰 비가 내려 징검다리가 유실되었다. 나는 아이들과 은골 냇가에 옹기종기 모여 앉아 개울 건너 새뜸 아이들이 학교에 가는 걸 지켜보며 아버지를 기다렸다. 이윽고 바짓가랑이를 허벅지까지 걷어 올린 아버지가 나타났다. 아버지가 나를 제일 먼저 건네줄 것이라고 믿고 큰 소리로 "아버지!" 하고 양손을 번쩍 쳐들고 앞으로 뛰쳐나갔다. 아버지는 두 팔 벌리고 달려드는 내 손을 휙 뿌리쳤다.

"저리가 이늠아. 쬐끄만 애들부터 건네줘야지."

그러곤 1학년 아이들을 양쪽 겨드랑이에 하나씩 끼고 건너갔다. 나도 1학년이었지만 한 해 늦게 들어갔고, 매우 조숙한 편이었다. 학년을 모르는 아버지는 덩치가 작은 아이부터 앞으로 불러내 건네주었다. 아버지는 마지막으로 뾰로통해 있는 나를 등에 업고 내를 건너가 냇가에 내려주고 내 엉덩짝을 한 번 철썩 때리며 말했다.

"얼릉 뛰어가, 이늠아."

먼저 건네준 아이들은 이미 산모롱이를 돌아가 보이지 않았다. 나는 아버지가 내 등 뒤에서 쳐다볼 줄 알고 골난 사람 모양 심술궂게 타박타박 걷다 뒤를 돌아다보면 아버지는 어느새 내를 건너 성큼성큼 걸어가고 있었다. 그제야 나는 학교로 뛰어갔다.

하굣길에도 아이들은 내를 건너지 못해 새뜸 냇가에 옹기종기 모여 앉아 있었다. 내를 건네주려고 온 아버지가 물살이 많이 약해졌다고 덩치 큰 6학년 아이들에게 혼자 건너가라고 했다. 아이가 무섭다고 안 건너가려고 하면 아버지는 이렇게 말했다.

"늬가 물에 떠내려가면 내가 건져줄 테니께, 걱정 말구 건너가!"

큰 아이들은 할 수 없다는 듯 책보를 어깨에 둘러멘 뒤 바짓가랑이를 걷어 올리고 건너갔다. 아버지는 아침에 냇물을 건네줄 때처럼 어린아이부터 건네주었다. 아이들도 아침에 건네준 순서대로 줄을 섰다. 마지막으로 나를 업고 내를 건너간 아버지가 바로 내려놓지 않고 우는 아이 달래듯 내 엉덩이를 추썩거리며 경중경중 한참을 걸어갔다. 아침에 토라졌던 마음은 눈 녹듯 사라지고 아버지 등에서 나는 땀내가 꽃향기보다 좋았다.

비가 그치고 냇물이 빠지면 아버지는 다시 징검다리를 놓았다. 나는 아버지가 징검다리를 놓는 것을 지켜보다 문득 떠오른 생각대로 말했다.

"큰 바위를 굴려다 징검다리를 놓으면 안 떠내려 가잖어유?"

개울가에 큰비가 내려도 떠내려가지 않는 바위가 지천으로 있었다. 그걸 지렛대로 굴려다 징검다리를 놓으면 큰물이 져도 끄떡없을 텐데, 아버지는 꼭 다듬잇돌만 한 돌을 찾아다 석축 쌓듯 쌓아 징검다리를 만들었다. 아버지가 허리를 펴고 일어나 말했다.

"이늠아, 그건 하나만 알구 둘은 모르구 허는 소리여. 흐르는 물은 쬐끄만 돌멩이에 걸려두 돌어가는디 큰 바위를 굴려다 붙빼기(붙박이)루 징검다리를 놓으면 어티기 되겄어. 큰물이 지면 물질(물길)이 점점 틀어져 질이 끊어지구 개울둑이 무너지구 논밭은 물론 마을을 덮쳐 큰 재앙을 입을 수 있는 겨. 그러니께 물에 떠내려가는 징검다리를 놔야 허는 겨."

나는 아버지 말을 듣고 그런가 보다 생각했지 온전히 이해하지 못했다. 아버지는 냇물에 징검다리뿐만 아니라 논두렁에 디딤돌도 놓아주었다.

새뜸에서 징검다리를 건너가면 우리 텃밭머리까지 황 씨네 논두렁길이 50여 미터가량 되었다. 황 씨는 대대로 머슴을 한둘씩 두고 농사를 짓는 면에서 제일가는 부자였다. 어른들은 일본인 지주 집안에 들어가 머슴을 살았던 황 씨가 일본이 패망한 뒤 주인이 가지고 있던 적산(敵産)을 몽땅 차지해 큰 부자가 되었다고, 천운을 타고난 사람이라고, 하늘이 낸 부자라고 했다.

봄이 오면 황 씨는 머슴을 데리고 논두렁에 가래질했다. 가래질은 묵은 논두렁을 가래로 깎아내린 다음 깎아낸 흙을 물에 이겨 다시 원래대로 논두렁을 만들었다. 가래질한 논두렁길은 진흙탕이 되어 마를 때까지 걸어 다닐 수 없었다. 사람들은 논두렁이 마를 때까지 산기슭으로 돌아다녀야 했는데 불편한 것은 둘째로 치더라도 중간중간에 나무와 바위와 너덜경이 있어 여간 위험한 게 아니었다. 아버지는 마치 기다렸다는 듯 황 씨가 가래질을 끝내고 돌아가면 납작 납작한 돌을 주워다 진흙탕 논두렁 위에 디딤돌을 놓아주었다.

어느 날 내가 학교 갔다 돌아올 때 아버지가 논두렁에 디딤돌을 놓고 있었다. 나는 목청껏 아버지를 부르며 달려갔다. 나랑 같이 가던 아이들도 내 뒤를 따라 뛰었다. 아버지가 허리를 펴고 일어나 납작한 돌을 번쩍 들어 보이며 소리쳤다.

"이늠들아, 빈손으루 오지말구 이러키 납작납작한 돌을 한 개씩 찾어 갖구 와."

나는 책보를 허리춤에 차고 납작한 돌을 찾아 아버지에게 넘겨주었다. 나와 함께 가던 아이들도 따라했다. 우리가 주워들고 간 돌 중에 작은 것은 버렸다. 큰 돌도 밟아본 뒤 움직이는 것은 버리고 다시 찾아오라고 했다. 아버지가 놓아 준 디딤돌은 아이들의 유일한 놀이터가 되었다. 디딤돌을 깨금발로 건너가기도 했고 가위바위보 하며 계단을 올라가듯 한 칸씩 건너가기도 했다. 가위바위보에 진 사람이 이긴 사람 책보를 들어다 주거나, 손가락으로 딱밤을 주거나, 등에 업고 건너가기도 했다.

가위바위보 놀이는 다들 고만고만했는데 희한하게도 열 번 하면 여덟아홉 번을 지는 아이가 있었다. 바로 황 씨 둘째 아들 만구였다. 만구는 아이 중에 덩치가 크고 힘이 셌는데 가위바위보는 제일 못했다. 아이 중 만구 등에 여남은 번씩 안 업혀본 아이는 없었다. 만구는 아무리 가위바위보를 해도 이길 수 없자 이긴 사람이 진 사람을 업고 디딤돌을 건너가자고 했다. 모두 반대했지만 만구 힘에 눌려 어쩔 수 없이 하다 보면 어쩐 일인지 만구는 이기고도 졌다. 만구가 끼어들면 누가 이기고 지든 아이들은 가위바위보 놀이에 점점 흥미를 잃어갔다.

날이 갈수록 디딤돌 앞에 모이는 아이들이 줄어들었다. 여름이면 단짝을 만나도 가위바위보 놀이를 할 수 없었다. 황 씨가 논두렁길에 콩을 심었기 때문이었다. 좁은 논두렁길에 콩을 심으면 콩이 자랄수록 길이 점점 가려져 가위바위보 놀이는 고사하고 다니기에 여간 불편한 게 아니었다. 아침 일찍 학교에 가려면 콩 포기에 맺힌 이슬에 옷이나 신발이 함빡 젖었고, 하굣길에는 콩 포기 속에 독사가 들어있을 것 같아 선뜻 손이나 발을 디밀지 못했다.

어느 날 내가 소를 몰고 황 씨네 논두렁길을 지나가는데 소가 콩 포기에 덮인 논두렁길을 분간 못 하고 바깥쪽을 밟아 논두렁이 뭉텅 내려앉아 논둑 아래 벼 포기가 묻혔다. 논에서 일하던 황 씨가 성난 황소처럼 달려오며 벼락 치듯 호통을 쳤다.

"야 이늠아, 논두렁으루 소를 끌구 댕기는 늠이 어딨어?"

화들짝 놀란 나는 입에서 나오는 대로 대꾸했다.

"그럼 소를 끌구 댕기지 업구 댕겨유?"

아뿔싸! 내 말이 떨어지기 무섭게 황 씨가 막힌 수멍을 뚫는 막대기를 꼬나들고 달려왔다.

"저런 싸가지 읎는 누므 새끼. 너 이누므 새끼 잡히기만 허면 주둥아리를 아주 짝 찢어 놓을 겨."

나는 소고삐를 팽개치고 달아났다. 나를 쫓아오던 황 씨가 우리 소고삐를 잡고 소를 끌어가라고, 당장 와서 끌어가지 않으면 자기가 끌어가겠다고 소리쳤다. 나는 '싸가지 없는 놈'이라는 말에 분을 참지 못하고 더 큰 소리로 받아쳤다.

"그러니께 논두렁 좀 크게 맹글쥬. 벼 한 줄 더 심어 부자 됐슈?"

노발대발한 황 씨가 고삐를 팽개치고 다시 나를 잡으려고 쫓아왔다. 나는 달아나며 황 씨보다 더 크게 소리쳤다.

"논두렁에 콩 안 심으면 되잖어유. 논두렁에 콩 심어 부자 됐슈?"

황 씨가 화를 참지 못하고 길길이 날뛰며 싸가지 없는 놈이라고, 잡히면 대번에 주둥아리를 아주 짝 찢어 놓겠다고, 고래고래 소리를 질렀다. 황 씨에게 난생처음 싸가지 없는 놈이란 말을 듣고 내가 받은 충격은 매우 컸다.

동네 어른들은 먹는 개울물에 오줌 싸고, 똥 싸고, 길 양쪽에 자란 풀을 묶어놓아 지나가는 사람 발에 걸려 넘어지게 하고, 길 가운데에 구덩이를 파고 물을 채운 뒤 풀로 살짝 덮어 놓아 빠지게 하고, 돌을 굴려다 길을 막아놓고, 물꼬를 터 논에 물을 빼버리고, 논에 물을 대는 수멍을 막아놓고, 자라는 곡식 뽑아버리고, 과일나무는 꺾어 놓고, 들에 매어 놓은 고삐를 슬며시 풀어 놓고 달아나는 소를 바라보며 좋다고 손뼉을 치는 등 하는 짓마다 못된 짓만 골라 하는 아이를 두고 싸가지가 없다고 했다.

어디에 있었는지 아버지가 나타났다. 아버지 앞에서 남한테 싸가지 없는 놈이라고 욕을 먹다니! 갑자기 나타난 아버지를 보고 나는 그만 고개를 푹 숙였다. 자식이 밖에 나가 싸가지 없다는 말을 듣는 것은 부모를 욕되게 하는 것이기 때문이었다. 나는 아버지와 황 씨 사이에 무슨 일이 일어날지 몰라 바짝 긴장했다. 웬일인지 아버지가 다가가자 황 씨는 고삐를 넘겨주고 서로 마주 앉아 담배를 피우며 무슨 얘기를 하는지 하하, 껄껄, 허허 웃음소리가 끊이지 않았다. 담배 한 대를 피운 뒤 아버지가 소를 끌고 오더니 내게 고삐를 넘겨주며 말했다.

"소 끌어다 외양간에 매어 놓구 톱허구 낫 가지구 와."

나는 아버지가 시키는 대로 소를 끌어다 외양간에 매어 놓고 톱과 낫을 챙겨 들고 다시 황 씨네 논두렁길로 갔다. 아버지는 소가 무너뜨린 논두렁길을 황 씨와 같이 원래대로 만들어 놓고 벼를 일으켜 세웠다. 황 씨는 다시 논으로 들어갔고 아버지는 수멍에서 나오는 물을 손으로 받아 손발을 씻고 내게 다가와 말했다.

"논두렁이 좁은디 콩까지 심어 놓으니께 댕기기 아주 불편허지? 이슬에 신발두 젖구 옷두 젖으니께. 언제 어디서 독사가 나올지두 모르구."

아버지는 내 속을 훤히 들여다보는 것처럼 물었다.

"야아."

"그럼 어티기 해야겄어?"

아버지가 내게 뭘 물어볼 때 몰라서 묻는 게 아니라 내가 알고 있는지 알아보기 위해 물어볼 때가 있었다. 내가 알고 있으면 아버지는 매우 흐뭇한 표정이었고, 모르면 스무고개 하듯 알 때까지 물었다. 나는 아무리 생각해도 알 수 없어 안 되는 이유를 말했다.

"우리 논두 아니구 우리 콩두 아니니께 그냥 댕겨야지 어턱해유."

"그려. 그럼 이게 우리 논이구 우리 콩이라면 어티기 헐겨?"

나는 매일 논두렁길로 다니며 보고 듣고 느낀 것을 말했다.

"이게 우리 논이라면 우리 텃밭 밭두렁처럼 논두렁을 크게 맹글구 콩두 심지 않을 거유."

아버지는 내 말이 떨어지기 무섭게 다시 물었다.

"이늠아 지금 당장 어티기 허면 사람두 소두 편히 댕길 수 있는지 그걸 말해보라니께!"

당장 모심은 논에 들어가 논두렁을 넓힐 수도 없고, 다 자란 콩을 뽑아버릴 수도 없었다. 나는 빵점 맞은 아이처럼 말했다.

"아무리 생각해두 모르겄슈. 논두렁을 다시 넓힐 수두 읎구, 논두렁에 심은 콩을 뽑어 버릴 수두 읎잖어유?"

아버지는 매우 실망한 듯 말했다.

"허허. 그것두 생각 못 허면서 어티기 마른 미역은 냇물에 적셔 올 생각을 했어?"

아버지는 내가 장터에서 마른 미역을 사서 가지고 오는 길에 냇물에 적셔 온 얘기를 또 꺼냈다. 어느 날 사촌 형수 해산바라지 간 엄마가 나를 다급히 불렀다. 엄마는 빈 솥에 맹물만 잔뜩 붓고 불을 지피며 말했다.

"아이구 얘야, 이누므 노릇을 어티기 해야 헌다니. 애는 벌써 낳았는디 첫국밥 끓일 미역이 읎어. 그러니께 늬가 나무전 옆댕이 윤 서방네 가서 미역 한 꼭지만 달라구혀. 얼릉 갖구와. 얼릉."

엄마는 내 등을 떠밀었다. 윤 서방은 유구상회 주인이었다. 그는 내가 아버지하고 같이 유구상회를 드나들어 오래전부터 알고 있었다. 두 주먹을 불끈 쥐고 윤 서방네까지 달음박질로 내쳐 달려갔다. 윤 서방은 늘 술 취한 사람처럼 뭉툭한 코끝이 빨갰다. 나는 엄마가 일러 준 대로 전했다.

"미역값은 다음 장날 큰아부지가 오셔서 드린대유."

윤 서방이 내주는 미역 한 꼭지를 받아들고 되짚어 달음박질쳤다. 나무전을 벗어난 나는 길옆으로 길과 나란히 흘러가는 냇가로 뛰어가 바짝 마른 미역을 냇물에 푹 집어넣었다 꺼냈다. 장에 가던 어른들이 마른미역을 들고 뛰어가다 느닷없이 냇물에 푹 처넣었다 꺼냈다 반복하는 나를 보고 손가락질을 했다.

"허허. 내가 살다 살다 별 미친놈 다 봤네."

"그것참. 애는 똘똘허게 생겼는디 증말루 미치긴 단단히 미쳤는 개벼. 저것 좀 봐. 또 미역을 냇물에 첨벙 집어넣었어. 쯧쯧."

장에 가던 사람들이 걸음을 멈추고 나를 가리키며 그렇게 한 마디씩 했다. 그러거나 말거나 나는 뛰어가다 다시 냇물에 마른 미역을 푹 담갔다 건져내어 사촌 형네 집에 도착했을 땐 미역이 퉁퉁 불어 바로 미역국을 끓일 수 있었다. 미역을 기다리던 엄마와 큰집 식구들이 내가 퉁퉁 불은 미역을 들고 들어가자 모두 깜짝 놀랐다. 내 얘기를 듣고 더욱 놀랐다. 내가 미역을 사 온 얘기는 대단한 소문으로 퍼졌다.

어린 것이 어떻게 그런 생각을 할 수 있느냐고 소문은 부풀려질 대로 부풀려져 꼬리에 꼬리를 물고 퍼져나갔다. 어느 날 노스님이 나를 찾아와 말했다.

"너 절에 들어가 살지 않겠니? 절에 들어가 살면 먹여주고 재워주고 공부도 네가 원하는 대로 시켜주겠다."

엄마가 울면서 막내와 강아지에게 젖 먹이는 걸 지켜보고 돌아간 그 스님이었다. 나는 동생들을 두고 갈 수 없다고 고개를 살래살래 저었다. 나는 그때까지 동생들은 내가 키워야 하는 걸로 알고 있었다. 그 뒤로 어른들은 나를 가리키며 한 가지 일을 보면 열 일을 안다거나 잘 자랄 나무는 떡잎부터 알아본다고 했다. 처음 한두 번의 칭찬은 기분이 참 좋았는데 거듭되는 칭찬은 무거운 짐이 되었고 거북스러웠다.

나는 아버지에게 말했다.

"아부지, 미역 사 온 얘기는 이제 고만 좀 해유. 그때가 언젠디 자꾸 해유."

나는 엄마가 미역국을 끓일 때마다 미역을 불려 끓이는 것을 보고 그런 생각을 한 것뿐이었다. 그 일을 대견스럽게 생각했던 아버지는 뜨악한 목소리로 말했다.

"그려. 그럼 지금부터 내가 허는 걸 보면서 잘 생각해봐. 어티기 허면 당장 황 씨네 논두렁으루 사람두 소두 편히 댕길 수 있는지."

아버지는 산으로 올라가 낫자루만 하게 굵은 나무를 하나씩 톱으로 슦아 낫으로 가지를 쳐내고 반 팔 길이로 잘라 끝을 뾰족하게 깎았다. 그건 말뚝이었다. 아버지는 말뚝 여남은 개를 만든 뒤 산비탈로 뻗은 칡을 끊어 잡아당기며 칡잎을 떼어내고 양손으로 한 발씩 재가며 한 줄로 길게 이어나갔다. 나는 아버지가 칡으로 무엇을 할 건지, 얼마만큼 필요한지 전혀 알 수 없었다. 아버지가 길게 이어놓은 칡 끈을 둥그렇게 사렸다. 그러곤 내게 물었다.

"아직두 생각을 못 한 겨?"

나는 그때까지 떠오른 생각을 말했다.

"통나무는 말뚝인디, 칡은 어디에 쓸 건지 아직 모르겠는디유."

"그려. 조심조심 따러와."

아버지는 사려놓은 칡을 어깨에 메고 말뚝을 옆구리에 낀 채 앞장서 산비탈을 내려갔다. 나는 그제야 아버지가 뭘 하려는지 알았다. 나는 아버지가 어깨에 메고 갔던 칡을 땅에 내려놓고 논두렁 중간 중간에 말뚝을 하나씩 꽂아 나가는 걸 보고 큰 소리로 말했다.

"아부지, 논두렁에 말뚝을 박구 늘어진 콩 포기를 걷어올리려구 그러쥬?"

아버지가 활짝 웃으며 말했다.

"그려. 그런디 그걸 어티기 알었어?"

"아부지가 말뚝을 논두렁 바깥쪽에 박는 거 보구 알었쥬."

"그렇지 그려. 이 말뚝이 질과 콩 포기의 경계가 되는 거지. 그런
디 말뚝을 왜 이러키 짧게 맹글었는지 알겠니?"

"그건 모르겠는디유."

"그럼 말뚝이 질면 지게 짐을 지구 댕길 때 어티기 되겠어?"

"아하! 지게 짐을 지구 지나갈 때 말뚝이 질면 걸리겠네유."

"허허 이늠의 자식. 그려. 그러니께 질가에 박는 말뚝이 질면 안
되는 겨."

아버지는 길쭉한 돌을 주워 말뚝을 박은 뒤 논두렁길 위로 늘어진
콩 포기를 칡 끈으로 걸어 올려 말뚝에 붙잡아 맸다. 논두렁길이 훤
하게 보였고, 곁가지를 걸어 올린 콩 포기는 멋진 논두렁길 울타리
가 되어 사람도 소도 이슬에 젖지 않고 편히 다닐 수 있게 되었다.
더욱이 콩 포기에 가려졌던 디딤돌이 훤히 드러나 당장이라도 가위
바위보 놀이를 할 수 있었다.

은골은 새뜸서 건너오는 징검다리부터 은광촌으로 올라가는 징검
다리까지 7백여 미터가량 되었다. 아버지는 그 길에 징검다리와 디
딤돌을 놓았다. 겨울에 눈이 내리면 빙판 진다고 우리집 마당보다
길을 먼저 쓸었다. 아버지는 눈길을 쓸 때 몽당비를 허리춤에 차고
가 쓸고 간 길 끝머리에 놓아두었다. 눈길을 걸어온 사람들은 아버
지가 놓아둔 몽당비로 옷이나 신발에 묻은 눈을 탈탈 털었다. 나는

아버지에게 물었다.

"우리집 뒤에서 은광촌으루 올라가는 질은 윗동네 사람들이 해야지, 왜 아부지 혼자 질을 닦구 눈을 치워유?"

나는 다른 사람들이 다니는 동네 길까지 왜 아버지가 해야 하는지 늘 의문이 들었다. 아버지는 그것도 모르냐고 꿀밤 주듯 말했다.

"이늠아, 세상에 제 질만 댕기는 사람은 읎는 겨. 그러니께 질 가까이 사는 사람이 해야지. 그게 사람의 도리여. 사람이 사람의 도리를 잃으면 그게 무슨 사람여."

길 가까이에 우리집만 있는 것도 아닌데 그게 사람의 도리라는 말에 대꾸할 말이 없었다. 내가 잠자코 있자 아버지가 말했다.

"늬가 황 씨에게 논두렁 좀 크게 맹글라구, 벼 한 줄 더 심구 논두렁에 콩 심어 부자 되었느냐구 했다는디. 그게 참말여?"

황 씨가 아버지에게 고자질한 모양이었다.

"야아."

"어째서 그러키 생각허는 겨?"

나는 시험에 백 점 맞았을 때처럼 말했다.

"저 말구두 황 씨네 논두렁으루 댕기는 사람들은 모두 황 씨를 놀부 같은 놈이라구, 논두렁은 좁아터지게 맹글어 놓구 콩까지 심었다구 욕을 허던디유 뭐."

나는 황 씨네 논두렁으로 다니는 사람들의 불평을 들은 대로 주절주절 늘어놓았다. 내 얘기를 들은 아버지가 낮은 목소리로 조곤조곤 말했다.

"황 씨네 논두렁으루 사람두 소두 댕기니께 그렇지 작은 게 아녀. 논두렁에 콩을 심는 것두 당연헌 거구. 콩 한 포기 심을 땅이나 만석

146

들이 땅이나 귀헌 건 마찬가지니께. 황 씨가 자기네 논두렁으루 댕기게 허는 것만두 고마운 일인디 그걸 불평허구 욕허면 되겄어?"

산골 사람들은 누구도 남의 땅을 밟지 않고는 살아갈 수 없었다. 이 근동에서 땅을 제일 많이 가진 황 씨도 예외가 아니었다. 나는 아버지 말이 틀린 말은 아닐지라도 이해할 수 없었다.

황 씨네 논두렁으로 이어지는 우리 텃밭 두렁은 사람과 소가 비켜갈 수 있게 내고, 텃밭 머리에 쉴바탕을 만들었다. 쉴바탕은 길을 가던 사람들이 짐을 내려놓고 쉬어가는 쉼터를 말했다. 쉴바탕 위에 우리 고욤나무가 한 그루 있고 고욤나무 밑에 사시사철 물이 솟아 황 씨네 논으로 흘러갔다. 아버지는 물이 나오는 곳에 돌을 쌓아 샘터를 만들고 종구라기를 걸어 놓아 지나가는 사람들이 샘물을 떠먹고 고욤나무 밑에서 쉬어갈 수 있게 했다. 나는 우리집을 코앞에 두고 왜 우리 텃밭에 쉴바탕을 만들었는지 궁금해 물었다.

"아부지, 쉴바탕에 올라서면 바루 우리집인디 왜 쉴바탕을 맹글었슈. 거기다 고구마나 감자나 콩을 심어두 되잖어유?"

아버지는 우리 텃밭을 마당만큼 뚝 떼어 쉴바탕으로 내놓았다. 나는 쉴바탕으로 내준 그 땅이 너무 아까웠다. 아버지가 쉴바탕에 앉아 담배쌈지를 꺼내며 말했다.

"나두 텃밭을 쉴바탕으루 내놓기 전엔 거기다 콩이나 들깨를 심구 감자나 고구마두 심어 먹었어. 그런디 짐을 지구 지나댕기는 사람들이 모두 우리 텃밭 머리에 짐을 내려놓구 쉬어 가는 겨. 그래서 내가 쉴바탕 거리를 재봤더니 우리 텃밭이 쉴바탕이 꼭 있어야 헐 자리였어. 물론 복 서방네 논둑이나 김 서방네 밭머리에 맹글어두 되겄지만 거긴 물두 읎구 나무두 읎잖어. 그래서 내가 우리 텃밭에 쉴바탕

을 맹글구 물 나오는 고욤나무 밑에 샘을 파구 쉬어갈 수 있게 맹글
었어. 날아가는 새두 앉을 자리를 봐가며 앉는 겨."

나는 우리 텃밭에 왜 우리에게 전혀 필요 없는 쉴바탕을 만들었느
냐고 물었는데, 아버지는 다른 말을 했다. 내가 말이 없자 아버지가
이렇게 말했다.

"누구네 땅이든 쉴바탕은 꼭 있어야 혀. 사람이 짐을 지구 먼 질을
떠날 수 있는 건 도중에 쉴바탕이 있기 때문이여. 쉴바탕이 읎으면
어티기 먼 질을 떠나겄어. 우리두 남의 쉴바탕에 쉬어 가잖어."

아버지가 담배통에 불을 붙이고 난 뒤 다시 말했다.

"쉴바탕은 말이다. 행인들이 짐을 내려 놓구 쉬어 가는 쉼터두 되
구 만남의 장소두 되구, 세상 돌어가는 소식을 듣는 곳이기두 혀.
잃는 것이 있으면 읃는 것두 있으니께."

그래도 나는 금쪽같은 텃밭을 길을 가는 행인을 위해 내주는 건
이해할 수 없었다.


어느 날 아버지가 들깨를 심은 텃밭을 매고 있었다. 그날 아버지
친구 송만식 씨가 쉴바탕에 지게를 내려놓고 텃밭으로 걸어갔다. 파
닥, 파다닥. 만식 씨 지겟다리에 발이 묶인 채 거꾸로 대롱대롱 매
달린 닭 한 마리가 날개를 파닥거리며 그네를 타고 있었다. 아버지
가 만식 씨를 알아보고 말했다.

"워디를 가는 겨, 갔다 오는 겨?"

"장에 댕겨 오는 질여."

"무싯날에 장은 무슨 장?"

"오늘이 우리 아부지 제사라 댕겨 오는 겨."

"아참 그렇지. 늬 아부지 제사가 이맘때지."

"근디 향나무 있냐? 있으면 한 토막 줘라."

"있지. 내가 금방 갖구 올 테니께 잠깐 지둘려."

향나무는 제사 지낼 때 연필을 깎듯 조금씩 깎아 향로에 향불을 피웠다. 아버지는 앉았던 자리에 호미를 내려놓고 일어나 집으로 들어갔다. 아버지가 집으로 들어간 사이 만식 씨는 지겟다리에 매달려 있던 닭을 내려놓고 산채로 털을 뽑기 시작했다. 꼬꼬댁, 꼬꼬댁. 만식 씨가 닭털을 모지락스럽게 뽑을 때마다 닭이 날개를 파닥거리며 처절하게 울었다. 만식 씨는 닭이 울거나 말거나 밭에 자란 잡초를 뽑아내듯 닭털을 모조리 뽑았다. 향나무를 가지러 갔던 아버지가 돌아와 만식 씨를 보고 소리쳤다.

"야 이놈아, 너 시방 뭔 짓을 허는 겨?"

"야 이놈아, 보면 몰러? 닭털 뽑구 있잖어."

"에라 이놈아. 산채루 닭털 뽑는 놈이 어딨어?"

"이놈아 모르는 소리 허덜 말어. 닭털은 산채루 뽑는 게 더 잘 뽑히는 겨."

"아무리 그래두 그렇지. 산 짐승을 그러키 잔인허게 잡으면 어특혀, 이놈아."

"아녀 이놈아. 너두 한 번 이러키 잡어 봐. 토도독 토도독 털 뽑는 재미가 여간 아니니께."

"에라 이 자식아. 재미나는 골에 범 난다구. 재미는 뭣 말러 죽은 게 재미여."

아버지는 쉴바탕으로 가던 길을 멈추고 손에 쥐고 나온 향나무 토막을 만식 씨에게 갖다 주라며 내게 주었다. 만식 씨는 내가 갖다 준 향나무 토막을 받아 주머니에 넣고 계속 닭털을 뽑았다. 닭은 이미 대가리에 빨간 벼슬만 남고 모가지부터 날개와 몸통까지 뽀얗게 털이 뽑혀 있었다.

만식 씨는 마지막으로 꽁지 털을 뽑다가 그만 닭을 놓쳤다. 만식 씨 손에서 빠져나온 닭이 뒤뚱뒤뚱 달아났다. 산채로 털이 뽑힌 닭은 도마 위에 올려놓은 뽀얀 통닭같이 보였다. 뽀얀 통닭이 두 발로 뒤뚱뒤뚱 달아나고 만식 씨가 뒤를 쫓아가는 희한한 광경이 벌어졌다. 닭이 죽자 사자 달아나고 만식 씨도 죽자 사자 쫓아갔다. 만식 씨가 드디어 닭을 따라잡아 양손으로 팍 덮쳤다. 절체절명의 순간 닭이 꼬꼬댁 소리를 내지르며 날개를 활짝 폈다. 아뿔싸! 날개털이 몽땅 뽑힌 닭이 나무젓가락 같은 날개를 쫙 펴긴 폈는데 날지는 못하고 그만 앞으로 팍 고꾸라졌다. 힘차게 날아가려다 앞으로 팍 고꾸라진 닭은 비탈진 언덕을 모난 돌이 굴러가듯 홀딱 홀딱 굴러가다 철퍽 소리를 내며 벼 심은 황 씨네 논바닥에 곤두박질쳤다.

만식 씨는 재차 팔을 쭉 뻗어 닭 뒷다리를 탁 낚아채려다 그대로 나동그라지며 비탈진 언덕 아래로 멍석이 굴러가듯 홀러덩 홀러덩 굴러가 물이 칠렁한 논머리에 철푸덕 소리가 나도록 처박혔다. 닭과 만식 씨 사이는 대여섯 발짝쯤 되어 보였다. 만식 씨가 굴러가 논바닥에 처박히는 사이 닭은 발딱 일어나 벼 포기 사이로 달아났는데 몸통은 보이지 않고 벼 포기만 살랑살랑 움직였다.

진흙탕에 거꾸로 처박혔다 빠져나온 만식 씨 머리에서 진흙탕물이 줄줄 흘러내렸다. 어푸 어푸, 퉤퉤. 만식 씨는 얼굴로 흘러내리는 흙탕물을 연신 손바닥으로 훔쳐내며 달아난 닭을 찾았으나 행방이 묘연했다. 털이 몽땅 뽑힌 닭은 죽었는지 살았는지 벼 한 포기 흔들리지 않았고 논바닥을 밟는 소리도 들리지 않았다. 논두렁으로 올라선 만식 씨는 신발을 벗어 놓고 논 가운데로 들어가 야경꾼이 딱따기를 치듯 손뼉을 딱딱 치며 휘이, 휘이 소리를 질러도 벼 포기 하나 움직거리지 않았다. 날은 이미 어두워지고 있었다.

"세혁아 퉤, 닭이 워디루 퉤, 달어났는지 퉤, 못 봤냐? 퉤."

만식 씨는 입으로 들어가는 흙탕물을 퉤, 퉤 뱉으며 말했다.

"저는 못 봤는디유."

나는 논바닥에 처박혔던 닭이 달아날 때 벼 포기가 살랑살랑 움직이다 멈춘 곳을 알고 있었는데, 나도 모르게 못 봤다는 말이 툭 튀어나갔다. 만식 씨가 화난 목소리로 물었다.

"야 이놈아 퉤, 왜 못 봤어 퉤. 늬가 달어나는 닭을 퉤, 쳐다보구 있었잖어? 퉤."

나도 큰 소리로 대꾸했다.

"달어나는 건 봤는디 논배미루 굴러 떨어진 뒤루는 못 봤슈."

만식 씨가 산채로 닭털을 뽑을 때 나는 제발 좀 달아나라고 마음속으로 빌었다. 닭이 만식 씨 손에서 빠져나간 후에는 영영 잡히지 않기를 바랐다. 만식 씨가 나를 다그치자 들깨밭을 매던 아버지가 벌떡 일어나 만식 씨에게 소리쳤다.

"야 이놈아, 닭은 늬가 쫓아갔으면서 왜 엄한 애를 가지구 그려. 닭 쫓던 개 지붕 쳐다본다더니 늬 놈이 그 꼴 난 겨."

만식 씨가 발끈했다.

"뭐여, 퉤. 너 시방 불난 집에 퉤, 부채질허냐? 퉤."

아버지가 만식 씨를 비꼬듯 말했다.

"부채질허는 게 아니라 그게 그러키 되었다는 얘기여, 이늠아."

만식 씨는 더 이상 대꾸 없이 논배미를 훑어보며 혼잣말하듯 중얼 거렸다.

"그나저나 이 노릇을 워턱헌댜 퉤. 오늘 밤에 우리 아부지 제사 지 낼 건디 퉤."

아버지는 만식 씨가 무슨 말을 하건 못 들은 척했다. 아마 만식 씨가 온전한 닭을 놓쳤다면 아버지가 발 벗고 나서서 도와줬을 거라는 생각이 들었다. 나도 닭이 벼 포기 속으로 달아나다 멈춘 곳을 일러줬을 것이다. 만식 씨는 어두워질 때까지 통닭을 찾았으나 끝내 찾지 못하고 빈 지게만 지고 돌아갔다.

다음 날 아버지는 새벽에 일어나 전날 끝내지 못한 들깨밭을 매고 있었는데 만식 씨가 어깨에 긴 대나무 장대를 메고 나타났다. 만식 씨는 신발을 벗고 논배미 가운데로 지나가며 양쪽 벼 포기를 장대로 샅샅이 훑고 끝까지 갔어도 털 뽑힌 닭은 나타나지 않았다. 논배미 끝까지 나간 만식 씨가 논두렁 위로 펄쩍 뛰어오르며 소리쳤다.

"어라! 지난밤 너구리가 우리 닭을 잡아먹었는개벼. 이것 좀 봐!"

만식 씨가 닭 꽁지 털을 주워들고 아버지를 향해 소리쳤다.

"어허. 이런, 이런! 여기 너구리가 닭을 잡어 처먹구 똥을 잔뜩 싸질러 놨어."

만식 씨는 아버지 들으라고 소리쳤는데, 아버지는 거들떠보지 않은 채 여전히 호미로 잡초를 뽑고 들깨 포기에 북을 주며 퉁바리를 놨다.

"야 이놈아, 늬가 산 닭 날개털을 몽땅 토도독 토도독 재미나게 뽑어 놨으니께 너구리가 달려들어두 피할 수 없었겠지."

닭은 새처럼 날지 못해도 다급하면 후다닥 날아 지붕꼭대기까지 올라갔다. 아마 그래서 닭 쫓던 개 지붕 쳐다본다는 말이 있는 모양이다. 만식 씨는 논물에 손발을 씻고 다시 어깨에 대나무 장대를 메고 아버지에게 간다는 말도 없이 돌아갔다. 만식 씨가 내 앞을 지나갈 때 어깨에 멘 대나무 장대가 낭창낭창 춤을 췄다.

그 뒤 만식 씨를 다시 만난 건 한 달포가 지나서였다. 그날은 우리 텃밭에 심은 고구마 캐는 날이었다. 아버지는 처음 캔 고구마를 바가지에 담아 쉬어가는 사람들 먹으라고 칼과 함께 쉴바탕에 놓아주었다. 그날 필재 씨와 만식 씨가 아버지를 찾아왔다. 아버지는 친구들을 데리고 쉴바탕으로 갔다. 쉴바탕엔 가는골 사람 서넛이 나뭇지게를 받쳐놓고 아버지가 갖다 놓은 고구마를 깎아 먹고 있었다. 쉴바탕에 앉아 담배를 태우던 만식 씨가 제사용 닭을 산채로 털을 뽑다 놓친 이야기를 하다말고 갑자기 고구마 한 개를 집어 들고 으흐흐 웃으며 말했다.

"이 고구마는 왜 이러키 쩍 갈러졌댜. 거참 갈러졌어두 희한허게 갈러졌네."

옆에 있던 필재 씨가 말했다.

"이늠아, 희한허긴 뭐가 희한 혀. 여기가 쉴바탕이잖어. 쉴바탕."

"야 임마, 쉴바탕허구 고구마 갈라진 것 허구 무슨 상관여?"

필재 씨가 귀띔을 해줘도 만식 씨는 모르겠다는 듯 대꾸하자 필재 씨가 만식 씨를 한심하다는 듯 바라보며 말했다.

"어이구 인간아. 이 답답한 인간아. 아주머니들이 여기서 쉬어갈 때 고구마밭에 들어가 쉬 허니께 그거 보구 닮은 거지."

필재 씨 말이 떨어지기 무섭게 쉴바탕에 모여 있던 사람들이 푸하

하, 으하하 폭소를 터뜨렸다. 엄마는 고구마를 캐다 말고 숫제 호미를 내려놓고 돌아앉아 웃었다. 나는 왜들 웃는지 몰랐다.

아버지는 쉴바탕에 풀이 자라면 풀을 깎고 샘을 청소하고 겨울에 눈을 쓸었다. 마을사람들은 우리 텃밭에 있는 쉴바탕을 '은골 쉴바탕'이라고 했다. 아버지 말대로 은골 쉴바탕은 무거운 짐을 내려놓고 쉬어가는 쉼터가 되었고, 만남의 장소가 되었고, 사람 사는 이야기가 끊이지 않는 곳이기도 했다. 그래도 나는 우리 텃밭이 너무 아깝다는 생각을 지울 수 없었다.

나는 아버지를 따라 공산바위를 지나 큰복사골로 넘어가며 곰곰이 생각했다. 나도 아버지처럼 평생 물에 떠내려가는 징검다리를 놓고, 우리 텃밭을 쉴바탕으로 내주고, 작은복사골에서 큰복사골로 넘어갈 때 막대기로 공산바위를 받쳐놔야 할지를.

# 소년 나무장수

아버지는 시장에 내다 파는 나무와 집에서 땔 나무하는 방법을 가르쳐주었다. 집에서 땔나무는 불에 잘 탈 것이면 종류를 가리지 않고 닥치는 대로 했다. 시장에 내다 팔 나무는 장작, 마른 솔가지, 삭정이, 솔가리, 섶나무 등 다양했다. 아주머니들은 죽은 소나무껍데기, 솔방울을 주워 가마니에 담아 머리에 이고 가 화덕용으로 팔았고, 장작을 다발로 묶어다 팔기도 했다.

소나무껍데기를 북데기라고 했고 다발로 묶어 파는 나무를 다발나무라고 했는데, 다발 크기는 사람에 따라 달랐다. 다발나무 장사는 여자들뿐만 아니라 사내아이도 한 다발씩 지게로 져다 팔았고, 지게조차 질 수 없는 어린아이는 한 아름도 안 되는 다발나무에 멜빵을 걸어 짊어지고 비칠비칠 어른을 따라가 팔기도 했다.

시장에 내다 파는 땔나무로는 장작이 비싸게 팔렸다. 장작은 나무를 베어다 도끼로 쪼개 말리는 데 많은 시간이 걸렸다. 그뿐만이 아니라 허가 없이 나무를 베다 산감(면사무소 산림계)에게 걸리면 징역을 살거나 벌금을 물어야 했다. 산감이 불시에 마을에 들어와 장작이나 원목을 찾아내기도 했다. 나무전에 들어와 장작을 지고 나온 사람들을 강제로 잡아가기도 했다. 물론 자주 있는 일이 아니라 사람들은 여전히 장작을 만들어 시장에 내다 팔았다.

나는 초등학교 6학년에 올라가던 해 이른 봄부터 나무장사를 했다. 학교를 중퇴한 것은 아니고 등굣길에 나무를 지고 가 나무전에 받쳐놓았다가 하굣길에 팔았다. 나무장사를 시작한 뒤 아이들이 내게 손가락질하며 '새끼 나무장수'라고 놀렸고, 내 신체의 특징으로 왕눈이, 대갈장군, 가마 세 개짜리라고 했다.

가마가 셋이면 장가를 세 번 간다고 놀렸다. 내 정수리와 앞머리 양쪽으로 선명한 가마가 있었다. 나도 가마가 세 개 있는 사람은 나 말고 보지 못했다. 나는 아이들에게 놀림을 받는 게 싫어 소라껍데 기처럼 나선형으로 생긴 가마를 반대 방향으로 손바닥에 불이 나게 비벼대도 잠시 뒤에 보면 원래 모습 그대로였다.

어느 놈은 내가 무거운 나뭇짐을 지고 목을 길게 빼고 걸어갈 때 내 목을 가리키며 '황새 모가지'라고 놀렸다. 심지어 길게 늘어뜨린 내 머리통을 느닷없이 쥐어박고 달아나는 놈도 있었다. 무거운 짐에 눌려 죽을 만큼 힘든 터에 아무 이유 없이 머리통까지 맞고 나면 눈에서 불꽃이 튈 만큼 분하지만 짐을 지고 있어 꼼짝없이 당할 수밖에 없었다. 내가 맞고도 참으면 내 머리는 동네북이 되었다. 그런 놈은 반드시 붙잡아 반쯤 죽여 놨다.

싸움을 자주 하다 보니 나도 모르게 싸움엔 아주 이골이 났다. 나보다 센 놈을 만나면 몸을 사리지 않고 싸우다 죽을 수도 있는 바위 언덕, 늪지대, 물이 철렁한 논으로 끌고 들어가 엎치락뒤치락 싸웠다. 머리부터 발끝까지 오기로 똘똘 뭉쳐있던 나는 싸움에 죽으면 죽었지 질 줄을 몰라 맞기도 참 많이 맞았다. 어떤 날은 엄마가 나를 못 알아볼 만큼 맞기도 했다. 그런 날은 나하고 싸운 아이 부모가 우리집을 찾아오기도 했는데 그게 한두 번이 아니었다.

어느 날 하굣길에 박승재를 만나 양쪽 눈퉁이가 부어올라 벗겨진 신발을 찾지 못할 만큼 크게 싸우고 맨발로 집에 왔다. 승재는 나보다 다섯 살 위였는데 초등학교를 나와 서당에 다니고 있었다. 그날 저녁나절에 승재 아버지가 붉으락푸르락한 얼굴로 아버지를 찾아와 다짜고짜 소리부터 질렀다.

"세혁이 워딨슈?"

승재 아버지는 우리 아버지보다 세 살 아래였다. 나는 승재 아버지가 우리집으로 들어오는 것을 보고 방에 들어가 문구멍으로 밖을 내다보고 있었다. 무슨 영문인지 모르는 아버지가 웬 소란이냐는 듯 말했다.

"우리 세혁이는 왜?"

아버지 말이 떨어지기 무섭게 승재 아버지가 소리쳤다.

"왜라니유? 지금 우리 승재가 세혁이헌티 맞어 죽게 생겼슈."

아버지는 별일이라는 듯 고개를 갸웃거리며 말했다.

"승재는 우리 세혁이보다 몇 살 위잖은가. 덩치두 월등히 크구."

승재 아버지가 답답하다는 듯 말했다.

"아이구 참. 나이 많구 덩치 크면 뭐 해유. 승재가 언덕을 올라가는디 뒤따러오던 세혁이 느닷없이 달려들어 승재 다리를 번쩍 들어 메치구설랑 넘어진 놈을 올라타구 마구 때렸다는디, 그 주먹이 어디루 갔겠슈?"

아버지는 그제야 승재 아버지 이야기를 걱정스러운 표정으로 듣다가 물었다.

"저런, 저런! 그래서 많이 다쳤남?"

아버지가 되묻는 말에 승재 아버지가 다시 발끈했다.

"많이 다친 게 뭐유. 지금 죽게 생겼다니께유. 우리 승재는 여태 껏 밖에 나가 한 번두 싸운 적이 읎는 애유."

승재 아버지는 승재 말만 믿고 자기 자식이 맞은 것만 생각했다. 나도 승재가 싸우는 것은 한 번도 보지 못했다. 자기 또래와 같이 다 니는 것도 보지 못했다. 늘 혼자 다니다 자기보다 약한 애들을 만나 면 자기 책보를 들고 가라고 내주고, 앞에 가면 왜 앞에 가느냐고, 그냥 쳐다보는데도 왜 째려보느냐고, 지나가다 부딪치면 왜 치느냐 고, 말하다 입에서 침방울이 튀면 침을 뱉는다고, 걸어가다 그림자 를 밟으면 건방진 새끼라고 트집을 잡아 괴롭히고 때리고 울렸다.

그날도 내 뒤에서 승재가 "야, 대갈장군" 하고 나를 불렀다. 나는 내 뒤에 승재가 따라오는 걸 알고 있었다. 나는 못 들은 척 그냥 걸 었다. "야, 장가 세 번 갈 놈!" 하고 또 불렀다. 그래도 나는 뒤를 돌 아보지 않았다. "야, 이 좆만아. 내 말이 말 같잖은 겨?" 승재가 내 등 뒤에 바짝 따라붙었다는 걸 온몸으로 느꼈다. 나는 승재에게 길 을 내주고 길옆으로 비켜 천천히 걸었다. 승재는 내가 천천히 걸으 면 천천히 걷고 빨리 걸으면 빨리 걸으며 계속 앞길을 방해하며 괴 롭혔다. 산골 청년답지 않게 살결이 허여멀쑥한 승재는 나이도 나이 지만 덩치가 결혼한 우리 사촌 형보다도 훨씬 컸다. 내가 맞붙어 싸 운다는 것은 상상조차 해보지 않았다. 승재는 나를 말로 어르고 손 으로 집적거려도 대꾸가 없자 이렇게 말했다.

"야, 늬 나무장사 헌다며. 늬는 평생 제 장사 한 번 못해 보구 나 무장사나 해 처먹다 뒈질 새끼여."

나는 그 말이 무슨 말인지 몰랐는데 계속 빈정거리자 그 말뜻을 알았다. 나무장사를 남의 장사로 빗대 한 말이었다. 그러니까 나는 평생 내 장사 한 번 못해보고 남의 장사나 해 먹다 죽을 것이라는 뜻이다. 그건 평생 나무장사로 늙어가는 어른들이 신세 한탄하며 자조하는 말이었다.

그 말을 제대로 알아듣는 순간 눈시울이 화끈하게 치미는 분노로 온몸이 부르르 떨렸다. 승재에게 맞아 죽는 한이 있어도 더는 참을 수 없었다. 싸움이 잦은 나는 우리 마을은 물론 학교 가는 길 주변 지형을 훤히 꿰뚫고 있었다. 나는 언덕 위로 뛰어갔다. 언덕길 오른쪽은 산이었고 왼편은 빈 몸으로 걷기에도 힘든 가파른 비탈이었는데, 비탈 밑에 도랑이 있고 도랑 아래 밭이 있었다.

승재는 내가 언덕 위로 뛰어가자 달아나는 줄 알고 쫓아와 붙잡으려고 했다. 잡힐 듯 안 잡힐 듯 거리를 유지하며 승재 힘을 뺀 뒤 오른쪽으로 슬쩍 비켜서는 동시에 승재 오른쪽 발목을 움켜잡고 온 힘을 다해 번쩍 쳐들며 언덕 아래로 확 밀어붙였다. 그런데 워낙 덩치가 큰 승재가 넘어지면서 두 팔로 나를 싸잡아 안고 넘어져 가파른 비탈을 같이 굴렀다. 나는 승재를 산비탈 아래 도랑에 처박아 놓고 반쯤 죽여 놓을 생각이었는데 정신 차릴 경황없이 데굴데굴 굴러가다 하필 내가 도랑에 폭 빠지며 승재 밑에 깔려버렸다. 밑에 깔려 올려다본 승재는 황소처럼 보였다. 나를 올라타고 앉아 정신을 수습한 승재가 주먹으로 때리기 시작하는데 그건 주먹이 아니라 쇠망치로 맞는 것 같았다. 박살나도록 맞아도 도랑에 폭 빠져서 나는 운신조차 할 수 없었다. 허연 눈자위를 희번덕거리며 주먹질하는 승재는 이미 제정신이 아니었다.

그 순간 뇌리에 자벌레가 떠올랐다. 아악! 나는 본능적으로 비명을 지르며 죽은 체했다. 국수 토막처럼 원통형인 자벌레는 허리를 꺾어 꽁무니를 턱밑에 대고 앞으로 쭉 뻗기를 반복하며 자기 몸길이만큼 기어가는데 움직일 때 건드리면 그 상태 그대로 죽은 체하고 위기를 모면했다. 비명을 듣고 놀란 승재가 나를 흔들어 보고 반응이 없자 일어섰다. 그때 내가 모둠발로 일어서는 승재 사타구니를 사정없이 걷어찼다. 아악! 이번엔 승재가 비명을 내지르며 사타구니를 싸쥐고 나뒹굴었다. 나는 어금니를 옹송그려 물고 벌떡 일어나 승재를 도랑에 처넣은 뒤 올라타고 망치로 대못을 때려 박듯 실컷 두들겨 패고 일어나 발뒤꿈치로 벌레를 밟아 죽이듯, 밤송이를 까듯 작신 밟아 주었다.
　내가 발길질을 멈춰도 승재는 일어나지 못했다. 나는 승재를 도랑에 처박아 둔 채 벗겨진 신발을 찾았는데 눈퉁이가 부어올라 찾을 수 없어 눈두덩을 손가락으로 까뒤집고 집에까지 맨발로 걸어왔다.

　마당에서 아버지와 승재 아버지 사이에 큰 소리가 끊이질 않았다. 주로 승재 아버지가 말하고 아버지는 듣고 있었다. 아버지는 내가 방 안에 있는 것조차 모르고 있었다. 문구멍으로 밖을 내다보며 듣고 있으려니 속에서 열불이 났다. 승재는 세상에 둘도 없는 착한 애로 둔갑되고 나는 위아래조차 몰라보는 아주 싸가지 없는 놈이었다. 열 번 죽으면 죽었지 아버지 앞에 싸가지 없는 자식이 될 수 없다는 생각에 문을 박차고 밖으로 나갔다.
　나를 본 승재 아버지가 눈을 부릅뜨고 손가락질을 하면서 벼락 치듯 "세혁이 너 이놈!" 하고 소리쳤다. 나는 눈퉁이가 퉁퉁 붓고 묵사발이 된 얼굴을 반짝 쳐들고 아버지와 승재 아버지 사이로 걸어 개울로 갔다. 길을 가다 범을 만난 눈으로 나를 쳐다보던 승재 아버지가 뒤로 물러났다. 내 뒤에서 아무 소리도 들리지 않았다. 개울물에 손 씻고 바로 집으로 들어갔는데 기세등등하던 승재 아버지는 보이지 않았다.

그날 아버지는 나를 불러다 앉혀 놓고 승재와 왜 싸웠느냐고 한 번쯤 물어볼 만도 한데, 아무것도 묻지 않았다. 아버지는 저녁상을 물린 뒤 잠시 나를 지켜보다 말했다.

"나가서 공매는 맞지 말어!"

나는 아버지가 한 말을 듣고도 무슨 말인지 몰라 "뭐라구유?"라고 되물었다. 아버지가 다시 오금 박듯 힘주어 말했다.

"이늠아, 나가서 공매는 맞지 말란 말이여."

나는 공매라는 말을 연거푸 들었어도 무슨 말인지 몰랐다.


어느 날 손을 다친 엄마가 내게 바가지를 주며 아버지 등목을 해 드리라고 했다. 아버지는 등목을 자주 했다. 나는 바가지를 들고 아버지를 따라 개울로 갔다. 웃통을 벗은 아버지가 개울 바닥에 양손을 짚고 엎드렸다. 나는 엄마가 하던 대로 개울물을 한 바가지 푹 퍼 아버지 등에 끼얹다가 수많은 흉터를 보고 그만 깜짝 놀랐다.

내가 아버지를 처음 기억할 때부터, 아버지는 집에서건 나가서건 담배통을 옷 속으로 집어넣고 등을 긁거나 소처럼 기둥이나 바위에 등을 대고 비비적거렸다. 잠을 자다가도 벌떡 일어나 등을 북북 긁었고, 밭을 매다 말고 호미끝으로 등을 북북 긁기도 했다. 한겨울에 꽝꽝 얼어붙은 얼음을 깨고 등목하는 것을 보며 자랐기에 그저 그러려니 했지 등에 그토록 많은 흉터가 있는 줄은 몰랐다. 어느 흉터는 수박껍질처럼 죽죽 나 있고, 허물을 벗어 놓은 뱀 껍질처럼 보이는 흉터도 있고, 지렁이가 기어간 자국처럼 생긴 흉터도 있고, 황소눈깔만 한 흉터는 유리처럼 반들반들했다.

나는 잠시 어안이 벙벙한 채로 서 있는데 아버지가 소리쳤다.

"이늠아, 뭐 허구 있는 겨. 어여 빡빡 문지르지 않구."

흉터를 지우기라도 할 듯 억세게 문질러도 아버지는 더 세게 문지르라고 했다. 바가지로 연신 물을 퍼붓고 힘껏 문질러도 아버지는 양이 덜 찼던지 개울 바닥에서 납작한 돌을 집어주며 문지르라고 했다. 나는 돌을 받아 아버지 등을 빡빡 문질렀다.

그제야 아버지가 "어이구 션혀. 어이구 션혀. 어 션허다"고 했다. 아버지가 고만하라고 하기 전에 등이 시뻘게졌다. 매끄럽지 않은 돌에 긁혀 피가 흘러도 아버지는 자꾸 더 세게 빡빡 문지르라고 했다.

그날 밤 엄마에게 아버지 등에 웬 흉터가 그렇게 많으냐고 물었다. 엄마가 말했다.

"일본 탄광에서 공매 맞은 흉터여."

공매라니! 승재하고 싸웠던 날 아버지가 내게 말한 '공매'라는 말이 떠올랐다. 얼마나 공매에 한이 맺혔으면 승재하고 싸워 얼굴이 묵사발이 된 내게 공매는 맞지 말라고 했을까! 아버지는 일제강점기 징용으로 탄광에 끌려가 주먹 한 방 날려 보지 못하고 맞은 매를 공매라고 했다. 물론 뭉개진 내 얼굴을 보고 속이 상했겠지만 아버지가 탄광에서 맞은 매와 내가 싸우면서 맞은 매를 똑같이 생각해서 한 말은 아닐 것이다. 남을 때리라고 한 말은 더더욱 아니었다. 사람이 사람 앞에서 사람에게 맞는 것이 얼마나 비참한지 맞아본 사람만이 할 수 있는 말이었다.

나는 엄마에게 다시 물었다.

"그래서 맨날 등을 긁구 비벼대구 얼음물에 등목을 허는 규?"

엄마는 내게 따지듯 말했다.

"그럼 어특혀. 등이 가려워 도저히 견딜 수가 읎다는디. 그래두 지금은 흉터가 많이 지워졌구 가려운 것두 예전보다 훨씬 들헌 겨."

나는 아버지가 일본으로 징용을 갔다 온 얘기는 간간 들었어도 자세한 것은 모르고 있었다.


어느 날 필재 씨가 다니던 금광에 낙반 사고로 한 사람이 죽고 네명이 다쳤다. 다친 사람 중에 필재 씨도 들어가 있었다. 그날 밤 엄마는 필재 씨를 만나고 온 아버지에게 물었다.

"필재 씨는 좀 워뜌?"

엄마는 근심스럽게 물었는데 아버지는 별거 아니라는 듯 가벼운 목소리로 말했다.

"필재는 엉겁결에 피허다 발목을 접질렀는디, 침 맞은 뒤 많이 부드러워졌댜."

"참말루 다행이네유."

엄마가 밝은 표정으로 말했다.

"탄광이 무너질 때두 금광처럼 그러키 무너지남유?"

엄마는 금광이 무너졌다는 얘기를 듣고 아버지가 일제강점기 징용으로 가 있었던 일본 탄광이 떠오른 모양이었다. 우리 마을 장정 다섯이 장날 장에 갔다 징용으로 끌려갔는데, 세 사람은 죽어 누군지 알 수 없는 한 줌의 재로 돌아왔다. 누군지 알 수 없다는 말은, 일본에서 돌아온 유골이 모두 국내에서 화장한 사람 유골의 삼분의 일도 안 된다는 거였다. 금광에 다녔던 아버지가 말했다.

"아녀. 광산이 무너질 땐 금광허구 탄광은 아주 쎙판 달러. 금광은 무너지기 전 삐드득 삐드득 마찰음이 들리는디, 탄광이 무너질 땐 아무런 조짐두 없이 빙판에 황소 미끄러지딕기 쫄딱 무너지는 바람에 사람들이 순식간에 탄떼미에 묻혀버려. 기름기가 자르르 흐르는 석탄이 여간 미끄러운 게 아니거든. 그땐 앞뒤 가릴 새 없이 탄떼미에 깔린 사람들을 미친 듯이 끄집어냈어. 구조작업이 끝나면 일본놈들이 조선 사람 먼저 구조허느라구 즈이 나라 사람 죽었다며 우리를 개 패듯 팼어. 그런디 사고가 나면 우리는 조선 사람, 일본 사람을 가리지 않구 닥치는 대루 구조했거든. 땅속으루 수백 미터 내려가 새카만 탄가루를 뒤집어쓰구 땀으루 범벅이 된 채 탄떼미에 묻혔는디 어티기 조선 사람, 일본 사람을 구분허겄어.

허긴 간혹 살려달라는 소리를 들어보면 조선 사람인지 일본 사람인지 단박에 알긴 했어. 허지만 똑같은 상황이라면 손이 어디루 먼저 가겠어? 일본놈들이 우리를 강제루 끌어다가 탄광에 몰아 넣구 짐승 부리딕기 밤낮 채찍으루 부려 처먹었거든. 석탄 캐다가 채찍으루 맞는 소리만 들어두 온몸에 소름이 쪽쪽 돋았으니께. 낙석에 맞구 채찍에 맞은 자리가 짓무르구 곪어터져두 치료조차 받지 못했구. 그놈들은 우리를 채찍으루 부려 처먹으면서두 조선 사람허구 무슨 철천지 웬수가 졌는지 먹는 거라군 겨우 어린애 조막만 한 콩깻묵 한 덩어리 주거나, 돼지 먹이 주딕기 지들이 처먹구 남은 음식찌꺼기를 거둬다 그것두 죽지 않을 만큼 아주 쬐끔씩 줬거든. 막사발에 고봉밥을 먹던 장정들이 그걸 먹구 어티기 버텨내겄어. 배가 고퍼 그나마 먹을 것을 보면 그야말루 미치구 환장할 지경이었지.

우리 숙소두 그랬어. 말이 숙소지 쬐끄만 방에 달구새끼 몰아넣딕기 잔뜩 처넣어 옆으루 조여 자다 뒷간에 갔다 오면 죽 떠먹은 자리처럼 다시 누울 자리가 없었으니께. 그나마 장마철이면 다다미 밑에서 벌레가 기어나오구 1년 내내 빈대, 벼룩에 시달리구, 겨울엔 부서진 창문으루 눈이 펄펄 날아들었으니께. 늘 굶주리구 막장에 들어가 채찍으루 맞어가며 석탄을 캐구 짐승우리만두 못헌 디서 잠을 자니 온전한 사람이 어딨겠어. 모두 병을 몇 개씩 달구 살면서두 병원은 구경조차 못 해봤는디 뭐. 아마 지옥두 그런 지옥은 없을 껴."

아버지 말끝에 엄마가 말했다.

"늬 아부지가 징용 갈 때, 가는 날이 장날이라구 장날 장에 같이 갔다가 나두 모르게 끌려갔어. 나는 늬 아부지가 징용으로 끌려갔다는 말을 듣구 온 장바닥을 돌어댕기며 찾다가 끝내 못 찾구 캄캄한 밤에 혼자 돌어오면서 얼마나 울었는지 몰러.

일본서 올 때두 그랬어. 어느 날 쌔카맣구 꼬부장헌 사람이 비루먹은 강아지처럼 비칠비칠 마당으루 들어서는디 그건 사람의 몰골이 아니었어. 장에 갈 땐 생때같던 늬 아부지 모습은 온디 간디 없구 조막만 헌 얼굴에 퀭헌 눈은 움푹 들어갔구 광대뼈는 팽이처럼 뾰쪽허구 볼은 홀쭉허구 꼭 해골에 가죽 씌워 놓은 거 같었어. 세상에 일본서 여기가 어디냐. 그 꼴을 해가지구 집에 들어오자마자 정신 줄을 놓았는디, 꼬박 한 달 보름 동안 혼자 뒷간 출입을 못 했으니께. 죽은 사람 몰골두 그보다는 나을 껴.

오죽했으면 늬 할아부지가 죽은 줄 알었던 자식이 살어왔다는 소식을 듣구 한걸음에 달려와 보구 그날루 곡기를 끊었겠어. 늬 아부지가 살어날 가망이 전혀 보이지 않었으니께. 하루가 지나구 이틀이 지나구, 꼬박 사흘이 지났는디두 수저를 안 드시는 겨. 그러니 어특혀 까딱허면 줄초상 나게 생겼으니께. 그래서 여럿이 늬 아부지를 양쪽에서 떼메다시피 부축을 허구 할아부지헌티 갔지. 늬 아부지가 할아부지 앞에 엎드려, 죽을 것 같으면 일본 탄광에서 죽었지 집에 와서 죽겠느냐구, 절대루 죽지 않을 테니께 진지 잡수시라구, 아부지가 진지를 안 드시면 자기두 곡기를 끊겠다며 눈물을 펑펑 쏟으며 말씀드렸드니 할아부지가 나흘 만에 수저를 드셨어. 에이구 그때는 차마 눈 뜨구 늬 아부지를 볼 수 없었어."

나는 아버지가 징용 가서 무슨 병이 들었는지 궁금해 물어보았다.

"도대체 아부지는 어디가 어티기 편찮으셨는디유"

엄마는 허리가 꺾이도록 한숨을 쉬며 말했다.

"늬 아부지 말을 들어보니께 탄광 막장에 들어가 소처럼 엎드려 석탄을 캐다 낙석에 맞구 채찍으루 맞은 상처가 짓무르구 석탄가루가 들어가 덧나구 곪어 터져두 치료를 받지 못했댜. 늬 아부지가 집에 오던 날부터 등에서 매일 고름을 한 종재기(종지)씩 짜냈는디 고름을 짜내구 보면 허연 등뼈가 보였어. 땀을 뻘뻘 흘리며 고름을 짜낸 늬 고모가 하마터면 등허구 배가 맞창 날 뻔했다구 했으니께 오죽 했겠냐!"

지나가는 바람에 문풍지가 파르르 떨었다. 문틈으로 들어온 바람에 등잔불이 까불까불했다. 나는 아버지 등창을 어떻게 치료했는지 궁금해 물었다.

"그럼 그걸 어티기 치료했슈?"

"에이구, 그걸 어티기 말루 다 허겄어. 늬 아부지 명이 길었던 게

지.”

내 질문에 이렇게 답을 하면서 엄마가 그 이야기를 했다.

“그러니께 발 읎는 말이 천 리를 간다구 징용 갔다 돌어온 늬 아부지가 등창으루 사경을 헤맨다는 소문이 퍼져 나간 겨. 소문을 듣구 용하다는 사람들이 찾어와 늬 아부지를 살려보겠다구 약초를 달여 먹이구 달인 물루 씻어내구 가루를 맹글어 뿌려주구 짓찧어 붙이구 별의별 짓을 다해두 낫지를 않는 겨.

그러는 동안에 등창은 날루 악화되어가구 사경을 헤맬 때 어떤 사람이 들어오더니 아산만 부근 공세리에 가면 그곳 성당에 특효약이 있다구 혀. 그래서 내가 참말이냐구 물었드니 그 사람이 자기는 천주를 믿는 사람이라며 자기 말을 허투루 듣지 말구 꼭 가보라는 겨. 그래서 내가 외간 남자랑 자세헌 얘기를 헐 수 읎어 그 사람을 앉혀 놓구 늬 사촌 형 신혁이를 데려왔지. 우리 집안에서 개가 그중 똑똑허니께. 신혁이가 그 사람허구 한참 얘기를 해보더니 당장 거기를 갔다 오겠다는 겨.

그래서 내가 있는 돈 읎는 돈 죄다 끌어모으구 밤새 주먹밥을 맹글어 다음 날 새벽에 신혁이를 보냈지. 늬 아부지는 점점 더 정신이 오락가락했는디 정신이 돌어오면 잠꼬대허덕기 ‘나 안 죽어, 나 안 죽어’ 허면서두 자꾸자꾸 죽어가는 게 뵈는 겨. 하루에두 몇 번씩 돈대에 나가 신혁이 돌어오기만 기다렸는디 하루가 지나구 이틀이 지나구 사흘이 지나두 오지를 않는 겨. 나는 그때 여기서 아산만 공세리까지 수백여 리라는 것을 몰렀으니께. 나흘 되던 날은 신혁이가 약을 사 와두 늬 아부지가 살아날 가망이 전혀 읎다는 생각이 드니께 눈물이 걷잡을 수 읎이 쏟아지는 겨.

신혁이를 기다리다 그냥 돈대에 철푸득이 앉아서 울었는디 아무리 숨죽이구 울어두 우는 소리가 멀리 갔던개벼. 신혁이가 집으루 돌어오다 내가 우는 소리를 듣구 놀래서 산모롱이를 달려오며 '작은 아부지 돌어가셨슈?' 라구 소리를 지르는 겨. 나는 그러키 기다리던 신혁이를 보구두 전혀 반갑지 않었어. 늬 아부지가 살아날 가망이 읎어 보였으니께. 그래서 내가 신혁이에게 아직은 안 돌어가셨는디 아무래두 힘들겠다구 했지.

내 말이 떨어지기 무섭게 신혁이가 '그러면 됐슈' 그러더니 집으루 득달같이 달려가는 겨. 나두 신혁이 뒤를 따러갔지. 신혁이가 방으루 들어가자마자 숨 돌릴 새 읎이 보따리를 풀어 놓구 약을 꺼냈는디 보니께 고약이 강낭콩만 헌 게 까맣더라. 신혁이가 고약 여러 개를 한데 뭉쳐서 화롯불에 녹여 밀가루 반죽을 밀어내딕기 손바닥만 허개 만들었는디 까만 고약 말구두 보리쌀만 헌 뇌란(노란) 고약이 또 있더라. 그걸 또 여러 개 뭉쳐 까만 고약 가운데에 올려 놓구 등창에 붙여드렸지. 신혁이가 방을 나오며 이제 작은 아부지 등창은 틀림읎이 나을 테니께 걱정 말라며 거기 가서 보니께 그 동네 사람들두 그 약으루 고름병을 다 고쳤다는 말을 듣구 왔다는 겨.

어쨌든 진인사 대천명이라구 신혁이를 밥 멕여 보내 놓구 설거지를 허는디 '나 안 죽어. 나 안 죽어' 허는 소리두 안 들리구 앓는 소리두 안 들리기에 설거지허다 말구 방으루 들어가 보니께 늬 아부지가 코를 골며 주무시는 겨. 나는 코 고는 소리가 어찌나 반갑던지 꾀꼬리 울음소리보다 더 듣기 좋더라. 늬 아부지는 밤새 뒷간에 한 번두 안 가시구 주무시더니 다음 날 즘심 때쯤 일어나셨어. 내가 좀 어뗘시냐구 물었더니 열나구 욱신거리는 통증은 많이 가러앉었는디 등

168

에 고름이 찼는지 몸을 움직일 때마다 쭐렁쭐렁 허는 느낌이 든다는 겨. 그리구 잠을 푹 자서인지 정신두 말짱허구 입맛두 돌아왔다며 내가 드린 진지를 츠음 다 드셨어.

등창에 고약을 붙인 뒤 하루 만에 신혁이가 할아부지를 모시구 왔어. 고약을 새루 붙여야 허니께. 신혁이 새루 붙일 고약을 준비해놓구 붙였던 고약을 떼자마자 물 봉지가 터지딕기 피고름이 왈칵 쏟어지더니 된 가래침 같은 게 한 덩어리가 쑥 빠져나오는 겨. 할아부지가 그걸 보시구 종기 근이라며 근이 빠지면 그 자리에서 새살이 돋는다구 이제 살었다구 허시는 겨. 그때는 증말 꿈만 같었지. 그게 '이명래 고약'이여. 늬 아부지는 그러키 이명래 고약으로 등창을 치료했어."

엄마는 험한 산을 내려가 뒤를 돌아보듯 한동안 천장을 응시하다 다시 하던 말을 이어 갔다.

"나중에 신혁이에게 물었지. 늬가 한 번두 가보지 않은 수백여 리 질을 어티기 그 사람 말만 믿구 고약을 사러 갔느냐구. 신혁이가 말허길 그 사람이 자기 이름은 안영춘이구 자기가 국민핵교를 졸업헐 때까지 가는골에 살다가 신양으루 이사 갔다구 허더랴. 그런디 신양으루 이사 가서두 가는골 살 때 징검다리를 건너 댕기구, 디딤돌에서 장깨놀이(가위바위보 놀이)를 하며 핵교 댕기던 시절을 잊을 수가 읎다면서, 징검다리가 떠내려갔을 때 늬 아부지가 여러 번 개울을 건너주셨다는 말두 허드랴.

그런디 안영춘이가 덧붙여 말허길 자기 부친두 돌아가시기 전 우리 신세를 많이 졌다구 말씀허셨댜. 그래서 내가 그분이 우리에게 무슨 신세를 졌다구 허드냐구 물어 보니께 별일두 아니더라구."

"그게 뭔디유?"

"우리가 질갓집이구 가는골 고개가 좀 높으냐. 낮에 넘어댕기기두 힘든 고개니께. 그 사람뿐만 아니라 그 고개를 넘어 댕기는 사람들은 날이 어두워지면 우리집에 들어와 관솔불두 맹글어 가구, 빙판 지면 새끼루 발을 감구 가구, 홍수가 지거나 폭설이 내리면 하룻밤 자구 가기두 허구, 짐을 지구 가다 지게 멜빵이 끊어지거나 목발이 부러지거나 하여튼 무슨 일이 있으면 우리집에 들어와 고쳐 가기두 허구, 질을 가다 다쳐두 들어오구, 뱀에 물려두 들어오구.

뭐 별루 대수로운 일두 아닌디 아마 그 사람은 우리에게 많은 신세를 졌다구 생각했던개벼. 그러니께 장에 갔다가 늬 아부지가 등창으루 죽게 생겼다는 소문을 듣구 그 먼디서 우리집까지 찾아왔겠지. 신양과 아산만은 가깝구 천주를 믿는 사람이니께 성당에 '이명래 고약'이 있다는 걸 알구 있었을 테구. 그러니 신혁이가 그 사람 말을 철석같이 믿구 그 먼 질을 떠났겠지."

엄마는 지난날을 회상하듯 떠오르는 대로 이야기를 하다 말고 내 얼굴을 바로 보며 말했다.

"늬가 우리 텃밭을 쉴바탕으루 내준 걸 아깝다구 했다는디, 남을 이롭게 허면 그 이로움이 남에게만 가겠니? 늬 아부지 목숨을 살린 건 이명래 고약만이 아녀. 잘 생각해 봐."

나는 엄마 얘기에 빠져들다가 그만 정신이 번쩍 들었다.


아버지는 엄마 얘기를 들으며 무슨 생각을 했던지 갑자기 껄껄 웃으며 이야기를 이어갔다.

"그런디 말이다. 어느 날 탄광이 크게 무너져 한꺼번에 조선 사람

170

여섯이 탄떼미에 깔려 죽었어. 탄광이 한 번 무너지면 뒤를 이어 연달어 무너진다는 것을 알면서두 저 혼자 살겠다구 달어나는 조선 사람은 한 사람두 읎었으니께. 그날두 네 사람은 일차루 무너질 때 죽었는디, 두 사람은 탄떼미에 깔린 사람을 구조허다 이차, 삼차루 무너지는 바람에 깔려 죽었거든. 일본 사람은 한 사람두 죽지 않었구. 그날 조선 사람들은 너나 헐 것 읎이 모두 눈에서 핏물이 뚝뚝 떨어질 것처럼 새빨갛게 핏발이 서 있었어.

하필이면 그날 일본놈들 대여섯이 숙소 뒤에서 돼지를 잡구 있었는디, 그놈들은 하두 잘 처먹어 돼지처럼 살쪄 가지구 돼지를 잡으려니께 그게 잘 잡히겠어? 소 발에 쥐 잡듯기 용케 돼지 꼬리를 잡구서두 몸이 둔허니께 잡었다 놓치구, 잡었다 놓치구 그러는 겨. 그런디 달어나는 돼지를 보니께 돼지두 살이 투실투실허게 쪘더라구.

조선 사람들은 먹지 못해 쌔카맣게 찌들찌들 찌들었는디 살찐 돼지를 보니께 내가 그만 눈이 홀딱 뒤집혀 주먹을 불끈 쥐구 커다란 귀때기를 너풀거리며 달어나는 돼지를 잽싸게 쫓아가 뒷다리를 탁 낚아챘지. 돼지가 내 손에 잡히자마자 멱따는 소리를 내지르며 빠져나가려구 발버둥 치는 놈을 양손으루 뒷다리를 하나씩 움켜잡구 돌어가는 연자방아처럼 빙글빙글 돌리다가 보리타작 헐 때 보릿단을 메어치덕기 냅다 땅바닥에 패대기를 쳤지. 돼지는 다시 일어서지 못했어.

돼지를 쫓던 일본놈들이 내가 돼지 잡는 걸 보구 얼마나 놀랬던지 장승처럼 그 자리에서 꼼짝두 못 허더라구. 그래서 내가 '야 이 돼지 같은 새끼들아, 얼릉 갖다 처먹어라' 허구 냅다 소리를 내지르니께 대여섯 놈들이 달려오기는커녕 모두 뒷걸음질 치더라구. 나는 그때 어디서 그런 힘이 나왔는지 모르겠어.

내가 숙소루 오다가 뒤를 돌어보니께 일본놈들이 어느새 죽은 돼지를 질질 끌구 가더라구. 일본놈들 근성은 잔나비 새끼처럼 약삭빠른 놈들이라 약자를 만나면 한읎이 잔인허게 굴다가두 강자를 만나면 쪽두 못 쓰는 아주 비열헌 족속이거든."

아버지 얘기를 들은 엄마가 땅이 꺼지게 한숨을 쉬며 말했다.

"에이구 집에선 자식이 부황 들어 죽은 것두 모르구 수년 동안 공매 맞어가며 죽두룩 일했으면 뭐 혀. 나올 땐 땡전 한 푼 못 받구 빈손으루 나왔는 걸 뭐."

나는 아버지가 왜 빈손으로 나왔는지 알 수 없어 다시 물었다.

"왜유. 왜 빈손으루 나왔슈?"

엄마는 여전히 한숨을 쉬면서 말했다.

"늬 아부지가 일한 노임은 모두 그늠들이 강제루 저축을 해놨다는디 해방되어 나올 땐 돈 줄 놈 코빼기두 보지 못했댜. 그래두 늬 아부지가 그러시더라. 탄광에서 죽지 않구 살어서 돌어온 것만두 꿈만 같다구. 해방이 조금만 늦었어두 돌어오지 못했을 거라구."

엄마의 한숨은 끊이지 않았다. 엄마 한숨 소리를 듣다못해 아버지가 말했다.

"우리는 그늠들에게 끌려간 뒤루 한 번두 사람인 적이 읎었어. 그늠들이 사냥허딕기 붙잡어간 짐승이었어. 탄광에 가둬놓구 짐승 멕이딕기 멕여가며 일만 시켰으니께. 내가 있던 탄광이 일본 어디에 붙었는지 무슨 탄광인지두 모르는디 뭐어."

나는 아버지 등에 난 수많은 상처를 씻을 때마다 이를 악물며 중얼거렸다. 모조리 맷돌에 갈아버려도 시원찮을 놈들!

나는 싸울 때 일방적으로 무기를 사용하는 것은 비겁하다고 생각했는데 아버지 등에 난 흉터를 알고 난 뒤, 독사를 잡으려면 막대기가 필요하다는 걸 알았다.

어느 날 등굣길에 나뭇짐을 지고 가는데 우람한 중학생이 앞에서 걸어왔다. 무거운 짐을 지고 길을 갈 땐 어른이든 아이든 빈 몸으로 가는 사람이 길을 양보했다. 나는 중학생과 거리가 좁혀지자 길가로 바짝 붙어 가는데 중학생은 오히려 길 한가운데로 성큼성큼 다가와 갑자기 나를 확 밀어붙였다. 나는 나뭇짐을 짊어진 채 한 길이 넘는 개골창에 콱 처박혔다. 그 순간 아찔했다. 내가 나뭇짐을 간신히 빠져나와 길 위로 올라섰을 때 중학생은 뒤도 돌아보지 않고 걸어가고 있었다.

나는 쥐고 있던 작대기를 바짝 움켜쥐고 "야 이 개새끼야!"라고 소리치며 쫓아가 몸을 납작 낮추면서 가방을 내던지고 달려드는 중학생 정강이를 냅다 돌려쳤다. 중학생은 놀란 토끼처럼 팔짝 뛰어올랐다가 앞으로 팍 고꾸라졌다. 중학생이 고꾸라질 때 옷깃에 작대기 세 개짜리 배지가 보였다. 나는 지나가는 어른들 도움으로 개골창에 처박힌 나뭇짐을 끌어냈다. 개골창에서 끌어낸 나뭇짐이 만들다 떨어뜨린 메주처럼 두루뭉술했다. 나는 도로 개골창에 처박고 싶을 만큼 망가진 나뭇짐을 지고 가면서 뒤가 몹시 켕겼는데 다리가 부러졌는지 작대기가 무서웠던지 중학생은 따라오지 않았다.

나는 그날 처음으로 주먹이 아닌 작대기로 사람을 때렸다. 주먹으로 싸우면 뒤끝이 없는데, 무기를 사용하니까 이겨도 이겼다는 생각이 들지 않았고 상대가 무슨 짓을 할지 몰라 오히려 후환이 두려웠다. 나는 손바닥에 땀이 흥건하도록 작대기를 바짝 움켜쥐고 나무전까지 갔다. 내 손에 작대기마저 없으면 지나가는 개새끼까지 깔본다는 걸 오래전부터 알고 있었지만 참 많이 우울했다.

나무전은 텅 비어있었다. 나는 나뭇짐을 나무전에 받쳐 놓고 학교에 갔다. 나뭇짐은 세워놓고 받쳐 놓는다고 했다. 아마 나뭇짐을 세우려면 작대기로 받쳐야 하기 때문일 것이다. 나는 하굣길에 나무 팔러 다시 나무전으로 갔다. 내 뒤에 온 아버지가 말했다.

"어디 다친디는 읎는 겨?"

아버지는 나뭇짐을 보고 내가 도중에 넘어진 줄 아는 모양이었다.

"야아. 괜찮어유."

아버지는 더 이상 아무것도 묻지 않았다. 잠시 뒤 아버지 나무는 팔렸는데 가뜩이나 볼품없는 내 나무는 거들떠보는 사람조차 없었다. 아버지가 나무판 돈을 내게 주며 말했다.

"누가 늬 나무를 사겄다구 허거들랑 얼마가 되었든 더 받을 생각 말구 얼릉 팔어."

아버지가 나무판 돈을 내게 준 것은 내 나무가 팔리는 대로 보태 밀기울을 사 오라는 것이었다. 물론 내 나무가 먼저 팔리면 나도 아버지에게 나무판 돈을 맡기고 먼저 집으로 돌아갔다. 아버지가 집으로 돌아간 뒤 나는 언제 팔릴지 모르는 나뭇짐 옆에 쪼그리고 앉아 손님을 기다렸다. 나무는 무게를 달아 파는 것도 아니고 부피를 재어 파는 것도 아니었다. 나무는 사 갈 사람이 나무전에 들어와 마음에 드는 걸 골라 가격을 묻고 흥정하여 사 갔다.

나는 나무전에서 '흥정은 붙이고, 싸움은 말리라'는 말을 귀가 따갑도록 들었다. 그만큼 나무전은 흥정이 많고 싸움이 잦은 곳이었다. 내가 손님을 만나 흥정할 때 어른이 다가와 어린애가 지고 왔어도 어른 나뭇짐 못지않다고 홍정을 붙여주는 사람이 있는가 하면, 중간에 끼어들어 손님을 빼가 자기 나무를 팔아먹을 땐 나무장사에 비애를 느끼기도 했다.

해가 지고 가게에 전깃불이 들어올 때까지 내 나무는 팔리지 않았다. 나무전에 전깃불은 없었다. 그때까지 나무를 팔지 못한 사람은 나뭇짐을 가로등 밑으로 옮겨 놓고 손님을 기다렸다. 나도 그랬다. 그런데 어른들이 자꾸 나뭇짐을 지고 와 내 나뭇짐 옆에 받쳐 놓았다. 작은 나뭇짐 옆에 큰 나뭇짐을 받쳐 놓으면 더 크게 보이고 작은 나뭇짐은 더 작아 보이기 때문이었다. 나는 내 나뭇짐을 미끼로 자기 나무를 팔아먹으려는 어른이 오면 쫓기듯 다른 곳으로 옮겼다. 개골창에 처박히며 망가진 나뭇짐이라 볼품이 없어서일까. 그날따라 가로등 밑에 내다 놓고 어른들 나뭇짐을 피해 여러 번 자리를 옮겼어도 팔리지 않았다.

나무가 안 팔리면 나뭇짐을 나무전에 두고 갈 수도 없고 도로 짊어지고 밤새 먼 밤길을 되돌아갈 수도 없어 참으로 난처했다. 시내에 친인척이나 친지가 있는 사람은 안 팔린 나뭇짐을 그 집에 맡겨 놓고 빈 몸으로 돌아갔다가 다음 날 다시 내다 놓고 팔았다. 나는 시내에 알고 있는 친인척은 고사하고 아는 사람조차 없었다.

시간이 지날수록 애가 타 나무전 옆에 마당이 넓은 교회 목사를 찾아가 사정했다.

"목사님, 교회 마당에 내 나뭇짐을 하룻밤만 두게 해 줘유. 내일 등굣길에 내갈게유."

목사는 나뭇짐을 둘러보고 가격을 물었다. 나는 30환을 받아왔는데 25환만 달라고 했다. 목사가 말했다.

"도난당할 염려가 있어서 맡아 줄 수 없어, 10환에 팔고 가."

목사의 그 말을 듣는 순간 몽둥이로 뒤통수를 맞은 듯 눈에서 불이 번쩍 일었다.

"10환에 파느니 차라리 불을 확 싸지르겠슈."

나는 목사를 노려보며 입에서 나오는 대로 쏘아붙이고 나왔다. 무거운 나뭇짐을 지고 가다 교회 종소리를 들으면 마음이 경건해지고 편안했다. 풍금 소리에 이어 찬송가가 나무전에 울려 퍼질 때 꿀벌이 꽃송이를 맴돌 듯 교회 밖에서 안을 들여다봤다. 교회 밖과 안은 딴 세계였다. 목사가 성의를 입고 설교를 하고 찬송가를 불렀다. 예배가 끝나고 돌아가는 신도들을 배웅하는 목사가 내 눈에는, 교회 유리창에 그려진 예수님과 같이 성자로 비쳤다. 그 목사가 내 나뭇짐을 맡아줄 수 없다는 말은 차치하더라도 10환에 팔고 가라니! 나뭇값을 그토록 깎아내리는 사람은 처음이었다.

어찌되었든 더는 기다릴 시간이 없어 차부에서 점방을 하는 우리 반 동식을 불러내 내일 등굣길에 내갈 테니 하룻밤만 나뭇짐을 마당에 두게 해달라고 부탁했다. 죽기보다 싫었지만 어쩔 도리가 없었다. 다행히 동식이 아버지가 허락해주었다.

동식이 나무전으로 돌아가는 나를 따라왔다. 나무전에 도착했는데 웬 사람이 내 나뭇짐 옆에 서 있었다. 그 사람이 내 나무를 사겠다며 얼마냐고 물었다. 나는 25환만 달라고 했다. 그는 15환에 팔려면 팔고 싫으면 고만두라며 휙 돌아섰다.

그가 등을 돌리는 순간 느낌이 왔다. 간혹 늦은 밤에 나무를 사러 오는 사람들이 있었다. 그들은 보릿고개에 끼닛거리가 떨어진 나무

장사가 팔지 못한 나뭇짐을 두고 오도 가도 못 하는 점을 이용해 나뭇값을 반값 아래로 후려쳤다. 그걸 알면서도 그 사람을 놓칠까 봐 달려가 붙잡고 15환에 팔기로 하고 동식을 돌려보냈다.

나무가 팔리면 그 사람 사는 곳이 어디든 그 집까지 지고 가 나뭇간에 쌓아주어야 했다. 나무를 팔 때 집이 어디냐고 물어보고 집이 너무 멀면 팔지 않는 사람도 있었다. 나무를 사 가는 사람이 자기 집이 '조기'라고 손가락질해서 따라가 보면 '조기'가 아니라 도중에 한두 번 쉬지 않고 갈 수 없는 '저 어기'였다.

나는 물어볼 형편이 안 되어 집이 어디냐고 묻지 않고 팔았는데, 도대체 그 사람 집이 어딘지 땀을 뻘뻘 흘리며 따라가도 그는 계속 걸어갔다. 목적지를 모르고 따라가는 길은 왜 그리 멀던지! 나뭇짐을 져다 주고 돌아올 길은 자국마다 자꾸자꾸 멀어졌다.

그랬다. 돌아올 길은 언제나 멀었다. 무거운 짐을 지고 걷는 걸음은 천근만근이었다. 뱃가죽이 등가죽에 붙었으니 더 힘들었다. 그 시절 내게 배고픔은 고질병과 같았다. 돌아올 길을 걱정하며 그를 따라가다 지쳐 길바닥에 지게를 받쳐 놓고 맨땅에 털썩 주저앉았다. 앞장서 걸어가던 그도 걸음을 멈추었다. 잠시 쉬었다 다시 나뭇짐을 지고 시내를 한참 벗어난 그의 집에 당도했다. 아니나 다를까. 예상했던 대로 15환에 팔기 싫으면 고만두라고 배짱 좋게 돌아섰던 그의 집 나뭇간에는 허탈하게도 다음 날 아침밥 지을 때 나무가 한 주먹도 없었다. 그 사람 배짱 놀음에 내가 졌다고 생각하며 지고 간 나무를 나뭇간에 차곡차곡 쌓아주었다. 그가 내주는 나뭇값을 받아 쥐고 돌아섰을 때 내 마음은 이미 우리집 마당에 들어서고 있었다.

그랬다. 집으로 돌아가는 길은 언제나 가까웠다. 나는 윤 서방네로 달음박질쳤다. 윤 서방네는 쌀과 잡곡을 팔았고 밀가루, 밀기울, 건어물까지 파는 만물상이었다. 나는 아버지가 준 돈에 내 나뭇값을 보태 밀기울을 샀다. 저녁 먹을 시간이 지나 있었다. 나를 기다리는 엄마가 눈에 선했다. 나는 밀기울 자루를 지게에 단단히 붙잡아 맨 뒤 집으로 뛰었다.

땀을 뻘뻘 흘리며 은골 초입에 들어서자 우리집 굴뚝에 하얀 연기가 펑펑 솟아올랐다. 그 연기를 보면 몹시 지쳤다가도 기운이 솟아 날개라도 달린 듯 발걸음이 가벼워졌다. 돈대에 올라섰다. 우리집 방안에 보름달을 걸어 놓은 듯 창문이 환했다. 밝은 창문을 바라보면 마음도 밝아져 저절로 입이 함박꽃처럼 벌어졌다. 마당에 들어서면 동생들이 빨랫줄에 앉은 제비처럼 문지방에 턱을 괴고 있다가 나를 발견하고 '형아!'를 외치며 냅다 뛰쳐나왔다. 부엌문을 열고 나온 엄마가 밀기울 자루를 받아들고 부엌으로 들어갔다. 나도 부엌으로 들어갔다. 엄마는 빈 솥에 맹물만 펄펄 끓이고 있었다. 엄마가 나직이 말했다.

"늬가 하두 오지 않기에 늬 아부지 베갯속을 마저 빼내 저녁을 지으려구 했어."

엄마는 다람쥐가 겨울 양식을 물어 나르듯 보리, 콩, 팥, 조, 녹두, 메밀, 수수 등 수확한 곡식을 먹기 전 조금씩 덜어내 지성을 들이듯 무릎을 꿇고 앉아 베갯속을 하나하나 채워갔다. 아버지 베개에 보리를 넣고, 엄마 베개는 메밀을 넣었다. 내 베개는 콩을 넣고, 동생들 베갯속은 높낮이를 조절할 수 있는 조나 수수를 조금 헐렁하게 넣었다. 베갯속은 목숨과 같은 우리집 비상식량이었다.

아버지 베개, 엄마 베개, 내 베개. 막내 베개까지 만들지 못하고 가을이 갔다. 그렇게 만든 베갯속은 보릿고개에 쏠락쏠락 빼 먹었다. 물론 보릿고개를 다 넘기기 전 베갯속이 먼저 바닥났다. 다행히 아버지 베갯속이 조금 남은 모양이었다.

엄마는 자루에서 밀기울을 덜어내 바가지에 담았다. 자루가 헐렁했다. 헐렁한 자루를 바라보던 엄마가 바가지에 담은 밀기울 한 주먹을 쥐어 도로 자루에 넣었다. 목도, 팔다리도 젓가락처럼 가늘고 올챙이처럼 배만 뽈록한 동생들이 퀭한 눈으로 엄마를 빤히 지켜보고 있었다. 동생들과 눈이 마주친 엄마는 감아쥔 자루를 열고 넣었던 밀기울을 다시 한 줌 집어내 바가지에 담았다. 눈대중으로 가늠하고 손이 저울이라고 말하던 엄마의 손이 한 줌의 밀기울을 쥐고 바람 앞에 등잔불처럼 바들바들 떨었다. 엄마는 두 번 다시 꺼내지 않을 것처럼 밀기울 자루 빈 곳을 닭 모가지 비틀듯 돌려 감아 텅 빈 쌀독에 자루째 집어넣고 뚜껑을 덮었다.

저녁을 재촉하듯 아궁이 불은 활활 타오르고 솥에 맹물은 펄펄 끓었다. 엄마는 밀기울이 담긴 바가지에 물을 부어가며 반죽을 했다. 밀기울은 모래알처럼 잘 뭉쳐지지 않았다. 동생들이 부뚜막에 앉아 마른 침을 꼴깍꼴깍 삼켰다. 명주가 아궁이 속으로 연신 나무를 집어넣었다. 아궁이 속에 나무가 활활 타오를 때마다 마른버짐이 하얗게 핀 동생들 얼굴에 불꽃 춤이 일렁거렸다.

나는 엄마와 반죽을 나눠 들고 맹물이 펄펄 끓는 솥에 손으로 뚝뚝 떼어 넣었다. 펄펄 끓던 맹물이 이내 뿌예졌다. 밀기울로 수제비를 하면 팥죽에 새알심같이 몇 개만 남고 모두 풀어졌다.

# 색동짚신

아버지는 본격적으로 섶나무장사를 했다. '섶나무'는 가을부터 이듬해 나뭇잎이 나오기 전까지 어린 참나무, 단풍나무, 싸리나무, 도토리나무, 상수리나무, 개금나무, 쪽나무, 자작나무, 생강나무, 층층나무, 쥐똥나무, 자귀나무, 억새 등 어린 잡목이나 마른풀을 모조리 베어 때는 나무를 말했다. 섶나무 할 때 낫으로 나무나 마른풀을 깎아 한 주먹이 되면 발등에 가지런히 올려놓은 뒤 나무가 흩어지지 않게 한 손으로 잡고 발과 함께 옮겨가며 나무를 했다. 사람마다 다소 다르긴 해도 대개 너더댓 주먹을 한 '무릎'이라고 했고, 세 무릎을 한 '전'이라고 했는데, 열두 전이 한 '짐'이었다. 나무 너더댓 주먹을 발등 위에 올려놓으면 무릎까지 꽉 차니까 한 무릎이라 했고, 한 전은 한 아름 정도의 양이었다. 섶나무 하는 사람들은 해마다 나무 한 그루 풀 한 포기 남기지 않고 중 머리 깎듯 깡그리 베었다.

아버지는 점점 황폐해지는 벌거숭이산을 바라보며 탄식했다.

"산에 찹쌀 인절미를 굴려두 티 한 점 묻을 게 읎어."

평생 숲을 가꾸고, 산전을 일구고, 먹을거리를 채취하고, 나무장사를 하고, 숯을 굽고, 농기구를 만들고, 축사를 짓고 소를 기르며,

나무로 불을 때고 살아온 아버지는 늘 내게 이렇게 말했다.

"사람이 숲을 살려야 숲이 사람을 살리는 겨. 사람은 숲을 떠나 살수 읎는 겨."

우리는 산을 한 평도 가진 적은 없었지만, 아버지에게 숲은 생명줄이나 다름없었다.

아버지는 산을 오르다 아름드리 소나무에 다가가 두 팔 벌려 안아주며 "이건 기둥감이여 기둥감"이라 했고, 산비탈에 빽빽한 소나무를 자식 바라보듯 흐뭇하게 바라보며 "저놈들은 모두 서까랫감이여"라고 했다.

아버지가 사람을 살리는 활인송(活人松)이라며 풀어놓는 소나무 예찬은 끝이 없었다.

"소나무는 말이다. 버릴 게 하나두 읎는 겨. 소나무 순, 솔잎, 송기, 솔방울, 송화는 사람이 먹구, 소나무루 집을 짓구, 농기구를 맹글구, 불을 때구, 관솔은 불을 켜구, 송탄유를 맹글구, 송진으루 배이음새를 메우구, 죽어서는 소나무관에 눕는 겨."

아버지는 산비탈에 들어선 아름드리 소나무에 난 흉터에 손을 대고 배 아픈 자식 쓸어 주듯 쓸어 주며 다시 말했다.

"내 눈에는 소나무에 난 흉터들이 웃는 딕기 보이기두 허구, 우는 딕기 보이기두 혀."

그랬다. 내 눈에도 소나무에 나 있는 흉터가 웃는 듯 우는 듯 보이기도 했다. 아버지는 어루만지며 쓸어 주던 소나무 흉터에 등을 대고 말했다.

"소나무는 보릿고개에 사람들이 송기를 긁어갈 때는 기꺼이 몸을 내주다가, 일본놈들이 전쟁물자루 송진 기름을 맹글려구 몸에 상처

를 낼 땐 참 많이 고통스러웠을 겨. 그래서 나는 이 흉터만 보면 가
슴이 저려."

나는 문득 아버지 등에 난 흉터가 떠올랐다. 아버지 등에 난 흉터
와 소나무에 난 흉터가 겹쳐졌다. 일본 탄광으로 강제징용을 갔다
온 아버지에게 소나무 흉터는 아직도 아물지 않은, 그래서 덧나고
쑤시는 상처였다.

아버지는 내려놓은 지게를 지고 다시 산을 오르기 시작했다.

나는 산에 갈 때 숲을 보고 들어갔다가 나무를 보고 나왔다. 나무
도 사람처럼 똑같이 생긴 나무는 찾아볼 수 없었다. 곧고, 뒤틀리
고, 살찌고, 마르고, 다보록하고, 엉성하고, 꼬이고, 꺾이고, 벌레
먹고, 병들고, 상처 없이 자란 나무는 없었다. 큰 나무일수록 상처
가 많았다.

산 중턱에 이르자 쭉쭉 곧게 자란 싸리나무가 즐비했다. 아버지는
싸리나무를 가리키며 말했다.

"저게 참싸리여. 저걸루 바지게를 맹글구 어렝이, 광주리, 채반,
소쿠리, 용수, 바구니를 맹그는 겨. 저 아래 댑싸리처럼 다보록하게
자란 건 빗자락 싸린디, 오래 묵은 건 정월 대보름 오곡밥 헐 때 땔
나무루 쓰면 모를까 빗자락은 맹글 수 읎어. 오래 묵은 싸리나무는
삭쟁이(삭정이)처럼 잘 부러지니께."

엄마는 정월 대보름 오곡밥 지을 때 싸리나무를 때야 그해 곡식이
잘 여문다는 속설을 믿고 꼭 싸리나무를 땠다.

산꼭대기에 오른 아버지가 탄성을 질렀다.

"어이구야! 올해두 새가 잘 자렀구나. 참 잘 자렀어."

아버지 따라 산꼭대기에 오르자 능선을 타고 갈대가 자라듯 즐비

하게 자란 새가 바람 따라 너울너울 춤을 추었다. 추수철이 돌아오면 아버지는 논농사 짓는 집에 가 하루 일을 해주고 그날 품삯으로 짚을 한 짐 지고 왔다. 아버지는 산에서 자란 새를 베어다 짚으로 이엉을 엮어 지붕을 덮고 새끼를 꼬아 이사 가는 집 장 항아리 얽어매듯 단단히 잡아맸다.

짚으로 새끼를 꼬아 멍석, 맷방석, 멱둥구미, 구럭, 삼태기도 만들었고, 짚신도 삼아 신었다. 짚신 말고도 아버지가 대패로 다듬은 나무 널빤지에 고무나 가죽 띠를 달아 슬리퍼처럼 생긴 '게다'라고 부르던 것을 신기도 했다. 짚신이든 게다든 식구마다 있는 게 아니어서 누구든 먼저 발에 꿰차고 나가는 사람이 임자였다. 그나마 봄이 되면서부터 맨발로 다녀 내 발바닥은 타조 발처럼 굳은살이 박여 가을에 밤송이를 밟아도 가시에 찔리지 않았다.

내가 처음 신어 본 신발은 아버지가 삼아준 짚신이었다. 아버지가 짚신 삼는 날은 낮에 짚을 추려 물에 불려놓았다가 저녁 먹은 뒤 방망이로 짚을 자근자근 두드려 부드러워지면 가늘게 새끼를 꼬았다. 짚신 한 켤레 삼을 만큼 새끼를 꼬아 쥐 뼘으로 내 발을 재어 본 뒤 날(짚신용 새끼)을 잘라 죽죽 늘여놓고 힘껏 잡아당기며 총을 잡고 야무지게 비틀어가며 짚으로 베를 짜듯 짚신을 만들었다. 아버지가 짚신을 만들 때면 내게 짚신장수 이야기를 해줬다.

"그러니께 말이다. 아주 먼 옛날에 짚신장수 부자가 살었어. 짚신장수 부자가 한 파수 동안 부지런히 짚신을 맹글어 가지구 장날 장에 가면 아부지 짚신은 불티나게 팔렸는디, 아들 짚신은 사 가는 사람이 읎는 겨. 파장될 때까지 파리만 날리던 아들이 짚신을 다 팔구 찾어 온 아부지에게 물었지. 내 짚신두 아부지가 쓰는 짚으루 새끼를 꼬아 똑같이 맹글었는디 왜 안 팔리느냐구. 아부지는 아들이 맹근 짚신을 요모조모 살펴보구 이렇게 말했어. 이늠아 짚신이 왜 안 팔리는지 그건 늬가 잘 생각해 봐. 늬가 끝끝내 모르면 그때 가르쳐 줄 테니께. 그러곤 혼자 집에 갔어.

아들은 장날마다 아버지에게 물었지. 그때마다 아부지는 나중에 가르쳐주겠다는 말만 되풀이했어. 아부지가 늙어 죽을 때가 되어 임종을 지키던 아들이 또 물었지. 도대체 자기가 맹근 짚신은 왜 안 팔리느냐구. 아부지가 숨을 가르릉 가르릉 몰아쉬다 마지막으루 '털, 털, 털' 허구 죽었댜."

아버지는 짚신장수 이야기를 마치고 허허 웃었다.

나는 짚신장수 아버지가 왜 '털, 털, 털' 하고 죽었는지 모른 채 그냥 듣기만 했다. 별로 궁금하지도 않았다. 궁금하지 않던 것도 자꾸 듣다 보니 그게 궁금했다. 나는 짚신장수 얘기 끝에 물었다.

"아부지 '털, 털, 털'이 무슨 말이래유?"

아버지가 허허 웃으며 말했다.

"이늠아, 얘기가 거기서 끝났는디 그걸 내가 어티기 알겄어. 아들두 죽은 애비헌티 더 이상 물어볼 수 없었을 테구. 그러니께 그건 산 사람들이 생각해 봐야겠지. 아마 털을 깔끔허게 뜯어내라는 말일겨. 보기 좋은 떡이 먹기두 좋다구 허잖어."

나는 아버지 대답을 듣고 의문이 풀린 게 아니라 더 궁금해졌다. 나는 짚신 삼기에 여념이 없는 아버지에게 다시 물었다.

"짚신장수 아부지는 왜 죽을 때까지 자식에게 그걸 가르쳐주지 않었을까유?"

아버지도 나와 같은 생각을 해보았던지 바로 대답했다.

"아마 애비보다 자식이 더 좋은 짚신을 맹글기를 바랐던 게지."

나는 아버지가 짚신을 다 삼을 때까지 기다리지 못하고 잠이 들었다. 다음 날 아침 눈을 떴을 때 내 머리맡에 짚신이 나란히 놓여 있었다. 나는 잠결에 짚신을 집어 들다 그만 눈이 번쩍 떠졌다. 내 짚신이 무지개처럼 알록달록했다. 꿈인 줄 알았는데 생시였다. 아버지는 짚신 총을 먹일 때 빨강, 노랑, 파랑 헝겊을 섞어 삼았다. 그때까지 보지도 듣지도 못했던 색동짚신이었다. 그날 밤 아버지가 삼아 준 색동짚신은 내 생애 최고의 선물이었다.

내가 초등학교에 들어갈 때 처음으로 아버지가 장날 장에 가 '군산 만월표' 검정고무신 한 켤레를 사다 주었다. 나는 너무 기쁜 나머지 받은 자리에서 고무신을 신어보았다. 고무신이 너무 커 헐렁헐렁했다. 아버지 앞에 발을 들이밀며 큰 소리로 말했다.

"아부지, 고무신이 너무 크잖어유?"

아버지는 내가 신은 고무신 코를 손가락으로 꾹꾹 눌러보며 이렇게 말했다.

"이늠아 그냥 신구 댕겨. 늬 발은 한참 크는 발이니께, 신구 댕기다 보면 꼭 맞을 겨."

고무신을 신고 걸으면 자꾸 벗어져 비 오는 날은 새끼로 고무신과 발을 칭칭 감고 다녔다. 도대체 하루에 내 발이 얼마만큼씩 자라는지, 언제쯤 발에 꼭 맞을지 알 수 없었지만 그래도 나는 고무신이 닳는 게 너무 아까워 신고 다닐 때보다 벗어들고 다닐 때가 더 많았다. 아버지 말대로 고무신이 내 발에 꼭 맞았을 땐 밑창이 닳아 맞창 난

구멍으로 물이 들어왔다. 구멍 난 고무신은 장날 땜장이에게 갖다 주면 자동차 헌 튜브를 가위로 오려 붙여 때워주었다. 나는 발이 자라 들어가지 않을 때까지 고무신을 때워 신었다.

나는 아버지와 산등성이를 내려가 숯골 초입에 자리를 잡고 지게를 내려놓았다. 숯골은 아버지가 숲을 가꾸고 숲속의 산주 묘지를 벌초하는 대가로 산전을 일궈 먹는 산이었다. 아버지는 그날 시장에 내다 팔 섶나무를 하고 나는 땔나무를 했다. 나무하던 아버지가 움이 다보록하게 올라온 참나무 포기에서 제일 실한 놈으로 한 개를 남겨 놓고 내게 말했다.

"이놈을 잘 키워 다시 한 번 더 숯을 굽자."

나는 아버지가 잡은 회초리만 한 참나무를 바라보며 물었다.

"그걸 언제 키워 숯을 굽겠슈?"

아버지는 어린 참나무를 댕기 머리 쓰다듬듯 쓰다듬으며 말했다.

"잠깐이여!"

나는 아버지가 잠깐이라는 그 세월이 아득히 멀게 느껴졌다.

숯골은 우리집 마당에서 빤히 보이고 소리를 크게 지르면 들을 수 있는 맞은편 골짜기였다. 숯가마도 보였다. 숯가마는 아버지가 몇 해 전 숯을 구울 때 직접 만들어 놓은 것이었다. 아버지는 매일 참나무를 베어 곁가지와 우듬지를 잘라내고 토막을 내어 숯가마에 차곡차곡 쟁였다. 숯가마가 꽉 차도록 참나무를 빽빽하게 쟁인 뒤 입구를 막아 놓고 물거리를 안아다 아궁이에 불을 땠다. 숯가마에 불을 넣는 날은 대개 달이 뜨는 날로 잡았다. 아버지는 불을 때다 아궁이에 잉걸불이 가득 차면 자루가 긴 부삽으로 퍼내며 밤새 불을 땠다.

아버지가 숯을 굽는 동안 나는 매일 엄마가 저녁으로 싸 주는 도시락을 날랐다. 도시락으로 개떡을 싸 줄 때도 있었지만 대개 감자나 고구마였다. 엄마가 감자를 담아 줄 땐 배추김치나 무청 김치를 싸주었고, 고구마를 싸 줄 땐 동치미를 옻가락처럼 길쭉길쭉하게 썰어 동치미 국물에 담가 주었다. 아버지는 고구마를 먹으며 손으로 동치미 조각을 집어 어석어석 깨물어 먹기도 했고, 간간 동치미 국물을 한두 모금씩 마셨다. 고구마 먹을 때 동치미 국물을 먹어야 생목이 오르지 않는다며, 내게도 꼭 동치미 국물을 마시게 했다.

엄마가 고구마를 싸주면서 말했다.

"너는 집에서 먹었으니께 아부지가 주시더라두 받아먹지 말어."

아버지는 내가 집에서 먹고 왔다고 해도 마지막 한 입 거리는 꼭 내게 주고 한 모금 남겨 놓은 동치미 국물을 내밀며 말했다.

"홀짝 마셔."

숯가마에 불을 세 번째 지피던 날 오후에 눈이 살짝 내렸다. 그날 아버지가 낮에 먹은 빈 도시락을 들고 집으로 돌아가는 나를 불러 저녁 갖고 올 때 엄마 모르게 고구마 서너 개하고 가재 좀 잡아 오라고 했다. 가재를 잡는 건 쉬웠다. 개울에 들어가 물속에 잠긴 돌을 들어 올리면 돌 밑에 가재가 한두 마리씩 나왔다. 물론 허탕일 때가 더 많았다. 문제는 고구마였다. 통가리에 담아 놓은 고구마는 우리가 겨우내 사랑니 아끼듯 아껴가며 먹을 양식이었다.

나는 집으로 숨어들어 고구마 세 개를 꺼내 돌담에 숨겨두고 가재를 잡으러 갔다. 개울물은 몹시 차가웠다. 나는 엄마가 부를 때까지 손을 호호 불어가며 가재를 잡았다. 가재는 강한 집게발톱이 달려있어 큰놈에게 물리면 악 소리를 내지를 만큼 아팠다. 큰 가재에 물렸을 때 바로 다리를 똑 부러뜨리거나 물속에 집어넣으면 가재는 납작한 꼬리로 갈퀴질 하듯 뒤로 헤엄쳐 달아났다. 희한하게도 가재는 다리가 떨어져 나가도 그 자리에 다리가 새로 나왔다. 나는 가재를 두되 들이 깡통에 그들먹하게 잡았다. 집에 가자 엄마가 아버지와 내가 먹을 도시락을 내줬다.

"산에서 자구 내일 아침에 올게유."

나는 도시락을 받자마자 숯골로 득달같이 달려갔다.

숯가마에 불을 넣는 날은 엄마도 아버지도 내가 숯골에서 자려니 했다. 아버지는 밤에 땔 물거리와 통나무를 안아다 아궁이 앞에 쌓고 있었다. 나는 아버지가 불을 땐 뒤 아궁이 막으려고 주워 온 납작한 돌을 맞대 놓고 그 위에 도시락 보자기를 풀었다.

우와! 저녁은 내가 좋아하는 호박죽이었다. 호박죽에 빨간 강낭콩도 드문드문 들어가 있었다. 어쩌다 지각한 눈송이가 호박죽 그릇에 나풀나풀 떨어져 이내 녹아버렸다. 나는 호박죽을 먹다 말고 숟갈로 눈송이를 받느라 정신이 팔렸는데 아버지가 말했다.

"이늠아, 엉뚱한 짓 허지 말구 어여 죽이나 먹어. 죽 다 식겄어."

저녁을 먹은 뒤 아버지는 물거리와 통나무를 몇 번 더 안아 왔다. 아버지가 아궁이 앞에 앉고 나는 옆으로 비켜 앉았다. 아버지는 밖으로 나가려고 깡통을 시끄럽게 긁어대는 가재를 부삽에 담아 잉걸불 위에 올려놓고 내게 넘겨주며 말했다.

"부삽을 자주 흔들어야 가재가 달아나지 못 허구 타지 않는 겨. 그러니께 부삽을 자주 흔들어 줘야 혀."

내가 부삽을 받아들고 흔들자 가재가 엎어지고 잦혀지고 대굴대굴 구르며 빨갛게 익어갔다. 나는 익은 가재 중 제일 큰놈을 골라 아

188

버지 앞으로 밀어놓았다.

아버지는 아궁이에 고구마를 묻으며 먼 길을 떠날 때처럼 자꾸 우리집을 돌아봤다. 아버지 눈길을 따라 바라본 우리집 안방에 불이 환했다. 엄마는 아버지가 밖에 나갔다가 밤이 되어도 돌아오지 않으면 등잔불을 끄지 않고 초저녁엔 다듬이질하고, 아이들이 잠들면 밤새도록 문틈으로 귀를 기울이며 바느질을 했다. 석유가 없을 땐 마당에 모닥불을 피워놓았다.

밤은 점점 깊어갔다. 아버지가 잿불에 묻어둔 고구마를 꺼냈다. 군고구마에 묻은 재를 부지깽이에 툭툭 털던 아버지가 우리집을 바라보며 환한 미소를 지었다. 나는 뒤로 돌아앉아 우리집을 바라봤다. 엄마는 안방에 등잔불을 켜 놓은 채 마당에 나와 숯골을 바라보며 장에 간 아버지를 기다리듯 서성이고 있었다.

"세혁아, 지금 애들은 자졌지?"

아버지가 엄마를 건너다보며 말했다. 나는 불 꺼진 윗방을 바라보며 말했다.

"그럼유. 벌써 자졌쥬."

아버지는 내 말이 떨어지기 무섭게 가재 다섯 마리와 군고구마 한 개를 골라주며 말했다.

"달 넘어가기 전에 이거 엄마에게 갖다 드리구 얼릉 와."

나는 아버지가 골라주는 군고구마와 가재를 받아 들고 집으로 뛰었다. 숫눈길에 힘차게 발을 내디딜 때 솜털 같은 눈송이는 풀썩 날아가고 뽀얀 발자국이 찍혔다. 하늘은 맑게 개었다. 공산바위를 비껴가는 조각달이 내가 달려가는 산길을 희붐하게 비춰주었다. 동생들이 깨지 않게 안방 문을 조심스럽게 열었다.

엄마는 늙은 호박을 양 무릎 사이에 끼고 앉아 과일 껍질 벗기듯 빙글빙글 돌려가며 칼로 얇게 썰어 호박고지를 만들고 있었다. 엄마가 고구마는 어디서 났느냐고 물을까 봐 수북하게 파낸 호박씨 옆에 군고구마와 가재를 불쑥 디밀어 놓고 기어드는 목소리로 말했다.

"아부지가 갖다 드리라구 했슈."

그러곤 냅다 호박씨를 한 줌 움켜쥐고 되짚어 달려가 아버지와 따끈따끈한 군고구마를 한 개씩 먹었다. 군고구마는 세상에 없는 꿀맛이었다. 가재는 등껍질을 벗겨내고 먹었다. 아버지가 가재 한 마리를 부지깽이에 툭툭 털어 한입에 넣고 으드득 깨물며 말했다.

"이늠아 가재 껍데기 벳겨내면 먹을 게 뭐 있어. 그냥 껍질째 꼭꼭 씹어 먹어."

가재는 살이 별로 없고 몸통 전체가 거의 억센 뼈다귀였다. 큰 가재는 아버지 앞으로 밀어놓고 나는 작은 놈만 골라 껍질째 먹었다. 달은 공산바위 뒤로 완전히 숨어버렸다. 나는 아버지 옆에 앉아 호박씨를 까먹으며 꼬박꼬박 졸았다. 아버지가 부삽을 들고 일어나 아궁이 옆에 내 잠자리로 파놓은 구덩이에 잉걸불을 떠다가 반쯤 채우고, 마른 흙으로 덮은 뒤 바닥을 판판하게 고르고 그 위에 불쏘시개로 모아 둔 가랑잎을 안아다 푹신하게 깔아줬다. 나는 가랑잎 안으로 들어가 누웠다. 아버지가 도시락 보자기로 가랑잎을 묶어 베개도 만들어줬다. 베개는 높았다. 나는 베개를 풀고 가랑잎을 덜어낸 뒤 다시 잡아매어 베고 누웠다. 시간이 지날수록 등이 점점 따뜻해졌다. 내가 좋아하는 마른 가랑잎 냄새에 마음이 평온하고 아늑했다.

쿵쿵. 무슨 짐승인지 둔탁한 발짝 소리가 들렸다. 나는 윗몸을 가만히 일으키며 귀를 기울였다. 한 마리가 아니었다. 불규칙하기는 하지만 땅을 쿵쿵 울리는 발짝 소리가 점점 가깝게 들렸다. 나는 소곤소곤 아버지에게 알렸다.

"아부지, 무슨 발짝 소리가 나유. 아주 큰 짐승들이 떼거리루 몰려오나 봐유."

아버지가 육중한 부지깽이를 짚고 벌떡 일어서며 산골짜기가 쩌렁 울리도록 소리쳤다.

"이늠아, 불은 호랭이두 겁내는 겨. 걱정허지 말구 어여 자. 내가 있으니께."

아버지는 근래 자주 출몰하는 멧돼지일 거라며 아궁이에서 잉걸불을 부삽으로 푹푹 퍼내 재 구덩이에 던졌다. 구덩이에 그들먹하게 쌓인 잉걸불에 불꽃이 활활 피워 올랐다. 아버지는 불꽃 위에 가랑잎을 한 줌 쥐어 휙 뿌렸다. 가랑잎이 후루룩 타오르며 허공에 불기둥을 세웠다. 우와! 마당에 우박이 내린 듯 하늘에 별들이 하얗게 깔렸다. 아버지가 부지깽이를 짚고 하늘을 올려다보며 말했다.

"어이구야! 하늘이 메밀밭 같다야."

아 정말! 하늘은 메밀꽃을 흩뿌려놓은 듯했다. 나는 별을 바라보며 가랑잎 속으로 파고들었다.

내가 부스럭거리자 아버지가 말했다.

"아까는 꼬박꼬박 졸더니 왜 안 자구 자꾸 부스럭거리는 겨?"

나는 윗몸을 일으키며 말했다.

"짐승 발짝 소리에 잠이 싹 달아났슈."

"그려. 그럼 내가 옛날얘기 해주랴?"

"또 짚신장수 얘기유?"

"아녀, 이늠아."

나는 뒤로 반듯하게 누워 하늘을 올려다봤다. 별똥별이 새가 똥을 갈기듯 긴 꼬리를 뻗치며 찌익 날아가다 사라졌다. 내가 덮고 있는 가랑잎에서 문풍지 우는 소리가 났다. 아버지는 멀리 있는 나무토막을 아궁이 옆으로 옮겨 놓고 이야기를 시작했다.

"그러니께 말이다."

"야아. 아부지."

"아주 먼 옛날 원골에 박 초시라는 영감이 살구 있었는디, 박 초시 소원은 과거에 장원급제 허는 것이 아니라 옛날얘기를 한 번 듣기 싫도록 들어보는 것이었댜. 그래서 자기가 듣기 싫다구 헐 때까지 옛날얘기를 허는 사람에게 자기 외동딸허구 논 열 마지기를 주겠다구 방을 부쳤어. 다음 날부터 난다 긴다 허는 얘기꾼들이 구름처럼 몰려들어 박 초시 앞에 나가 얘기를 했지. 그런디 누구두 박 초시가 듣기 싫다구 헐 때까지 얘기 허는 사람이 한 사람두 나오지 않은 채 1년이라는 세월이 후딱 지나가 버린 겨. 세혁이 자냐?"

아버지는 이야기하는 도중에 자느냐고 물었다. 어느 날은 아버지 얘기를 듣다가 잠이 들고 얘기 소리에 깨보면 아버지는 계속 이야기를 하고 있었다. 나는 카랑카랑한 목소리로 대답했다.

"안유. 안 자구 듣구 있슈."

아버지가 반가운 목소리로 이야기를 이어갔다.

"으응 그려. 듣구 있었어? 그런디 말이다. 허구헌 날 시두 때두 읎이 불쑥불쑥 찾아오는 얘기꾼들에게 때맞춰 밥상 차려주구 잠자리 마련해주는 박 초시 외동딸은 힘들어 죽을 지경이었어. 내가 생각해두 증말 귀찮구 많이 힘들었을 껴. 그래두 혹시나 허는 마음에 대문이 닳도록 드나드는 얘기꾼들을 눈여겨보며 참어냈어.

박 초시 외동딸이 하루하루 아무리 눈을 씻구 찾어봐두 자기 마음을 설레게 허는 배필감은 나타나지 않거든. 대문을 들어서는 놈들은 노소 불문허구 하나같이 옷은 남루허구 꾀죄죄한 어중이떠중이에 온갖 잡놈들만 모여드는 걸 보며 실망한 외동딸은 그만 정신이 번쩍 들었어. 지 아부지만 믿구 있다가 자칫 자기 신세 망칠 거 같은 생각이 그제야 들었던 거지.

그 뒤루 외동딸은 밤잠을 설쳐가며 이 궁리 저 궁리 끝에 자기 집 종놈 중에 심지가 굳구 건장한 만석이를 불러다 귓속말을 나눈 뒤 날을 잡어 지 아부지 방으루 들여보냈어. 얘기꾼을 기다리던 박 초시가 '세상에 얘기꾼이 이렇게 읎단 말인가!' 허구 장탄식 허던 차에 자기 집 종놈이 들어와 옛날얘기를 허겠다는 겨. 옛날얘기라면 난다 긴다 허는 얘기꾼들두 하루 이틀을 못 넘기구 달어나는 판에, 맨날 거름짐이나 지구 댕기는 종놈이 얘기를 허겠다니 박 초시는 하두 기가 맥혀 말문이 맥힐 지경이었지만 그래두 종놈이 어티기 허는지 보려구 한 번 해보라구 했지. 세혁이 자냐?"

아버지는 이야기를 하다 말고 또 물었다. 나는 다시 카랑카랑한 목소리로 대답했다.

"안유. 안 자구 듣구 있슈."

아버지는 바지랑대만 한 부지깽이로 아궁이 앞에서 활활 타들어가는 나무토막을 안으로 깊숙이 밀어 넣으며 말했다.

"그려. 그럼 지금부터 종놈이 박 초시허구 주고받는 얘기니께 그렇게 알구 들어봐. '아주 먼 옛날 춘추시대에 오나라와 월나라가 있었습니다유' 라구 종놈이 얘기를 꺼내자 박 초시가 '그래. 있었느니라' 허구 맞장구를 쳐주었어. 이야기를 시작허자마자 하늘같이 여기는 박 초시가 맞장구를 쳐 주니께 종놈이 신바람을 내며 '오나라와 월나라는 오월에 동주를 나눠 먹는 그런 사이였답니다유' 라구 얘기를 이어갔어.

종놈이 허는 얘기를 가만히 듣구 있던 박 초시가 '이늠아, 오나라와 월나라는 오월에 동주를 나눠 먹는 사이가 아니라, 하늘 아래 함께 살 수 읎는 앙숙이라 오월동주(吳越同舟) 라구 허느니라' 허구 점잖게 일러줬어. 종놈이 '그렇지유. 지가 쬐끔 틀리긴 틀렸어두 오월 허구 동주는 맞지유' 라며 넉살 좋게 받아 '그러니께 월나라 왕 구천을 도와 오나라를 정복한 군사 범려에 대한 얘기입니다유' 라구 다시 이야기를 이어가니께 듣구 있던 박 초시가 입에 물었던 옥물부리를 쑥 뽑아내며 '야 이놈아, 까막눈 주제에 손자병법을 어티기 읽었어?' 라며 호통을 쳤거든.

아마 박 초시는 자기가 글줄깨나 읽었다구 먹물 티를 좀 냈던개벼. 그러니께 손자병법이 뭔지두 모르는 종놈이 '아이구 참, 영감님두. 얘기는 어디까지나 얘기니께, 그냥 한번 들어봐유' 라구 혔어. 박 초시가 '아참 그렇지. 그려.' 허구 그냥 넘어가자 종놈이 '그 범려가 회계산 전투에 부차에게 크게 패허구 17년간 와신상담허던 구천을 도와 오나라를 멸망시키구설랑, 구천의 관상을 요모조모 뜯어보니께 어려움은 함께 헐 수 있어두 즐거움은 함께 누릴 수 읎는 상이라는 걸 알구 크게 낙심헌 끝에 어머니 병환을 핑계루 조용히 낙향을 헙니다유. 그때 생긴 말이 토사아홉팽이라구 허든가유?' 라구 종놈이 묻는겨.

박 초시가 옥물부리를 빠끔빠끔 빨다 말구 '이놈아, 토사아홉팽이

194

아니라 토사구팽(兎死狗烹)이라구 허느니라' 허구 바로잡어 주자, 종놈이 '아이구, 지가 그만 깜빡했내유. 그런디 소나 말이나 우리 거튼 종놈들은 밤낮 뼈 빠지게 일해봤자 소득은 몽땅 주인이 가져가니께 토사아홉팽이나 토사구팽이나 팽은 팽이잖어유' 라구 되받자, 박 초시가 입에 물었던 옥물부리를 쑥 빼어 들구 화로시울을 탕탕 내리치며 '뭐여, 이늠아!' 허구 눈을 부라리며 호통을 쳤거든.

화들짝 놀란 종놈이 손사래를 치면서 '안유. 그냥 그렇다는 옛날 얘기유' 라구 허자, 박 초시가 '아 참, 그렇지. 어디까지나 옛날얘기지' 라며 다시 옥물부리를 입에 물었어. 종놈이 얼릉 박초시 말을 받어 '그러믄유. 그건 어디까지나 옛날 얘기지유. 그러니께 토사아홉팽 아니 토사구팽을 당허기 전 스스루 낙향한 범려가 중국 대륙 드넓은 땅에 조를 심었답니다유' 라구 이야기를 이어갔어."

"종놈이 그러니께 박 초시가 뭐랬슈?"

아버지가 묻기 전 내가 먼저 물었다.

"이늠아, 늬가 묻지 않어두 지금부터 내가 얘기헐 테니께 좀 진득허니 들어. 그리구 지금부터는 박 초시허구 종놈이 허는 얘기를 묻구 대답허는 문답식으루 해볼 테니께, 그런 줄이나 알구 잘 들어봐."

"야아."

"그러니께 말이다. 범려가 끝이 보이지 않는 땅에 조를 심었다구 허자 박 초시가 깜짝 놀래며 '뭐 조를 심었어. 그 넓은 땅에?' 라구 묻자, 종놈이 '야아. 봄에 조를 심구 가을에 수확헌 조를 담으려구 시중에 있는 가마니를 몽땅 사들였는디두 부족했대유', '그렇겠지', '그래서 장안에 있는 목수들을 몽땅 불러들여 곳간을 지었다는구먼유', '어이구야, 곳간이 태산만 했겠구나', '글쎄유, 지는 태산을 보지 못해 모르겠는디유 아마 우리집 뒷산만은 했을 규', '그건 그려. 우리집 뒷산두 작은 산은 아니니께', '그렇지유. 그런디 어느 날 생쥐 한 마리가 곳간에 구멍을 뚫고 들어가 달랑 좁쌀 한 톨을 물어갔대유', '에이, 겨우 좁쌀 한 톨을', '야아. 생쥐는 본래 쬐끄마니께 한 입에 두 톨은 못 물었겠지유', '으음! 그렇겠지.'

그런디 종놈이 이야기를 허다 말구 갑자기 입을 꾹 다물구 말이 읎는 겨. 박 초시가 '이늠아, 왜 얘기를 허다 말어?' 허구 호통을 치니께 딴전을 피우던 종놈이 '아이구 저런! 방금 생쥐가 곳간에 들어가 또 좁쌀 한 톨 물구 나갔슈.' 그러는겨. 박 초시가 '어 그려.' 허구 얘기를 기다렸는디, 종놈이 달랑 그 말 한 마디를 툭 던져놓구 또 입을 꾹 다물구 있거든. 애가 닳은 박 초시가 '이늠아, 왜 또 꿀 먹은 벙어리여!' 허구 다그치니께, 종놈이 '아이구 참, 쬐끔만 더 지둘러 봐유. 좁쌀을 물구 나간 생쥐가 아직 돌어오지 않었슈.' 그러거든.

박 초시는 감질나는 얘기에 안달이 났는디두 느긋한 종놈은 생쥐 한 마리가 곳간을 들락거리며 좁쌀 한 톨씩 물어가는 얘기만 계속 허는 겨. 종놈 얘기를 듣던 박 초시가 가만히 생각해 보니께 생쥐 한 마리가 태산만 한 곳간을 들락거리며 그 많은 좁쌀을 한 톨씩 다 물어 갈 때까지 들어주려면 골백번 죽었다 깨나두 모자랄 것 같거든.

뒤늦게 이상한 낌새를 눈치 챈 박 초시가 불같이 화를 내며 '야 이늠아, 듣기 싫다. 어서 썩 나가!'라며, 대꼬바리루 냅다 종놈 대갈통을 내리치는 찰나에 종놈이 오래 기다렸다는 듯 벌떡 일어서며 '그러면 됐슈. 이제 아씨와 개울 건너 논 열 마지기는 지가 갖겠습니다유.' 그러군 잽싸게 방을 나가는 겨. 얼이 빠진 박 초시는 문지방을 넘어가는 종놈 뒤통수를 멀거니 쳐다봤지.

영감이 쳐다보거나 말거나 방문을 나선 종놈은 뒤두 안 돌아보구 대문을 활짝 열어젖히며 당당히 걸어 나가거든. 그제야 정신이 번쩍 돌어온 박 초시가 '뭐야 이늠아!' 허구 벼락 치닥기 냅다 소리를 내지르며 벌떡 일어나 다디미돌 위에 있던 홍두깨를 바짝 거머쥐구설랑 대문으로 한걸음에 달려갔는디. 어렵쇼! 외동딸이 달구지에 수년간 장만해 두었던 혼수랑 쌀가마니를 바리바리 실어놓구 있다가 종놈이 대문을 나서니께 제 옆자리에 앉히구 삐그덕 삐그덕 달구지를 몰구 나가는 겨.

세혁이 자냐? 세혁아? 허허. 지금부터 종놈 만석이 진짜루 만석꾼이 되구 아씨와 떡두꺼비 같은 아들딸 많이 낳구 잘 먹구 잘 살었다는 얘기가 남었는디."

아버지는 내가 가랑잎 안으로 들어가 가만히 누워있으니까 자는 줄 아는 모양이었다. 그럴 땐 아버지가 할아버지를 똑 닮았다는 생각이 들었다. 내게 한 해 겨울 동안 옛날이야기를 들려주던 우리 할아버지도 그랬다.


아버지는 할머니 얼굴을 모르고 자랐고, 엄마는 외할머니 얼굴을 모르고 자랐다. 나는 할머니, 외할머니, 외할아버지를 모르고 자랐다. 할아버지는 내가 초등학교에 들어가기 한 달 전에 돌아가셨다. 할아버지가 돌아가시기 전해 겨울 아버지는 무슨 낌새를 눈치 챘는지 뜬금없이 할아버지 집에 가서 자고 오라고 했다. 나는 그때마다 할아버지 방에서 날된장 냄새가 난다고 가지 않았다.

어느 날 아버지가 나를 데리고 할아버지 집에 갔다. 앞니 빠진 할아버지가 물 밖으로 뛰쳐나온 메기처럼 합죽합죽 웃으며 나를 반겨

주었다. 나는 아버지와 할아버지가 두런두런 나누는 얘기 소리를 듣다 나도 모르게 잠이 들었다. 다음 날 아침 눈을 떴을 때 아버지는 보이지 않았다. 그런 일이 몇 번 있고부터 나는 아버지가 할아버지 집에 가자고 해도 말을 듣지 않아 아버지 속을 무던히 썩였다.

그러던 어느 날 아버지가 잘 익은 홍시 두 개를 작은 소쿠리에 담아 주며 할아버지에게 갖다 드리고 자고 오든지 그냥 오든지 마음대로 하라고 했다. 홍시는 아버지가 가을에 빨갛게 익은 감을 따다 항아리에 짚을 깔며 켜켜이 재어 놓은 것이었다. 나는 홍시 두 개를 받아 들고 가 할아버지에게 드렸다. 할아버지는 홍시 한 개를 집으며 말했다.

"홍시 두 개를 먹으면, 똥이 안 나오니께 하나는 늬가 먹어."

홍시는 기가 막히게 달았다. 홍시 한 개를 합죽합죽 먹고 난 할아버지가 옛날얘기를 했다. 할아버지가 들려주는 옛날얘기에 빠져들다 나도 모르게 깜빡 잠이 들었다. 다음 날도, 그다음 날도, 아버지는 하루도 거르지 않고 매일 홍시 두 개를 소쿠리에 담아 주며 할아버지에게 갖다 드리라고 했다.

어느 날 할아버지 얘기를 듣다 바로 잠이 들었는데 할아버지가 발가락으로 내 발가락을 꽉 물었다. 잠결에 얼마나 아프던지 잠이 싹 달아났다. 다음 날 할아버지에게 가고 싶은 마음은 없었는데 아버지가 또 소쿠리에 홍시를 담아 주었다. 나는 가기 싫었지만 홍시도 먹고 싶고 옛날얘기도 듣고 싶어 다시 갔다. 그날도 할아버지는 아무 일도 없었던 것처럼 홍시를 아주 맛나게 합죽합죽 먹으며 옛날얘기를 들려주었다. 나는 할아버지 얘기를 들으며 언제 또 발가락에 물릴지 몰라 바짝 긴장했다.

할아버지가 얘기를 하다말고 갑자기 목소리를 낮춰 "세혁이 자냐?"고 물었다. 나는 할아버지가 좋아하는 카랑카랑한 목소리로 "안유. 안 자구 듣구 있슈"라고 대답했다. 할아버지가 "으음 그려!" 그러곤 다시 이야기를 시작했다. 한참 만에 할아버지가 또 "세혁이 자냐?"고 물었다. 나는 자는 척하고 가만히 있었다. 할아버지가 한 번 더 내게 자느냐고 물어도 대답이 없자 발가락을 집게처럼 벌리고 내게로 슬며시 다가왔다. 나는 할아버지가 내 발가락을 물기 직전 발가락 사이에 손가락을 끼웠다. 할아버지가 발가락 끝을 꼬부리며 끙하고 무는데 손가락이 부러지는 듯 아팠다.

다음 날 나는 할아버지를 어떻게 골탕 먹일까 그런 생각을 하며 개울에 들어가 손을 호호 불어가며 가재를 한 냄비 잡았다. 그중에서 제일 큰놈으로 골라두었다가 저녁에 홍시를 갖고 갈 때 가지고 갔다. 할아버지는 전날과 같이 얘기를 하다 말고 내게 자느냐고 두 번째 물었을 때 나는 자는 척했다. 할아버지가 다리를 슬슬 뻗어내려 내 발가락을 물려고 할 때 짝 벌린 발가락과 발가락 사이 팽팽한 살가죽에 가재를 대주었다. 할아버지도 물고 가재도 물었는데 할아버지가 '아얏!' 하고 냅다 소리치며 천장을 뚫을 듯이 벌떡 일어났다. 나는 어찌나 통쾌하던지 손뼉을 치고 깔깔거리며 방을 뛰쳐나와 집으로 달아났다.

며칠 뒤 내가 할아버지 방에 들어서자마자 할아버지는 내 손에 들린 감은 거들떠보지 않고 천장에 매달린 대추 봉지를 가리키며 아주 걱정스러운 표정으로 물었다.

"세혁아, 오늘 저녁 제사에 쓸 저기 저 대추 봉지를 내려야겠는디 당최 손이 닿지 않으니 저걸 어턱 허면 좋으냐?"

나는 자신 있게 말했다.

"할아부지, 그런 건 걱정허지 말어유. 지가 금방 내려 드릴게유."

나는 헛간에 있는 작대기를 쥐고 들어가 작대기 끝으로 봉지 끈을 콕 꿰어 내렸다. 그 순간 '아차!' 했지만 때는 이미 늦었다. 할아버지가 뒤에서 나를 꼼짝 못 하게 끌어안고 말했다.

"요놈. 늬놈이 대추 끄내 먹었지?"

나는 꼼짝없이 "야아" 하고 고개를 끄덕였다.


나는 할아버지 방 천장에 대롱대롱 매달아 놓은 봉지를 보면서도 처음엔 그 속에 무엇이 들었는지 몰랐었다. 그 봉지는 방에 들어설 때마다 눈에 띄었는데, 늘지도 줄지도 않고 늘 그대로였다. 나는 할아버지가 없는 틈에 봉지 속을 확인해 보려고 기회를 엿보고 있었다. 할아버지는 뒷간에 가면 유난히 오래 있었는데 감을 드신 뒤로 더 오래 앉아 있었다. 나는 할아버지가 뒷간에 가자마자 밖에 있던 작대기를 찾아 들고 들어가 천장에 매달린 봉지 끈을 작대기 끝으로 콕 꿰어 내려놓고 열어본 뒤 그만 눈이 번쩍 떠졌다. 봉지 안에 제사 때나 한두 개 맛볼 수 있는 대추가 가득 들어있었다.

나는 대추를 한 주먹 꺼내 호주머니에 넣고 대추 봉지를 제자리에 걸어놓은 뒤 창문 구멍으로 밖을 내다보며 야금야금 먹었다. 대추는 기가 막히게 맛이 있었다. 다음 날도, 그다음 날도, 나는 할아버지가 뒷간에 가기만 하면 대추를 훔쳐 먹었는데 꼬리가 길면 밟힌다고 나를 떠본 할아버지에게 그만 홀딱 넘어가고 말았다.

나는 호되게 야단맞을 줄 알았는데 웬일인지 할아버지가 대추 봉지를 열고 흔들흔들 추슬러 보고 한 줌 꺼내 내 호주머니에 넣어 주고 나머지를 꽁꽁 묶어주며 말했다.

"이건 제사 지낼 거니께 다시는 끄내 먹지 마러! 사람이 짐승허구 다른 건 염치를 아는 것인디 맛에 한 번 빠지면 염치두 체면두 차릴 수 읎어. 사람이 염치를 모르구 이 세상을 어티기 살어갈 겨. 그러니께 맛에 깊이 빠지지 말구 경계를 해야 혀."

"야아. 다시는 안 그럴게유."

나는 기어드는 목소리로 대답했다. 나는 할아버지가 건네주는 대추 봉지를 천장에 매달아 놓고 다시는 꺼내 먹지 않았다.

장독대에 눈이 소복이 내린 날도 나는 아버지에게 홍시 두 개가 담긴 소쿠리를 받아 들고 달밤에 눈길을 걸어 할아버지 집으로 갔다. 아버지가 눈이 내린 뒤 바로 눈을 쓸어 할아버지 집으로 가는 길은 미끄럽지 않았다. 방문 앞 댓돌에 늘 놓여 있던 할아버지 신발이 없었다. 방문을 열어봤는데 할아버지는 방에 없었다. 나는 감이 담긴 소쿠리를 방안으로 밀어놓고 방문을 닫았다.

그때 뒷간에서 '크음' 하는 기침 소리가 났다. 마당은 넉가래로 눈을 치웠고, 뒷간으로 가는 길은 빗자루로 땅이 드러나게 쓸어 하얀 눈 사이로 뽀얀 길이 봇도랑처럼 조붓하게 드러나 있었다. 할아버지는 빗자루로 쓸어놓은 뽀얀 길로 걸어와 나를 보자마자 합죽합죽 웃으며 방으로 들어갔다. 할아버지가 왜 나를 보고 웃는지 영문을 몰라 홍시를 들고 간 소쿠리를 불쑥 내밀었다. 할아버지가 먼저 홍시 한 개를 집고 남은 한 개는 내가 집었다. 할아버지가 홍시를 합죽합죽 먹으며 말했다.

"오늘은 내가 작대기루 호랭이 때려잡은 얘기해주랴?"

나는 할아버지가 작대기로 호랑이를 때려잡았다는 말이 도무지 믿기지 않았다. 호랑이는 사람도 잡아먹고 소도 잡아먹는 세상에서 가장 힘이 세고 사나운 동물로 알고 있었기 때문이었다. 할아버지가 나를 보자마자 합죽합죽 웃던 것부터 영 수상했다.

"에이, 다 큰 호랭이가 아니구, 눈 못 뜬 새끼겠쥬?"

"아녀 이늠아. 황소만 했어."

할아버지가 펄쩍 뛰며 이야기를 시작했다.

"그러니께 말이다."

"야아. 할아부지."

"그날은 내가 이른 새벽에 늬 아비와 머루나무골루 땔나무를 가지러 가는디 그날따라 안개가 자욱허게 끼었어. 내가 앞장서서 비탈을 지나 산등셍이루 조심조심 올라가는디 안개가 엷어지면서 쌍무덤 봉분 사이에 무슨 짐승이 엎드려 있는 게 보이는 겨. 그래서 늬 아비를 그 자리에 세워놓구설랑 작대기를 꼬나들구 살금살금 다가갔지. 바람이 내 앞으루 살랑살랑 불어와 대행이구나 생각허며 한 발 한 발 다가갈 때 그놈이 무슨 기척을 느꼈던지 앞발을 끌어댕기며 대가리를 번쩍 쳐드는디 그게 호랭이였어.

호랭이가 황소만 했는디 두 눈에서 불덩어리 같은 광채가 나구 아궁이만 한 입을 딱 벌리며 펄쩍 뛰어오를 때 내가 작대기루 그놈 대갈통을 내리쳤지. 펄쩍 뛰어오르다 작대기에 맞은 호랭이가 팍 고꾸라진 뒤 다리만 몇 번 버리적거리드니 축 늘어지는 겨. 한참을 지켜봐두 움직이지 않기에 가보니께 호랭이는 이미 죽었는디 작대기에 맞은 대갈빼기가 바싹 깨졌더라구."

나는 할아버지 얘기를 듣는 동안 손바닥에 땀이 났다.

"황소만 한 호랭이를 보구두 무섭지 않았슈?"

할아버지는 갑자기 호랑이와 맞닥뜨린 사람처럼 눈을 번쩍 뜨며 말했다.

"이늠아, 앞에서 호랭이가 달려들구 뒤에 자식이 있는디 무섭구 말구 헐 새가 어딨어. 늬두 이담에 자식 키워 봐. 자식이 위급헐 땐 읎던 힘두 생기는 겨. 내 힘만으루 어티기 호랭이를 작대기 한 방으루 때려 잡겄어."

할아버지는 작대기로 호랑이 때려잡은 이야기를 해주고 바로 코를 골았다. 내가 할아버지보다 늦게 잠든 건 그날 밤이 처음이었다. 나는 아무리 생각해도 할아버지 얘기가 거짓말 같았다. 할아버지가 나를 보자마자 합죽합죽 웃던 것부터 영 수상했었다.

다음 날 장작을 패다 부러진 도끼자루를 새로 맞추는 아버지에게 물었다. 할아버지가 작대기로 황소만 한 호랑이를 때려잡았다는데 정말이냐고. 아버지가 고개를 끄덕이며 말했다.

"그러니께 내가 열두 살 적이었지 아마. 아부지허구 어둑어둑한 새벽에 머루나무골루 풋장나무를 가지러 갔거든. 그날은 옆에서 멧돼지가 달려들어두 모를 만큼 안개가 끼어 있었어. 골짜기를 지나 산등셍이루 올라갈수록 안개가 점점 엷어지구 동쪽이 훤히 밝어올 때였지. 아부지 뒤를 한 발 한 발 따러가는디 평평헌 능선에 올러선 아부지가 갑자기 내 어깨를 꽉 누르며 꼼짝 말라는 시늉을 허는 겨. 지레 겁을 먹구 아부지가 허라는 대루 가만히 서서 지켜봤지.

아부지가 작대기를 높이 쳐들구 쌍무덤을 향해 살금살금 걸어가는디 그 앞을 보니께 봉분 사이에 뭔가가 엎드려 있는 것이 눈에 띄는 순간, 그게 하늘루 솟구치덕기 펄쩍 뛰어오른 찰나에 아부지 작대기가 번개처럼 내리쳤어. 그게 호랭이였어. 그놈을 끌어 내놓구 보니께 아부지가 작대기를 얼마나 날쎄게 내리쳤던지 호랭이 이마빼기가 바싹 깨졌더라구. 아부지가 작대기를 내리칠 때 그 육중헌 물푸레나무 작대기가 뵈지 않았으니께 더 말이 필요 읎지 뭐어."

나는 할아버지가 때려잡은 호랑이가 정말 황소만 했는지 그게 궁금해 물었다.

"할아부지가 잡은 호랭이가 황소만 했다는디 진짜유?"

내가 묻는 말에 아버지가 허허 웃으며 말했다.

"그날 아부지가 잡은 호랭이가 얼마나 컸냐면 그때 내가 지게에 쌀 댓 말은 지구 댕겼거든. 그런디 아부지가 나보구 죽은 호랭이를 지구 가라며 내 지게에 턱 허니 지워주는 겨. 내가 다리를 후들후들 떨면서 축 늘어진 호랭이를 짊어지구 일어나기는 일어났는디 도저히 산비탈을 내려갈 자신이 읎는 겨. 아무리 죽은 호랭이라두 아가리를 쩍 벌린 대가리가 덜렁거리구 피가 뚝뚝 떨어지니께 섬뜩허구 무섭기두 했구. 그래서 내가 아부지헌티 말했지. 호랭이를 지구 산을 내려갈 힘이 읎다구. 그랬드니 아부지가 '이늠아, 여지껏 밥 멕여 키워놨더니 잡어 놓은 호랭이두 못 지구 가느냐. 나는 늬만 헐 적에 쌀 한 가마니를 짊어지구 펄펄 날라댕기구, 송아지만 헌 멧돼지를 맨주먹으루 때려잡었다.'구 그러시는 겨. 그렇다구 내게 읎던 힘이 갑자기 생기는 건 아니잖어. 아마 아부지가 내 담력을 키워주려구 그러셨던개벼."

아버지는 호랑이 이야기를 하다 말고 어린 시절 이야기를 했다.

"나는 형님과 다섯 살 터울루 태어난 막내거든. 형님 위루 누님이 둘 있었구. 내가 걷지 못 헐 땐 아부지가 업든 누님이 업든 나를 업구 댕기며 일을 했다는디 내가 뒤를 가릴 만큼 크니께 집에 나 혼자 두구 모두 일허러 나갔어. 나는 혼자 놀다 싫증 나면 아부지를 찾어가기두 허구 누님을 찾어가기두 허구 형님헌티 가기두 했는디, 형님은 가기만 허면 귀찮다구 주먹으루 때리구 발루 걷어차구 그랬어. 작은 누님에게 가면 거치적거리지 말구 저리 가라구, 개울에 들어가 가재두 잡구 날러댕기는 잠자리두 잡구 매미두 잡으며 놀라구 자꾸 밀어내는 겨. 내가 잠자리 잡구 가재 잡으며 놀 줄 몰러서 그러는 게 아니잖어.

이리 갔다 저리 갔다 허다가 내게 제일 잘해주는 큰 누님에게 자주 갔지. 큰 누님은 일에 방해만 되지 않으면 그대루 두구 내가 뭘 좋아허구 싫어허는지 이런 것두 물어 보구 저런 것두 물어 보구 잔심부름두 시켜가며 내가 묻는 말에 대답을 잘 해줬으니께. 쉴 땐 삘기두 뽑어주구 찔레두 꺾어주고 잔대도 캐주구 오디두 따주구 그랬거든.

그래두 나는 아부지를 많이 따렀어. 아부지에게 가면 마음이 편했구 아무두 나를 건드리지 못했으니께 아마 본능적으루 아부지를 따렀던개벼. 하루는 아부지가 나무허러 산에 가실 때 따러나섰지. 아부지가 멀리 간다구 질이 험해 늬는 못 간다구 그러시는 겨. 그래서 아부지두 내가 귀찮으니께 안 데리구 가시려는가부다 그러키 생각허구 막무가내로 따러나섰지. 나는 집을 나서자마자 앞장서 뛰어가며 아부지가 왜 나만큼두 못 걸으시느냐구 얼릉 따러오시라구 깜쭉

대구 촐랑거리며 기고만장했지.

그런디 얼마 못 가 질이 점점 비탈지구 바위를 타구 넘어야 허구 미끄럽구 숨이 차 도저히 더는 못 가겠어. 그래서 아부지보구 더는 못 가겠다구 주저 앉었지. 아부지는 지게를 지구 있어 나를 안구 갈 수두 업구갈 수두 읎구, 그렇다구 집에 데려다 줄 수두 읎으니께 난 감허셨던개벼. 아부지가 나를 물끄러미 쳐다보시더니 혼자 집에 갈 수 있느냐구 물으셔. 그래서 못 간다구 했지. 아부지가 그럼 내가 나무 한 짐 해가지구 올 때까지 기다릴 거냐구 그러시는 겨. 그래서 고개를 끄덕끄덕했지.

아부지가 다른 곳으루 가면 질을 잃어버리니께 꼼짝말구 그 자리에 있으라구 하시더니 혼자 쫓기듯 산등셍이를 타구 넘어가 뵈지 않자 갑자기 무서워지는 겨. 그래서 나뭇가지를 꺾어들구 바위두 내리치구 나무둥치를 딱딱 때리며 입에서 나오는 대루 소리를 질러두 아부지가 안 오시는 겨. 아부지를 목청껏 불렀지. 아무리 아부지를 부르며 귀를 기울여두 메아리 소리만 들리지 아부지 목소리는 들리지 않으니께 점점 더 무서워지구 별별 생각이 다 드는 겨. 혹시 아부지가 나를 두구 혼자 집에 가셨나보라구. 내가 맨날 아부지를 귀찮게 해서 나를 산에 버리구 가셨는개비라구. 나는 이제 산에서 꼼짝 읎이 죽게 생겼다는 생각이 들자 더는 참지 못 허구 엉엉 울었지. 내가 집에서 울면 누가 와두 오는디 산속에 들어가 우니께 누가 오겄어? 나중엔 울 힘두 읎구 겁에 질려 할딱할딱 숨만 쉬구 있었는디 그때 아부지가 나무 한 짐을 짊어지구 산을 내려오시는 겨.

나는 아부지를 보자마자 달려가 아부지 바짓가랭이를 붙잡구 다시 엉엉 울었지. 한참 동안 지켜보시던 아부지가 '이늠아, 이제 그만 울구 따러오든가 말든가 혀' 라면서 나를 밀어내시는 겨. 나는 아부지가 밀어내면 밀어낼수록 나를 버리구 가실 줄 알구 악착같이 달러 붙었지. 오도 가도 못 하는 아부지가 '이늠아, 왜 울어?' 하시기에 내가 '무서우니께 울쥬' 라구 했더니 '울면 안 무서워?' 그러시는 겨. 그래서 '울어두 무서워유.'

그랬더니 '울어두 무서운디 왜 울어? 호랭이가 달려들어두 때려잡 겠다는 생각을 해야지.' 그러셔. 그래서 '지가 어티기 호랭이를 때려 잡어유?' 그러니께 아부지가 산이 쩌렁 울리두룩 '이늠아, 읎는 호랭 이를 무서워 허면 쥐가 바스락거려두 호랭인 줄 알구 도망가는 겨. 잔말 말구 따러오든가 말든가 혀!' 그러시더니 혼자 산을 내려가시 는 겨.

나는 아부지를 놓치면 죽을 줄 알구 미끄러지구 넘어지며 죽자 사 자 따라가다 그만 나둥그러지며 떼굴떼굴 굴러가다 바위에 턱 걸렸 는디 눈을 떠보니께 우리집 용마루가 보이는 겨. 아부지는 내가 넘 어져 굴러가는 소리를 들으셨을 텐디 뒤두 안 돌어보시구 그냥 가시 구. 그런디 우리집 지붕을 보구 나니께 무서운 생각두 안 들구 아버 지를 따라가구 싶은 마음두 읎는 겨. 그냥 누워서 하늘을 바라보다 긴장이 풀려서 그랬던지 그만 깜빡 잠이 들었어.

자다가 일어나니께 달이 떠서 훤헌디 우리집 마당에 모닥불을 크 게 피워놨더라구. 나는 불나방처럼 불빛만 보구 집으루 들어갔더니 방에 불은 모두 꺼졌는디 마루에 밥상이 있어. 그게 내 저녁밥이었 어. 혼자 밥 먹구 방에 들어가 자구설랑 다음 날 아침에 일어나 밖으 루 나갔는디 모두 마루에 앉어 아침을 먹으면서두 나는 거들떠 보지 두 않는 겨. 다른 날 같으면 나를 왜 안 깨웠느냐구 왜 내 밥이 읎느냐구 대들었을 텐디 그날 아침은 남의 집에서 자구 일어났을 때처럼 서먹서먹헌 겨. 그때 누님이 늬 밥은 부엌에 있으니께 갖다 먹으라구 혀. 그래서 밥을 갖다 아침을 먹었지.

밥을 먹구나니께 모두 텃밭으루 일허러 나가구 나 혼자 집에서 놀구 있었는디 목이 마른 겨. 다른 때 같으면 텃밭에 가서 누님에게 물을 달라구 졸랐을 텐디 그날은 그러기 싫어 내가 종구라기루 물을 떠 먹으려구 물항아리를 열어보니께 물이 가득 차 있지 않구 밑바닥에 있어. 그걸 떠 먹으려구 항아리 테두리를 붙잡구 발돋음 허다가 물항아리를 넘어트려 박살냈어. 어찌나 겁이 나던지 윗방에 들어가 숨었지. 얼마를 그러키 숨어 있으니께 누님이 부엌에 들어가 물항아리가 박살난 걸 보구 놀래서 나를 부르며 찾으러 댕기는 겨. 나는 죽은 체허구 있었지. 아부지가 오시구 식구들이 모두 달려와 나를 찾었지만 찾지 못했어.

어느 순간부터 조용해지더니 아부지가 냅다 '이늠아, 거기 있지 말구 얼릉 나와.' 그러시는 겨. 나를 본 줄 알구 나가니께 마당에 있던 아부지가 '사내자식이 물항아리 하나 깨트리구 숨기는 왜 숨어. 늬가 깨트렸으니께 늬가 돌담불에 갖다 버려.' 그러시는 겨. 그래서 얼른 깨진 항아리 조각을 들구 나가는디 또 마당이 쩌렁 울리도록 '이늠아, 땅 안 꺼져. 사내자식이 당당허게 걸어가야지. 뭔늠으 걸음걸이가 그 모양이여!' 그러시는 겨. 아마 아부지는 내가 막둥이로 태어나 엄마 읎이 자라며 이리 치이구 저리 치이니께 나약해질까봐 많이 걱정허셨던개벼.

그날두 아부지는 내 담력을 키워주려구 죽은 호랭이를 지구 가라구 하셨나본디 내가 힘이 읎으니께 결국 죽은 호랭이는 아부지가 짊어지구 내가 땔나무를 지구 내려왔어. 그러니께 아마 쌀 대엿 말 무게는 되었을 겨. 그날 아부지가 잡은 호랭이를 끌어간 날포가 죽은 호랭이를 보구 새끼를 한두 배 낳은 암놈이라구. 총으루 잡기두 힘든 호랭이를 작대기 한 방으루 때려잡었다는 게 도무지 믿기지 않는다구 그랬거든. 나두 호랭이가 펄쩍 뛰어 오를 때 봉분 하나가 솟구치는 줄 알었으니께 아부지는 황소만 허게 보였는지두 모르지."

호랭이가 얼마나 컸는지 그게 궁금했는데 아버지 이야기를 듣다 보니까 호랭이를 끌어갔다는 날포가 더 궁금했다.

"날포가 호랭이를 끌어가다니유. 날포가 뭔디유?"

아버지는 자루를 새로 맞춘 도끼를 모탕 위에 올려놓으며 말했다.

"날포는 포수 이름인디, 앉아 있는 꿩을 날려 놓구 날러가는 놈을 총으루 쏴 잡는다구 해서 사람들이 지어준 이름이여. 그 사람은 꿩이든 멧돼지든 하여튼 앉아 있는 짐승은 잡는 맛이 안 난댜. 그래서 무슨 짐승이든 일단 쫓어 놓구 달어나는 놈에게 총을 쏴서 잡는댜. 날포가 머루나무골에서 호랭이를 여러 마리 잡아갔어."

호랭이를 여러 마리 잡아가다니! 아버지는 마치 호랑이 잡는 것을 개장에 갇혀 있는 개를 잡듯 아주 쉽게 말했다. 나는 머루나무골에 호랑이가 득실거리는 상상을 하며 물었다.

"머루나무골에 지금두 호랭이가 있슈?"

머루나무골 꼭대기 큰 바위 밑에 사람이 걸어서 들어갈 만한 커다란 굴이 있는데 그게 호랑이 굴이라고 했다. 아버지가 고개를 절레절레 흔들며 말했다.

"지금은 읎지. 육이오 때 날포가 포수들 데리구 들어와 잡어간 뒤루 한 번두 못 봤어."

"그런디 할아부지가 참말루 송아지만 한 멧돼지두 맨주먹으루 때려잡었슈?"

아버지가 싱긋이 웃으며 말했다.

"나두 그런 줄만 알었는디 나중에 작은 누님헌티 들어보니께, 아부지가 보리밭을 매는디 보리밭 속에 들어가 있던 강아지만 한 멧돼지가 달어나더랴. 그걸 쫓아가 잡었댜."


나는 그날도 아무 일도 없었던 것처럼 할아버지와 홍시를 나눠 먹고 옛날얘기를 들으며 잠이 들었다.

그리고 며칠 뒤 아버지가 난감한 표정으로 말했다.

"감 서너 개 남었는디, 몽땅 곯었어. 아부지가 안 주무시구 늬를 기다리실 텐디 이걸 어쩌면 좋으냐. 오늘은 그냥 가서 이제 홍시는 읎다구 말씀드려."

나는 빈손으로 가기 싫어 할아버지에게 가지 않았다. 그날 밤 아버지는 잠자리에 들지 못하고 방을 들락거렸다. 다음 날 아침 아버지가 내게 들어보라는 듯이 말했다.

"지난밤 첫닭이 울구 나서야 아부지 방에 불이 꺼졌어."

아버지는 밤새 눈 쌓인 장독대에 올라가 할아버지 방에 등잔불이 꺼지기만 기다린 모양이었다. 장독대에 올라서면 할아버지 방에 켜놓은 등잔 불빛이 등댓불처럼 보였다. 나는 그때 동네 어른들이 왜 아버지를 효자라고 부르는지 어렴풋이 알게 되었다.

며칠 뒤 할아버지가 돌아가셨을 때 나는 어른도 가기 힘든 관음봉 산마루까지 울며불며 상여 뒤를 따라갔다. 할아버지 장례를 치른 뒤 아버지는 삭망(朔望)이 돌아오면 상복을 입고, 대나무 지팡이를 짚으며 삭망 전에 메를 올린 뒤 그대로 집을 나와 허리를 구부린 채 '아이고, 아이고' 곡을 하며 할아버지 산소에 다녀왔다.

　나도 삼년상을 치르는 동안 다리에 행전을 치고 비가 오나 눈이 오나 꼬박 아버지를 따라다녔다. 눈이 허벅지까지 빠지는 날은 어린아이 걸음으로 걸어간 아버지 발자국에 장화를 신듯 발을 집어넣었다. 삼년상을 마치고 상복을 태울 때, 내 행전은 닳고 닳아 너덜너덜한 행전 끈만 남아있었다.


　아버지도 할아버지처럼 이야기하다 말고 자느냐고 묻고 내가 안 자고 듣고 있다고 카랑카랑한 목소리로 대답하는 것을 좋아했다. 나는 아버지가 아궁이에 불을 때며 박 초시 외동딸이 자기 집 종 만석이하고 집을 나서는 얘기를 가물가물 듣다가 잠이 들었다.

　다음 날 나는 진한 솔향기를 맡으며 잠에서 깼다. 내가 덮은 가랑잎 위에 청솔가지가 얹혀 있었다. 아마 아버지는 내가 덮고 자는 가랑잎이 바람에 날아갈까 봐 다복솔 가지를 잘라다 가만가만 덮어 놓은 모양이었다. 아침에 일어날 때까지 땅바닥은 군불 땐 아랫목처럼 따뜻했다. 나는 개울물이 꽝꽝 얼어붙고 눈이 허벅지까지 빠지는 한겨울에도 숯가마에 불을 넣는 날은 아버지가 들려주는 옛날이야기를 들으며 산에서 그렇게 잠이 들었다.


　아버지는 산비탈을 오르내리며 부지런히 섶나무를 했다. 내가 아버지보다 땔나무 한 짐을 먼저 했다. 아버지는 섶나무 할 때 나무를 모조리 깎는 게 아니라 다보록하게 움이 올라온 한 포기에서 제일 실한 놈으로 한 개씩 남겼는데 그놈이 자라 숲이 되었다. 아버지는 내게도 나무할 때 모조리 베지 말고 한 포기에서 한 개는 반드시 남겨 놓으라고 했다. 그래야 민둥산이 되는 것을 막을 수 있다고. 물론 아버지 말대로 나무를 하면 민둥산이 되는 것은 막을 수 있지만, 나무를 가꾸며 나무를 하려면 더디고 거치적거리고 나무에 대한 욕심 때문에 모조리 깎아 민둥산이 되었다.

아버지도 마지막 한 전을 안아다 섶나무 한 짐을 만들었다. 나뭇짐은 양쪽으로 한 전씩 묶어가며 뉘어 놓은 직사각형으로 올려 쌓는데, 낫으로 벤 뿌리가 밖으로 나가고 키가 들쭉날쭉한 끄트머리가 안으로 들어갔다. 섶나무 한 짐은 열두 전인데, 아버지 나뭇짐은 열네 전이었다. 나는 좀 이상해 아버지에게 물었다.

"섶나무는 열두 전이 한 짐인디, 아부지는 왜 두 전을 더했슈?"

아버지는 섶나무 열네 전을 밧줄로 꽁꽁 묶으며 말했다.

"이늠아, 외할머니 떡두 크구 맛있구 싸야 사먹는 겨."

나무전에서 잘 팔리는 나뭇짐이 떠올라 아버지 말씀이 내 귀에 쏙 들어왔다. 그래도 남보다 두 전을 더 하려면 많은 시간이 걸리고 짐도 무거워 먼 길을 가는 데 여간 힘든 게 아니었다. 아버지가 그걸 모를 리 없지만 나는 다시 물었다.

"그럼 한 전만 더 허지, 왜 두 전을 더 했슈?"

아버지는 마지막으로 나뭇짐을 살펴보며 말했다.

"그런 건 묻지 말구 늬가 생각해 봐. 만약 나무를 한 전만 더허면 나뭇짐이 어티기 되겠어? 짝이 맞지 않으니께 한쪽으루 기울어져 아주 뵈기 싫겠지. 나뭇짐이 한쪽으루 쏠리면 지구 가기두 어려울 테구. 나뭇짐 균형을 맞출라니께 두 전을 더 허는 겨."

아버지는 나뭇짐 중간 아래쪽에 지겟가지를 밀어 넣고 나뭇짐을 일으켜 세웠다. 나뭇짐은 크고 단단하고 멋져 보였다. 나는 땔나무를 지고 집으로 가고 아버지는 나무전으로 갔다. 아버지가 나무전까지 가는 동안 여섯 곳의 쉴바탕에 나뭇짐을 내려놓고 쉬어가야 했다. 쉴바탕 구간 거리는 대략 일 킬로미터 안팎이었다.

겨울이 깊어가고 산에 눈이 쌓이면 섶나무는 할 수 없었다. 아버지는 겨우내 간벌하여 만든 장작을 처마 밑까지 쌓아 놓고 온산을 돌아다니며 소나무 가지치기를 해놓았다. 이듬해 날이 풀리면서 장작은 가볍게 마르고 솔가지는 발갛게 말랐다. 장작이 마르고 솔가지가 마르면 아버지는 하루에 나무를 두 짐씩 져다 팔았다. 물론 한 몸에 두 지게는 질 수 없다. 아버지는 첫 번째 나무 한 짐을 지고 나가 첫 쉴바탕 중간에 내려놓고 집으로 돌아가, 두 번째 나무 한 짐을 지고 나와 한 구간을 져다 놓은 뒤 쉬어야 할 시간에 다시 돌아가, 먼저 져다 놓은 나뭇짐을 지고 또 한 구간을 갔다. 그렇게 쉬지 않고 두 짐을 교대로 지고 가는 것을 '두 지게걸이' 라고 했다.

사람은 한 몸에 두 지게는 질 수 없어도, 한 몸으로 두 지게걸이는 할 수 있다. 아버지는 평생 두 지게걸이 삶을 살았다.

# 장날

우리 고장은 3일과 8일에 장이 선다. 어른들은 장날 장에 가는 낙으로 산다고, 장에 가는 낙이 없으면 무슨 낙으로 살겠느냐고 했다. 시골 장날은 만남의 장이었고 축제의 장이었고 소통의 장이었다. 나는 장날 아버지와 엄마를 따라 장에 가는 것이 맨몸으로 소풍 가는 것보다 훨씬 즐거웠다. 장이라고 해봐야 장터는 우리 학교 운동장만 했고 장터를 좀 벗어난 곳에 쇠전이 있고 대각선으로 나무전이 있었다. 그래도 있을 건 다 있었다.

마을마다 돌아다니는 엿장수, 소금장수, 새우젓장수, 생선장수, 방물장수, 땜장이, 바지게에 키·체·어레미·홍두깨·채반·용수·바구니·조리·소쿠리 등을 산더미처럼 짊어지고 다니는 잡화장수도 장날만은 모두 장마당으로 모여들었다. 장마당으로 들어가는 길가로 빨랫줄에 제비 앉듯 아낙들이 이고 온 광주리는 광주리 그대로 내려놓고, 보따리는 보따리 그대로 풀어 놓고 앉아 있었다.

장터거리를 지나가며 훑어보면 마른 고사리, 물고사리, 도라지, 더덕, 마, 버섯, 무, 열무, 배추, 상추, 깻잎, 호박, 가지, 오이, 고구마줄거리, 호박잎, 풋고추, 노란 좁쌀, 검은 차조, 수수, 흰

콩, 검은콩, 붉은 팥, 녹두, 강낭콩, 완두콩, 동부, 시루째 내놓은 콩나물, 큰 양푼 위에 도토리묵도 있었고, 함지박 위에 올려놓은 목판에 보리개떡이 소복소복 올려져 있었다.

뭐니 뭐니 해도 장마당에 사람이 가장 많이 몰리는 데는 약장수가 있는 곳이었다. 약 팔러 나온 사람들은 생김새부터 특이했다. 난쟁이, 곱사등이, 절름발이, 특히 얼굴이 맷돌처럼 빡빡 얽고 키가 장대같이 훌쩍 큰 여자가 눈길을 끌었다. 그 여자는 무당처럼 입고, 걸치고, 너절너절하게 늘어뜨린 옷만이 아니라 얼굴을 기기묘묘하게 일그러뜨리며 장구 치고, 버꾸치고, 허리를 낭창낭창 감아 돌리며 간드러진 목소리로 노래를 불렀다. 구경꾼들의 눈길을 사로잡을 만큼 젊고 예쁜 아가씨도 있었다. 그 아가씨는 장내를 돌아다니며 약을 팔았는데 약을 사는 사람은 주는 약은 안 받고 아가씨 손목을 잡고 떡 주무르듯 주무르고, 옆에서 입을 헤벌쭉이 벌리고 곁눈질로 지켜보는 구경꾼들은 가자미눈이 되었다.

아가씨가 약을 팔고 돌아가 무대를 가린 휘장을 번쩍 들추자 건장한 사내가 불쑥 나와 웃통을 훌렁훌렁 벗어 던졌다. 차력꾼이었다. 그는 맨살로 수북하게 깔아놓은 사금파리 위에 벌렁 누웠다. 우락부락하게 생긴 텁석부리 두 사람이 양쪽에서 맷방석만 한 돌을 들어다 허공으로 쭉 뻗친 차력꾼 양손에 올려주고, 마주 서서 큰 쇠망치로 떡 메치듯 돌을 사정없이 내리쳤다. 잠시 뒤 젊은 아가씨가 활짝 웃는 얼굴로 사뿐사뿐 나타났다. 텁석부리 사내들이 쇠망치를 내던지고 아가씨를 양쪽에서 반짝 안아다 돌 위에 올려놓았다. 젊은 아가씨가 열광하는 구경꾼들에게 양손을 흔들며 함박웃음을 날렸다. 텁석부리 사내들은 구경꾼들의 박수갈채를 받으며 젊은 아가씨를 단짝 들어내고 돌을 받아낸 뒤 일어선 차력꾼 등허리에 사금파리 한 개 박힌 흔적조차 찾아볼 수 없었다.

펄럭 다시 휘장이 열리고, 버나재비가 버나를 돌리며 나왔다. 구경꾼들은 버나돌리기를 대접돌리기라고 했고, 접시돌리기라고도 했다. 길이는 30센티미터가량 되어 보이고 굵기는 새끼손가락만 한 막대기에 버나를 올려놓고 팽이를 돌리듯 막대기 매질로 빙글빙글 돌리다가 팽글팽글 돌아가면 펄쩍 뛰며 공중으로 높이 던지고 털썩 주저앉아 받고, 벌렁 누워 받고, 몸을 한 바퀴 빙그르르 돌아서 받고, 왼손으로 던지고 오른손으로 받고, 오른손으로 던지고 왼손으로 받고, 수캐 모양 한쪽 다리를 번쩍 쳐들고 다리 밑에서 위로 던져 받고, 똥 싸는 놈처럼 쪼그리고 앉아 엉덩이 밑에서 던지고 잽싸게 일어나 받고, 막대 한 개로 받고, 막대 두 개로 받고, 대접은 쉴 새 없이 돌아가고, 돌아가는 대접을 받친 막대기를 이마 위에 올려놓고, 콧등 위에 올려놓고, 막대기에 막대기를 이어 입으로 물고, 팽글팽글 돌아가는 대접을 냅다 구경꾼 쪽으로 내던지고, 접시 비행기처럼 윙 날아오는 대접을 보고 구경꾼들이 기겁하여 소리칠 때 잽싸게 쫓아가 아슬아슬하게 받아냈다.

바람잡이들이 보여줄 것 다 보여주고 나면, 하얀 가운을 입은 약장수가 나와 만담에 재담을 섞어가며 웃음바다를 만들어 놓고 고수 북소리에 맞춰가며 육십갑자를 외우듯 손가락으로 자기 온몸을 군데군데 짚어가며 종기 이름을 주워섬겼다. '머리에 나는 두창, 어깨에 나는 견창, 등에 나는 등창, 배에 나는 배창, 발에 나는 족창….' 종기는 우리 몸 어디에 나든 이름만 다를 뿐 종기는 종기일 뿐인데 마치 머리부터 발끝까지 나는 모든 종기 이름을 입에서 나오는 대로 지어 섬기며 약을 팔았다.  약장수가 약을 팔고 나면 지나가는 말로 한 마디 툭 던졌다.

"쓰리꾼 조심허슈!"

아뿔싸! 이구동성으로 소리쳤다.

"어허 내 지갑."

"아이구 어머니, 내 보따리 워디 갔댜!"

여기저기서 소리치는 사람마다 호주머니가 쭉쭉 째져 있었다.  어떤 사람은 안주머니까지 찢고 빼 갔고, 어떤 사람은 호주머니에 들어있던 물건이 발밑에 수북이 떨어져 있었는데도 몰랐고, 어느 아주머니는 보따리째 들고 달아났는데도 넋을 놓고 있었다.  호주머니는 멀쩡한데 안에 든 지갑만 감쪽같이 없어진 사람도 있었다.  엄마는 소매치기당한 사람을 두고 '넋 빠진 놈, 정신 마개를 쑥 빼 놓고 댕기는 놈'이라고 알쏭달쏭한 말을 했다.

약장수 다음으로 사람들이 많이 모이는 곳은 엿장수였다.  엿장수도 구경꾼 모으는 데는 약장수 못지않았다.  약장수는 오륙 명, 때로는 칠팔 명이 떼거리로 오는데, 엿장수는 달랑 혼자 머리에 때 묻은 수건을 질끈 동여매고 북을 짊어진 등을 곱사등이처럼 바짝 꼬부린 채 발로 북을 팡팡 치고, 장구 치고, 가위 치고, 아기작아기작 앉은뱅이걸음으로 엿목판 주위를 돌며 구성진 소리를 쏟아 냈다.

"어헐씨구씨구 들어간다.  저헐씨구씨구 들어간다.  작년에 왔던 각설이 죽지두 않구 또 왔네.  얼씨구씨구 들어간다.  절씨구씨구 들어간다 ⋯."

엿장수는 초장부터 어깨를 으쓱거리고 북을 둥둥 울리며 품바타령을 부르고 목덜미가 벌겋도록 핏대를 세우며 진양조 장단에 자진

육자배기를 구성지게 쏟아 내며 흥을 돋웠다. 장꾼들은 엿목판을 둘러싸고 굵고 가벼운 엿을 고르고, 엿을 뚝 부러뜨리고, 구멍을 서로 맞춰보고, 구멍이 제일 큰 사람이 호루라기 불듯 엿 구멍에 입술을 대고 휘파람 소리를 내고 "내가 이겼다."며 덩실덩실 춤을 추며 엿목판을 빙글빙글 돌았다. 그걸 두고 엿치기라고 했는데 그런 풍경은 장날마다 볼 수 있었다.

　어느 일요일 그날이 장날이었다. 아버지는 마른 솔가지를 지고, 내게는 마른고추 한 자루를 지게에 지워주었다. 엄마가 밤새 회아리를 가려낸 것이었다. 방 안에 있던 엄마는 광목을 싼 조그만 보퉁이를 들고 나와 아버지에게 넘겨주었다. 아버지는 엄마에게 받은 광목 보퉁이를 고추자루 위에 올려놓고 지게꼬리로 보퉁이와 고추자루를 한데 깡똥하게 묶었다. 고추자루 짐은 부피는 큰데 무게는 가벼웠다. 나는 아버지와 장에 갈 준비를 하는데 만식 씨와 필재 씨가 우리 텃밭을 지나가며 장에 가자고 아버지를 불렀다. 아버지는 기다렸다는 듯 서둘러 집을 나섰다.
　필재 씨와 만식 씨는 우리 텃밭머리 쉴바탕에 지게를 내려놓고 대통에 담배를 꾹꾹 눌러 담고 있었다. 집에서 몇 발짝 걸어 나온 아버지도 쉴바탕에 지게를 내려놓고 담배쌈지를 꺼냈다. 나도 지게를 내려놓았다. 필재 씨는 장에 장작을 지고 가고, 만식 씨는 가마솥을 세워서 지고 가는데 솥 안에 하얀 자루 하나가 들어있었다. 구멍 난 솥을 때우러 가는 모양이었다. 아버지가 물었다.
　"야 만식아, 솥 안에 든 게 뭐냐?"
　"흰콩이여. 메주 쑤는 흰콩."

"누굴 주려구 갖구 가는 겨?"

"주긴 누굴 줘. 돈 사러 가는 겨."

"그려. 금년에 콩 농사 잘 지었는개비다?"

"웬걸. 그래두 심기는 좀 심었는디, 비둘기가 빼 처먹구 고라니가 뜯어 처먹구 제우 너더댓 말 했는디, 돈이 아쉬워 메주 쑬 콩만 냉겨 놓구 몽땅 가지구 나왔어. 그런디 너는 뭘 갖구 가는 겨?"

만식 씨는 내가 지고 가는 자루를 가리키며 물었다. 아버지가 담배통에 불을 붙이며 말했다.

"마른고추여."

"고춧가루 빻구러(빻으러) 가남?"

"아녀. 나두 돈 사러 가는 겨."

아버지는 고추로 돈을 산다고 했다. 만식 씨도 콩으로 돈을 사러 간다고 했는데, 돈을 산다는 말이 귀에 설었다. 만식 씨가 필재 씨에게 물었다.

"야. 필재야. 너 그끄저께 워디 갔다 온 겨?"

담배에 불을 붙인 필재 씨가 부싯돌을 쌈지에 넣으며 말했다.

"말허자면 길어."

"왜, 집에 뭔 일 있냐?"

"글쎄. 있다면 있구 읎다면 읎구. 맨날 그 타령이지 뭐."

"뭔디 그려. 뜸들이지 말구 얼릉 말혀봐. 늬 걸음걸이 보니께 술 두 한잔 했던디."

만식 씨가 묻는 말끝마다 시큰둥하게 대답하던 필재 씨가 그제야 껄껄 웃으며 말했다.

"이늠아, 술만 한잔 혀? 국밥에 삶은 돼지괴기에 막걸리두 한 주전자 마셨는디. "

"누구랑?"

"나 혼자. "

"무슨 돈으루?"

"공짜루. "

두 사람이 객쩍게 주고받는 얘기를 듣고 있던 아버지가 말했다.

"필재야. 너 어디 아프냐? 뭘 잘못 먹은 겨? 세상에 공짜가 어딨
어, 이늠아. "

"허허 참. 너두 나를 못 믿는 겨?"

"그럼 내가 믿게 얘기를 허든가. "

필재 씨는 담배를 깊게 두어 모금 빨고 한숨 쉬듯 담배 연기를 멀
리 내뿜으며 말했다.

"메칠 전 여래미골 홍수를 만났는디, 우리 아들이 한밭(대전) 서
뻐스 차장 허는 걸 봤다구 그려. 그날 뜬눈으루 밤을 홀딱 새구설랑
다음 날 새벽에 한밭 차부를 찾아갔는디, 이건 서울 가서 김 서방 찾
기지 우리 아들을 아는 사람이 한 사람두 읎는 겨. 홍수가 잘못 봤을
리두 읎구 걔가 그짓말 허는 애두 아니잖어. "

필재 씨 아들 대현은 초등학교를 졸업하던 해 가출했다. 필재 씨는
하던 일을 작파하고 대현을 찾아다녔지만 1년이 지나도록 찾지 못했
고 대현이 제 발로 들어오지도 않았다. 필재 씨가 대현이 얘기를 꺼
내자 모두 긴장된 표정으로 귀를 곤두세웠다. 아버지가 말했다.

"그럼. 그짓말 헐 게 따루 있지, 어티기 그런 그짓말을 혀. 그래서
그냥 왔남?"

필재 씨가 갑자기 담배통을 돌멩이에 탁탁 털었다. 타다 만 담뱃

재에서 하얀 연기가 길게 피어올랐다. 필재 씨는 담배통으로 토닥토닥 담뱃불을 끄고 나서 말했다.

"아녀. 그냥은 돌아설 수 읎길래 하루 쥥일 차부를 지키며 막차가 떠나구 들어올 때까지 모두 살펴봤는디 아들놈이 읎더라구. 막차가 들어온 뒤 차부에 들어가 다시 물었더니 뻐스가 한 번 나가면 당일 들어오기두 허구 이틀 걸리기두 허구, 차에 따라 다르다는 겨. 다음날 첫차부터 막차까지 한 대두 놓치지 않구 살펴봤는디두 아들놈을 찾지 못했어. 그날두 차부를 지키는 사람들허구 밤을 홀딱 새구 그 다음 날 또 첫차부터 막차까지 확인을 했는디 찾지 못했어. 급히 융통해 갖구 간 노잣돈은 떨어지구 갈 디는 읎구, 어쩔 수 읎이 차부에서 밤새 자동차 정비허구 도둑 지키는 사람들허구 같이 지내다 통금이 풀리는 대루 차부를 떠났지.

꼬박 이틀 한나절 동안 허탕치구 유성을 지나 웅진나루를 건너 공주를 지나는디, 질은 안 보이구 맨 먹을 것만 눈에 띄더라구. 호주머니에 돈은 읎구 배는 고프구 가야 헐 질은 멀구 어티기 허면 허기를 면할까 이 궁리 저 궁리 허면서 걷는디, 쉴바탕에 낡은 마대자루 한 개가 눈에 띄더라구. 마대자루를 집어보니께 바닥에 구멍이 숭숭 뚫렸어. 구멍 난 마대자루를 어따 쓰겄어. 아무 쓸모가 읎으니께 누가 버렸겄지. 나두 집어 들었던 마대자루를 휙 집어던지구 손을 탈탈 털다가 퍼뜩 떠오른 생각이 있어 마대자루를 다시 집어 들었지. 흙먼지가 잔뜩 묻은 마대자루를 툭툭 털어내구 가랑잎이든 검불이든 닥치는 대루 긁어담었어. 구멍 난 마대자루에 곡식을 담으면 새지만 가랑잎이나 검불은 빠져나가지 않으니께. 한참 긁어 담다 보니 마대자루가 꽉 차기에 마대자루 모가지를 배배 틀어 묶은 뒤 들어봤더니 너무 개벼운 겨. 그래서 돌을 몇 개 집어넣었지.

마대자루가 제법 묵직 허길래 어깨에 메구설랑 시장 어귀에 있는 국밥집으루 들어가 밖이 훤히 내다보이는 문 앞에 자리를 잡구 국밥 한 그릇을 곱빼기루 시키구 삶은 돼지괴기 한 접시에 막걸리 한 되를 주문했지. 얼굴이 너부데데한 아주머니가 금방 뜨끈뜨끈한 국밥 한 그릇을 갖다 주기에 게 눈 감추덕기 후루룩 뚝딱 먹어치우구, 돼지괴기를 안주 삼어 막걸리를 따라 마시며 아무리 눈 빠지게 바깥을 내다봐두 내 뒤루 손님이 한 사람두 들어오지 않는 겨. 즘심 시간은 한참 지났구 저녁 시간은 좀 이르니께 손님이 뜸했겠지.

나는 이제나저제나 손님 오기를 눈 빠지게 기다리는디 장꾼 서넛이 들어오더라구. 어찌나 반갑던지. 바깥을 내다보던 국밥집 아주머니가 들어오는 손님을 보구 반색허는 틈을 타 손가락으루 창밖을 가리키며 '아주머니, 저기 저 만천이 좀 불러줘유' 라구 다급허게 소리쳤지. 손님을 받던 아주머니가 문밖을 내다보며 '누구를 불러달라구유?' 라구 묻길래 내가 벌떡 일어나 '에헤 참, 저기 가는 저 만천이 좀 불러달라니께유' 그러군 마대자루를 내가 앉았던 의자 위에 조심스럽게 올려놓구 밖으루 냅다 뛰쳐나가 손을 번쩍 쳐들구 '여개(여보게) 만천이, 일루와 술 한 잔 허구 같이 가' 라구 고래고래 소리쳐 부르며 큰 질루 나갔지. 아마 국밥집 아주머니는 내 자리에 큼지막한 마대자루가 있으니께 안심했던지 따라 나오지 않더라구. 나는 손을 번쩍 쳐들구 국밥집이 쩌렁 울리두룩 '이 사람아, 귀먹었어? 술 한 잔 허구 같이 가자니께' 라구 소리치며 장꾼들 틈으로 들어가 냅따 내뺐지."

필재 씨 얘기 끝에 만식 씨가 고개를 갸웃거리며 물었다.

"그런디 만천이가 누구여? 내가 못 들어본 이름인디."

필재 씨는 싱글싱글 웃기만 했다. 아버지가 핀잔주듯 말했다.

"이늠아, 만천이를 모르면 그 너부데데한 국밥집 아주머니헌티 물어봐."

만식 씨가 작은 눈을 크게 뜨며 아버지에게 소리쳤다.

"뭐여. 너 시방 나를 놀리는 겨? 시장바닥에서 사람들 사이루 지나가는 만천이를 쌩판 모르는 국밥집 아주머니가 어티기 알겨."

아버지가 으하하 웃으며 말했다.

"이늠아, 만천이가 누군지 필재가 들구 들어간 마대자루를 열어 보면 금방 알겄지."

만식 씨는 그제야 알아듣고 발끈했다.

"에라 이 순 날강도 같은 놈들아. 그게 공짜냐? 도적질이지."

필재 씨가 여전히 싱글싱글 웃으며 말했다.

"이늠아, 삼일 굶구 담 안 뛰어넘을 놈 읎다구 내가 사정이 있어 말은 못허구 도망쳐 나왔지만, 나중에 찾아가 자초지종을 얘기허구 갚을 겨. 그러니께 그건 외상이여. 외상."

필재 씨가 장난스럽게 웃으며 덧붙여 말했다.

"아마 나중에 마대자루를 열어 보구 기두 안 찼을 겨."

아버지는 친구들과 껄껄 웃으며 지게를 지고 일어났다. 나도 일어나 아버지 뒤를 따라갔다. 내 뒤로 장꾼들이 길게 이어졌다.


산골길은 험하고, 굴곡지고, 조붓한 외길이어서 뒤에 가는 사람이 앞선 사람을 앞지르기가 쉽지 않았다. 짐이 가볍거나 빈 몸으로 가는 사람도 한 구간을 쉬엄쉬엄 동행하다 다음 쉴바탕에서 쉴 사람은 쉬고 갈 사람은 그냥 지나쳤다.

농문 쉴바탕에 이르자 쉬어갈 사람들은 모두 지게를 내려놓았다. 쉴바탕 안쪽으로 마당만 한 공터가 있었다. 언제부터인가 장날이면 그 공터에 장꾼들이 장에 가지고 가는 농산물을 사들이는 떠돌이 수집상이 한두 명씩 나와 있었다. 그날도 두 명이 한패가 되어 곡물을 흥정하고 있었다. 아버지는 나뭇짐을 쉴바탕에 받쳐 놓은 뒤 내가 지고 간 마른고추 자루를 들고 수집상에게 갔다. 만식 씨도 콩 자루를 어깨에 메고 아버지 뒤를 따라갔다. 혼자 남은 필재 씨는 나뭇짐 옆에 앉아 담배쌈지를 꺼냈다.

공터에 우리보다 먼저 온 장꾼이 마른고추 자루를 앞에 놓고 수집상과 옥신각신하고 있었다. 뭘 팔았는지 돈을 세는 사람, 빈 자루를 툭툭 털어 괴춤에 차는 사람, 끈이 달린 주머니를 괴춤에서 꺼내 돈을 넣고 꽁꽁 묶어 도로 집어넣는 할머니도 있었다. 아버지가 다가가자 마른고추를 가지고 나온 장꾼이 아버지를 알아보았다.

"아이구 성님, 장에 가시남유?"

머리에 질끈 동여맨 수건을 벗어들고 반갑게 인사했다. 내게는 낯설었는데 아버지보다 많이 젊어 보였다.

"그려. 그런디 왜 그러나?"

"아니 글쎄 집에서 고추 스무 근을 실허게 달어 갖구 나왔는디 거의 두 근이 빠지네유."

"그럴 리가 있나?"

"글쎄유, 귀신이 곡헐 노릇이구먼유."

"그럼, 모든 저울이 다 틀릴 수는 읎을 테니께 내 거 달어 보면 알 수 있지. 나는 우리집 저울루 금방 마른고추 열 근을 달어 가지구 나

224

왔으니께."

아버지는 들고 간 마른고추 자루를 수집상에게 넘겨주었다. 열 근의 고추가 아홉 근도 약했다. 아버지는 수집상이 들고 있는 저울을 유심히 바라보며 말했다.

"이상허다. 분명히 열 근을 세게 달어 갖구 나왔는디."

아버지는 수집상에게 다시 한 번 달아보라고 했다.

"아니, 금방 달었는디 뭘 또 달어본대유?"

수집상은 퉁명스럽게 툴툴거리며 다시 저울질하여 저울 눈금을 아버지에게 들이대며 소리쳤다.

"이것 봐유. 다시 달어보나마나 똑같잖어유?"

아버지는 수집상이 불쑥 내민 저울을 받아 확인한 뒤 아무래도 이상하다며 고추자루를 내려놓고 영점을 맞춰봤다. 저울은, 저울추를 영점 위에 올려놓고 들어 올리면 저울대가 평행선이 되어야 한다. 아버지가 저울을 들었을 때 저울대는 수평을 잡지 못하고 푹 내려갔다. 아버지가 다시 저울을 잡고 요모조모 살펴보다가 벼락 치듯 소리쳤다.

"이런 도적누므 새끼."

아버지는 저울을 들고 수집상을 무섭게 쏘아봤다. 아버지가 저울 영점을 맞춰보고 저울대를 살펴볼 때부터 당황하던 수집상 얼굴은 하얗게 질려있었다. 수집상은 무슨 일이 있어도 저울은 남의 손에 넘겨서는 안 된다는 것을 깜빡한 모양이었다. 아버지는 수집상 얼굴에 저울대를 들이대며 큰 소리로 말했다.

"이 벼룩에 간을 빼 처먹을 자식아. 이게 뭐 허는 짓이여."

아무 영문도 모르고 지켜보던 장꾼들이 웅성거리기 시작했다. 아버지는 수집상과 마른고추 무게를 가지고 실랑이를 벌이던 젊은 사람에게 저울대 손잡이를 보여주며 말했다.

"그러니께 이 손잡이가 물건을 수직으루 들어 올리면 아무 문제가 읎는 겨. 그런디 수집상이 무게를 줄이려구 손잡이 고리 양쪽 틈새기에 무얼 끼우면 손잡이가 한쪽으루 치우치니께 무게가 들 나가지. 물론 반대쪽에 끼우면 당연히 무게가 더 많이 나가구."

아버지는 그 자리에서 저울대 손잡이를 밀어놓은 것을 빼내 보여주었다. 새끼손톱만 한 쇠붙이였다. 언제 왔는지 필재 씨가 아버지에게 저울을 넘겨받아 들고 장꾼들 앞에 섰다.

"내가 어린 시절 싸전에서 점원으루 일한 적이 있슈. 그래서 수집상이 되, 말, 저울을 가지구 농간 부리는 것을 잘 알구 있쥬."

필재 씨는 저울을 들어 보이며 말했다.

"그러니께 저울대 손잡이에 쇠붙이를 끼워 무게를 조작허기두 허지만, 똑같은 한 근이라두 수평이 되어야 헐 저울대가 올라가면 세다구 허구 내려가면 약허다구 허잖어유. 수집상이 사들일 때는 세게 달구 팔 때는 약허게 달쥬."

필재 씨는 수평을 잡은 저울대를 시소처럼 올렸다 내리면서 이야기를 계속했다.

"그러니께 수집상이 물건을 달 때는 (손바닥에 침을 퉤 뱉어 저울대에 바르고) 이러키 저울대에 침을 바르면 저울추가 미끄러지지 않구 세게 달리거나 약허게 달리니께 물주는 두 눈을 벌겋게 뜨구설랑 한두 근씩 손해를 보는 거쥬."

필재 씨는 내가 잡은 마른고추 자루를 직접 달아 보이며 말했다.

"수집상들이 저울을 속이는 수법은 저울대에 달린 손잡이를 조작허구 침을 바르는 것 말구두 여러 가지가 더 있슈. 그러니께 지금부터 내가 허는 걸 눈여겨 보슈."

필재 씨는 들고 있던 마른고추 자루를 땅에 내려놓았다 다시 들어올려 저울추를 수평에 놓은 뒤 손을 떼고 가만히 있는데 저울추가 오르락내리락했다. 필재 씨는 우리 고추 자루를 내려놓고 스무 근을 담은 고추 자루를 들어 올렸다. 역시 저울추를 수평에 맞춰 놓은 필재 씨 손은 가만히 있는데 저울추가 오르락내리락했다. 모두 어리둥절해 있는 사이 필재 씨가 말했다.

"그러니께 모두 저울추를 바라보는 사이 수집상은 고추 자루 밑에 무릎을 밀어 넣구 고추 자루를 마음대루 들었다 내렸다 허는 거쥬. 그런디 작은 자루 밑으루는 무릎을 밀어 넣을 수 있지만 큰 자루 밑으루는 무릎을 밀어 넣을 수 읎으니께 요러키 발등을 밀어 넣구설랑 발끝을 들었다 내렸다 허면서 근 수를 속이는 거쥬."

필재 씨는 모두 저울추를 바라보는 틈에 고추 자루 밑으로 발등을 밀어 넣고 발끝으로 고추 자루를 올렸다 내렸다 했는데, 고추 자루에 가려 필재 씨 발은 전혀 보이지 않았다.

필재 씨가 저울을 들고 이야기를 하고 있었는데, 콩을 가지고 갔던 만식 씨도 수집상하고 흥정을 하다말고 옥신각신 다투는 소리가 들렸다. 아버지와 필재 씨가 그쪽으로 걸어갔다. 필재 씨가 소리를 질렀다.

"야 만식아, 호떡집에 불났냐. 왜 그러키 시끄러운 겨?"

만식 씨가 모든 사람에게 들어보라는 듯 큰 소리로 말했다.

"아니 글쎄 집에서 콩 두 말을 되구설랑 한 주먹 더 넣어 가지구 왔는디, 한 말허구 일곱 되가웃이 나오는 겨. 내가 오면서 질바닥에 콩을 흘린 것두 아니구. 사람 참 미치구 팔짝 뛰겄어."

저울을 아버지에게 넘겨주고 말과 되를 살펴보던 필재 씨가 소리를 버럭 내질렀다.

"이런! 죽일 늬므 새끼. 혹시나 했는디 역시나 그랬구먼, 그려."

필재 씨는 말과 됫박 아랫부분을 손가락으로 가리키며 수집상 얼굴에 들이댔다. 말과 됫박을 크게 개조한 자국이었다. 필재 씨는 개조한 됫박과 말을 장꾼들에게 보여준 뒤 말을 엎어 놓고 됫박으로 내리쳤다. 말은 멀쩡한데 됫박만 박살났다. 이미 고추를 판 장꾼, 참깨를 판 장꾼, 검은콩, 흰콩, 팥, 녹두를 판 장꾼들이 수집상에게 받은 돈을 돌려주며 자기들이 판 것을 되돌려달라고 다그쳤다. 수집상은 장꾼들에게 사들인 농산물을 이미 한 자루에 섞어 놓았기 때문에 돌려줄 수 없다고 했다. 아닌 게 아니라 수집상이 사들인 참깨, 콩, 팥, 고추, 녹두가 종류별로 한 개의 자루 속에 들어있었다. 장꾼들은 하나둘 자꾸 불어났다.

만식 씨가 뒤늦게 사태를 파악하고 소리를 버럭 내지르며 장꾼들 앞으로 나섰다.

"오호라 이런 도적늬므 새끼. 너 지난 장에 내 녹두 한 말에서 한 되가 빠진다구 했지. 당장 녹두 한 되값 내놔 이 새끼야"라면서 번개 치듯 수집상 귀싸대기를 올려붙였다. 엉겁결에 귀싸대기를 맞은 수집상이 볼때기를 싸쥐고 만식 씨를 째려보며 말했다.

"지난 장에 녹두는 한 됫박두 못 샀는디유?"

"이런 도적늬므 새끼. 어따대구 그짓말을 혀. 여기 늬 말 믿을 사람이 어딨냐?"

축구선수가 승부차기 하듯 만식 씨가 수집상 아랫배를 냅다 걷어

228

찼다. 수집상이 아랫배를 싸쥐고 '어구구' 소리를 내지르며 길바닥에 털썩 주저앉았다. 장꾼들이 수집상에게 우르르 달려들어 주먹으로 쥐어박고 발로 걷어찼다. 장꾼들은 하나둘 자꾸 불어나 쉴바탕이 터져 나갈 듯했다. 모두 지난 장, 저 지난 장에 뭘 갖다 팔았는데 그때 자기들도 똑같이 당했다며 여럿이 달려들어 수집상을 두들겨 팼다. 장꾼들은 수집상이 사 놓은 곡식자루로 우르르 몰려들어 서로 차지하려고 옥신각신 다투었다.

만식 씨는 수집상이 타고 온 자전거를 잡고 소리쳤다.

"이 자전거는 녹두 한 되값 받을 때까지 내가 잡구 있을 겨."

쉴바탕은 순식간에 아수라장이 됐다. 수집상은 속수무책으로 당하고 있었다.

그때 아버지가 저울과 말을 들어 보이며 큰 소리로 말했다.

"자, 이제 그만들 허구 내 말 좀 들어봐유. 우리가 여기서 이럴 게 아니라 내가 저울허구 말을 가지구 있으니께 저놈들을 잡아 끌구 지서루 가유! 여기서 이러다가 날 새겄슈."

그러자 수집상이 살려달라고 아버지에게 매달렸다.

"그럼 늬들이 도적질해 처먹은 거 지금 당장 토해낼 겨?"

아버지가 두 눈을 부릅뜨고 묻자, 수집상이 "야아" 하고 고개를 끄덕거렸다. 아버지는 사람들을 뒤로 물리고 피해 본 장꾼들을 앞으로 불러냈다. 피해 본 장꾼들은 곡물과 금액을 말하고 수집상은 받아 적었다. 마지막으로 만식 씨가 소리쳤다.

"나는 지난 장에 녹두 한 말을 가지구 와서 아홉 되값만 받았으니께 한 되값은 지금 받아야 혀."

수집상이 아버지에게 말했다.

"지난 장에 녹두는 한 말은커녕 구경두 못했슈. 참말유."

아버지는 자전거를 잡고 서 있는 만식 씨에게 소리쳤다.

"야아 만식아, 이 사람은 지난 장에 녹두 한 말은커녕 구경두 못했는디, 뭔느므 녹두 한 되값을 달라는 겨?"

아버지 말끝에 만식 씨가 발끈했다.

"늬는 내 말은 못 믿구 그 도적느므 새끼 말은 믿는 겨? 녹두 한 되값 받기 전엔 하늘이 두 쪽 나두 이 자전거는 내줄 수 읎으니께 알어서 허라구 혀."

"그려. 그럼 녹두값은 늬가 해결혀."

아버지는 수집상에게 만식 씨를 제외한 사람들에게는 돌려줄 수 있느냐고 물었다. 수집상은 그러겠다며 전대를 열고 만식 씨를 빼고 나머지 사람들에게 돈을 돌려주었다.

수집상은 자전거를 잡은 만식 씨에게 다가가 거듭 말했다.

"지난 장에 녹두는 구경두 못 했슈. 참말유."

"그려. 정 그렇다면 이 말 갖구 지서루 가서 해결혀. 그러면 될 거 아녀?"

만식 씨는 갑자기 아버지 옆에 있던 말을 잡고, 수집상을 잡아먹을 듯이 노려봤다. 수집상은 정신 나간 표정으로 만식 씨를 한동안 쳐다보다 체념한 듯 녹두 한 되값을 내주었다.


필재 씨는 만식 씨 녹두값이 해결되자 말과 방망이를 들고 장꾼들 앞으로 나섰다. 방망이는 곡식을 될 때 되나 말 위로 올라간 곡식을 말 테두리 밖으로 밀어내는 것이었다. 필재 씨가 말했다.

"기왕 일이 이러키 되었으니께 잠깐 내 말 좀 들어 봐유. 저울뿐 아니라 수집상들이 되나 말을 개조해 갖구 댕기는 것 말구두 또 있슈. 바루 이 방맹이유. 방맹이."

필재 씨는 방망이를 높이 쳐들었다. 장꾼들 시선이 모두 필재 씨에게 쏠렸다.

"이 방맹이는 직선으루 곧어야 되쥬. 그래야 되나 말에 담긴 곡식을 이 방맹이루 밀어내면 그릇에 가득 담긴 물처럼 모자라지두 남지두 않거든유. 그런디 이것 좀 봐유. 이 방맹이는 소 멍에처럼 가운데가 약간 휘었쥬? 이걸루 되나 말에 담긴 곡식을 밀면 어티기 되겠슈. 방맹이 안쪽으루 밀면 말 위루 곡식이 봉긋하게 많이 담기구 바깥쪽으루 밀면 말 안의 곡식이 우멍허게 파여 적게 들어가졌쥬. 그러니께 수집상들이 이 방맹이를 가지구 곡식을 사들일 때는 많이 담구 팔 때는 적게 담쥬."

필재 씨는 쥐고 있던 방망이를 하늘을 향해 힘껏 내던졌다. 방망이가 허공에서 빙글빙글 원을 그리며 멀리 날아가 개울물에 풍덩 빠져 둥둥 떠내려갔다. 방망이가 떠내려가는 것을 지켜본 필재 씨가 앞에 있던 말을 들어 땅바닥에 힘껏 내리쳤다. 쿵 소리만 요란했지 말은 멀쩡했다. 필재 씨 옆에서 지켜보던 만식 씨가 말을 들고 대여섯 발짝 뒤에 있는 넓적한 바위에 올라가 하늘 높이 올렸다가 팍 엎드리며 바위에 내리쳤다. 말은 그제야 요란한 소리를 내며 박살이 났다. 장꾼들은 아버지에게 저울도 분질러 버리라고 소리쳤다. 저울은 그때까지 아버지 손에 들려 있었다. 아버지가 말했다.

"되나 말은 개조헌 가짜니께 박살내야겠지만, 이 저울은 내가 바루잡었슈. 자, 봐유."

아버지는 저울로 내가 잡고 있던 고추 자루를 달아 보여주었다.

집에서처럼 센 열 근이 나왔다. 아버지가 덧붙여 말했다.

"틀림없지유. 그러니께 이 저울은 분지를 필요가 읎슈."

아버지가 저울은 바로잡아 놓아 아무 문제가 없다며 수집상에게 돌려주었다.

우리 마을에 되, 말, 저울을 장만해 두고 있는 집은 몇 집 되지 않았다. 마을사람들은 장에 내갈 물건을 우리집으로 가지고 오면 아버지가 무게를 달아주었다. 그런데 우리집에 와 물건을 달아간 사람들이 모두 우리 저울이 틀리다고 오지 않았다. 나는 그날 우리 저울이 틀리지 않았다는 것을 알았다.

아버지가 수집상에게 저울을 돌려주자, 장꾼들은 지체한 시간을 벌충이라도 하려는 듯 서둘러 쉴바탕을 빠져나갔다. 아버지는 고추 자루를 들어다 내 지게에 얹고 다시 묶었다. 만식 씨도 콩 자루를 다시 지게에 지고 일어나 앞장을 섰다. 필재 씨가 만식 씨 뒤를 따르고 아버지가 그 뒤를 따랐다. 나는 아버지를 따라가다 뒤로 돌아봤다.

수집상들이 곡식 자루를 추슬러 자전거에 싣고 있었다. 그 순간 문득 운동장에서 우연히 눈에 띄었던 개미귀신이 떠올랐다.

어느 날 점심시간에 운동장 가장자리에 있는 벚나무 밑으로 갔다. 벚나무에서 대여섯 발짝 앞에 철봉대가 있었고 철봉대 밑에 모래를 두껍게 깔아놓았다. 나는 무심코 발밑을 내려다보는데 새카만 개미 떼가 줄지어 벚나무 밑에 파놓은 커다란 개미굴로 들어가기도 하고 나오기도 했다. 나는 쪼그리고 앉아 오고 가는 개미떼를 살펴보았다. 개미가 양쪽으로 가고 오는 숫자가 거의 비슷해 보였는데 벚나무 밑으로 가는 놈들은 입에 뭘 물었고 철봉대 쪽으로 가는 놈들은 아무것도 물지 않은 채 기어갔다. 나는 개미가 어디서 오는지 궁금해 개미떼를 따라 철봉대까지 갔다. 개미들이 철봉대 밑에 있는 굴에서 벚나무 밑에 파놓은 새집으로 이사하는 모양이었다.

나는 다리에 쥐가 나도록 지켜본 뒤 철봉대 기둥을 잡고 일어서다 우연히 깔때기처럼 생긴 구덩이에 빠진 개미 한 마리를 발견했다. 개미가 구덩이 벽을 타고 기어오르려고 발을 움직일 때마다 모래만 흘러내리고 개미는 늘 제자리였다. 내가 지켜보는 동안 개미는 계속 헛발질만 했고 벽은 점점 허물어지고 가팔라졌다. 구덩이 벽에 찰싹 달라붙은 개미는 헛발질하면서도 아주 조금씩 오르락내리락하다 어느 순간 뚝 떨어져 구덩이 밑으로 모래와 함께 주르르 흘러내렸다. 그때 모래 속에서 빈대같이 생긴 벌레가 잽싸게 나타나 개미를 물고 모래 속으로 들어갔다. 그날 내가 본 깔때기처럼 생긴 구덩이가 개미지옥이고 빈대같이 생긴 벌레가 개미귀신이라는 걸 알았다. 문득 장날 길목을 지키고 있다가 산골 무지렁이들이 가지고 나온 곡물을 거저먹으려고 하는 수집상들이 개미귀신 같았다.

나는 아버지를 따라 쉴바탕에 쉬어가며 나무전으로 들어갔다. 나무전은 이미 나뭇짐으로 미어터졌다. 아버지는 나뭇짐을 필재 씨에게 맡기고 만식 씨와 싸전으로 들어갔다. 싸전은 쌀뿐 아니라 잡곡이나 마늘, 고추, 참깨, 들깨 같은 농산물을 거래했다. 아버지는 밖에 나를 세워둔 채 마른고추 자루를 들고 만식 씨는 콩 자루를 메고 싸전 끝머리 집으로 들어갔다. 잠시 뒤 아버지도 만식 씨도 빈 자루를 쥐고 나왔다. 만식 씨가 말했다.

"젠장. 수집상이 말루 속이나, 싸전에서 시세루 속이나 우리가 속는 건 마찬가지여."

만식 씨가 빈 자루를 허리춤에 차면서 투덜거리자 아버지가 말했다.

"아녀, 이늠아. 그래두 시세는 변할 수두 있구 홍정이라두 해볼 수 있지만, 말을 속이구 저울을 속이는 건 순전히 사기여 사기. 우리가 두 눈을 벌겋게 뜨구 사기를 당허는 거라구."

만식 씨는 아버지 말을 여전히 퉁명스럽게 받았다.

"홍정은 개뿔. 우리가 잡곡 한 됫박을 믿구 내다 팔 디가 있어 시세가 얼만지 알기를 혀. 시세에 속으나 저울에 속으나 우리네야 만날 죽 쒀 개 좋은 일만 시키는 거지 뭐."

아버지는 여전히 만식 씨를 달랬다.

"그건 그런디, 시세에 속은 건 좀 섭섭허긴 해두 저울에 속은 것만큼 분허지는 안혀."

아버지가 갖고 간 고추도, 만식 씨의 콩도 제값을 받지 못한 모양이었다. 물론 제값이라는 게 따로 있는 게 아니었다. 시세는 그날그날 부르는 게 값이고, 팔고 사는 곳에 따라 다르고, 홍정에 따라 좀 달라질 뿐이었다. 흔히 하는 말로 뭐든 임자를 잘 만나야 했다.

"저건 뭐여?"

만식 씨가 내 지게에 그대로 있는 광목 보퉁이를 보고 물었다.

"아 저거. 저건 광목이여."

"광목? 무슨 광목?"

아버지가 지난 장날 광목 열다섯 자를 사 왔다. 엄마 치마저고리를 만들 옷감이었다. 엄마는 장에 입고 갈 옷이 없어 장날이 돌아와도 집에서 일만 했다. 그날 밤 엄마는 치마저고리를 만들려고 마름질을 해도 열다섯 자에서 많이 모자랐다. 다음 날 아침 엄마는 아버지에게 광목이 열다섯 자에서 많이 모자란다고 했다. 아버지가 고개를 흔들며 말했다.

"당신이 잘못 쟀겠지. 우돈이가 나를 속이겄어?"

서우돈 씨는 아버지 불알친구인데, 시장 초입에서 포목점을 했다. 엄마가 말했다.

"아무려면 내가 내 치마저고리에 광목이 몇 자 들어가구 당신 등거리 잠방이에 몇 자 몇 치가 들어가는지 치수두 모르겄슈?"

"안 그럴겨. 우돈이가 나헌티 그럴 리가 읎어."

아버지는 엄마 말을 듣고도 여전히 고개를 절레절레 흔들며 친구를 두둔해 엄마 부아를 돋웠다. 엄마가 볼멘소리로 말했다.

"안 그러킨 뭐가 안 그류. 안 그러면 내 손가락에 장을 지지겄슈."

아버지는 그럴 리가 없다며 마름질하다 윗목으로 밀어둔 광목을 다시 펴놓고 엄마와 다시 마름질을 해보아도 턱없이 모자랐다.


아버지는 만식 씨가 무슨 광목이냐고 묻자, 표정이 굳어졌다.

"그런 게 있어. 나는 포목점에 들렀다 나무전으루 갈테니께, 늬는 얼룽 솥 때워갖구 그리루 와."

만식 씨가 고개를 끄덕이며 말했다.

"아! 우돈네 가는구나. 그런디 걔 돈 좀 벌었내비더라. 만나두 어째 예전 같잖어."

아버지는 만식 씨가 하는 말에 더는 대꾸하지 않았다. 우돈 씨는 만식 씨와 필재 씨하고도 친구였다. 아버지는 만식 씨를 돌려보내고 문이 열려있는 포목점 안으로 들어갔다. 잠시 뒤 포목점에서 혼자 나온 아버지 손에 자가 들려 있었다. 자는 대나무로 만든 한 자짜리였는데 얼마나 오래 썼는지 닳고 닳아 반질반질했다. 아버지는 길바닥에 자로 한 자씩 열다섯 자를 재어나갔다. 길을 따라 열다섯 자를 잰 아버지는 자를 내게 넘겨준 뒤 광목을 받아 쭉 깔았다. 광목은 엄마 말대로 열다섯 자에서 턱없이 부족했다. 무슨 일이냐고 장꾼들이 몰려들어 포목점을 둘러싸고 웅성거리자 안에 있던 우돈 씨가 헐레벌떡 뛰어나와 아버지 팔뚝을 잡아끌었다. 아버지가 눈을 부릅뜨고 우돈 씨를 무섭게 쏘아보며 소리쳤다.

"광목 한두 자가 뭐라구. 에라 이 똥보다 더 드러운 새끼."

아버지는 내가 들고 있던 자를 낚아채더니 무릎에 대고 단번에 분질러 길바닥에 깔아놓은 광목 위에 패대기를 치고 돌아섰다. 아버지 걸음은 매우 빨랐다. 나는 뛰기도 하고 걷기도 하며 아버지 뒤를 따라가다 큰 소리로 말했다.

"아부지, 광목값 받어 가야지유?"

아버지는 뒤도 돌아보지 않고 소리쳤다.

"이늠아, 그건 지난 장에 외상으루 산 겨."

광목값은 아버지가 그날 고추 팔아 주기로 하고 지난 장에 외상으로 사 온 거라고 했다. 아버지는 싸전 모퉁이에 있는 포목점으로 들어갔다. 나는 포목점 문턱에 기대어 안을 들여다봤다. 머리가 하얀 포목점 주인이 아버지가 보는 앞에서 양팔에 광목과 자를 잡고 광목을 잡아당기며 밖에서도 알아들을 만큼 큰소리로 '한 자요, 두 자요, 석 자요' 이렇게 열다섯 자를 재어 잘라주었다. 나는 아버지 친구가 어떻게 자를 속였는지 몹시 궁금했다. 아버지는 새로 산 광목을 다시 내 지게에 꽁꽁 묶어주었다.

나는 아버지 뒤를 따라 나무전으로 갔다. 그사이 솥을 때우러 갔던 만식 씨가 먼저 와 있었다. 아버지 나무도 필재 씨 나무도 팔리지 않은 채 그대로 있었다. 아버지는 필재 씨 옆에 앉아 담배쌈지를 꺼냈다. 필재 씨가 담배를 피우고 있는 만식 씨에게 말했다.

"야 만식아, 내가 아까 물어볼려구 했는디, 늬 속을 몰러 지금 물어보는 거니께 솔직히 말혀. 너 지난 장날 집에 있었잖어. 그런디 뭔늬므 녹두 한 말을 내갔다는 겨?"

나도 그게 궁금했다. 수집상은 지난 장에 녹두 한 말은커녕 구경도 못했다고 했다. 물론 그 말을 곧이곧대로 믿을 수야 없지만 그렇다고 거짓말처럼 들리지도 않았다. 그런데도 만식 씨는 지난 장에 녹두 한 말을 갖고 나와 아홉 되값만 받았다며 기어이 녹두 한 되값을 받아냈다. 두 사람 중 한 사람은 거짓말일 수밖에 없었다. 만식 씨가 말했다.

"그게 그리 중혀?"

담배를 뻐끔뻐끔 피우던 필재 씨가 눈을 치켜뜨고 말했다.

"그럼 뭐가 중혀?"

만식 씨는 담배에 기갈이 든 사람처럼 뻑뻑 빨았다. 아버지는 내 지게에 있던 광목을 내려놓고 먼저 집에 가라고 했다. 나는 아버지 나무가 언제 팔릴지 몰라 혼자 나무전을 빠져나와 집으로 돌아왔다. 아버지는 땅거미가 내릴 때까지 돌아오지 않았다.

엄마가 부엌에서 밖으로 나오며 뜬금없이 말했다.

"운혁아, 머리 긁어봐!"

영문을 모르는 운혁이 엄마를 말뚱말뚱 쳐다보며 뒷머리를 긁적긁적 긁었다. 엄마가 '에이' 하고 도로 부엌으로 들어갔다. 엄마는 장에 간 아버지가 늦도록 돌아오지 않으면 아이들에게 손으로 머리를 긁어 보라고 했다. 아이가 앞머리를 긁으면 아버지가 곧 돌아오고, 옆머리를 긁으면 좀 있다 돌아오고, 뒷머리를 긁으면 늦게 돌아온다고 했다. 물론 아이들은 엄마가 왜 머리를 긁어 보라고 하는지 전혀 모르고 긁었다.

엄마는 달 밝은 밤이면 장에 간 아버지 마중을 나가라고 했다. 나는 동생들을 데리고 돈대를 넘어 징검다리를 건너고 서낭당을 지나 돌아오는 장꾼들을 살피며 걸어가다 도중에 아버지를 만나기도 하고 장터까지 가서 만날 때도 있었다. 아버지는 우리를 보고 왜 왔느냐고 하면서도 매우 기뻐했다.

아버지를 기다리던 엄마는 시렁 위에 있는 반짇고리와 아버지 두루마기를 내다 놓고 동정을 달면서 말했다.

"지금 늬 아부지가 친구들허구 나무전을 나오셨다."

아이들은 토정비결 볼 때처럼 호기심이 가득한 표정으로 엄마를 빤히 쳐다보며 귀를 기울였다. 엄마는 장에 간 아버지가 늦게까지 돌아오지 않으면 아이들에게 머리를 긁어 보라고 하기도 했지만, 어디쯤 오고 있을지 직접 점을 쳐보기도 했다.

"지금 신설동까지 오셨다."

나무전에서 신설동까지는 한참 걸어야 했다. 엄마는 여전히 바느질하면서 아버지가 걸어오는 것을 지켜보며 말하듯 했다.

"이제 관복골 앞을 지나셨다."

엄마가 바늘귀에 실을 세 번째 꿰며 말했다.

"농문 쉴바탕에 오셨다."

엄마는 동정을 달은 두루마기를 펴놓고 화로에 올려놓은 다리미로 다림질을 했다.

"아부지가 마래뜰에 오셨다."

엄마는 냉수를 입에 한 모금씩 머금고 두루마기에 푸우, 푸우 뿌려가며 다림질을 했다. 다리미가 지나간 자리에 눌렸던 하얀 김이 연기처럼 피어올랐다. 엄마는 다림질이 끝난 두루마기 동정을 화롯불에 꽂혀 있는 인두로 다린 뒤 횃대에 걸어 놓으며 말했다.

"이제 서낭당까지 오셨다."

아버지가 집에 들어오는 시간을 엄마가 점을 칠 때 나도 속으로 따라했는데, 나는 아버지가 농문 쉴바탕까지 오셨다고 추측하고 있었다. 엄마는 다리미 안에 있던 잉걸불을 화롯불 속에 쏟아 붓고 인두로 다독다독 다독이며 말했다.

"지금 징검다리를 건너오셨다."

나는 그때 아버지가 마래뜰을 지나셨다고 추측했다. 엄마는 화롯불을 윗목 구석으로 미뤄놓고 반짇고리를 다시 시렁 위에 올려놓으며 말했다.

"아부지가 친구들허구 헤어져 돈대에 올라오셨다. 문 열어봐라."

엄마 말이 떨어지기 무섭게 밖으로 뛰쳐나간 정혁이 소리쳤다.

"어! 참말루 아부지가 오셨슈."

내 추측은 크게 빗나갔고, 엄마의 추측은 신기하리만치 정확하게 맞았다. 나도 누구를 기다릴 땐 엄마처럼 어디쯤 오고 있을지 마음속으로 점을 쳤다. 매번 맞는 것도 아니고 그렇다고 아주 안 맞는 것도 아니어서 누구를 간절히 기다릴 땐 마음속으로 점을 쳐 본다.

그날 밤 엄마는 저녁상을 물린 뒤 바로 광목을 마름질하여 치마저

고리를 만들기 시작했다. 아버지가 지난 장에 사 온 광목이 모자라지 않았다면 엄마가 오늘 장에 입고 갔을 치마저고리였다. 나는 온종일 궁금했던 것을 아버지에게 물었다.

"아부지가 보는 앞에서 광목을 쟀는디 왜 속으셨슈?"

엄마가 마름질하는 것을 지켜보던 아버지가 갑자기 허리를 곧추세우며 큰 소리로 말했다.

"이늠아, 속이니께 속지."

아버지는 그때까지 화가 덜 풀렸던지 담배를 태우다 말고 대통을 화로 시울에 탕탕 털어낸 뒤 허리띠를 풀어 든 채 말했다.

"자, 봐라. 이게 광목이구, 이게 자여."

아버지는 허리띠가 광목이고 담뱃대가 자라고 했다.

"그러니께 말이다. 광목을 이렇게 한 자 재구설랑."

아버지는 포목점 주인처럼 왼손에 허리띠와 담뱃대 끝을 잡고 오른손으로 허리띠를 담뱃대에 대고 쭉 펴며 한 자를 재고 다시 자를 옮겨 재는 시늉을 했다.

"이러키 한 자를 재구 다시 자를 옮겨 잴 때, 손안에서 한 치나 두치 정도 줄여 재는 겨."

아버지는 내가 보는 앞에서 마술사처럼 자를 옮길 때 손안에서 손가락 한두 마디 정도를 자유자재로 줄이기도 하고 늘리기도 했다. 아버지는 허리춤을 추스르고 대통에 다시 담배를 담으며 혼잣말하듯 말했다.

"나는 하늘이 무너지면 무너졌지 설마 우돈이가 나헌티 그럴 줄은 증말 몰렀어."

엄마가 마름질하다 말고 답답하다는 듯 퉁명스럽게 받았다.

"증말 모르긴 뭘 몰러유. 설마가 사람 잡구, 믿는 도치에 발등 찍힌다는 말두 못 들었슈?"

아버지는 엄마 말을 듣는 둥 마는 둥 천장을 바라보며 담배 연기를 푸우, 푸우 내뿜었다. 나는 만식 씨가 지난 장날 수집상에게 팔았다는 녹두가 궁금했는데 아버지에게 묻지 않았다. 필재 씨 말대로 장에 가지 않은 사람이 녹두를 내갔을 리 없기 때문이었다.

나는 일어나 윗방으로 넘어가 동생들 틈에 누웠다. 지나가는 바람에 문풍지가 파르르 떨었다. 나는 그날 밤 세상이 온통 개미지옥 같다는 생각을 하며 잠이 들었다.

# 소쩍새 울고, 나뭇잎 필 무렵

아버지는 늦가을부터 이듬해 나뭇잎이 피기 전까지 나무장사를 하고 나뭇잎이 필 무렵이면 산전을 일궜다. 우리는 해마다 산골짜기에 들어가 허기진 배를 계곡물로 채워가며 산전을 일궈도 멧돼지, 고라니, 노루, 참새, 토끼, 꿩, 쥐가 기다렸다는 듯이 먼저 먹고, 우리가 거둬들이는 것은 이삭줍기 수준에 지나지 않았다. 우리는 해마다 보릿고개에 거의 굶어 죽어가다 살아나기를 거듭했다.

아버지는 내가 초등학교를 졸업하면 산전도 일구고 나무장사를 하여 동생들 뒷바라지해주기를 바랐다. 나도 아버지 생각과 조금도 다르지 않았다. 어떻게 해서라도 동생들이 순자처럼 굶어 죽게 할 순 없었다. 나는 아버지를 따라다니며 부지런히 산전을 일구고, 틈나는 대로 나무장사를 했다.

어느 날 밤 소쩍새가 '소쩍 소쩍 소쩍다'고 울었다. 소쩍새는 해마다 뒷골 산마루에 날아와 그렇게 울었다. 엄마는 잠결에 소쩍새 울음소리를 듣고 "솥쩍새가 솥쩍다구 울면 풍년이 든댜"라고 했다. 엄마는 소쩍새가 '소쩍다 소쩍다' 우는 소리를, 솥쩍새가 솥이 적다고 '솥쩍다 솥쩍다' 우는 소리로 들었다. 다음 날 아침 엄마는 눈 뜨기 무섭게 아버지에게 말했다.

"지난밤 솥쩍새가 솥쩍다구 아주 또렷이 우는 소리를 들었슈."

지나고 보면 엄마 말이 맞지 않는 해가 더 많았다. 풍년이 들지 흉년이 들지는 소쩍새가 아니라 하느님 뜻이었고, 산전을 일궈 농사를 지어도 짐승은 짐승들 마음대로였고, 지주는 지주 마음대로였다.

지주는 해마다 우리 타작마당에 들어와 꽉 찬 도지 가마니를 무겁게 지고 가는데, 남는 건 겨우 서너 삼태기나 될까 말까였다. 흉년이 들거나 짐승들에게 피해본 해는 도지조차 나오지 않아 장리를 얻어 도지를 물어줘야 했다. 그나마 지주가 산전을 돌려달라면 언제든 내줘야 했다. 1년 중 타작하는 날이 가장 기쁜 날이 되어야 할 텐데 가장 맥 빠지는 날이었다.

나무장사도 마찬가지였다. 해마다 민둥산이 되어가는 산에 들어가 나무를 해다 팔기가 점점 어려워졌다. 나는 아버지가 살아가는 삶을 알면 알수록 자꾸 의문이 들기 시작했다.

우리집에 아버지가 신주 모시듯 하는 족보가 있다. 아버지는 기회 있을 때마다 족보를 펴놓고 손가락으로 대를 짚어가며 내력을 들려주었다. 아버지는 족보에 오른 한 분 한 분이 살아온 내력을 소상히 알고 있었다. 물론 아버지는 할아버지에게, 할아버지는 증조할아버지에게, 증조할아버지는 고조할아버지에게 들었을 것이다. 나도 아버지에게 귀에 못이 박이도록 들어 우리 조상 내력을 구구단 외우듯 외웠다. 우리 조상이 아무도 살지 않은 은골에 들어와 터를 잡고 수백여 년 대를 이어 살아왔지만 하나같이 다람쥐 쳇바퀴 돌듯 되풀이하는 삶이었지, 단 한 번도 번창한 후손은 없었다.

자식을 낳아도 대부분 보릿고개에 부황으로 죽고, 호환을 당하고, 첫돌을 넘기기 전 병들어 죽었다. 대가 여러 번 끊어지기도 했는데 그때는 양자를 들였다. 내게는 적자로 이어졌든, 양자로 내려왔든 문제 될 건 없었다.

나는 큰복사골에 들어가 산전을 일궈 메밀을 갈며 아버지에게 불쑥 물었다.

"아부지, 저는 평생 이렇게 산전만 파야 해유?"

아버지는 아무 말 없이 밭 한 고랑을 끝까지 일구고 허리를 펴고 일어나 말했다.

"힘드냐? 힘들면 좀 쉬었다 허자."

아버지는 괭이를 내려놓고 개울로 내려갔다. 나는 당장 하는 일이 힘들어 한 말은 아니었다. 아버지에게 불만을 품고 한 말은 더욱 아니었다. 어느 날 밤중에 자다 말고 일어나 뒷간에 갔다 와서 방문을 열었을 때 방안에 가득 누워 자는 동생들을 보고 얼음물을 뒤집어쓴 듯 정신이 번쩍 들었다. 가마솥이 그들먹하게 죽을 쒀 끼니마다 큰애나 작은애나 한 그릇씩 퍼 주면 강아지 밥그릇 핥듯 순식간에 싹싹 비워냈다. 엄마가 매일 산에 가 나물을 한 자루씩 뜯어다 삶아내도 소가 여물을 먹듯 먹어치웠다. 먹는 입은 늘어나고 동생들은 자꾸 크는데 먹을거리는 해마다 달라지는 게 없었다. 한 해 농사 삐끗하면 모두 굶어죽을 것만 같았다.

개울에 엎드려 물을 마신 아버지가 바위에 걸터앉아 담배쌈지를 꺼내놓으며 말했다.

"나두 늬 맘 알구 있어. 허지만 덮어 놓구 떠날 생각만 허지 말구 잘 생각해봐. 늬가 수중에 가진 것 읎이 천리만리를 간다구 누가 기다려 주길 허겄어, 밥 한 그릇을 주겄어, 당장 들어가 살 집이 있어?

소두 언덕이 있어야 비빈다구, 여기선 산전두 해먹구 나물두 뜯어다 먹구 산에 가 땔나무를 해다 팔아먹구 살어두 저만 부지런허면 굶어 죽지는 안혀. 사람이 타고난 팔자를 한 번 고친다는 게 얼마나 힘들면 송충이는 솔잎을 먹어야 헌다구 허겄어."

아무리 찬물로 배를 채우며 산전을 일궈 수확해도 열에 일고여덟은 지주가 가져가니 나는 아버지처럼 생 솔잎을 따다 썰어 먹으며 동생들과 보릿고개를 무사히 넘길 자신이 없었다. 그렇다고 산전마저 일구지 않으면 우리는 그야말로 1년 내내 소처럼 풀만 뜯어먹고 살아야 했다. 하지만 내게 뾰족한 수가 있는 것도 아니었다.

메밀을 갈고 집으로 돌아왔는데 마을 이장이 아버지를 기다리고 있었다. 면에서 한 반에 한 사람씩 석축공사에 나가야 한다고 했다. 우리 반은 아버지가 나가기로 했다. 아버지는 석축공사장에 며칠 다니다 어지럽다며 몸져누웠다. 나는 결석을 하고 아버지 대신 석축공사장에 나갔다. 석축공사는 면 소재지 가운데로 흘러가는 하천 둑을 쌓는 일이었다. 나는 며칠씩 결석을 해도 학교에서 아무런 연락이 없었다. 내가 장기 결석을 하면 우리 반 이도치가 찾아왔다.

"선생님이 너 핵교 댕길 건지 안 댕길 건지, 물어보라구 했어."

그때마다 나는 그냥 "댕길 겨"라고 했다.


석축공사장에서는 돌을 쌓는 석공, 돌을 운반하는 목도꾼, 석공이 돌을 쌓는 석축 뒤에 어렝이로 자갈을 담아다 채우는 '데모도'가 함께 일했다. 석공 한 명에 목도꾼 두 명, 데모도 한 명씩 짜여 있었는데, 아버지는 데모도였다. 석축공사장에 나가 하루 일을 하면 면에서 서기가 밀가루를 한 됫박씩 준다고 했다. 나는 어른만큼 못 하면 밀가루를 조금 줄 것 같아 부지런히 어렝이에 자갈을 담아다 석축 뒤를 수북하게 채웠다. 내가 어렝이에 자갈을 담고 있는데 당꼬바지에 빵모자를 쓴 감독이 나타났다. 땅딸막한 그는 손에 하얀 쇠망치를 들고 다니며 쌓아 놓은 석축을 두드려보고, 돌을 걸어 잡아당기고, 들어 올리고, 때려 보고, 지팡이처럼 짚고 하천 둑을 오르내리며 감독을 했다.

"어이. 거기 빨리빨리 돌 쌓지 않구, 왜 갱갱이놈 베락바위 쳐다보딕기 서 있는 겨?"

감독이 먼 산을 바라보고 서 있는 석공에게 쇠망치로 삿대질을 해대며 소리를 질렀다. 젓갈로 유명한 강경에 젓갈만큼이나 유명한 벼락바위가 있다는데 사람들은 강경을 갱갱이라고 불렀고, 우두커니 먼 산을 바라보는 사람을 가리켜 '갱갱이놈 베락바위 쳐다보딕기 헌다'고 했다. 석공은 마치 기다리고 있었다는 듯 뒤로 휘익 돌아서서 감독에게 항의했다.

"아니, 우라를 채워줘야 돌을 쌓지요. 돌을 허공에 쌉니까?"

석공은 자갈을 담아다 석축 뒤 공간을 채우는 것을 우라를 채운다고 했다. 석공에게 무안을 당한 감독은 두말없이 자갈을 채취하는 하천바닥으로 한걸음에 내려왔다. 그는 쇠망치로 내 머리통을 푹 찌르듯이 가리키며 소리를 버럭 내질렀다.

"당신은 어티기 저 애만큼두 일을 못 허구, 맨날 빌빌대는 겨?"

감독 말대로 공사장에 나온 사람들 중에는 빌빌거리는 사람이 많았다. 나는 어른들 틈에 끼어 앞뒤 안 가리고 악착같이 어렝이에 자갈을 담아다 석축 뒤를 꽉꽉 채웠다. 일은 해가 많이 남았을 때 끝났다. 일이 끝나자 면서기가 자전거에 싣고 온 밀가루를 내려놓고 나뉘줬다. 인부들이 우르르 몰려가 줄을 섰다. 나도 지게에 매달고 간 자루를 들고 맨 뒤에 섰다. 내 앞사람들이 한 사람씩 차례차례 밀가루를 받아들고 빠져나갔다. 밀가루는 됫박으로 되어 주는 것도 아니고 저울로 달아주는 것도 아니었다. 대접보다 조금 큰 누런 양재기를 자루 속에 집어넣고 한 번씩 퍼지는 대로 푹푹 퍼줬다. 그야말로 엿장수 마음대로였다. 그래도 누구 한 사람 적다거나 더 달라는 말도 없이 주는 대로 받아들고 서둘러 돌아갔다. 밀가루를 나눠주던 면서기가 내 앞사람에게 남은 밀가루를 자루째 몽땅 줘버렸다. 내가 받을 밀가루는 없었다. 면 서기가 나를 보고 화들짝 놀랐다.

"하 이런, 이런! 덩치가 사천왕만 한 사람 뒤에 섰으니 당최 뵈야지. 이걸 어쩐다! 오늘 밀가루는 다 나갔는디."

그러곤 자전거를 타고 내빼버렸다. 공사장에 나온 인부 중 내 체구가 제일 작은 것은 아닌데 내 앞사람 덩치가 워낙 컸다. 나는 온종일 어른들보다 일을 더 열심히 하고도 밀가루를 받지 못해 어찌나 억울하던지. 집을 나올 때 엄마가 빈 자루를 내주며 오늘 일 끝나고 밀가루 주거든 저녁에 수제비 해 먹게 얼른 오라고 했다. 아버지가 받아온 밀가루는 밀기울에 섞어 수제비를 만들어 먹었다.

엄마는 돈대에 나와 나를 기다리고 있었다. 나는 엄마를 보자마자 나도 모르게 눈물이 쏟아졌다. 나는 울먹거리며 엄마에게 빈 자루를 들고 온 사정을 말했다. 엄마는 앞산이 쩌렁 울리도록 소리쳤다.

"이늠아, 사내자식이 울긴 왜 울어! 울 일이 있으면 거기서 죽든 살든 까닭을 봤어야지!"

그러곤 돌아서며 혼잣말을 하듯 했다.

"에이그, 늬는 눈물이 많은 게 탈이여."

나는 참 이상하게도 다른 데서는 눈물이 안 나오는데 엄마 앞에만
서면 나오는 눈물을 참을 수 없었다. 그날 저녁은 밀기울로 수제비
를 만들어 먹고 또 하루를 버텼다.

다음 날 작업을 마치고 또 나는 제일 뒤에 섰다. 앞사람도 전날 그
사람이었다. 전날처럼 또 밀가루를 받지 못할까 봐 조마조마했다.
밀가루 내주던 면서기도 전날 그 사람이었다. 면서기가 잘 보이도록
줄에서 옆으로 한발 벗어나 따라가며 큰 소리로 헛기침하며 가지고
간 빈 자루를 툭툭 털어 보이기도 하고, 흔들흔들 흔들어대며 차례
를 기다렸다. 밀가루를 퍼 주던 면서기가 간간 허리를 펴고 일어나
내가 하는 짓을 흘낏 쳐다보더니 히죽히죽 웃으며 계속 밀가루를 퍼
주었다. 내 차례가 가까워질수록 자루 속 밀가루가 얼마나 남았는지
몰라 속이 바짝바짝 타들어 갔다. 드디어 내 앞에 아무도 없자 나는
빈 자루를 쫙 벌리며 다가섰다. 면서기는 전날처럼 나눠주고 아직
많이 남은 밀가루를 내게 자루째 덥석 안겨주었다.

밀가루를 나눠준 면서기가 전날 주지 못한 만큼 더 준 모양이었
다. 밀가루 자루를 지게에 짊어지고 미친놈처럼 중얼중얼 엄마를 부
르며 달음박질쳤다. 전날처럼 돈대에 나와 나를 기다리던 엄마가 밀
가루 자루를 받아 들고 말했다.

"어이구야! 늬 아부지가 받어온 밀가루보다 곱쟁이두 더 되것다."

엄마는 밀가루도 밀가루지만 새로 생긴 자루를 더 좋아했다. 엄마
가 나물을 뜯을 때 가지고 다니는 자루는 너덜너덜했다. 나는 석축
공사가 끝날 때까지 엄마에게 자루 여섯 개를 더 갖다 주었다. 아버
지는 그때까지 일어나지 못했다.

248

# 돌려준 금덩어리




어느 날 이른 새벽 광주(鑛主)라는 사람이 아버지를 찾아왔다.

"웬만허면 몸 추스르구 일어나. 갱 밖에서 버력은 받어 낼 수 있잖어!"

아버지는 며칠 전부터 몸이 붓고 어지러워 자리에 누워 있었는데 그 말이 떨어지기 무섭게 언제 아팠냐는 듯 벌떡 일어나 광주를 따라갔다. 아버지는 그날부터 금맥을 찾아 새로 시작한 금광 일을 했다. 나는 하굣길에 아버지가 일하는 금광에 가보았다. 우물처럼 수직으로 갱을 만들어 가는 중이었는데, 갱 맨 밑바닥에 있는 사람이 버력을 어렝이에 담아 위로 올려주면 중간에 섰던 사람이 받아 다시 윗사람에게 전달하고, 맨 마지막으로 갱 밖에 있던 아버지가 받아 들고 몇 발짝 걸어 나가 멀찌감치 내던지고 있었다.


금광이 폐광된 뒤 아버지는 저녁상을 물리고 우리에게 그때 이야기를 해주었다. 아버지가 그 이야기를 할 때 온몸을 들썩이고 손짓을 해대며 아주 신명을 냈는데, 유난히 검은 눈동자가 바둑돌처럼 반짝거렸다.

"그러니께 말이다. 그날은 하루 일이 거지반 끝날 무렵이었는디, 내가 밑에서 올려주는 버력 한 어링이를 납신 받어설랑 이렇게 허리를 한 번 추썩거리며 냅다 내던졌지. 버력이 털썩 허구 저만큼 나가 떨어지는디 그때 버력 속에서 뭔가가 뻔쩍 허구 빛나는 겨. 날이 어둡기 전이었으니께. 내가 빈 어링이를 건네주며 '광주님, 버력 속에 금띵이가 들었는개뷰. 뭐가 뻔쩍뻔쩍 해유.' 허구 갱 아래를 내려다보며 냅다 소리를 내질렀지. 갱 밑에 있던 광주가 내 말을 알어듣구 '그거 자네 약값 허라구 올려 보낸 겨. 그러니께 그건 자네 가져'라구 갱 밖에 있는 나를 올려다보구 껄껄 웃으며 큰 소리 치더라구. 그러자 갱 아래쪽에 있던 필재가 '어허 쟤가 메칠 앓구 나더니 돌띵이가 금띵이루 뵈는개벼'라며 낄낄거리구 위쪽에 있던 만식이두 덩달어 '으흐흐 왜 아녀. 개 눈엔 똥만 뵌다잖어'라구 그러키들 한 마디씩 허더라구. 저녁때가 되었으니께 배두 고프구 허리두 아프구 힘이 드니께 다들 그러키 농담으루 한 마디씩 허는 거지.

하여튼 그날 저녁을 먹구 자리에 누웠는디 저녁때 내다 버린 버력에서 뻔쩍 허구 빛났던 것이 궁금해 영 잠이 오질 않는 겨. 누웠다 일어났다 그러다가 다들 잠들었기에 일어나 관솔불을 맹글어 가지구 가설랑 낮에 버린 버력을 괭이로 끌쩍끌쩍 몇 번 잡아댕기니께 꼭 푸욱 삶어 껍데기를 홀딱 베껴 놓은 고구마 겉은 게 괭이에 턱 걸려 나오는디, 그게 참말루 금띵이더라니께. 그냥 손으루 덥석 집었는디 느낌부터 돌띵이허구 아주 쌩판 다른 겨. 도대체 꿈인지 생신지두 모르구 집으루 득달같이 달려와 늬 엄니를 깨웠지."

엄마는 아버지 말을 받아 그날 저녁 일을 이렇게 말했다.

"아 글쎄, 내가 잠이 설핏 들었는디 어디 간다는 말두 읎이 슬그머

니 집을 나갔던 늬 아부지가 느닷읎이 마루턱을 걸어차며 나를 부르
시는 겨. 내가 벌떡 일어나 문을 열어보니께 늬 아부지가 양손으로
금띵이를 뿌듯이 잡구 서 있는디, 손 양쪽으루 뻔쩍뻔쩍 빛나는 금
띵이가 삐죽이 나왔어. 그러니께 그게 얼마나 큰 금띵이냐? 나두 늬
아부지가 만져 보라구 넹겨줘 금띵이를 두 손으루 덥썩 받긴 받었는
디 받는 순간 손이 아래루 축 처질 만큼 아주 묵지근했으니께. 그때
그것만 가지면 늬들 배두 안 곯리구 핵교두 다 보내구 징글징글한
가난두 훌훌 벗어났을 텐디. 늬 아부지가 그 밤에 광주헌티 바로 갖
다 주구 오셨어."

엄마는 온 세상 보물이란 보물은 몽땅 차지한 사람처럼 방안이 꽉
차도록 신바람을 내더니 마지막엔 힘이 빠져 말이 베잠방이에 방귀
새듯 했다. 아버지는 담배를 태워 물고 밖으로 나갔다. 나는 엄마에
게 물었다.

"엄마는 아부지가 금띵이를 갖다 주러 가는 걸 보구만 있었슈?"

나도 모르게 덩달아 들떠있던 기운이 한꺼번에 싸악 빠져나가는
느낌이 들었다. 잠시 말이 없던 엄마는 내 두 손목을 꼭 잡고 말을
이어나갔다.

"그날 밤 늬 아부지가 그 금띵이를 도루 들구 나가며 그러시더라.
많은 사람이 굶어 죽어 나가는 보릿고개에 멀쩡한 장정두 쌔구 쌨는
디, 여러 자식새끼 굶겨 죽이지 말라구 몸두 성치 않은 나헌티 일을
시켜 준 그 은혜를 생각해서라두 어티기 금띵이를 차지허겄느냐구.
만일 내가 금광에 다니지 않았다면 우리 자식들이 모두 살어남을 수
있었겠느냐구. 차라리 자식들 배를 곯리는 게 낫지, 남의 집 살강
밑에서 숟가락 줍덕기 남의 금광에서 나온 금띵이를 갖다 자식새끼

들을 멕여 키울 수 읎다구. 늬 아부지 말씀이 어디 한 마디나 그른
디가 있어야. 구구절절 다 옳은 말씀이었으니께. 나두 늬 아부지
말씀을 듣구나니께 심란허던 마음이 홀가분해져 잘 생각했다구 얼
릉 갖다주구 오시라구 했지. 아마 늬 아부지는 금광이 아니라 질에
서 금뗑이를 줍더라두 바로 주인 찾어줄겨. 그러니께 늬들두 삿된
맘 먹지말구 올곧게 살어야 혀. 선한 끝은 있어두, 악한 끝은 읎는
법이니께."

나는 아버지가 벼력에서 주운 금덩어리를 광주에게 갖다 준 이야
기를 듣는 순간 한 번도 보지 못한 금덩어리가 자꾸 눈에 어른거려
엄마에게 무릎걸음으로 다가앉으며 물었다.

"그럼 광주는 금 많이 캤슈?"

엄마는 금광에 포한이 맺힌 사람처럼 내 말끝에 깊은 한숨을 포옥
내쉬며 말했다.

"그랬으면 오죽이나 좋았겠냐. 몇 년 못가 쫄딱 망했어."

쫄딱 망하다니! 엄마 품에 안겨 젖을 먹다 잠든 막내가 배냇짓을
했다. 엄마는 잠든 막내를 안고 무릎걸음으로 아랫목에 데려다 누인
뒤 꺼져가는 등잔불 심지를 돋웠다. 막내를 내려놓기 무섭게 운혁이
엄마 무릎을 베고 누웠다. 나는 엄마에게 다시 물었다.

"그렇게 큰 금덩어리가 나온 금광이 왜 쫄딱 망했대유?"

엄마는 등잔불 불꽃이 춤을 추며 시커먼 그을음이 담배 연기처럼
피어오르자 등잔 뚜껑을 열고 너무 돋운 심지를 조금 잡아당겨 낮춰
놓고 말했다.

"왜는 왜겠니, 욕심 때문이겠지."

세상에 금광을 하는 광주가 금덩어리를 보고 욕심내지 않을 사람

이 어디 있을까! 나는 욕심 때문에 망했다는 말을 이해할 수 없었다.

"욕심이 있으면 왜 망허쥬?"

엄마는 무릎을 베고 누운 운혁을 치마로 덮어주며 말했다.

"너두 생각해봐. 금맥을 찾자마자 그러키 큰 금띵이가 나왔으니께 아마 그때 광주가 눈이 홀딱 뒤집혔던개벼. 허기야 누군들 안 그렇겠어. 그러니께 광주는 그 금띵이를 팔어 금광을 아주 크게 벌었지. 사람두 많이 데려오구. 도라꾸라나 제무시라나 그런 자동차두 많이 들여왔구. 그때는 자동차가 아주 귀헐 때였거든. 그러니께 엄청난 돈이 들어갈 수밖에 없었지. 나중에 금띵이 팔은 돈두 모자라 있는 재산 없는 재산 몽땅 끌어다 쏟아 부었는디 금이 안 나왔으니께 쫄딱 망했지. 한 마디루 호박씨 까서 한 입에 톡 털어 넣은 꼴이 되구 만 겨."

나는 그렇게 큰 금덩이가 나온 금광에 금이 안 나왔다는 게 통 믿어지지 않았다.

"금은 다시 안 나왔슈?"

엄마는 고개를 옆으로 가만가만 흔들며 말했다.

"금이 아주 안 나오기야 했겠냐. 늬 아부지가 버력에서 주운 것처럼 그렇게 큰 금띵이는 안 나왔지만, 오이씨나 호박씨만 한 것은 가끔 나왔다구 허더라. 늬 아부지가 밥 헐 때 쌀 일덕기 감흙을 개울물에 흔들흔들 일어 보면 좁쌀 같은 금싸래기는 아주 노랗게 나왔댜. 그러니께 사람 참 미칠 노릇이지. 노랗게 나오는 금싸래기를 보구 그만둘 수두 없구."

나는 다 건져 먹은 김칫독을 바라보듯 엄마를 바라보며 말했다.

"그만두면 되지. 왜 그만둘 수 없슈?"

엄마는 무릎을 베고 잠든 운혁이 머리를 살며시 들어 올려 베개를 넣어 주고 다리를 쭉 펴며 말했다.

"글쎄 말이다. 아마 사람 욕심이라는 게 앞을 가리면 그럴 정신이 읎는개벼. 바다는 메워두 사람 욕심은 못 채운다잖어. 그러니께 늬들두 삿된 맘 먹지말구 분수에 맞게 살어야 혀. 지 분수를 모르면 그건 짐승이나 다를 게 읎는 겨."

엄마는 우리에게 말로만 가르친 게 아니라 몸소 보여주었다. 우리 집에서 개울까지 30여 미터가량 되었는데 길이 가파르고 험했다. 우리는 매일 아침저녁으로 개울물을 길어다 먹었다. 엄마는 역도선수가 역기를 들듯 물동이를 한 번에 번쩍 들어 올리지 못했다. 바닥에서 조금 높은 바위로 올리고 그보다 좀더 높은 바위로 올려놓고 오금을 살짝 낮춘 뒤 양팔을 파르르 떨며 물동이를 들어 올려 머리에 이고 갔다. 부엌에 들어가서도 알을 낳으려는 암탉이 자리를 잡듯 아장아장 자리를 잡고 엉덩이를 뒤로 슬며시 빼며 몸을 한껏 낮추고 물동이를 부뚜막에 은근살짝 내려놓았다.

엄마는 그토록 힘겹게 물동이를 머리에 이고 가다 연장 끝이 자식들을 향해 있으면 당장 무슨 일이 일어날 것도 아닌데 단박에 물동이를 내려놓고 바로 치워주었다. 한 번 평지에 내려놓은 물동이는 힘에 부쳐 다시 들어 올려 머리에 이고 갈 수 없었다. 엄마는 흉기를 치워준 뒤 물동이를 들고 허리를 펴지 못한 채 양다리 사이에 넣고 비척비척 걸어갔다. 물동이를 먼저 부엌에 갖다 놓고 나와 치워줘도 되련만! 나는 그때 일에는 경중이 있고, 선후가 있다는 엄마 말을 이해하지 못했다.

엄마는 자식들에게 험한 것도 가려주었다. 어느 장날 막내를 업고 열무 팔러 장에 가는 엄마를 따라가는데 느닷없이 꽥꽥 돼지 멱따는 소리가 들렸다. 아닌 게 아니라 아랫마을사람들이 개울가 버드나무 밑에서 돼지를 잡고 있었다. 엄마는 머리에 이고 가던 광주리를 길가에 황망히 내려놓고 험한 것은 보지 말라며 내 얼굴을 치마폭으로 감싸 봉사 인도하듯 그 자리를 벗어나 멀찍이 데려다 놓고 다시 돌아가 광주리를 이고 왔다.

엄마와 달리 아버지는 남들이 부르는 이름이 참 많았다. 산전을 일구는 화전민, 나무를 시장에 내다 파는 나무장수, 산전을 일궈 먹는 대가로 남의 문중 산을 돌봐주고 벌초하는 산지기, 숯을 굽는 숯쟁이, 초가집이나 축사를 짓는 목수, 돌절구·맷돌·다듬잇돌·돌구유를 만드는 석수장이로 불렸고, 금광에 다닐 때는 광부라고 불렸다. 나는 학교에서 조사하는 가정환경조사서에 아버지 직업을 농부라고 적었다. 아버지가 금광 버럭에서 주운 금덩어리를 광주에게 돌려준 뒤 '고진'이라는 이름 하나가 더 붙었다. 나는 그때 아버지를 왜 고진이라 부르는지, 고진이 무슨 의미인지 전혀 몰랐다.

순자가 죽던 해 부황으로 죽은 사람이 유난히 많았다. 당숙모도 순자가 죽은 뒤 며칠 지나 부황 들어 죽었다. 산 너머 달봉이 아버지도 부황 들어 논두렁 밑에 쪼그리고 앉아 죽었는데, 손에는 아이들에게 줄 삘기를 한 줌 쥐고 있었다고 했다. 어른들은 죽은 달봉이 아버지보다 남아있는 식구들이 더 불쌍하다고 했다. 아버지가 그때 앓았던 병도 부황이라는 걸 나중에 알았다.

광주의 두터운 신임을 받은 아버지는 금광이 폐광될 때까지 다니며 자식들을 하나도 부황으로 죽게 하지 않았다. 금광은 폐광되었는데 그동안 우리집 형편이 조금 나아져 엄마는 나를 우리 면에 하나밖에 없는 중학교에 보내주었다.

# 대홍수

우리는 은골 계곡에서 물이 수차(水車)에서 떨어지듯 헤아릴 수 없이 크고 작은 폭포를 이루며 철철 흘러내리는 개울에 연못처럼 둥그렇게 바닥을 파낸 뒤 물속에 돌로 울타리 치듯 둘레를 막아놓고 물을 길어다 먹었다. 개울에 웅덩이를 파고 돌로 막아놓은 것은 우물이라는 표시일 뿐 개울물은 그대로 좔좔 흘러갔다.

봄이면 샛노란 인동덩굴 꽃이 동실동실 우물가를 뱅글뱅글 돌고 붉은 복숭아 꽃잎이 물결 따라 남실남실 떠내려왔다. 뒤를 이어 찔레꽃, 칡꽃이 앞서거니 뒤서거니 떠내려왔다. 여름이면 개울가로 흐드러지게 핀 물봉숭아 꽃잎이 무더기로 떠내려왔고, 가을이면 도토리, 밤, 상수리가 물속으로 돌돌 굴러내려 우묵한 우물 바닥에 오롯이 가라앉아 있기도 했다. 우물가에 엎드려 입을 대고 물을 마시려면 피라미와 송사리가 날렵하게 헤엄쳐 달아나고 음험한 가재란 놈이 돌 틈을 비집고 들어가 애교스럽게 집게발을 치켜들고 겁을 주기도 했다. 엄마는 잊을 만하면 부엌으로 나를 불러 물바가지를 내주며 말했다.

"내가 바가지루 물을 풀 때 들어간개벼. 얼릉 갖다 놔줘."

내가 엄마에게 받아든 물바가지에 송사리 한 마리가 유유히 놀고 있었다.

엄마 심부름으로 개울에서 물 한 바지를 떠다주면 엄마는 내가 흐르는 개울물을 어느 방향으로 어떻게 떴는지 알았다. 흐르는 개울물을 역으로 뜨면 소용돌이치며 개울바닥에서 모래가 일어나 바가지 속으로 들어갔다. 엄마는 개울물이 흐르는 속도에 맞춰 흘러가는 방향으로 물을 사붓사붓 떠냈다. 그게 순리라고 했다.

나는 틈틈이 동생들을 개울에 데려다주었다. 개울에 데려다주기만 하면 저희끼리 개울가에 웅덩이를 파고 물에 들어가 첨벙거리며 피라미, 송사리, 미꾸라지를 잡아다 넣고 지켜보며 시간 가는 줄 몰랐다. 개울물에 나뭇잎을 띄워 보내며 놀기도 했다. 개울물에 나뭇잎을 띄우는 놀이는 누구나 걸어 다닐 만큼 자라면 할 수 있었다. 흔하디흔한 나뭇잎, 풀잎, 꽃잎, 솔방울, 밤송이나 여하튼 물살에 떠내려갈 것이면 똑같이 물에 띄워 놓고, 누구 것이 더 빨리 더 멀리 떠내려가는지 시합을 하며 해가 지는 줄 몰랐다.

어느 날 아버지가 보릿짚으로 물레방아 만드는 방법을 가르쳐줬다. 보릿짚으로 물레방아를 만들기는 쉬웠지만 잘 돌아가게 만들기는 여간 어려운 게 아니었다. 물레방아도 물레방아지만, 물레방아를 돌려주는 물살이 더욱 중요했다. 나는 개울 폭을 넓히기도 하고 좁히기도 하고, 바닥을 판판히 고르기도 하고, 돌을 들어다 낙차를 만들어 물레방아 돌리는 요령도 터득했다. 물레방아는 물길에 따라 여유 있게 빙글빙글 돌아가고, 바람개비처럼 팔랑팔랑 돌아가고, 팽이처럼 팽글팽글 돌게 만들기도 했다.

내동 잘 돌아가던 물레방아가 물살에 떠내려가기도 했고, 돌풍에 날아가기도 했고, 물받이가 한군데로 몰려 돌아가지 않는 것도 있었고, 밤사이 비가 내려 불어난 개울물에 물레방아가 몽땅 떠내려가 허탈한 아침을 맞기도 했다. 바람 없이 바람개비를 돌릴 수 없듯 날이 가물어 개울물이 끊기면 물레방아를 돌릴 수 없었다. 물레방아가 멈추면 동생들은 고개를 뒤로 젖히고 하늘을 오래오래 올려다봤다.

내가 동생들과 물레방아를 만들어 돌리던 그해 봄 가뭄이 길어지자 초목은 뿌리 뽑힌 듯 시들어갔다. 거대한 자연의 변화 앞에 살아 있는 모든 생명은 속수무책으로 갈팡질팡했다. 길가에 속절없이 시들어가는 풀, 꽃, 나무들이 그랬고, 개울물 속에 살던 피라미, 중고기, 송사리, 갈겨니, 동자개, 미꾸라지, 징거미새우, 고둥도 그랬다. 오랜 가뭄 끝에 사방 산골짜기에서 흘러들던 물길이 뚝 끊긴 냇물은 빠른 속도로 말라가기 시작했다.

이미 물길이 끊긴 곳은 커다란 웅덩이만 빼고 접시만큼 고인 접시웅덩이, 사발만큼 고인 사발웅덩이, 함지박만큼 고인 함지박웅덩이, 항아리만큼 고인 항아리웅덩이. 모양도, 깊이도, 넓이도 제각각 다른 웬만한 웅덩이 물은 모두 차례차례 자작자작 말라갔다. 물고기들은 필사적으로 마르지 않은, 그러나 점점 말라가는 물웅덩이로 몰려들어 물 반, 고기 반이 되었다.

느릿느릿 기어가는 우렁이는 끝내 물웅덩이에 이르지 못하고 도중에 죽어 고약한 냄새가 났다. 우렁이뿐만이 아니었다. 개울에 살던 생명이 몰살해 썩는 냄새가 진동했다. 물기 없는 개울 바닥에 어린 미꾸라지나 피라미가 마른 멸치처럼 바짝 말라 있기도 했다. 급기야 마른 개울 바닥으로 땅강아지, 들쥐, 두더지가 뚫고 들어가고 메뚜기, 여치, 방아깨비가 뛰어다니고 날아다녔다.

어느 날 잠에서 깬 아버지가 몸이 무겁고 삭신이 쑤셔 갱신조차 할 수 없다며 비가 올 것 같다고 했다. 엄마는 아버지가 징용 갔다 온 뒤 몸으로 날씨를 예측했는데 신통하게도 잘 맞는다고 했다. 산골은 태곳적부터 수시로 변하는 자연현상이나 경험으로 날씨를 예측했다. 어른들은 곧잘 말했다.

'가까운 산이 멀리 보이면 날씨가 좋고, 먼 산이 가까이 보이면 비가 온다.'

'무지개가 서쪽에서 뜨면 비가 온다.'

'아침놀에는 큰비가 온다.'

'제비가 낮게 날면 비가 온다.'

'아궁이에 불이 잘 들어가지 않으면 비가 온다.'

'아기가 투레질하면 비가 온다.'


그날 오전 내내 맑았던 하늘이 오후로 접어들면서 검은 구름이 낮게 몰려들기 시작했다. 집에 오자 엄마는 오랜만에 비다운 비가 내릴 모양이라며 물을 길어다 항아리를 채웠다. 홍수가 지면 개울에 흙탕물이 흘러 먹을 수 없기 때문이었다. 아버지는 뒷골 밭에 갔다고 했다. 나는 비가 내리기 전 아버지 일을 도우려고 뒷골로 올라갔다. 아버지는 괭이로 밭 가장자리를 따라가며 물길을 내고 있었다.

"물길은 내가 돌릴 테니께, 늬는 고구마밭에 들어가 고구마 줄기 뜯어줘. 내가 어제 뜯어주구 밭 꼭대기루 대여섯 고랑 남었어."

나는 고구마밭으로 올라갔다. 어라! 내가 밭둑으로 올라서자 작은 뒷골로 넘어가는 잘록한 등성이에 새 한 무더기가 밑동을 몽둥이로 내리친 것처럼 억세게 움직였다. 아무리 가물어도 작은 뒷골로 넘어가는 산허리는 물기가 있어 갈대가 자라듯 새가 한 길씩 자랐다. 나는 삽과 괭이로 산봉우리에 서 있는 아름드리 소나무 밑에 땅을 판판하게 고르고 새를 한 아름씩 베어다 푹신하게 깔아놓았다. 건초 내음이 싱그러운 아주 멋진 쉼터가 되었다.

아버지는 우산처럼 곁가지가 다보록하게 자란 아름드리 소나무를 '정자나무'라고 했고, 그곳을 뒷골 정자라고 불렀다. 뒷골 정자에 앉으면 우리집과 텃밭이 한눈에 들어왔고, 우리 집터를 감돌아 나가는 개울과 징검다리, 공산바위가 보였다. 낮 동안 햇볕이 정자로 내려와 머물다 가고 밤에는 별빛 달빛이 찾아왔다. 유난히 밝은 달밤에 개구리들이 자지러지게 울고 풀벌레들이 짝을 찾아 애틋하게 울었다. 나는 아버지와 자주 정자에 올라가 달빛샤워를 하고 별빛에 땀을 말렸다. 밤이 이슥하여 가만가만 정자를 내려와 잠자리에 들면 내 뒤를 이어 정자나무를 찾아온 소쩍새가 소쩍소쩍 울고 부엉이가 부엉부엉 울었다.


나는 고구마밭으로 올라가다 말고 새가 흔들리는 정자나무 곁을 지켜봤다. 바람 한 점 없는데 정자나무 곁에 한 길씩 자란 새가 흔들리고 있었다. 새 밭 전체가 흔들리는 게 아니라 정자 옆으로 새 한 무더기가 간간이 흔들렸다. 누가 들어간 건 아닐 테고 혹시 너구리란 놈이 들어갔나! 너구리가 아니면 오소리라고 생각한 나는 새 밭 속으로 조심하며 들어갔다. 한 발 한 발 온 신경을 곤두세우며 몇 발짝 걸어가다 너구리나 오소리가 아닐지도 모른다는 생각이 들었다. 그래도 그것 말고는 얼른 떠오르는 것이 없었다. 가끔 멧돼지란 놈이 나타나기도 했는데 멧돼지라면 벌써 킁킁거리며 제 모습을 드러냈을 것이다. 나는 빈손이 부담스러웠어도 조심스럽게 정자나무를 향해 올라갔다.

앗! 정자나무 곁에서 무슨 짐승이 펄쩍 뛰어오르는 동시에 궁둥이에서 뭔가가 쑤욱 빠져나와 깔아놓은 마른 새 위로 털썩 떨어지는 것이 한눈에 들어왔다. 송아지만 한 고라니였다. 아마 고라니가 수풀 속에 새를 푹신하게 깔아놓은 정자에 들어가 새끼를 낳으려고 버르적거리다 내가 올라가는 기척에 놀라 달아나려고 펄쩍 뛰어오르는 순간 새끼를 떨어뜨리듯 쑥 낳은 모양이었다. 대가리에 뿔도 없고 강한 이빨도 발톱도 없이 순하디순한 고라니는 작은 기척에도 천리만리 달아나는데 어쩐 일인지 나를 보고도 피하지 않고 빤히 쳐다봤다.

나는 맹랑한 기분으로 고라니에게 다가가 목을 끌어안듯이 잡았다. 고라니는 사슴같이 긴 목을 순순히 내주었다. 갓 태어나 몸에 물기조차 마르지 않은 고라니 새끼가 앞다리를 버둥거리며 일어서려고 무진 애를 썼는데 뒷다리는 여전히 소아마비에 걸린 어린아이 다리처럼 힘을 받지 못하고 버르적거렸다. 축 늘어진 고라니 새끼 탯줄에 부서진 검불이 자석에 쇠붙이 달라붙듯 잔뜩 붙었는데 앞다리로 일어서려고 할 때마다 바닥에 절구질했다.

나는 새끼를 안아다 어미에게 주려고 고라니 목을 놓고 새끼에게 다가가 들어 올리려는 순간 고라니가 느닷없이 달려들어 나를 콱 받아버렸다. 나는 '으악!' 소리를 내지르며 나동그라졌다. 무방비 상태에서 급습을 당한 나는 정신을 못 차리고 있었는데 고라니는 잽싸게 새끼에게 달려가 막아섰다. 나는 고라니가 새끼를 낳던 중이라 달아날 수 없어 내게 잡힌 줄 알았는데 그게 아니었다.

"왜 그려! 아니 거기 그게 뭐냐?"

내가 '으악!' 소리를 내지르자 괭이질하던 아버지가 벌떡 일어나 정자나무 밑에 우뚝 선 고라니를 본 모양이었다. 나는 숨 가쁜 목소리로 대답했다.

"고라니유."

"고라니라구? 얼릉 잡아 죽여."

"여기 고라니가 금방 낳은 새끼두 있슈."

"새끼두 죽여."

"야아! 금방 낳은 새끼를 어티기 죽여유?"

나는 아버지가 고라니 새끼를 죽이라는 말을 듣고 나도 모르게 소리를 버럭 내질렀다. 아버지가 다급하게 말했다.

"이놈아, 고라니가 달아나기 전에 때려죽이든 밟어 죽이든 얼릉 잡아 죽이라니께."

우리는 고라니 등쌀에 콩이고 팥이고 고구마까지 뭐 하나 제대로 수확해본 적이 없었다. 밭둑에 올가미도 놓고 덫을 놓아도 어떻게 들어가는지 모조리 뜯어먹고 잘라 먹고 매대기를 쳐놓았다. 물론 더러 올가미에 걸려들기도 했는데 올가미를 끊고 달아나거나 도마뱀이 꼬리를 자르고 내빼듯, 덫에 발목이 잘린 발을 남긴 채 달아나기도 했다.

밭머리에 물길을 내던 아버지가 달려와 괭이를 높이 치켜들자 고라니가 새끼를 등지고 앞발을 번쩍 쳐들며 아버지를 막아섰다. 나는 앞발을 들고 벌떡 일어선 고라니를 보고 소스라치게 놀랐다. 아버지가 치켜든 괭이를 그대로 내려치면 고라니를 한방에 때려죽일 수 있었다. 아슬아슬한 순간 아버지는 높이 치켜들었던 괭이를 힘없이 내

려놓고, 고라니는 적의에 찬 시선으로 아버지를 지켜보는데 그 경황
에도 고라니 새끼는 여전히 일어서려고 필사적으로 버르적거렸다.

"아버지두 보셨슈?"

내가 긴 침묵을 깨고 아버지에게 물었다.

"그래."

앞발을 번쩍 치켜들고 아버지를 막아섰던 고라니 앞다리 두 개가
지뢰를 밟은 발목처럼 뭉툭했다. 정자나무 밑에서 피비린내가 물씬
풍겼다. 물결치듯 새를 눕히며 지나간 바람이 산등성이로 치달으며
참나무 잎사귀를 하얗게 뒤집어 놓았다. 아직 방향을 분간할 줄 모
르는 고라니 새끼는 저를 품어줄 참나무 숲을 등지고 마을 쪽으로
비칠비칠 달아나고 있었다. 새끼를 따라가는 고라니 사타구니에 미
처 빠져나오지 못한 허연 태반이 터진 풍선처럼 늘어져 너풀거렸다.
고라니는 새끼를 다 낳지 않은 모양이었다.

나는 침묵에 잠겨 있는 아버지에게 다시 물었다.

"아부지. 고라니가 덫에 쳐두 앞발 두 개가 한꺼번에 짤려 나갈 순
없잖어유?"

"그렇지. 덫에 두 번 치었겠지."

고라니는 덫에 두 번이나 치어 앞발을 모두 잃고도 용케 살아남아
새 생명을 잉태하고 새끼를 낳고 새끼를 지키기 위해 제 목숨을 걸
고 아버지에게 대항했다. 아버지에게 맞서는 고라니가 전혀 무모해
보이지 않았다. 새끼를 막아선 고라니는 아버지가 언제 괭이를 쳐들
고 달려들지 몰라 잠시도 경계를 늦추지 않았다. 아버지는 고라니가
두려워하는 괭이를 새 밭 속으로 멀찌감치 던져놓고 아예 고라니를
등지고 돌아앉아 말했다.

"고라니에게 받친디는 괜찮은 겨?"

고라니는 어서 일어나라는 듯 새끼를 혀로 싹싹 핥아 주면서도 여전히 경계를 늦추지 않았다. 나는 고라니한테 받친 배를 쓱쓱 쓸어내리며 말했다.

"아랫배를 받쳐 괜찮어유."

아버지가 주머니에서 담배쌈지를 꺼내며 말했다.

"이늠아, 내가 이 나이꺼정 살면서 고라니헌티 받친 사람은 보지두 듣지두 못했어."

뒷다리를 질질 끌며 버르적거리던 고라니 새끼가 드디어 엉덩이를 가볍게 쳐들고 토끼처럼 깡충깡충 뛰었다. 새끼를 따라가던 고라니가 느닷없이 제 새끼 옆구리를 콱 받아버렸다. 어미 머리에 받쳐 두서너 발짝 나가떨어진 새끼가 놀란 눈으로 어미를 쳐다보다가 한참 만에 벌떡 일어나 펄쩍펄쩍 뛰었다. 귀를 쫑긋 세우고 새끼를 지켜보던 고라니는 다시 제 새끼를 받아버릴 태세로 무섭게 달려들었다. 고라니 새끼는 잽싸게 어미를 피해 달아났다. 그제야 고라니는 경계를 풀고 방향을 바꿔 참나무 숲으로 뛰기 시작했다. 고라니 새끼도 제 어미를 따라 뛰었다.

나는 고라니가 새끼를 데리고 달아나는 것을 보면서 문득 부황 든 순자를 떼어 놓고 어디론가 머슴 살러 떠난 당숙이 떠올랐다. 순자는 당숙이 떠나던 날 새뜸으로 건너가는 징검다리까지 쫓아갔다가 혼자 울면서 돌아왔다. 그리고 며칠 뒤 굶어 죽었다.

아버지는 달아나는 고라니를 바라보며 말했다.

"고라니는 한배에 새끼를 서너 마리씩 낳는디, 장소를 옮겨가며 한 마리씩 낳거든. 고라니 새끼는 태어나자마자 걷기부터 배워 다음 새끼 낳을 자리를 찾아가는 어미를 따라 태어난 자리를 떠나는 겨."

콰르릉 콰르릉. 먼 곳에서 천둥과 번개가 쳤다. 하늘을 올려다본 아버지가 말했다.

"고라니는 한 곳에 새끼를 다 낳지 않는 것처럼 새끼를 키울 때두 풀숲에 한 마리씩 숨겨 놓구 몰래 찾아댕기며 젖을 멕여."

고라니는 눈 깜짝할 사이 새끼를 데리고 참나무 숲속으로 사라졌다. 은골에서 올라온 바람이 풀숲을 헝클어 놓아 고라니가 달아난 길을 지워버렸다.


아버지는 새 밭에 던져두었던 팽이를 찾아들고 내려가고 나는 고구마밭으로 올라갔다. 고구마 줄기는 마디마디에 뿌리를 내리는데 그대로 두면 줄기만 무성할 뿐 원뿌리에 달린 고구마가 굵지 않고 속이 차지 않아 자주 뜯어줘야 했다. 나는 위로 올라갈수록 고라니가 고구마 잎사귀만 뜯어먹은 게 아니라 순까지 똑똑 잘라 먹은 걸 보고 화가 불같이 치밀었다. 고라니는 고라니일 뿐인데 나는 왜 새끼 낳는 고라니를 잡아 죽이지 못했을까! 어미와 새끼를 살려 보내 그놈들이 떼거리로 몰려와 고구마밭을 몽땅 뜯어먹으면 우리는 무엇으로 겨울을 나고 내년 보릿고개를 어떻게 넘길까!

나는 내년 보릿고개를 걱정하며 고구마 줄기를 뜯어주는데, 그 새를 못 참고 천둥과 번개를 동반한 먹장구름이 몰려들며 굵은 빗방울이 쏟아지기 시작했다. 아버지가 비를 피해 방공호로 뛰어들며 나를 불렀다. 나도 아버지 뒤를 따라 방공호로 뛰어들었다. 날은 어두워지기 시작하는데 비는 그칠 기미가 보이지 않았다. 나는 아버지가 고라니를 몽땅 때려잡을 수 있었는데 왜 살려 보냈는지 궁금했다.

"아부지는 왜 고라니를 살려 보냈슈? 어미두, 새끼두 모조리 잡을 수 있었잖어유?"

아버지가 한참 만에 말했다.

"내가 밭두렁에 놓은 덫에 친 고라니가 발목이 똑 잘린 발을 두구 달아난 건 너두 알지?"

그건 나도 알고 있었다. 덫에 잘린 고라니 발목을 집어 든 아버지가 혼잣말처럼 '하 이런, 이런! 차라리 덫에 쳐 죽는 게 낫지!' 하며 고라니 발목을 산속으로 휘익 던져버렸다. 그 뒤로 몇 년이 지났는데 마치 어제 일처럼 생생하게 떠올랐다.

"알쥬. 벌써 몇 년 되었잖어유."

"그려. 사람은 발에 가시만 박혀두 걸음을 못 걷는디, 고라니는 발목이 똑 잘린 다리루 어티기 거친 산야를 돌어댕기며 풀을 뜯어먹구 살어갈지 그게 늘 마음에 걸렸어. 그런디 밭에 가보면 고라니가 먹을 풀이 사방에 지천으루 깔렸는디두 하필이면 고구마 잎을 모조리 뜯어먹구 싹이 올러오는 콩 모가지를 모지락스럽게 똑똑 잘러 먹은 겨. 그땐 어미든 새끼든 걸리기만 허면 대번에 때려죽이겄다구 별렀는디, 막상 괭이루 고라니 대갈통을 박살내려는 찰나에 새끼를 막어선 고라니 양쪽 발모가지가 지팽이(지팡이) 끝처럼 뭉툭한 겨. 그걸 보는 순간 죽일 마음은 온디간디읎이 사라지구, '아, 살어 있구나!' 라는 감격에 내리치지 못했어."

나도 그랬다. 아버지가 괭이로 고라니를 내리치려는 찰나에 벌떡 일어서며 새끼를 막어선 고라니 두 발이 뭉툭한 것을 보고 정신이 나갈 만큼 깜짝 놀랐다. 발 한 개는 우리가 놓은 덫에, 나머지 한 발은 다른 덫에 걸려 잘린 모양이었다. 고라니가 두 발목을 차례차례

잃고 살아가기란 죽기보다 몇 배 더 고통스러웠을 것이다. 나는 아버지에게 말했다.

"오늘 살려 보낸 그놈이 새끼를 키워 떼거리루 몰려오면 콩 농사두 고구마 농사두 모두 망칠 텐디, 우리는 뭘 먹구 산대유?"

아버지도 고개를 끄덕이며 말했다.

"그려. 나두 그게 큰 걱정이여. 그렇다구 그놈을 다시 잡자구 밭둑에 올가미를 놓을 수두 읎구. 설령 그놈을 잡는다구 해두 또 다른 고라니가 들어오지 말라는 법두 읎잖어. 그러니께 고라니가 들어오지 못허게 울타리를 단단히 쳐야겄어."

나는 밭두렁으로 병풍을 치듯 울타리 칠 걱정이 태산 같은데, 우르릉 쾅 콰르르 천둥소리가 방공호를 무너뜨릴 듯 요란했다.

밖을 내다보던 아버지가 갑자기 "집에 가자" 하시더니 고라니가 숲속으로 달아나듯 빗속으로 뛰어들었다. 나도 고라니 새끼처럼 아버지 뒤를 따라 뛰었다. 장대비는 마치 콩나물시루에서 물이 빠지듯 퍼부어댔다.


다음 날 아침 모든 게 낯설었다. 우리집을 병풍처럼 둘러싼 산골짜기 계곡물이 폭포처럼 하얗게 쏟아져 마치 내가 폭포 한가운데에 들어가 있는 듯했다. 어라! 마당 움파리에 팔딱거리는 것이 눈에 띄었다. 나는 마당으로 달려갔다. 움파리에 팔딱거리는 것은 큼지막한 중고기와 미꾸라지였다. 비 온 뒤에 마당에서 물고기를 본 것은 처음이었다. 땅이 온통 물로 덮여 있어 물고기가 개울과 땅을 분간 못 하고 헤엄쳐 오르다 물이 빠질 때 따라가지 못하고 낙오된 모양이었다. 개울에 박혔던 낯익은 바위들도 몽땅 떠내려가고 낯선 바위가 들쑥날쑥 박혀있었다.

나는 등굣길에 밤사이 강물처럼 불어난 개울물이 개울로 흐르지 않고 황 씨네 논바닥을 지나 아랫마을로 흘러가는 걸 보고 아연 실색했다. 새뜸으로 가는 길이 끊어지고 징검다리도 떠내려가 관음봉 등산로를 타고 올라가 뒤편 산등성이를 타고 학교에 갔다. 나는 길에서, 밭에서, 산자락에서도 죽은 물고기를 보았고 살아있는 물고기도 보았다.

교실에 들어서자 아이들이 삼삼오오 모여 산사태로 초가집 여러 채가 묻혔다고, 사람이 떠내려가고, 소가 떠내려가고, 돼지가 떠내려가고, 떠내려가는 초가지붕 위에 사람도, 개도 올라가 있는 것을 보았다고 했다. 초등학교 운동장에 수재민들이 들어가 있는 천막이 꽉 찼다고 했다. 수업시간이 되었지만 결석한 학생이 많아 정상적인 수업을 할 수 없어 오전에 수업을 끝냈다. 선생님은 종례시간에 학교에서 수재의연금을 모금한다고 했다.

그날 하굣길에 아랫마을 개울둑 너머에 있던 초가집이 떠내려간 것을 보았다. 초가집에 살던 할머니, 할아버지도 홍수에 떠내려갔고 그 집 아들, 며느리, 손주들은 산 너머 큰집으로 제사를 지내러 갔기에 화를 면했다는 말도 들었다. 온 마을사람들이 모여 온종일 할머니, 할아버지를 찾았는데 시신조차 찾지 못했다. 이틀 뒤 할아버지 시신은 20여 리를 떠내려가 하천변으로 떠올랐으나, 할머니 시신은 끝내 찾지 못했다.


산골 사람들은 개울물이 삶의 젖줄이었다. 개울물을 길어 먹고, 가축을 기르고, 개울에 돌을 들어다 수중보를 쌓고, 개울물을 수멍으로 끌어들여 농사를 지었다. 개울에 수중보를 쌓아도 물은 수중보를 넘어 끊임없이 흘렀다. 가뭄으로 수위가 낮아지면 수중보를 막아 놓은 돌 틈으로 물이 흐르고 물고기들이 다녔다. 산골짜기에서 흘러내리는 계곡물이 모여 흐르는 개울물은 임자는 없어도 누구도 혼자 독차지할 수는 없었다. 그런데 황 씨는 혹심한 가뭄이 길어지자 수중보를 높이 쌓고 물이 빠져나갈 수 없도록 진흙을 파다 돌 틈을 막고 물길을 자기네 수멍으로 돌렸다. 아랫마을 논은 일찌감치 마르고 황 씨네 논은 물이 칠렁했다.

논에 물을 댈 땐 수멍을 열어놓고 큰비가 내리면 높이 쌓은 보를 반드시 터놓고 수멍은 단단히 막아야 한다. 마을사람들은 홍수가 황 씨네 논 수멍을 무너뜨리고 논으로 빠져나가 아랫마을을 휩쓸고 인명피해를 낸 것은 보를 터놓지 않고 수멍을 막지 않아 일어난 인재(人災)라고 했다. 황 씨는 즉각 아니라고 했다. 그는 자다 말고 일어나 자신이 직접 보를 터놓고 수멍을 막았다고, 보를 터놓지 않고 수멍을 막지 않으면 내 논이 떠내려가는데 왜 막지 않았겠냐며 천재(天災)라고 반박했다.

마을사람들은 황 씨가 보를 터놓고 수멍을 막았다면 물길이 수멍을 무너뜨리고 논바닥으로 흘러갔겠느냐고, 비가 억수같이 퍼붓는 밤중에 머슴을 두고 자신이 직접 나가 수멍을 막았겠느냐고, 황 씨가 자다 말고 밤중에 일어났으면 그때는 이미 물이 불어나 개울을 건너가 수멍을 막을 수 없었을 것이라고 했다. 황 씨네 논 수멍을 막으려면 개울물을 건너가야 했다.

진실이 어떻든 황 씨네 땅을 밟지 않고 마을로 들어갈 수도 나갈 수도 없고, 황 씨네 산에 들어가 산전을 일궈 먹고, 소작을 부쳐 먹

270

고, 나무장사를 해 먹고 사는 마을사람들의 목소리는 하루해를 넘기
지 못하고 잦아들었다. 나는 아버지가 왜 물에 떠내려가는 징검다리
를 놓는지 그제야 알았다.

# 닥나무 한지

내가 중학교에 들어간 이듬해 아버지는 큰아버지와 큰아버지 친구
손병주 씨하고 한지 공장을 했다. 세 사람이 주머니를 탈탈 털어봐
야 돼지 새끼 한 마리 살 돈도 없었다. 그럼에도 불구하고 한지 공장
을 하게 된 것은 순전히 큰아버지가 한지 만드는 기술을 배웠기 때
문이었다. 한지 공장을 하려면 기술도 중요하지만 한지 원료인 닥나
무가 있어야 하는데 닥나무는 우리가 사는 지역에 고르게 분포되어
있었다. 큰아버지가 한지 만드는 기술을 배운 것은 우리 지역에 흔
한 닥나무와 무관치 않았을 것이다.

해마다 베어내는 닥나무 포기는 둥글게 번지며 움이 올라와 한 해
에 이삼 미터씩 자랐다. 닥나무 포기가 어느 정도 퍼지면 부분적으
로 괴사했는데 봄이면 괴사한 자리에 느타리버섯과 흡사한 닥버섯
이 소복소복 올라왔다. 식용인 닥버섯은 표면이 미끌미끌한데 부드
럽고 쫄깃한 맛이 일미였다.

아버지는 서둘러 가을걷이를 끝내고 큰아버지와 손병주 씨하고
개울가에 닥나무를 쪄낼 솥 거는 일부터 시작했다. 솥은 함석을 사
다 미리 통나무로 짜 놓은 직사각형 틀에 맞춰 욕조처럼 만들었다.

땅을 깊이 파고 솥을 걸고 나면 개울물을 퍼다 채운 뒤 솥 테두리에 통나무를 가로질러 걸쳐 놓고 그 위에 닥나무를 세로로 차곡차곡 쌓아 올렸다. 닥나무를 모두 쌓으면 닥나무 사이로 흙이 들어가지 못하게 거적때기로 덮고 흙으로 다시 덮은 뒤 아궁이에 불을 땠다. 닥나무를 솥에 쪄내는 일을 통틀어 '닥무지'라고 했다. 솥에 쪄낸 닥나무는 마르기 전 껍질을 벗겨내야 한다.

껍질을 벗겨낸 닥나무는 '닥채나무'라고 했는데, 땔나무로 사용하고 한지 원료로 쓰는 껍데기는 '피닥'이라고 했다. 피닥은 어른 주먹으로 서너 주먹씩 다발로 묶었는데 그걸 한 '춤'이라고 했다. 개울에 웅덩이를 파고 피닥을 담가 놓은 뒤 한 춤씩 건져다 한 개씩 닥판(목침만 한 나무를 쐐기처럼 만들고 위에 고무를 덧대 놓은 판) 위에 올려놓고 닥칼로 겉껍데기를 벗겨냈다. 겉껍데기를 벗겨낸 것을 '백닥'이라고 했다. 백닥은 햇볕에 말려 놓았다가 한지를 만들 때 가마솥에 넣고 잿물에 푹 삶았다. 잿물은 콩대, 팥대, 고춧대, 메밀대, 보릿짚, 조짚 등을 산더미처럼 쌓아 놓고 태워 재를 만든 다음 가마니를 터 겹으로 해먹처럼 매달아 놓고 재를 담았다.

해먹 밑에 큰 독을 놓고 재에 물을 부어가며 잿물을 내렸다. 독에 잿물이 가득 차면 다시 퍼 올려 잿물을 진하게 내렸다. 잿물에 푹 삶아 낸 백닥은 넓적한 닥돌 위에 올려놓고 닥방망이로 백닥이 해질 때까지 수만 번을 두드렸다. 백닥을 닥방망이로 두드려 곤죽처럼 만든 것이 한지 원료인데 이것을 '닥죽'이라고 했다. 닥죽은 물을 채운 지통(대형 수조)에 넣을 때 '닥풀'도 같이 넣어야 한다.

목화와 비슷한 닥풀은 한해살이풀인데 팔구월에 피는 노란 꽃이 매우 아름다웠다. 닥풀은 줄기와 잎과 꽃은 사용하지 않고 뿌리만 사용했다. 도라지처럼 생긴 닥풀 뿌리를 통속에 넣고 물을 부은 뒤 발로 자근자근 밟으면 미끌미끌한 액체가 나오는데 그걸 닥풀이라고 했다. 닥풀은 자루에 넣어 이물질을 걸러낸 뒤 지통에 붓고 양쪽에 마주 서서 한 방향으로 노를 젓듯 풀 작대기로 닥죽을 풀었다.

풀 작대기질을 처음 하는 사람은 닥죽은 풀지 못하고 물탕만 쳤다. 아버지 말대로 풀 작대기질이 손에 익으면 칼로 물 베듯 했다. 닥풀은 지통 속에 들어있는 닥죽을 발로 건져 올리는데, 중요한 역할을 했다. 닥풀이 적으면 닥죽이 순두부처럼 엉기거나 고르지 못하게 건져지고 너무 많으면 닥죽이 그대로 쫙쫙 흘러내렸다.

지통에 닥죽과 닥풀을 넣은 뒤 풀 작대기로 풀고 나면 지통 위에 매달아 놓은 발로 한지를 건져 올렸다. 대나무를 잘게 쪼개 돗자리처럼 만든 발을 발틀에 올려놓고 양손으로 잡은 뒤 지통 속으로 멀리 집어넣고 앞으로 끌어당기며 들어 올리면 한지 원료가 물 주름을 지으며 발 뒤로 주르르 흘러내렸다. 그다음 발을 왼쪽으로 집어넣어 떠올린 뒤 오른쪽으로 흘려보내고 다시 오른쪽에서 한 번 더 떠올려 왼쪽으로 흘려보냈다. 그렇게 한지 원료를 세 번 떠올린 뒤 발틀에서 발을 떼어내 판판한 나무판 위에 붙였다.

마지막으로 둥글게 다듬은 묵직한 통나무를 발 위에 올려놓고 양손으로 힘껏 누르며 오른쪽에서 왼쪽으로, 왼쪽에서 오른쪽으로 돌돌 굴리며 물을 뺀 뒤 통나무를 내려놓고 발을 들어 올리면 발은 떨어지고 한지는 바닥에 찰싹 달라붙었다.

한지 한 장 끝에 가로로 왕골 실을 올려놓았다. 그래야 한지를 한 장씩 떼어낼 수 있었다. 발질을 끝내면 한지 위에 덮개를 덮고 돌을 올려놓아 다시 물을 뺐다. 물이 빠지면 건조실로 옮겨 놓고 한 장씩 떼어내 말렸다.

한지 공장을 하려면 닥나무를 확보해야 한다. 닥나무는 한지로 거래했다. 농촌 사람들은 농작물을 심을 수 없는 논두렁, 밭두렁, 울타리 밑이나 자투리땅에 닥나무를 키워 가을에 한지로 바꿔 방문을 바르고 문풍지를 달았다. 그래서인지 한지를 '창호지' 라고도 했다.

한지 공장을 하던 해 아버지는 가을걷이를 끝내고 큰아버지와 같이 닥나무를 사러 다녔다. 우리 마을부터 시작하여 차츰차츰 멀리 나갔는데 아주 멀게는 사오십 리 밖에 있는 닥나무까지 사 왔다. 운반 수단은 모두 지게뿐이었다. 나는 휴일마다 아버지를 따라 닥나무를 사러 다녔다. 닥나무 사러 멀리 가면 갈수록 무거운 짐을 지고 어둡기 전 돌아올 것을 생각해 새벽밥이 점점 일러졌다. 아버지와 나는 밤중에 일어나 밥을 먹고 삼사십 리를 걸어가야 날이 밝았다. 아버지는 닥나무 주인과 흥정을 했고 나는 흥정이 끝난 닥나무를 낫으로 베었다.

한낮이 기운 뒤 닥나무를 한 짐씩 짊어지고 마을을 지나는데 처르르 철썩, 처르르 철썩 물레방아 돌아가는 소리가 들렸다. 먼저 간 줄 알았던 큰아버지와 손병주 씨가 물레방앗간 마당에 닥나무 짐을 받쳐놓고 쉬고 있었다. 아버지와 나도 물레방앗간 마당에 짐을 내려놓았다. 아버지가 닥나무 짐을 내려놓기 무섭게 큰아버지가 다가와 물었다. 닥나무 사는 데 한지 몇 장 줬냐고. 큰아버지는 아버지 대답을 듣고 대뜸 닥나무를 너무 비싸게 샀다, 닥나무를 그렇게 사들이다가는 밥 빌어다 죽도 못 쒀 먹겠다, 심지어 죽 쒀 개 좋은 일만 시켰다고 아버지를 몰아붙였다. 내가 봐도 아버지는 세 사람 중에 한지는 제일 많이 줬는데 닥나무는 가장 적었다. 손병주 씨가 끼어들어 자기는 화홍리에 들어가 닥나무를 거저줍다시피 했다고 닥나무 산 이야기를 늘어놓으면서 아버지 염장을 질렀다. 큰아버지는 아버지에게 가자는 말도 없이 손병주 씨와 먼저 갔다. 아버지는 지게목발에 담배통을 탁탁 털며 혼잣말처럼 말했다.

"자기들이 도둑놈 심보루 남의 닥나무를 거저줍다시피 샀지, 내가 닥나무를 잘못 산 게 아녀. 물론 내가 산 것이 이문은 좀 덜 나겠지만 나보구 밥 빌어다 죽두 못 쒀 먹겠다는 말은 천부당만부당한 소리여."

내가 아버지와 손병주 씨가 닥나무 흥정하는 것을 지켜보면 두 사람이 달라도 너무 달랐다. 닥나무는 시장에서 거래하는 게 아니라 수요자가 직접 산지에 들어가 닥나무를 살펴보고 거래했다. 수요자를 만나지 못한 닥나무는 땔감으로 쓰면 모를까 다른 용도로 쓸모가 별로 없었다. 손병주 씨는 닥나무를 대충 둘러본 뒤 닥나무 껍질이 얇다, 닥나무에 상처가 많아 일손이 많이 가고 손실이 많다, 줄기 식물이 감고 올라가 품이 많이 든다고 온갖 트집을 잡으며 거저먹으려고 했다.

아버지는 주인과 함께 닥나무 포기를 꼼꼼히 살펴본 뒤 흥정했다. 아버지가 나무장사 할 땐 외할머니 떡도 크고, 맛있고, 싸야 사 먹는다고 하면서도 정작 닥나무를 거래할 때는 싸게 사려고 농간을 부리지 않았다. 물론 못 사면 못 샀지 비싸게 사지도 않았다. 동네를 돌아다니다보면 닥나무가 적어 팔 수 없는 집은 그냥 베어가라고 했다. 어차피 한지와 교환하지 못한 닥나무는 땔감밖에 안 되기 때문이었다. 그때도 아버지는 한지를 계산해주었다. 나는 그냥 베어가라는데 왜 한지를 주느냐고 물으면 아버지는 이렇게 말했다.

"이늠아, 세상에 공짜는 읎는 겨. 그 사람은 닥나무 양두 얼마 안
되구 값어치를 모르니께 그냥 베어가라구 허지, 속마음이야 어디 그
렇겄어? 1년 내내 애써 키운 건디."

아버지는 큰아버지 뒤를 따라가지 않고 다시 담배를 담았다. 처르
르 철썩, 처르르 철썩. 물레방아는 쉼 없이 돌아갔다. 방앗간은 떡
쌀을 빻으러 들어가고 나오는 아낙들로 붐볐다.


입추가 지나면 입동(立冬)이 오고 소설(小雪)이 왔다. 엄마는 입
동과 소설 사이에 날을 잡아 성주 고사를 지냈다. 성주 고사 지내는
날은 아침부터 절구에 떡쌀을 찧어 가루를 만들고 팥을 삶아 고물을
만들었다. 해질 무렵에 온종일 준비한 떡가루를 시루에 켜켜이 안치
고 아궁이에 불을 땠다. 떡시루에 김이 무럭무럭 올라오면 잠시 뜸
을 들인 뒤 엄마는 떡시루를 시루째 떼어 들고 방으로 들어갔다. 기
다리던 동생들이 우르르 달려들어 시룻번을 떼어 과자처럼 오도독
오도독 깨물어 먹었다.

나는 성주 고사가 시작되면 고사떡을 들고 사타구니에서 요령 소
리가 나도록 뛰어다녔다. 마루에 집안의 으뜸 신인 성주, 안방에 삼
신, 부엌에 조왕신, 마당에 지신, 장독대에 칠성, 뒷간에 측신, 우
물에 용신, 외양간 축신에게 갖다 놓았다. 떡을 갖다 놓은 뒤 신들
이 운감(殞感)할 동안 잠시 기다렸다 모두 거둬들였다. 물론 뒷간과
외양간에 놓은 것은 짐승들 먹으라고 거둬들이지 않아 그날만은 쥐
도 새도 가을 고사떡을 먹었다.

고사가 끝나면 엄마는 바가지에 떡을 담아주며 큰집에 갖다 주라

고 했다. 그다음 작은할아버지네, 고모네, 육촌 형네, 황 씨네, 김
씨네, 은광촌 윤 씨네. 깊은 산골짜기 외딴집까지 한 집도 빠짐없이
떡을 돌렸다. 어느 집은 내가 대문을 나서기 전 떡을 들고 방으로 들
어가며 "애들아, 일어나" 하고 자는 아이들을 깨우는 소리를 듣고 풀
썩 웃음이 나왔다. 우리집에 떡이 들어오면 엄마는 "애들아, 일어
나" 하고 딱 한 번만 불렀다. 그때 벌떡 일어나는 놈만 떡을 먹고 몽
니를 부리며 일어나지 않는 놈은 구경조차 못했다.

　물론 떡 먹으라고 깨우면 벌떡 일어나겠지만 '떡' 소리는 입 밖에
내지 않았다. 아마 '어른 말을 들으면 자다가도 떡을 먹는다'는 속담
은 가을 고사떡에서 생긴 건지도 모르겠다. 내가 떡을 모두 돌리고
돌아오면 두레상 위에 떡을 수북이 올려놓고 온 식구가 둘러앉아 떡
을 먹었다.

　엄마는 떡을 먹기 전 말했다.

　"떡은 많으니께 물 마셔가며 천천히 꼭꼭 씹어 먹어. 아주 꼭꼭."

　가을 고사떡은 흉년이 드는 해도 이웃과 함께 나눠 먹었다. 쌀이
없는 집은 차조로 떡을 했다. 어느 집이 됐던 쿵덕, 쿵덕 떡방아 찧
는 소리가 들리면 그날은 그 집에서 떡이 올 때까지 잠을 안 자고 기
다렸다. 가을이 오면 서둘러 가을걷이를 끝내고, 이엉을 엮어 지붕
을 덮고, 창문에 새 창호지를 바르고, 문풍지를 달고, 날을 잡아 시
루떡을 만들어 고사를 지낸 뒤 이웃과 나눠 먹는 것은 내 유년시절
빼놓을 수 없는 세시풍습이었다.


　처르르 철썩 처르르 철썩. 물레방아가 저무는 해거름을 재촉했
다. 아무리 열심히 일해도 큰아버지에게 인정을 받지 못하는 아버지

는 매우 지쳐 보였다. '어떤 말로 아버지를 위로할까? 어떻게 하면 아버지가 기뻐하실까?' 생각하다 나는 한 번도 아버지 짐을 덜어준 일이 없었다는 걸 깨달았다. 나는 가만히 일어나 아버지 지게에서 닥나무 한 다발을 내려 내 지게에 얹었다. 내가 하는 짓을 지켜보던 아버지가 소리쳤다.

"이늠아, 먼 질에는 눈썹두 짐이 된다는 말두 못 들은 겨. 어여 도로 갖다 놔."

나는 아버지에게 큰 소리로 말했다.

"저두 인제 쌀 한 가마니는 거뜬히 지구 댕길 수 있슈."

내가 초등학교 시절 나무장사 할 때였다. 나뭇짐을 지고 이사가는 집 강아지 따라붙듯 아버지 뒤를 졸랑졸랑 따라가다 어느 순간 아버지 엉덩이가 보이지 않으면 어찌나 맥이 빠지고 힘이 들던지! 어깨가 찢어져 내리는 듯했고, 등태 닿은 등가죽이 맞창 날 것처럼 압박이 심했고, 엉덩이뼈는 빠져나갈 듯 아팠다. 내가 무한 고통을 참아내며 쉴바탕에 이르면 먼저 간 줄 알았던 아버지가 나를 기다리고 있다가 내 짐을 덜어 아버지 짐으로 옮겨지고 갔다. 그래도 내가 뒤처지면 아버지는 내 짐을 다음 쉴바탕까지 한쪽 어깨로(지게가 작아 아버지 양어깨가 들어가지 않기 때문에) 져다 주었다. 나는 그때 내 짐이 가벼워진 만큼 아버지 짐이 무거워졌다는 걸 생각지 못했고, 내가 당장 편한 것만 생각했지 '두 지게걸이' 하는 아버지가 얼마나 고달프고 힘든지 헤아리지 못했다.

나는 많이 지쳐있는 아버지를 기쁘게 해주고 싶은 마음에 처음으로 아버지 짐에서 닥나무 한 다발을 덜어왔는데 아버지는 닥나무 다발을 도로 가져가려고 했다. 나는 아버지를 말렸다. 나는 괜찮다고,

아버지는 안 된다고, 서로 옥신각신 실랑이를 거듭하다 나는 막무가
내로 아버지를 번쩍 안아 들고 아버지 지게로 성큼성큼 걸어갔다.
내가 이 세상에 태어나 처음 아버지를 안아 들었다.

　아버지는 생각만큼 무겁지 않았다. 아버지는 내게 안겨 가면서
"어허, 어허! 이게 웬일이여!"라며 말을 잇지 못했다. 결국 아버지
는 가다가 힘들면 닥나무 다발을 다시 옮기라며 닥나무 짐을 지고
벌떡 일어났다.

　나도 닥나무 짐을 지고 벌떡 일어나 아버지 뒤를 따랐다. 처르르
철썩 처르르 철썩. 물레방아 소리가 점점 멀어졌다.

# 우보천리(牛步千里)

이듬해 아버지는 한지 공장에서 손을 떼고 다시 산전을 일구고 나무 장사를 하고 남의 송아지를 받아다 길렀다. 산촌은 재산증식 수단이 별로 없었다. 부자들은 장리를 놓고 고리채를 주거나 송아지를 사서 남을 주어 기르게 했다. 가난한 농사꾼들은 부자에게 송아지를 받아다 키웠다. 송아지가 소가 되고, 소가 새끼를 낳고, 새끼가 자라서 젖을 뗄 때가 되면 주인은 어미 소를 가져가고 키운 사람이 송아지를 차지했다. 그 기간이 대략 삼사 년 걸렸다.

아버지는 평생 남의 소만 기르다시피 했다. 송아지가 자라면 코를 뚫고 쟁기를 메워 길을 들였다. 소는 한번 길들이면 평생 잊지 않았는데, 처음 길들이기가 여간 어려운 게 아니었다. 아버지가 소를 길들일 때 소가 쟁기를 끌고 앞으로 똑바로 걸어가는 연습을 반복해 시켰다. 오른쪽에 매인 고삐를 좌우로 가볍게 흔들며 '이랴 쩌쩌'를 반복해 외치면 똑바로 걸어가던 소가 왼쪽으로 돌아갔고, 고삐를 살짝 잡아당기면 오른쪽으로 방향을 틀었다. 물론 길들이지 않은 소를 앞세우고 아무리 '이랴 쩌쩌'를 외쳐도 왼쪽으로 방향을 틀지 않았고 오른쪽으로 잡아당기면 무작정 오른쪽으로 달아났다. 내가 소 좌측

281

으로 따라가다 아버지가 '이랴 쪄쪄' 하고 고삐를 흔들면 코뚜레를 잡고 왼쪽으로, 고삐를 잡아당기면서 오른쪽으로 유도했다.

송아지를 키워 길을 들이고 새끼를 낳으면 소 주인은 어미 소를 가져가고, 송아지는 장리쌀값으로 가져가면 남는 건 빈손뿐이었다. 부자들은 남의 송아지라도 길러야 장리쌀을 줬지 갚을 능력이 없는 사람은 굶어 죽는다고 해도 장리쌀 한 톨 주지 않았다. 우리는 돌고 도는 물레방아처럼 다시 남의 송아지를 받아다 키우고 장리쌀을 얻어먹으며 보릿고개를 넘었다.

나는 중학교에 들어가던 해부터 틈틈이 아버지에게 쟁기질을 배웠다. 쟁기질은, 쟁기를 들어 옮길 힘만 있으면 요령을 터득해 할 수 있었다. 소가 앞에서 끌고 아버지가 쟁기를 잡고 나는 아버지 곁을 따라가며 쟁기 다루는 요령을 배웠다. 쟁기를 누르며 앞으로 밀면 보습이 땅속으로 깊이 들어가 깊게 갈리고, 뒤로 당기면 보습 끝이 들려 얕게 갈렸다.

무논에 들어가 쟁깃밥을 부서뜨려가며 논바닥을 판판하게 고르는 써레질도 배웠다. 세로로 하는 써레질을 장써레질이라고 했고, 가로로 하는 써레질을 곱써레질이라고 했다. 마른논도 갈아봤고 물이 깊은 논도 갈아봤다. 마른논은 쟁기가 톡톡 튀어 오르고 물이 깊은 논은 쟁기 밥이 보이지 않아 경계표시로 드문드문 막대기를 꽂아가며 갈았다.

"그러니께 사람이나 소나 목표가 분명해야 똑바루 갈 수 있는 겨."

내 가슴에 담아둔 그 말은 아버지가 내게 쟁기질을 가르치며 한 말이었다.

산전을 갈다 보면 쟁기에 돌이 자주 걸렸다. 소는 쟁기에 돌이 걸리면 나보다 먼저 걸음을 우뚝 멈추고 반동으로 반 발짝쯤 살짝 뒷걸음질 쳤다. 그때 쟁기를 뒤로 제치고 돌을 빼내거나 쟁기를 뽑아 들고 돌을 넘어갔다. 물론 보습에 나무뿌리가 걸려도 그렇게 했다. 만약 나와 소가 서로 교감이 없다면 쟁기에 돌이 걸리든 나무뿌리가 걸리든 소는 그대로 끌고 나가 쟁기가 부서졌을 것이다. 비탈밭에 들어가 멍에를 메워주면 소는 시키지 않아도 안쪽다리를 구부려 무릎을 꿇어가며 쟁기를 끌었다.

늦도록 쟁기질을 하고 캄캄한 밤에 험준한 고갯길을 허위허위 넘다 보면 소가 갑자기 우뚝 멈추고 한 발짝도 떼어 놓지 않을 때가 있었다. 내가 못 본 무엇을 보았거나 본능적으로 무서움을 느낄 때였다. 그럴 땐 아버지가 일러준 대로 소를 억지로 몰지 않고 소 앞으로 다가가 다정한 친구를 대하듯 부드러운 목소리로 '괜찮다. 가자. 괜찮다. 가자' 하고 머리를 쓰다듬어 주고 목을 안아준 뒤 앞장서 걸어가면 소는 내 꽁무니를 바짝 따라왔다. 물론 소가 내 말은 알아듣지 못했겠지만 믿음만은 줄 수 있어 소는 내게 의지하고, 소가 있어 나도 든든했다.

농번기가 돌아와도 산골은 논밭 갈 일이 별로 없었다. 너무 비탈진 산전은 쟁기질마저 할 수 없었다. 나는 봄방학이나 휴일에 쟁기를 지고 신풍들에 나가 품을 팔고 돌아올 때가 있었다. 논을 가는 품삯은 마지기로 계산해 받았다. 하루는 내가 쟁기질을 하다 넘어지며 땅을 짚을 때 손목을 다쳤는데 손목이 퉁퉁 붓고 시큰거려 도저히 쟁기질을 할 수 없게 되었다. 그날 논갈이가 급한 논 주인이 아버지를 찾아왔다.

다음 날 아버지가 나를 대신해 논갈이 나갈 때 나를 데리고 갔다. 아버지가 쟁기질하는 걸 보는 순간 나도 모르게 감탄했다. 물론 아버지에게 쟁기질을 배웠고 아버지가 쟁기질하는 것을 처음 본 건 아니지만, 내가 모르고 볼 때와 알고 보는 것은 판이했다. 아버지가 논을 갈아엎은 쟁기 밥은 일정했다. 이랑의 깊이도 두둑의 넓이도 판에 박은 듯 고르게 나왔다. 내가 쟁기질을 하고 지나간 자리는 거웃이 생기기도 했고, 두둑의 간격도 고르지 못했고, 삐뚤빼뚤한 곳도 있었다.

아버지가 손목이 퉁퉁 부은 나를 왜 데리고 갔는지 그제야 깨달았다. 아버지는 무슨 일이든 내가 보고, 듣고, 생각하고, 스스로 터득하도록 했지, 뭘 강요하거나 조급하게 서두르지 않았다. 나는 단 한 번도 아버지한테 매 맞아 본 적도 없고 기억에 남을 만큼 심한 꾸중을 들어본 적도 없다. 내가 오줌싸개 동생 고추 끄트머리를 실로 챙챙 묶어놓아 한밤중에 집안이 발칵 뒤집혔을 때도 아버지는 가타부타 말을 하지 않았다. 아버지는 엄마가 내게 키를 씌워 소금 얻어오라고 큰집에 보낸 걸 알고 이렇게 말했다.

"애들이 뒤를 가릴 때가 되면 어련히 가릴까."

아버지는 늘 자식들을 지켜보며 기다려주었다.

아버지는 오전 논갈이를 마치고 소 멍에를 푼 뒤 멍에 닿은 자리를 주물러주고 소죽을 들어다 주었다. 나는 논두렁 위에 아버지와 마주 앉아 점심을 싼 보자기를 풀었다. 엄마가 싸준 점심은 갈밥이었다. 반찬은 고추장 한 종지와 산나물이었는데 갈밥보다 산나물이 훨씬 많았다. 아버지는 산나물을 많이 집고 갈밥을 조금씩 싸먹으며 내게는 갈밥을 많이 싸 '한볼팅이'(크게 한입)씩 먹으라고 했다. 아버

284

지는 내가 한참 클 때라고, 먹고 돌아서면 바로 배가 고플 때라고, 나를 더 많이 먹이려고 했다.

나는 숟갈로 갈밥 위에 금을 긋고 아버지 몫과 내 몫을 갈라놨다. 아버지는 허허 웃으며 별 싱거운 놈 다 봤다며 내가 금을 그어 놓은 곳까지 드시지 않고 수저를 내려놓았다. 더 잡수시라고 해도 아버지는 두말없이 담배쌈지를 들고 일어나 한참 죽을 먹고 있는 소에게 다가가 담배통에 담배를 꾹꾹 눌러 담아 부싯돌을 쳤다. 부싯깃이 눅눅해졌는지 부싯돌을 여러 번 쳐도 불이 붙지 않았다. 부싯깃은 내가 수리치를 뜯어다 말린 뒤 손으로 싹싹 비벼 만들었다. 흔한 쑥을 뜯어다 만들기도 했는데 아버지는 수리치로 만든 부싯깃을 좋아했다. 수리치 향은 담배 맛을 돋우는데 쑥 향은 너무 독해 담배 맛이 떨어진다고 담배에 불이 붙으면 바로 부싯깃을 털어냈다.

아버지는 부싯깃이 떨어져도 성냥을 쓰지 않고 짚으로 꼰 헌 동아줄에 불을 붙여 일터에 두고 담뱃불로 썼다. 한 번 불이 붙은 동아줄은 불꽃 없이 마른 땅에 물이 번지듯 온종일 시나브로 타들어 갔다. 돈벌이가 없는 산골 사람들은 사다 쓰는 것은 마른 수건을 쥐어짜듯 아껴 쓰는 수밖에 없었다. 성냥도 등잔불 켜는 석유도 그랬다. 엄마는 사시사철 한시도 불씨를 꺼뜨리지 않았다.

아버지가 담배를 피우는 동안 나는 취나물을 겹쳐 놓고 남은 갈밥을 두 쌈으로 싸 들고 아버지에게 갔다. 아버지는 입에 문 물부리를 쏙 빼내며 "그냥 다 먹지, 그걸 왜 갖구 왔어?" 하면서도 한 쌈을 집어 먹고, 남은 한 쌈은 기어이 나보고 먹으라고 했다. 내가 갈밥 한 쌈을 입에 넣자 아버지는 내려놓았던 담뱃대를 다시 물고 보조개가 옴폭옴폭 들어가도록 벌씸벌씸 빨아대도 연기가 나오지 않았다. 아

버지는 담배를 태우다 말고 돌멩이에 담배통을 탁탁 털었다. 아무래
도 담뱃대에 댓진이 낀 모양이었다.

나는 논둑에 거미줄처럼 뻗어 나간 댕댕이덩굴을 끊어다 댓진을
뽑아냈다. 댕댕이덩굴은 대나무처럼 마디가 도드라져 있어 마디마
디에 새카맣고 찐득찐득한 댓진이 묻어나왔다. 댕댕이덩굴은 노끈
처럼 가늘고 질겨 바구니, 소쿠리, 채반, 용수, 반짇고리를 만들기
도 했는데 손재주가 좋은 사람은 생활에 필요한 여러 가지 그릇을
만들어 썼다.

소는 죽을 거의 다 먹어 가고 있었다. 아버지는 댓진을 빼낸 담배
통에 다시 담배를 꾹꾹 눌러 담으며 말했다.

"그러니께 말이다. 소에게 멍에를 메우구 풀 땐 반드시 멍에 닿는
자리를 손으루 주물러 뭉친 근육을 풀어줘야 혀. 쇠죽을 먹일 때두
마찬가지여. 소견머리 없는 사람은 근육을 풀어주기는커녕 멍에조
차 풀지 않은 채 쇠죽만 덜렁 갖다주는디, 그건 사람이 지게를 지구
밥을 먹는 거나 같은 겨. 쇠죽을 다 먹은 뒤 되새김질헐 시간두 줘야
허구. 일이 바쁘다구 되새김질헐 시간은 고사허구 한참 먹구 있는
쇠죽 그릇을 뺏구 곧바루 일을 시키거나 철썩철썩 똥을 싸구 질금질
금 오줌을 싸대는디두 그대루 일을 시키는 사람두 있어. 그건 사람
이 헐 짓이 아녀.

소는 자기가 해야 헐 일의 양두 모르구 시간두 모르구 자기 힘을
안배헐 줄두 몰러. 그저 사람이 시키면 시키는 대루 허는 게 소여.
그보다 더 중요헌 건 일을 많이 허는 소는 반드시 발에 편자를 신겨
야 혀. 편자를 신기지 않거나 때를 놓치면 발톱이 닳어 피가 흘러 발
자국마다 핏물이 드는디, 얼마나 아프겄어. 발톱이 닳어 피를 흘리

며 쟁기 끄는 소는 혓바닥을 길게 빼물구 헐떡거리며 눈물을 흘려."

아버지는 재만 남은 대통을 돌멩이에 탁탁 털며 말했다.

"우보천리(牛步千里)라는 말이 있어. 소발에 편자를 신기구 내가 먹을 때 먹이구 쉴 때 쉬어가며 뚜벅뚜벅 걷다 보면 천 리를 가는디, 제 생각만 허구 소를 쉴 새 읎이 들입다 몰어치면 당장이야 천 리가 아니라 만 리라두 갈 것 같지만 백 리두 못 가 주저앉는 겨."

아버지가 고개를 돌려 되새김질하는 소를 바라보자 소가 되새김질을 딱 멈추고 아버지를 쳐다봤다. 마치 고만 일 하러 갈 거냐고 눈으로 묻듯이. 아버지가 싱긋이 웃으며 말했다.

"소가 한가로이 되새김질이나 허는 것처럼 보이지만 항상 주인 눈치를 보구 있어. 이따 내가 일어날 때 봐라. 내가 일어나면 소두 벌떡 일어설 테니께."

나는 문득 평소에 궁금했던 것이 생각나 아버지에게 엉뚱한 질문을 했다.

"아부지, 소가 도살장에 들어갈 때 안 들어가려구 버팅기구 뒷걸음질 치며 음마 음마 운다는디, 그게 참말인가유?"

아버지는 담배쌈지를 돌돌 말은 뒤 담뱃대를 쌈지 위에 올려놓고 말했다.

"그럼. 안 들어가려구 버팅기구 뒷걸음쳐 달어나는 놈만 있는 게 아녀. 도살장루 들어가다 말고 우뚝 서서 눈물을 줄줄 흘리는 놈두 있어."

"소가 외양간인지 도살장인지 어티기 알쥬?"

"글쎄, 위기의식은 사람이나 짐승이나 본능적으루 느끼는개벼. 소두 사람처럼 폭력을 두려워허구, 분노허구, 무서움을 타구, 좋아

허구, 싫어허구, 길을 가다 비를 만나면 뛰어가구, 더우면 나무그늘로 들어가구, 가려우면 언덕이나 나무에 비벼대구, 비빌 디가 읎으면 줄렁줄렁 다가와 내 몸에 대구 비벼대. 긁어 달라구. 그런디 소를 거칠게 다루는 사람에게는 멍에를 메지 않으려구 뿔을 들이대며 반항을 혀. 소가 너무 힘들면 쟁기를 멘 채 달어나는 놈두 있구, 성난 쇠뿔에 받혀 죽은 사람두 있어. 세상에 똑같은 사람이 읎덕기 똑같은 소두 읎어."

아버지와 이야기를 나누는 동안 소는 되새김질을 끝내고 자는 듯 눈을 지그시 감은 채 꼬리로 투덕투덕 파리를 쫓고 있었다. 아버지가 아무 말 없이 슬그머니 일어났다. 아버지 말대로 소가 알았다는 듯 벌떡 일어나 다가오는 아버지를 물끄러미 쳐다봤다. 아버지가 소에게 다가가 다시 멍에 닿는 자리를 한참 주무른 뒤 멍에를 메어주자 소가 스스로 뚜벅뚜벅 걸어서 논으로 들어갔다. 어느덧 쟁기를 잡고 걸어가는 아버지 걸음걸이도 소를 닮아가고 있었다. 나는 소를 바라보며 문득 몇 해 전 사고로 죽은 어미 소가 떠올랐다.

나는 학교 갈 때 소를 끌어다 풀밭에 매어 놓고 돌아올 때 끌고 오며 풀을 뜯겼다. 쇠꼴도 부지런히 베어다 먹였다. 소가 무럭무럭 자라 새끼를 낳았다. 새끼가 젖을 뗄 때가 되자 망아지처럼 사방팔방으로 돌아다니며 풀을 뜯어먹었다. 그날엔 학교 갈 때 소를 산에 매어 놓고 갔다. 소를 들에 매어 놓으면 송아지가 논밭에 들어가 농작물을 뜯어먹고 매대기를 쳤기 때문이었다. 하굣길이었다. 아침에 소를 매어 놓은 곳으로 걸어가는데 다급하게 우는 어미 소와 송아지 울음소리가 산골짜기를 울렸다.

예감이 불길했다. 대개 송아지가 어미를 부를 때 '음매애' 하고 길게 부르고, 어미 소는 뱃구레에 힘을 주고 코로 '음' 하고 짧게 화답하며 무슨 낌새라도 찾아내려는 듯 촉각을 곤두세웠다. 웬일인지 어미와 새끼의 울음소리에 다급함이 역력했다. 내가 급히 달려갔는데 송아지가 눈에 띄지 않았다. 내가 다가가도 어미는 거들떠보지 않고 산골짜기 아래를 내려다보며 계속 울었다. 그것도 전에 없던 일이었다. 내가 풀밭에 소를 매어 놓고 데리러 가면 반가워 대가리를 쳐들고 쩔렁, 쩔렁 워낭소리를 내며 허공을 향해 입을 어설프게, 헤벌쭉이, 헤벌리고 우는 소리를 내거나 말뚝 주위를 빙글빙글 돌았다.

마음이 조급했던 나는 우선 고삐를 풀었다. 내가 고삐를 풀자마자 어미 소가 언덕 아래로 뛰기 시작했다. 나도 고삐에 끌려 같이 뛰었는데 어미 소가 미친 듯이 달려가는 바람에 앞으로 팍 엎어지며 고삐를 놓쳤다. 나는 벌떡 일어나 달음박질로 어미 소를 쫓아갔다. 아뿔싸! 내 눈에 들어온 송아지는 바위틈에 한쪽 다리가 끼어 빠져나오지 못한 채 울고 있었다.

새끼를 발견한 어미가 한 길이 넘는 언덕 아래로 펄쩍 뛰어내릴 때 앞다리가 푹 꺾이며 앞으로 고꾸라졌다. 어미는 일어서려고 했지만 일어서지 못했다. 어미 코에서 붉은 피가 줄줄 흘렀다. 내가 잡은 고삐에 코가 찢어지는 데도 새끼에게 달려간 모양이었다. 어미가 모가지를 길게 빼고 혓바닥으로 새끼 코와 입을 핥아 주었다. 새끼도 어미도 코와 입이 시뻘겋게 피로 물들었다. 새끼는 어미에게 코와 입을 대주고 꼬리를 바삐 흔들며 빨리 구해 달라는 듯 음매, 음매 울었다. 어미는 여전히 새끼를 핥아 주며 코를 벌름거리고 입을 씰룩이며 아기가 옹알이하듯 평소에 들어보지 못한 소리를 끊임없이 웅얼거렸다. 새끼도 어미가 웅얼거리는 소리를 알아듣는 듯 울음을 뚝 그치고 가만히 듣고 있었다.

한동안 그렇게 웅얼거리던 어미가 입을 다물고 '흐응' 하고 콧소리를 크게 내며 길게 늘였던 모가지를 끌어들여 새끼와 사이가 벌어졌다. 그 순간 새끼가 어미 말을 알아들은 듯 '음매애' 하고 힘차게 펄쩍 뛰어오르며 바위틈에서 빠져나왔다. 새끼는 빠져나왔어도 어미는 일어서지 못했다. 나는 뒷골에 들어가 조밭을 매고 있는 아버지에게 알렸다. 아버지가 어미에게 달려가 땀을 비 오듯 쏟으며 한참 동안 앞다리를 주물러 주고 목을 끌어안고 일으켜 세우려고 온갖 노력을 다했어도 끝내 일어서지 못했다. 아버지는 그길로 달려가 소 주인을 데려왔다.

소 주인은 우시장 초입에서 푸줏간을 했는데, 남에게 송아지 여러 마리를 기르게 했다. 아버지를 따라온 소 주인은 다짜고짜 짚고 온 몽둥이로 소 엉덩짝을 무지막지하게 두들겨 팼다. 소가 하늘을 향해 대가리를 쳐들고 비명을 지르면서도 일어서지 못했다. 몽둥이를 팽개친 소 주인은 참나무 가지를 꺾어 소 똥구멍이고 음부고 어디고 할 것 없이 닥치는 대로 팍팍 찔렀다. 소 엉덩이에서 피가 줄줄 흘러내렸다. 소가 고통을 참지 못하고 하늘을 향해 울부짖었다. 송아지가 어미를 쳐다보며 음매, 음매 애타게 나부대며 울었다.

소 주인은 소가 끝내 일어서지 못하자 피가 뚝뚝 떨어지는 참나무 가지를 팽개치고 돌아서다 '아얏!' 소리를 내지르며 털썩 주저앉았다. 나는 소 주인이 뱀에 물린 줄 알고 달려갔다. 소 주인이 다급하게 피 묻은 손으로 왼쪽 바지를 걷어 올렸다. 장딴지에 실낱같은 하얀 줄이 조금 나 있었다. 아마 뒤로 돌아설 때 망개나무 가시에 살짝

긁힌 모양이었다. 손에 묻은 피는 소가 흘린 피였다. 지레 겁을 먹고 놀란 소 주인은 멋쩍은 표정으로 내일 오겠다며 돌아갔다.

바위틈에 끼었다 빠져나온 송아지 발목이 나무껍질 벗겨지듯 벗겨져 피가 흘렀다. 아버지가 밧줄을 가져다 목사리를 하고 고삐를 걸어 송아지를 소나무에 단단히 매어 놓았다. 세상에 태어나 처음 고삐에 매인 송아지가 목사리를 끊으려고 발버둥 쳤다. 나는 아버지가 일러 준 달개비와 쑥과 연한 칡잎을 한 주먹 뜯어왔다. 아버지는 내가 뜯어온 풀을 돌 위에 올려놓고 돌로 곤죽처럼 짓이겨 상처 입은 발목에 두툼하게 붙여주고 칡껍질로 싸매주었다.

우리가 연장에 다쳤을 때도 아버지는 세 가지 풀을 뜯어다 짓이겨 붙여주었다. 종기에 익은 감자를 짓이겨 붙여주었고, 배가 살살 아프다고 하면 소금을 한 주먹 먹고 뜨끈뜨끈한 아랫목에 엎드려 있으라고 했다. 아닌 게 아니라 소금을 한 주먹 먹고 뜨거운 아랫목에 배를 쭉 깔고 엎드려 트림 몇 번 하고 나면 아프던 배가 거짓말처럼 나았다. 고뿔에 걸려도 아버지는 밖에 나가 뛰어놀라고 했다. 고뿔에 걸린 채 땀을 뻘뻘 흘리며 뛰어다니다 보면 나도 모르는 사이 고뿔이 떨어졌다. 설사가 나면 감을 먹고, 심하게 날 땐 따뜻한 물에 간장을 간간하게 타 마셨다.

물론 간장도 잘 먹으면 약이고, 잘못 먹으면 독이 되었다. 나는 간장 맛을 모르고 간장을 먹은 뒤 죽을 고생을 한 적이 있었다.

우리집 장을 달이는 날이었다. 이웃 아주머니들이 찾아와 엄마와 같이 장을 달이며 숟가락으로 장맛을 보고 엄마를 칭찬했다. 다른 아주머니도 장맛을 보고 장맛이 달다고, 장맛이 꿀맛이라고 했다.

"아줌니, 장 담구는 솜씨가 워쩌면 이러키 좋대유? 장맛이 아주 꿀맛 같어유?"

엄마가 장 담그는 일은 메주콩을 가리는 일부터 시작했다. 메주 쑬 콩을 한 바가지 퍼 키에 쏟아 붓고 키를 약간 비스듬하게 기울이고 좌우로 살랑살랑 흔들면 탱글탱글하게 여문 콩은 또르르 굴러 내리고 쭈그렁이는 뒤로 처졌다. 엄마는 쭈그렁이를 골라내고 잘 여문 콩으로 메주를 쒔다. 어떤 사람은 못생긴 사람을 메주 같다고 했는데, 엄마가 콩을 삶아 절구에 쿵덕쿵덕 찧어 큼지막한 주걱으로 투덕투덕 때려 만들어도 목침처럼 네모난 메주가 고르고 매끈한 모양새가 여간 예쁜 게 아니었다. 그렇게 만든 메주가 이삼일 지나면 꾸덕꾸덕 말랐다. 아버지는 마른 메주를 짚으로 묶어 시렁에 나란히 매달아 놓았다.

장맛을 본 아주머니들이 엄마에게 장 담그는 비결을 물었다. 엄마는 가마솥에 달인 장을 바가지로 조심스럽게 퍼내며 말했다.

"장은 메주두 좋아야 허지만, 소금물을 얼마나 잡느냐에 따라 장맛이 달라지는 겨."

엄마가 소금물을 만들 때 환자의 맥을 짚는 의원처럼 소금물에 달걀 하나를 띄워놓고 뜨는 달걀을 손끝으로 닿는 듯 스치는 듯 눌러보며 전해져오는 느낌으로 소금 양을 조절했다. 소금물은 장항아리에 메주를 넣고 잡아나갔다. 엄마는 소금물을 붓는다고 하지 않고 잡는다고 했다.

나는 동네 아주머니들이 장맛을 보고 꿀맛 같다는 소리에 귀가 번쩍 뜨였다. 나도 장맛을 보고 싶어 가까이 가려면 동네 아주머니들이 "장 달이는 디 사내자식이 들어오면 불알 떨어진다."며 얼씬거리지 못하게 했다.

정말 장 달이는 데 사내자식이 들어가면 불알이 떨어질지 안 떨어질지 알쏭달쏭할 때였다. 아주머니들이 들어오지 말라고 막으면 막을수록 나는 꿀맛 같다는 장맛을 보고 싶어 그곳을 떠나지 못하고 뱅글뱅글 겉돌다 모두 점심 먹으러 들어간 사이 숟가락으로 장을 퍼먹었다. 이상했다. 아주머니들이 꿀맛 같다는 장을 아무리 퍼먹어도 도통 짜기만 했지 달지 않았다.

엄마는 한나절 내내 달인 장을 식히느라고 그릇이라는 그릇은 모두 내다 여러 그릇에 담아 놓았다. 나는 한 그릇도 빼놓지 않고 퍼먹고 의심스러워 다시 한 번 더 퍼먹었는데도 장맛이 달기는커녕 아주 진절머리가 나게 짜기만 했다. 소금 먹은 놈이 물켠다고 나는 장을 하도 많이 먹어 그날 밤 부엌을 들락거리며 물만 들입다 퍼먹었다. 설상가상으로 물 마시고 좀 지나자 뱃속에서 꾸르륵, 꾸르륵 비둘기 우는 소리가 나더니 설사가 물줄기 뻗치듯 마구 뻗쳤다. 그것참, 사람 미치고 환장할 노릇이었다. 밤새 물 퍼먹고 뒷간 가고, 뒷간 갔다 물 퍼먹고 그렇게 밤을 홀딱 샜다.

다음 날 아침 나를 본 엄마가 기절초풍했다. 저녁 먹을 때까지만 해도 멀쩡했던 내가 하룻밤 사이에 쑥 들어간 눈자위를 흰 죽사발처럼 허여멀건 하게 드러내놓고 퍼질러 누웠으니 기절초풍할 만도 했다. 자초지종을 물은 엄마가 내 얘기를 듣고 혀를 끌끌 차며 말했다.

"에이구 이늠아, 늬가 장맛을 아냐? 늬가 장맛을 알어?"

그때 엄마 말을 듣고 어린 나이에도 왜 그렇게 부끄럽던지. 나는 그때를 떠올리며 세상을 장맛 보듯 사는 게 아닌가 하는 생각이 들

때가 있다.

음매애 음매애. 소나무에 매어 놓은 송아지가 어미를 바라보며 애타게 울었다. 아버지가 송아지 고삐를 길게 이어줬다. 송아지는 어미에게 달려가 젖을 찾았다. 어미는 누운 채 한쪽 다리를 허공으로 번쩍 쳐들고 새끼에게 젖을 먹였다. 나는 풀을 베어다 어미 소에게 주었다. 어미 소는 마치 기다렸다는 듯 게걸스럽게 받아먹었다. 어미 소는 온종일 풀을 주는 대로 받아먹으며 새끼에게 젖을 먹였다. 나는 풀을 한 아름씩 베어다 어미 소를 먹이고 그날 밤 아버지와 같이 모닥불을 피워놓고 소와 함께 산에서 밤을 보냈다.

다음 날 새벽에 소 주인이 침쟁이를 데리고 왔다. 침쟁이는 소를 살펴보고 소 앞다리가 부러진 것 같지 않다며 침통을 열고 젓가락 굵기만 한 침을 놓았다. 소는 침을 놓을 때마다 비명을 내지르며 벌떡 일어서려고 했지만 끝내 일어서지 못했다. 침놓은 자리에 검붉은 피가 솟구쳤다. 침쟁이는 죽은피라고 했다. 침을 맞고 죽은피를 빼내고도 소는 일어서지 못했다. 침쟁이는 소가 일어서려면 며칠 걸리겠다고 했다.

송아지는 체념한 듯 고삐를 벗어나려고 하지 않고 주변을 빙글빙글 돌아다니며 풀을 뜯어먹었다. 어미는 풀을 뜯어먹고 돌아온 새끼를 혓바닥으로 싹싹 핥아주고 한쪽 다리를 번쩍 쳐든 채 퉁퉁 불은 젖을 먹였다. 송아지가 누워있는 어미 배때기를 머리로 치받으며 젖을 빨았다. 그날도 나는 아버지와 모닥불을 피워놓고 산에서 밤을 보냈다.

이튿날 어둠이 채 가시기 전 소 주인은 장정 대여섯 명을 데리고 왔다. 그들은 모두 빈 바지게를 지고 왔다. 아버지는 내게 어서 집으로 돌아가라고 쫓았다. 내가 몇 발짝 가기 전 뒤에서 퍽 소리에 이어 '음마아' 하고 소가 외마디 비명을 질렀다. 내가 화들짝 놀라 뒤로 돌아섰을 때 하늘로 치켜들었던 어미 소 대가리가 땅으로 처박혔다. 소나무에 매여 있던 송아지가 펄쩍 뛰며 '음매애' 하고 날카롭게 울었다. 아버지는 죽은 어미를 쳐다보며 애처롭게 우는 송아지를 끌어다 어미가 보이지 않는 다복솔 뒤 떡갈나무에 매어 놓았다.

사람들이 어미 소를 밟고 올라가 모가지를 자르고 가죽을 벗기기 시작했다. 어떻게 알았는지 동네 사람들이 모여들어 동이에 받아놓은 소 피를 돌아가며 바가지로 퍼마셨다. 간을 꺼내 소금에 찍어 먹었다. 송아지가 음매애, 음매애 울었다. 까마귀가 분주히 날아다니며 까악, 까악 울었다. 들고양이가 몸을 납작 움츠리고 주위를 사부작사부작 맴돌았다.

얼마나 지났을까. 소를 잡던 사람들이 토막 낸 쇠고기를 바지게에 지고 줄지어 산을 내려갔다. 잠시 뒤 아버지가 쩔렁, 쩔렁 워낭소리를 내며 우는 송아지를 끌고 산을 내려오고 있었다. 워낭은 죽은 어미 목에 달려있던 것이었다. 나는 나부대는 송아지 목을 끌어안고 엉엉 울며 말했다.

"아부지, 내가 고삐를 놓쳐 어미 소가 죽었슈."

아버지는 양손으로 소고삐를 단단히 감아쥐며 말했다.

"아녀 이늠아. 나라두 놓쳤을 겨. 세상에 위급한 새끼를 보구 달려가는 에미를 무슨 수루 붙들었어. 늬가 고삐를 놓쳤기에 망정이지 안 놓쳤으면 소에게 끌려가다 너두 크게 다쳤을 겨. 쇠코가 아주 찢어졌을지두 모르구."

아버지는 안 끌려가려고 앞다리로 버티는 송아지 고삐를 느슨하게 풀어주며 다시 말했다.

"소는 말이다. 송아지 때 고삐에 한 번 매이면 나중에 송아지가 자라 고삐를 끊구 달아날 힘이 생겨두 아예 달아날 생각조차 안 혀. 그런디 고삐가 풀린 걸 알구 달아날 땐 사람이 감당헐 수 읎는 겨. 사람이 어티기 소 힘을 당허겄어. 그러니께 이제 그만 울구 송아지나잘 키워. 어미 소는 어차피 주인이 오늘내일 가져다 잡기루 했던 거구, 송아지는 다행히 젖 뗄 때가 한참 지났으니께."

온몸으로 버티는 송아지를 아버지가 앞에서 끌고 내가 뒤에서 밀며 힘겹게 끌어다 어미와 같이 살던 외양간에 매어 놓았다. 송아지는 어미와 함께 걸어 나갔던 길을 바라보며 울었다. 아버지는 어미 소가 살던 외양간에 쌓인 두엄을 쳐내고 마른 풀을 안아다 푹신하게 깔아주었다. 송아지가 고삐 맨 외양간 지붕이 흔들리고 서까래에서 삐꺼덕 소리가 나도록 펄쩍펄쩍 뛰며 울었다. 천방지축으로 나부대며 우는 송아지 눈두덩에서 턱밑까지 눈물로 흠뻑 젖은 것을 보고나도 모르게 눈물이 왈칵 쏟아졌다. 아버지가 말했다.

"이늠아, 이제 그만 울어. 어미 소는 어차피 잡을려구 했었으니께. 그래두 고통 읎이 죽었으니 그나마 다행이지 뭐."

나는 소가 고통 없이 죽었다는 아버지 말에 반항하듯 말했다.

"다행이라니유? 소를 망치루 때려죽이구 사지를 토막냈는디, 왜 고통이 읎었겄슈?"

아버지가 부산하게 나부대며 우는 송아지를 바라보며 말했다.

"늬가 진짜 고통이 뭔지 알기나 혀. 소는 아무나 잡는 게 아녀. 소 잡는 사람은 소가 고통을 느낄 새 읎이 망치 한 방으루 때려잡는 겨.

진짜 고통은 사람이나 짐승이나 제 새끼와 생짜배기루 떨어지는 고통이여."

나는 문득 일제강점기에 우리와 생이별을 하고 일본 탄광으로 끌려가던 아버지를 상상했다. 아버지는 무슨 생각이 들었던지 한동안 고삐에 매인 채 슬피 우는 송아지와 마주 앉아 대통에 담배를 꾹꾹 눌러 담으며 말했다.

"그러니께 말이다. 옛날 중국에 환온이라는 사람이 배를 타구 장강 삼협이라는 곳을 지날 때, 그를 수행허던 시종이 원숭이 새끼 한 마리를 붙잡은 겨. 새끼를 빼앗긴 어미 원숭이가 애타게 울부짖으며 강변으루 강변으루 배를 쫓아갔어. 배에 탄 사람들은 어미 원숭이가 좀 따러오다 말겠지 생각했는디, 웬걸 어미 원숭이가 슬피 울며 백여 리를 따러가다 어느 산모롱이를 돌아갈 때 나르듯이 배에 펄쩍 뛰어올라 그만 기절해 죽어버렸어. 사람들이 죽은 어미 원숭이 배를 가르구 보니께 창자가 마디마디 녹아 끊어졌더랴. 내가 서당에 댕길 때 읽은 세설신어(世說新語)에 나오는 얘기여. 사람이나 짐승이나 제 새끼와 생짜배기루 이별하는 고통이 제일 큰 겨. 우리 송아지두 에미와 생짜배기루 떨어져 저러키 울구 있잖어."

송아지는 여전히 어미와 같이 걸어 나갔다 혼자 들어온 길을 바라보며 목청껏 울었다. 아버지는 며칠 지나면 소가 일어설 수 있는데 소 주인이 소가 마를까 봐 미리 잡았다고 했다.

아버지가 무슨 말을 하건 죽은 소가 눈에 밟혀 나는 아무 생각도 할 수 없었다. 애처롭게 우는 송아지를 지켜보다 못해 구럭을 메고 뒷골로 갔다. 뒷골은 소가 잘 먹는 칡잎, 뽕나무잎, 자귀나무잎, 닥나무잎을 얼마든지 딸 수 있었고, 연한 바랭이가 지천으로 자랐다.

나는 칡잎과 뽕나무 잎과 연한 바랭이가 가득 찬 구럭을 앞에 놓아 주었지만 송아지는 거들떠보지 않았다. 온종일 울기만 했던 송아지가 밤에도 울었다.

다음 날도 학교에서 돌아오는 대로 외양간으로 달려가 보았다. 아침에 주고 간 풀이 빼빼 말라 있었다. 풀 한 주먹을 쥐고 가 송아지 입에 대주어도 받아먹지 않고 자꾸 고삐를 끊고 달아나려고만 했다. 아버지가 다가와 말했다.

"송아지가 풀을 안 먹는다구 걱정허지 마. 하루 이틀 지나면 먹을 테니께."

그랬다. 송아지는 꼬박 이틀을 울어도 어미가 돌아오지 않자 울면서 풀을 먹고 물을 마셨다. 나는 송아지가 풀을 먹기 시작하자 쉴 새 없이 풀을 베어다 먹였다. 옥수숫대를 슑아다 주기도 했다. 송아지도 단맛을 좋아하는지 달착지근한 옥수숫대를 엄청 좋아했다. 아버지는 콩깍지, 팥깍지, 옥수수 껍질을 삼태기에 담아주었다. 엄마는 부엌에서 알뜰히 받아놓은 뜨물을 가져다주었다.

아버지가 송아지에게 끌려갈 만큼 자랐을 때 코를 뚫었다. 코 뚫는 날 아버지는 필재 씨와 같이 발버둥 치는 송아지를 끌어내 감나무에 목을 매어 놓았다. 아버지는 새로 만든 코뚜레에 참기름을 듬뿍 발라 들고 송아지에게 다가갔다. 겁을 먹은 송아지가 두 눈을 허옇게 뜨고 혓바닥을 길게 빼물었다. 아버지는 송아지 콧속에 엄지와 검지를 넣고 코 뚫을 자리를 찾아 집게 잡듯 맞잡은 채 비벼댔다. 그래야 코가 뚫릴 때 통증을 줄이고 피가 덜 난다고 했다. 한참 늘어지게 비벼대던 아버지가 뾰족한 코뚜레 끝을 송아지 콧속에 집어넣고 단번에 팍 찔러 코를 뚫었다. 코가 맞창 날 때 바동거리던 송아지가 팔짝 뛰며 날 선 목소리로 울었다. 나는 송아지가 격하게 울자 불현 듯 죽은 어미 소가 떠올랐다. 어미 소도 아버지가 마당가 감나무에 매어 놓고 코를 뚫었다.

아버지가 코를 뚫자 옆에서 지켜보던 필재 씨가 소리쳤다.

"히야, 참 잘 뚫었다! 아주 잘 뚫었어!"

코를 안쪽에 뚫으면 출혈이 많을 뿐만 아니라 고삐를 당길 때마다 통증이 심해 소가 잘 크지도 않고 살도 안 찐다고 했다. 반대로 송아 지 코를 바깥쪽에 뚫으면 코가 세서 부리기 힘들고 들창코가 되어 보기 싫다고 했다. 아버지와 필재 씨가 함께 끌어도 줄기차게 버티 던 송아지가 코를 뚫은 뒤로 내가 고삐를 잡아도 꼼짝 못 하고 고분 고분했다.

코 뚫은 날부터 '우리 송아지'가 아니라 '우리 소'라고 불렀다. 우 리 소가 코를 뚫은 뒤 사람을 무서워하며 피했다. 풀도 잘 먹지 않았 고 코에서 여전히 불그스름한 피가 코에 섞여 느른히 흘러내렸다. 내가 고삐만 잡아도 깜짝깜짝 놀랐다. 아버지는 코 뚫은 상처가 아 물 때까지 고삐를 잡지 말고 먹이도 멀찌감치 서서 던져주라고 했 다. 며칠 지나자 상처가 아물었는지 소가 예전의 활기를 되찾아 풀 을 잘 먹었다. 풀을 먹다 말고 간간이 어미와 함께 마당을 지나 걸어 갔던 길을 우두커니 바라보며 음마아, 음마아 길게 울었다.

엄마는 우는 소를 보고, 어미 잃은 슬픔을 다 삭이지 못해 우는 거 라며 치맛자락으로 눈시울을 훔쳤다. 외할머니 얼굴조차 모르는 엄 마는 열세 살 나던 해, 하늘같이 믿고 의지했던 외할아버지마저 돌 아가셨다. 엄마의 소원은 단 하나, 자식들을 다 키워놓고 죽는 것이 라고 했다.

아버지가 논을 가는 동안 나는 개울가로 내려가 한 손으로 소가 좋아하는 연한 갈대를 꺾고 칡잎을 따고 자귀나무잎을 따다가 빈 소죽통을 차곡차곡 채웠다. 아버지는 마지막 다랑이를 갈고 있었는데 거의 끝나가고 있었다. 나는 돌아갈 채비를 하고 소죽통을 들고 일어섰는데, 갑자기 등 뒤에서 툭툭 알밤 떨어지는 소리에 저절로 고개가 뒤로 휘익 돌아갔다.

어라! 수멍에서 어미 개구리와 새끼 개구리 두 마리가 팔짝팔짝 뛰어나오고 뒤에 커다란 독사가 미끄러지듯 빠져나와 달아나는 새끼 개구리 대가리를 꽥 소리가 나도록 덥석 물었다. 순식간에 일어난 일이었다. 논은 바짝 말라 있었다. 새끼 개구리는 독사 아가리 속에서 꽤액꽤액 울었다. 새끼 개구리보다 한발 앞서 달아나던 어미 개구리가 다급하게 질러대는 새끼 개구리 울음소리를 듣고 이내 뒤로 돌아 독사 아가리로 들어가는 새끼 개구리를 보자마자 달려들어 뒷다리를 맞물고 끌어당겼다. 새끼 개구리를 물은 독사가 꼬랑지를 파르르 떨며 뭉그적뭉그적 뒤로 뺐다. 어미 개구리는 앞발로 버틴 채 끌려가면서도 새끼 개구리를 놓지 않았다. 독사는 대가리를 좌우로 거세게 흔들며 새끼 개구리를 삼키고 있었다. 그러면 그럴수록 어미 개구리는 점점 독사 아가리 속으로 들어가는 새끼 개구리를 빼내려고 필사적으로 끌어당겼다.

독이 오를 대로 오른 독사가 새끼 개구리를 입에 문 채로 대굴대굴 굴렀다. 쪽 뻗친 새끼 개구리 양다리를 문 어미 개구리도 독사가 몸을 굴릴 때마다 한 몸처럼 대굴대굴 같이 굴렀다. 독사도 어미 개구리도 죽기 살기로 줄다리기 투쟁을 벌였지만, 새끼 개구리는 차츰차츰 독사 아가리 속으로 들어가고 있었다. 새끼 개구리가 독사 아가리로 들어가며 꽤액꽤액 목청껏 내질렀다. 차츰차츰 숨넘어가는 노인네 가래 끓듯 끄르륵, 끄르륵 소리가 새어 나오다가 그 소리마저 끊겼다.

내가 보기에 독사 아가리 속에 든 새끼 개구리를 빼내 본들 살아날 것 같지 않은데도 어미 개구리는 포기하지 않았다. 마침내 새끼 개구리 몸통이 독사 아가리로 들어가자 어미 개구리는 그제야 물었던 새끼 개구리 뒷다리를 놓았다. 독사 아가리와 어미 개구리 사이는 서로 닿을락 말락 했다. 자칫 독사의 입질 한 번으로 어미 개구리도 잡아먹힐 수 있었다. 손에 땀을 쥐고 지켜보던 나는 어미 개구리가 바로 달아날 줄 알았다. 아니 잽싸게 달아나야 했다. 이미 새끼 개구리 몸통이 독사 아가리 속으로 들어간 마당에 더 이상 지켜봐야 아무 소용없기 때문이었다. 그러나 어미 개구리는 앉은 자리에서 꼼짝하지 않고 독사 아가리 속으로 들어가는 새끼 개구리 뒷다리를 지켜보며 초상집 상주처럼 꽥꽥 울었다.

아마 독사 입에 새끼 개구리가 들어있는 동안 독사는 다른 먹이를 잡아먹을 수 없다는 걸 어미 개구리가 알고 있는 모양이다. 독사는 입안에 든 먹이를 얼른 삼키고 눈앞에서 꽥꽥 우는 어미 개구리마저 잡아먹겠다는 듯 몸을 움츠리고 똑바로 노려보며 새끼 개구리를 삼키고 있었다. 애석하게도 새끼 개구리의 가녀린 발끝까지 독사 아가리 속으로 완전히 들어갔다. 어미 개구리는 그제야 울음을 뚝 그치고 몸을 돌려 풀숲으로 달아났다. 나는 한낱 미물로 생각했던 개구리 앞에 마음이 숙연해졌다.

워, 워. 논을 다 갈고 나온 아버지가 소 멍에를 풀고 멍에 닿은 자리를 주물러 주고 있었다. 소는 아버지가 쟁기를 메워주면 '이랴' 하지 않아도 '워' 할 때까지 쉬지 않고 논을 갈았다. 그러고 보니 아버지는 나보다 훨씬 많은 논을 갈았는데도 온종일 소 부리는 소리는 오전 오후 끝날 때 들은 두 마디가 전부였다. 워, 워.

# 얼룩빼기 황소와 '해설피'

나는 죽은 어미 소를 생각하며 매일 무성한 풀밭으로 소를 끌고 다니며 풀을 양껏 뜯어먹였다. 밤에 잠들기 전에도 낮에 베어 놓은 풀을 한 아름씩 넣어주었다. 소는 자다가도 일어나 풀을 먹으며 무럭무럭 자라 길을 들여 논밭을 갈고 새끼를 들였다. 우리가 남의 소가 아닌 우리 소를 키워 장리 쌀값으로 넘기지 않고 새끼를 들이기는 처음이었다. 아버지가 말했다. 아버지의 할아버지 때도 없었던 일이라고. 아마 우리 조상이 은골에 터를 잡고 누대로 수백여 년 내려오는 동안 처음일 거라고.

마을사람들도 새끼를 밴 우리 암소를 보고 이제 가난을 벗었다고, 한밑천 단단히 잡았다고 했다. 내 생각도 그랬다. 어미가 새끼를 낳고, 그 새끼가 자라 또 새끼를 낳는 생각만으로도 가슴이 벅찼다. 보릿고개도 두렵지 않았다. 아니 우리는 사실상 보릿고개를 벗어났다. 그건 순전히 아버지가 금광에 다닌 덕분이었다.

어느 날 학교에서 돌아왔는데 텅 빈 외양간 기둥에 워낭만 덜렁 걸려 있었다. 나는 한걸음에 달려가 엄마에게 물었다. 엄마가 나를 고등학교에 보내려고 새끼 낳을 때가 되어 가는 암소를 팔았다는 말을 듣고 정수리에 벼락을 맞은 듯했다.

우리 면에는 고등학교가 없었다. 고등학교는 군 소재지에 있어, 걸어서 통학할 수 없었고 교통편도 없었다. 나는 고등학교 진학은 꿈도 꾸지 못했는데 엄마는 나를 고등학교에 보내려고 새끼 낳을 때가 다 되어가는 암소를 팔았다. 엄마는 며칠 뒤 나와 사촌 형과 함께 다니며 나를 고등학교에 입학시키고, 자취할 방을 얻고, 교복, 교모, 책가방, 운동화를 사 가지고 돌아왔다. 사촌 형은 초등학교를 나와 서당에 다녔고, 군대에 갔다 왔는데 내가 고등학교에 들어가는 것을 자기 일처럼 좋아했다. 그런데 엄마는 고등학교 진학을 준비하는 동안 내내 마치 작대기로 독사를 때려잡던 표정이었다.

어느 날 엄마가 나를 데리고 텃밭으로 붉은 고추를 따러 갔다. 고추밭에 우리보다 먼저 큰 독사가 들어가 있었다. 엄마가 소리쳤다.

"세혁아, 뒤루 물러나!"

나를 멀찌감치 데려다 놓은 엄마가 헛간에 들어가 작대기를 찾아들고 나오던 바로 그 단호한 표정이었다. 엄마는 작대기로 독사를 때려잡아 멀리 내다버렸다. 그날 나는 고추밭에 들어가지 않으려고 했다. 엄마가 나를 이렇게 나무랐다.

"이늠아, 독사가 집에 들어왔다구 다시 집에 안 들어갈 겨? 농사짓는 늠이 고추밭에 안 들어가구 어티기 살어. 밭에서나 질에서나 독사를 만나면 피허지 말구 때려잡아야 너는 물론 다른 사람도 안 물릴 거 아녀. 어여 들어와!"

나는 꼼짝없이 고추밭에 들어가 고추를 따고 나올 때까지 이미 잡아다 버린 독사가 눈에 어른거렸다. 이상한 건 그날 뒤로 나도 독사를 보면 엄마처럼 두려움 없이 바로 때려잡았다.

나는 엄마를 따라다니며 교복을 사고 가방을 사고 운동화를 사면서도 배가 가마솥 밑창만 하게 불렀던 우리 암소가 눈에 어른거렸다. 내가 물어보진 않았어도 엄마도, 아버지도, 머리 큰 동생들도, 암소를 바라보며 각자 꿈을 키우고 있었을 것이다. 나도 하루에 열두 번도 더 외양간을 바라보고 소를 거두며 꿈을 키웠다. 물론 고등학교에 진학할 꿈은 아니었다. 각자가 무슨 꿈을 꾸었든 그 꿈은 사라졌다.

부잣집 업 나가듯 새끼든 암소를 갑자기 내다 판 뒤 우리 집안 분위기는 하루아침에 확연히 달라졌다. 소를 팔기 전만 해도 아버지는 새벽닭이 홰를 치며 울면 어김없이 일어나 밖으로 나갔다. 잠시 뒤 쩔렁쩔렁 워낭소리가 들리고 가마솥 여닫는 소리, 나뭇가지를 딱딱 분질러가며 아궁이에 불을 때 소죽을 쑤고, 부엌에선 엄마가 달그락거리며 아침을 했다. 명주는 엄마와 부엌에 들어가 있고, 아버지는 소죽을 퍼다 주고 소는 허연 콧김을 불어내며 죽을 먹기 시작했다.

나는 그동안 사초를 가져다 놓고 아버지와 작두로 여물을 썰고, 정혁은 외양간을 쳐냈다. 홍혁은 마당을 쓸고 다른 동생들은 막내를 돌보며 방을 쓸었다. 운혁이 "이건 내가 헐 테니께 늬는 저거 혀" 하는 소리가 문밖으로 새어 나오고, 찬혁이 "싫어. 저걸 형이 혀. 그걸 내가 헐 테니께" 하고 대들었다. 운혁이 "쬐끄만 게 시키는 대루 허지 않구 까분다."고 윽박지르고, 느닷없이 '으앙' 하고 울며 "엄마, 형아가 때렸슈" 하고 소리를 질렀다. 현주가 부엌으로 쪼르르 달려가 "엄마, 운혁이 오빠가 찬혁이 오빠 때렸슈" 하고 일러바쳤고, 엄마는 "그럼, 형이 동생을 때리지 동생이 형을 때리겠어?" 하고 핀잔을 주었다. 방에서는 식전 내내 고만고만한 형제끼리 도토리 키재기로 옥신각신, 티격태격, 짱알짱알, 죽여 살려 소리치며 본능적인 삶의 투쟁은 계속되었다.

아침이 다 되면 명주가 부엌에서 나오며 말했다.

"아부지. 진지 잡슈."

아이들은 명주 말이 떨어지기 무섭게 방을 나와 우르르 개울로 몰려갔다. 아버지는 아침에 일어나 방 치우고, 개울물에 손 씻고, 세수하지 않은 놈은 아침 먹을 자격이 없다고 아예 밥상 앞에 앉지 못하게 했다. 모두 아침을 먹고 나면 학교 갈 아이들은 학교에 갔다. 아버지는 소를 외양간 밖으로 끌어내다 매어 놓고, 저녁에 입혀준 덕석을 벗긴 뒤 등긁이로 등을 긁어주고 하루 일을 시작했다. 소를 팔기 전까지 거의 비슷한 시간에 반복되는 우리집 일상이었다.

소를 판 뒤로 새벽닭이 파닥 파닥 홰를 치며 목청껏 울어도 아버지가 방문을 열고 나가는 소리도, 가마솥을 여닫으며 소죽 쑤는 소리도, 워낭을 쩔렁거리며 소죽 먹는 소리도 들리지 않았다. 새벽에 일어나 두엄을 쳐내고, 작두로 여물을 썰 일도 없어졌다.

문제는 동생들이었다. 나를 중학교에 보내기 위해 명주는 기어이 초등학교를 중퇴했고, 정혁은 힘겹게 초등학교를 졸업한 뒤 아버지와 산전을 일구고, 홍혁이도 초등학교마저 중퇴할 처지가 되었다. 동생들 희생은 거기서 끝나는 게 아니었다. 내가 동생들의 꿈이었던 새끼든 암소를 팔아 가져가는 것도 모자라 앞으로 3년간 내 뒷바라지까지 해야 했다. 아니 3년이 아니라, 차남은 평생 장남 그늘에서 벗어날 수 없을지도 모른다.

그뿐만이 아니다. 아홉 식구를 데리고 곧 다가오는 보릿고개를 넘어야 하는 아버지는 소보다 당장 내가 빠져나가는 것이 더 큰 타격이 될 수도 있었다. 그럼에도 아버지는 내가 고등학교 진학하는 데에 가타부타 말이 없었다. 내가 집을 떠나기 전날 밤, 교복과 가방을 머리맡에 두고 잠자리에 들었지만 잠을 이룰 수 없었다.

다음 날 새벽닭이 울 때 내가 먼저 일어나 밖으로 나갔다. 눈길이 외양간으로 향했다. 텅 빈 외양간에 두엄이 그대로 쌓여 있고 한쪽에 썰어놓은 여물이 바람에 어지러이 날아다녔다. 나는 언제 다시 우리집에 소가 들어와 먹을지 알 수 없는 여물을 가마니에 담아 두고, 텅 빈 외양간을 쳐내기 시작했다. 어느 날 저녁나절에 외양간을 쳐내는데 아버지가 말했다.

"외양간은 말이다. 아침에 일찍 쳐내구 하루 죙일 뽀송뽀송허게 말린 뒤 건초를 푹신허게 깔어주고 소를 들여다 매야 혀."

내가 외양간을 다 쳐낼 때까지 활기차고 생동감이 넘쳤던 집 안에 삭막한 정적만이 감돌았다. 엄마만 평소와 다름없이 일어나 부엌으로 들어갔다. 날이 훤히 밝자 아버지가 방을 나와 지게를 지고 어디로 간다는 말도 없이 집을 나갔다. 날씨가 제법 쌀쌀했다.

엄마는 아침 먹을 시간이 되어도 아버지가 돌아오지 않자 아이들 먼저 아침을 먹여 학교에 보냈다. 아버지는 새참 때가 되어도 돌아오지 않았다. 내가 고등학교에 진학하는 걸 두고 '차남은 머슴이나 살러 떠나야겠다'고 말끝마다 어깃장을 놓던 정혁이 끝내 말 한마디 없이 지게를 지고 나가버렸다. 나는 점점 멀어져가는 정혁이 뒷모습을 바라보며 참 많이 미안한 생각이 들었다. 엄마는 전날 꾸려 놓은 된장, 고추장, 간장을 마루에 하나하나 내다 놓으며 빠진 것을 챙겼다. 명주가 막내를 데리고 엄마 일을 도왔다.

나는 온통 아버지에게 마음이 쏠렸다. 아버지가 돌아오지 않으면 떠날 수 없기 때문이었다. 나는 오도 가도 못 하고 앞산만 바라보는데 뜻밖에 아버지가 도라지를 캐 가지고 돌아왔다. 그건 아버지와 내가 산에 갈 때마다 보아두었던 것이었다. 도라지는 보는 해에 캐는 게 아니라 몇 년 묵혀두었다 캤다. 아버지가 엄마에게 도라지가 든 자루를 건네주며 말했다.

"세혁이 요즘 지침을 허던디 이걸 까서 무쳐 보내."

나는 환절기가 되면 쿨럭쿨럭 기침이 나왔다. 도라지가 기침과 가래에 좋다고 했다. 엄마가 도라지 자루를 받아들고 말했다.

"이걸 언제 까서 무쳐 보내유. 그냥 주면 지가 알어서 해먹겠쥬."

엄마가 말은 그렇게 하면서도 흐뭇한 표정으로 덧붙여 말했다.

"그새 캐기두 참 많이 캤네유. 얼릉 들어가 아침 잡슈. 금방 국 떠 갖구 들어갈 테니께유."


아버지와 단둘이 아침상을 받기는 처음인 듯했다. 나는 아버지 밥그릇이 늘 내 밥그릇보다 크다고 생각했는데 똑같다는 걸 처음 알았다. 엄마가 김이 무럭무럭 올라오는 배춧국을 들고 들어왔다. 아침을 먹으며 누구도 입을 열지 않았다. 아침 식사가 끝나갈 무렵 아버지가 말했다.

"여기서 늬 자취방까지 얼마나 걸리데?"

나는 며칠 전 우리집과 학교와의 거리도 익혀둘 겸 밥솥하고 부엌살림 몇 가지를 멜빵 걸어 짊어지고 자취방에 갖다 두고 왔다. 갈 때보다 올 때가 훨씬 빨랐다.

"갈 때는 거의 네 시간 걸렸는디 올 때는 세 시간 조금 더 걸렸슈. 지가 토요일마다 일찍 올게유."

토요일은 하굣길에 바로 출발해도 저녁나절이나 집에 도착해 내가 집안일을 할 수 있는 시간은 일주일에 하루뿐이었다. 말을 하면서도 목이 메었다. 할 수만 있다면 되돌리고 싶은 생각도 들었다. 아버지는 아무렇지도 않은 듯 이렇게 말했다.

"갠찮어. 큰 소가 나가면 작은 소가 큰 소 노릇 허는 거니께. 이제 집 걱정은 허지 말구 어여 아침이나 든든히 먹어."

나는 그때까지 고등학교에 진학해도 무사히 마칠 수 있을지 자신이 없어 마음이 붕 뜬 채로 지냈는데, 그제야 아버지 속내를 알고 반드시 해내겠는 결심이 섰다. 아버지는 수저를 놓자마자 밖으로 나가 지게에 바소쿠리를 얹고 엄마가 챙겨 놓은 보따리를 들어다 담았다. 엄마가 무 구덩이에서 무를 꺼내 들고 오며 말했다.

"아니, 그러구 갈규? 짐은 내가 챙길 테니께 얼릉 들어가 옷부터 갈어 입구 나와유."

아버지가 두말없이 옷을 갈아입고 나왔다. 아버지는 지게꼬리로 바지게에 담긴 보따리를 꼭꼭 잡아맨 뒤 지고 일어났다. 엄마는 내 옷 보퉁이를 머리에 이고 나섰다. 나는 가방을 들고 엄마 뒤를 따랐다. 명주가 돈대까지 동생들을 데리고 나와 말했다.

"오빠, 혼자 밥해 먹기 귀찮다구 굶지 말구 끼니 잘 챙겨 먹어."

그러곤 따라 나온 동생들에게 말했다.

"애들아, 형님헌티 잘 댕겨 오시라구 인사해야지."

사람이 하루아침에 저렇게 달라질 수 있을까. 나는 명주를 다시 봤다. 명주는 이미 내 자리를 물려받은 어엿한 맏이 노릇을 하고 있었다. 누가 '이잉' 하고 울었다. 나를 몹시 따르던 찬혁이었다. 나는 찬혁을 안고 "형아 갔다 올게." 그러곤 돌아서서 땅만 보고 걸었다. 징검다리를 건너서 뒤를 돌아봤다. 명주가 기다렸다는 듯 손을 흔들었다. 찬혁이도 손을 흔들었다. 나도 손을 흔들어주고 돌아섰다.

아버지가 쉴바탕에 쉬어갈 때 도라지껍질을 벗겨내며 말했다.

"도라지는 칼루 껍질을 벳겨내지 말구 막대기루 나무칼을 맹글어 득득 긁어서 벳겨내야 혀. 껍질을 안 벳기구 그냥 물에 깨깟이 씻어 꼬치장에 찍어 먹어두 갠찮어. 양념에 무쳐 먹으나 그냥 꼬치장에 찍어 먹으나 뱃속에 들어가면 그게 그거니께."

나는 아버지와 바지게를 번갈아 지고 갔다. 언제 내게 맞을까 싶던 아버지 지게가 내 몸에 맞았다. 우리는 한낮이 조금 기운 뒤 자취방에 도착했다. 내가 며칠 전 부엌살림을 가지고 왔을 때 방을 청소하고 연탄을 들여놓았다. 아버지가 방에 짐을 들여놓고 나는 부엌으로 들어갔다. 아궁이에 연탄불이 피워져 있었고 공기구멍은 막혀 있었다. 아마 주인집 아주머니가 오늘 들어오는 걸 알고 연탄불을 피워놓은 모양이었다. 엄마하고 주인집에 갔다가 문이 잠겨 그대로 돌아왔다. 아버지가 담배 한 대 태우는 동안 엄마는 부엌에서 도라지 무침을 만들었다.

아버지가 대통으로 지게 목발을 딱딱 때리면서 "여보. 이제 고만 가" 하고 소리쳤다. 밖에는 아버지가 이미 바지게를 지고 서 있었다. 엄마가 아버지를 따라 대문을 나서며 말했다.

"밥 잘 챙겨먹구. 딴 생각 허지 말구 공부 열심히 혀?"

아버지가 엄마에게 하는 말인지 나 들으라고 하시는 말씀인지 하여튼 이렇게 말했다.

"이제 세상에서 믿을 건 저뿐이니께 죽을 쑤든 밥을 허든 지가 알어서 허겄지 뭐."

엄마가 돌아섰다. 나는 고삐에 매인 송아지처럼 엄마의 뒷모습을 바라봤다. 마음이 울컥했다. 어디선가 음매애 하고 어미와 떨어지는 송아지 울음소리가 이명처럼 들렸다. 엄마는 한 번도 돌아보지 않고 꼿꼿한 걸음으로 골목을 돌아갔는데, 아버지는 골목을 돌아가기 전 동무들과 놀다 끌려가는 아이처럼 가다 말고 뒤를 돌아보며 사라졌다. 엄마와 아버지는 생각이 서로 달랐다.

아버지도 엄마도 초등학교를 나오지 못했다. 서당에 다니며 천자문, 동몽선습, 명심보감을 뗀 아버지는 서당을 나온 뒤 사서삼경을 두고 평생 독학을 했는데 어느 경지에 이르렀는지 나로서는 알 수 없다. 아버지는 내게 산전을 일구고, 나무장사를 하고, 초근목피(草根木皮)로 살아가는 방법을 가르쳐주며, 기회 있을 때마다 '세상에 공짜는 없다, 사람이 숲을 살려야 숲이 사람을 살린다, 사람은 숲을 떠나서 살 수 없다'고 했다.

엄마는 초등학교를 나오지 않았어도 한글을 알았다. 엄마 말을 들어보면 엄마는 아버지와 결혼하기 전 외삼촌 어깨너머로 한글을 깨우쳤다고 했다. 엄마는 자식들에게 '삿된 맘 먹지 말고 올곧게 살아라, 분수에 맞게 살아라, 선한 끝은 있어도 악한 끝은 없다'고 하면서도 아버지와 달리 '사람은 굶어 죽는 한이 있어도 배워야 한다. 사람의 새끼는 서울로 보내고, 마소 새끼는 시골로 보내라'는 말을 귀에 못이 박이도록 했다.

나는 초등학교에 들어가기 전 엄마에게 한글을 배웠다. 엄마와 장에 다녀오는 길이었다. 엄마는 내 또래 아이들이 학교에서 돌아오는 걸 보고 나이를 물었다. 그 아이는 나와 동갑내기였다. 고개를 갸우뚱거리던 엄마는 다시 그 아이에게 생일을 물었다. 생일이 나보다 넉 달이 늦었다. 엄마는 내게 취학통지서가 나오지 않은 것을 이상하게 생각했다.

다음 날 엄마는 나를 데리고 면사무소를 찾아가 취학통지서가 나오지 않은 이유를 알아봤다. 내 나이는 호적에 두 살이나 줄어 있었다. 면사무소를 나온 엄마는 집으로 돌아오는 길에 무슨 생각을 했는지 갑자기 길바닥에 나를 앉혀놓고 단호하게 말했다.

"지금부터 정신 채리구, 내가 가르쳐 주는 대루 열심히 공부 혀!"

엄마는 그 자리에 쪼그리고 앉아 길바닥을 쓸고 그 위에 손가락으로 '가' 한 자를 써 놓고 '가' 자라고 가르쳐주었다. 엄마의 표정은 등골이 서늘할 만큼 엄하고 단호했다. 다음 날에도 엄마는 '가' 자 밖에 모르는 사람처럼 며칠 동안 달랑 '가' 자만 가르쳤다. 나는 엄마가 처음 '가' 자를 가르쳐준 그 자리에서 알고 난 뒤 다른 글자를 배우고 싶어 안달이 났는데도 엄마는 줄기차게 '가' 자만 가르쳤다.

종이도 연필도 책도 없었다. 엄마가 손가락이나 나무때기로 땅바닥에 써주면 나도 나뭇가지나 곱돌을 주워 땅에 쓰며 기억했다. 내 주머니에 항상 엄마가 낫으로 싸리나무를 깎아 만들어 준 막대기와 갸름한 곱돌을 넣고 다니다 틈나는 대로 엄마와 한글 공부를 했다. 엄마가 땅바닥에 글씨를 써주면 나는 그 옆에 엄마가 써 준 글자를 보고 똑같이 썼다. 엄마는 내가 글씨 쓰는 것을 지켜보며 호되게 꾸짖었다.

"이늠아, 정신 바짝 채리구 똑바루 써!"

나는 엄마가 써 놓은 글자를 보고 똑같이 몇 번을 써도 마찬가지였다. 1년 가까이 엄마가 불러주는 것은 무엇이든 다 받아 쓸 수 있을 만큼 한글을 배우는 동안 엄마는 늘 내가 쓴 글씨를 지켜보며 '정신 바짝 차리고 똑바로 쓰라'고 했다. 나는 날이 갈수록 엄마 글씨를 닮아갔다. 그래도 엄마는 늘 글씨를 똑바로 쓰라고 엄하게 꾸짖었다. 밤에는 엄마가 불러주는 대로 방바닥에 손가락으로 썼다. 엄마는 내 손가락을 보고 맞게 쓰는지 틀리게 쓰는지 알았다. 내가 틀리게 쓰면 엄마가 직접 손가락으로 붓글씨 쓰듯 방바닥에 쓰는 걸 보여주며 가르쳤다.

석유를 사지 못해 등잔불을 켜지 못한 캄캄한 방에서도 엄마와 나는 한글 공부를 했다. 엄마는 내게 오른손을 내주며 내가 써야 할 것을 불러줬다. 내게 불러준 것은 주로 포은 정몽주의 〈단심가〉(丹心歌)와 정몽주 어머니가 아들에게 지어준 〈백로가〉(白鷺歌), 즉 '까마귀 싸우는 골에 백로야 가지 마라. 성낸 까마귀 흰빛을 새오나니. 청파에 좋이 씻은 몸을 더럽힐까 하노라'를 쓰게 했다. 끝으로 '샀된 마음 먹지 말고 올곧게 살아라, 남의 눈에 눈물 나게 하지 마라, 남의 눈에 눈물 나게 하면 네 눈에는 피눈물이 난다, 분수를 알아라'를 쓰게 했다. 어떤 날은 '분수를 알고, 분수를 지키라'고 불러주었다.

나는 왼손으로 엄마 오른손을 받쳐 잡고 오른손 손가락으로 엄마 손바닥에 수백 번 아니 헤아릴 수 없을 만큼 받아썼다. 눈으로 볼 수 없다고 건성건성 쓰면 대번에 정성을 들여 또박또박 쓰라고 불호령이 떨어졌다. 나는 한글 공부를 마치고 잠자리에 누워 엄마에게 배운 글자를 손가락으로 배 위에 썼다. 엄마가 등잔불 없는 캄캄한 방에서 내가 손바닥에 쓰는 글씨를 어떻게 알고 똑바로 쓰라고 했는지 바로 깨달았다. 손가락으로 배 위에 쓰면 눈으로 보고 쓰는 것보다 내 글씨를 더 또렷하게 느낄 수 있었다. 밤마다 정신을 집중하여 엄마가 불러주는 것을 단숨에 썼다. 엄마 손바닥에 글씨를 단숨에 쓸 때 엄마도 숨죽이고 있다는 걸 느꼈다. 나는 매일 밤 잠들기 전 뱃가죽이 아프도록 한글 공부를 했다.

내가 한글을 완전히 읽고 쓸 줄 알게 된 뒤 엄마가 말했다.

"남의 집 자식들은 핵교를 댕기는디, 내 자식은 호적에 나이가 두 살이나 줄어 있는 것두 모루구, 만날 애나 보라구 한 걸 생각허니께 억장이 무너지는 거 같었어."

나는 그제야 엄마가 면에 들어가 내 호적을 확인하고 집으로 돌아오던 길에 왜 갑자기 나를 길바닥에 앉혀놓고 한글 공부를 시켰는지 깨닫게 되었다. 엄마는 내가 다른 아이들보다 학교에 늦게 가는 만큼 뒤처진다고 생각한 모양이었다.


어느 장날이었다. 장에 다녀온 엄마가 나를 불러 길에서 주웠다며 감나무 잎사귀만 한 종이쪽지를 주면서 읽어보라고 했다. 종이쪽지는 누렇게 바래 있었다. 나는 엄마가 넘겨준 종이쪽지를 받아든 순간 소스라치게 놀랐다. 처음으로 인쇄된 글씨를 보고 내가 글씨를 똑바로 쓰지 못한 것을 그제야 알게 되었다. 사방으로 찢어진 그 종이쪽지에 세로쓰기로 이렇게 적혀 있었다.

'나 그대 곁에 있노라/ 그대 또한 내 곁에 있노라/ 해지면 별들이 반짝이고 나오듯이/ 오! 사랑하는 그대여 내게로 오라.'

사랑이 뭔지 모를 때였지만 그 글은 내 영혼을 사로잡을 만큼 큰 감동을 주었다. 제목도 시작도 끝도 알 수 없는 그 종이쪽지를 갖고 다니며 나는 글씨 공부를 했다. 그리고 이듬해 엄마의 주선으로 한 해 늦게 초등학교에 입학했다. 나는 그 종이쪽지를 초등학교 5학년 겨울방학까지 갖고 있었다.

　내가 방학숙제를 하다 그 종이쪽지를 책 위에 올려놓고 밖에 나갔다 돌아왔는데, 그사이 명주가 화롯불에 불을 붙여 등잔불을 켰다. 나는 타다 남은 것이라도 있는지 찾았지만, 명주는 등잔에 불을 붙이고 타는 종이쪽지를 다시 화롯불에 집어넣어 재마저 볼 수 없었다. 물론 그 종이쪽지 없이도 그 글을 내 이름처럼 기억할 수 있었지만 그때는 잠을 이루지 못할 만큼 분했다.

　나는 그 종이쪽지를 읽고 나도 글을 쓰고 싶다는 꿈을 가졌다. 초등학교 2학년 때 담임선생님이 "장래 네 꿈이 뭐냐?"고 물었다.

　나는 주저 없이 '작가'라고 대답했다. 내가 작가라고 말하자 담임선생님이 네가 작가를 어떻게 아느냐고 깜짝 놀랐다. 물론 나는 작가를 몰랐다. 초등학교를 졸업한 뒤 서당에 다녔던 사촌 형에게 쪽지를 보여주며 누가 쓴 거냐고 물었을 때 '누가 쓴 건지 알 수 없지만 시인'이라고, 소설을 쓰고 시를 짓는 사람을 작가라고 한다고 했던 말이 떠올라 그렇게 대답했다. 그 종이쪽지는 내게 그 무슨 암시를 주듯 그렇게 내 손으로 왔다가 또 그렇게 사라졌다.


　나는 군 소재지로 나가 고등학교에 다니면서도 늘 새끼 들었던 우리 암소가 눈에 선했다. 토요일마다 꼬박 세 시간 반을 걸어 집에 가 텅 빈 외양간을 보면 마음이 몹시 허전했다. 나중에 아버지가 남의 송아지를 받아왔어도 나는 새끼를 가졌던 우리 암소를 늘 그리워했다. 어느 날 국어 선생이 가장 좋아하는 애송시라며 정지용의 시 '향수'를 칠판에 가득 써 놓고 시어(詩語) 풀이를 했다. 나는 향수를 읽고 가슴이 먹먹했는데, 처음 경험하는 그 느낌을 표현할 줄 몰라 답답했다.

　'넓은 들 동쪽 끝으로/ 옛이야기 지줄 대는 실개천이 휘돌아 나가고, / 얼룩백이 황소가/ 해설피 금빛 게으른 울음을 우는 곳/ 그곳이 차마 꿈엔들 잊힐리야.'

　그곳의 정경이 우리 마을과 겹쳐 연상되었고 우리 암소가 나를 반기며 '해설피 금빛 게으른 울음을 울던' 모습이 선연하게 떠올랐다. 국어 선생은 향수에 나오는 난해한 시어들이라며 '해설피'는 '해가 설핏한 무렵'이라고 뜻풀이를 했다. 나는 해설피 금빛 게으른 울음을 울던 우리 암소가 내 머릿속에 꽉 차 있어 '석근'이나 '서리까마귀'에 대한 뜻풀이는 귀에 들어오지 않았다.

　우리 암소를 팔기 전, 나는 매일 아침에 소를 끌고 나가 풀밭에 매어 놓았다. 낮에도 틈나는 대로 소가 풀을 잘 뜯어먹는지 매어 놓은 고삐가 바위나 나무에 감기지 않았는지 살폈다. 풀밭이 시원치 않으면 새로운 풀밭을 찾아 자리를 옮겨주기도 했다. 해질 무렵이면 소는 풀을 뜯지 않고 주인을 기다렸다. 주인이 나타나면 개가 사람을 반기듯 꼬리를 치고 머리를 흔들며 말뚝 주위를 빙글빙글 돌다가 허공을 향해 코로 '음' 하든가 입을 헤식게, 헤벌쭉이, 헤벌리고 우는데 사람이 끝소리를 다 내지 않고 흐리듯이 울 때가 있었다. 나는 그때 소가 우는 울음에서 정지용의 시 '향수'에 나오는 '해설피 금빛 게으른 울음'을 연상했다.

다시 말해 금빛은, 해가 넘어갈 때, 보는 쪽은 음영이 지고 반대쪽은 햇빛을 받아 소 등의 털이 해밝은 금빛으로 비쳤다. 특히 해가 사람보다 조금 높은 소 등을 넘어갈 때 명암은 극적으로 대비돼 달무리 바깥처럼 금빛 선은 더욱 두드러졌다.

짝을 만나 새끼를 배고, 열 달 만에 낳고, 젖 먹여 키우고, 새끼를 강제로 빼앗기고, 몇 날 며칠을 울고 난 뒤에도 간간 먼 곳을 바라보며 길게 우는 암소와 달리 황소는 잘 울지 않았다. 아니 새끼를 배고, 낳고, 젖 먹여 키우고, 강제로 새끼를 빼앗겨보지 않은 황소는 울 일이 별로 없을지도 모르겠다. 황소는 울어도 때에 따라 달랐다. 배가 고플 때는 무르춤하게 서서 길게 울었다. 발정난 암소 울음을 들은 황소는 눈에 광채를 띠고 부산하게 나부대며 격렬하게 울었다. 느닷없이 놀랄 때는 꽉 막혔던 것이 터지듯 '퍽'이나 '헉' 소리에 가까운 소리를 냈다.

온종일 뙤약볕이 내리쬐는 벌판에서 물을 먹지 못해 목이 몹시 마른 소가 해가 질 무렵 주인이 자기를 데리러 오는 것을 발견했을 때 반가운 감정 표시로 허공을 향해 입을 헤식게, 헤벌쭉이, 헤벌리고 (해설피) 우는 시늉을 했다.

같은 말이라도 지방에 따라 뜻이 다르고 사람에 따라 발음이 다를 수 있겠으나 '해설피'라는 말이 내 귀에 설지 않았다. 정지용 생가와 좀 떨어진 우리 고향은 '해설피'와 비슷한 말을 자주 썼다. 저녁 마실

온 사촌 형이 아버지하고 나누는 대화를 들어보면 이렇다.

"오늘 뒷골 조밭 매셨쥬? 많이 맸슈?"

"시부정찮어(시원찮다)."

"왜유?"

"뭔늬므 쏘내기가 왼죙일 미친년 널 뛰딕기 오락가락 했으니께 영 개갈이 안 나."

엄마가 밥상을 차리며 아버지에게 말했다.

"날씨가 썰렁한디, 국까지 '해설퍼' 어쩌쥬?"

아버지가 국 맛을 보며 말했다.

"괜찮어. 뜨뜨미지근허니께 그냥저냥 먹을만 혀."

어느 날은 엄마가 식사하다 갑자기 "국 맛이 워뜌?"라고 물어보면 아버지가 "글쎄. 워째 애비승(성)두 읎구 에미승두 읎구 그냥 건건 찝찔혀"라고 말했다.

중간고사에서 향수 시어 풀이에 '해설피'가 나왔다. 나는 '해가 설핏한 무렵'이라고 쓰지 않고, '소가 입을 헤식게 헤벌리고 우는 모습'이라고 썼다. 그건 오답으로 채점되어 있었다.

# 부정(父情), 모정(母情)

군소재지로 나가 자취생활을 하면서도 나는 주말이면 집으로 돌아가 아버지를 도왔다. 어느 날 내가 가방을 싸고 있었는데 엄마가 쌀독을 싹싹 긁는 소리가 들렸다. 그 소리는 가을에 삶은 박속을 긁어내는 소리로 들리기도 했고, 타작마당에서 알곡을 쓸어 담는 소리처럼 들리기도 했다. 나는 방문을 열고 밖으로 나갔다. 엄마가 윗몸을 광속으로 밀어 넣고 보리쌀을 긁어내고 있었다. 보리쌀은 내가 자취할 양식이었다. 방문 여는 소리에 깜짝 놀란 엄마가 광속으로 디밀었던 윗몸을 빼내고 뒤로 돌아 나와 마주쳤다. 엄마는 감춰야 할 것을 들킨 사람처럼 당황했다. 그때 내 입에서 전혀 예상치 못한 말이 툭 튀어나갔다.

"엄마. 인제 제가 벌어 학교 댕길 테니께, 제 걱정은 말어유."

엄마가 놀란 목소리로 물었다.

"아니 그게 뭔늬므 소리여! 늬가 무슨 재주루 돈을 벌어 핵교를 댕긴다는 겨?"

"다른 애들두 허는디 나라구 못 허겄슈."

나는 학교로 가는 길목에 있는 신문보급소 유리창에 '신문배달원

319

모집’이라고 문패처럼 늘 붙여 놓은 게 떠올랐다.

“새벽에 일어나 신문만 배달해두 학교는 댕길 수 있슈.”

엄마가 의아스런 눈길로 나를 바라보며 말했다.

“신문배달은 언제나 헐 수 있는 겨?”

나는 확신에 찬 목소리로 말했다.

“그럼유. 신문배달은 언제든지 헐 수 있슈. 그러니께 보리쌀은 안 줘도 되유.”

나는 보리쌀 자루를 엄마 앞으로 밀어 놓았다. 그제야 엄마가 손사래를 치며 말했다.

“그건 안 될 말이여. 늬가 앞으루 뭘 허든 당장 먹어야 헐 거 아녀. 두말 말구 갖구 가. 여긴 걱정허지 말구.”

나는 엄마가 갖고 가라는 보리쌀을 반쯤 덜어냈다. 엄마가 부엌에 들어가 반찬 보퉁이를 들고 나왔다. 나는 엄마에게 말했다.

“고등학교 졸업헐 때까지 집에 못 올지두 몰러유. 그러니께 기다리지 말어유.”

나는 전혀 예상하지 못했던 말을 하면서도 눈시울이 화끈했다. 엄마가 잠시 당황하는 눈치를 보이더니 이내 단호한 표정으로 강단지게 말했다.

“그건 늬 형편대루 허구, 당최 집 걱정은 허지 말어. 명주두 정혁이두 다 컸으니께 이제 늬가 읎어두 갠찮어.”

엄마는 집 걱정하지 말라는 말을 하고 또 했다. 한때 가출하려던 정혁이 마음을 잡은 뒤로 열심히 아버지와 농사를 지었다. 아버지와 정혁은 집에 없었다. 나는 보리쌀과 반찬 보퉁이를 한데 묶어 멜빵을 걸어 짊어지고 땅거미가 내려앉은 땅을 밟으며 집을 나섰다.

말이 씨가 된다고 나는 다음 날 하굣길에 신문보급소를 찾아갔다. 신문보급소는 소장이 있고 총무가 있고 배달원이 있었다. 체구가 왜소하고 눈매가 매서운 총무는 신문구독자 집을 알아두고 갑자기 결원이 생기면 직접 신문을 돌린다고 했다. 한 구역을 책임지는 배달원을 '원고'라 했고, 그 밑에 있는 배달원을 '보조'라고 불렀다. 처음 신문보급소에 들어가면 원고 밑에서 보조로 대략 일주일 정도 신문구독자 집을 기억하며 배달요령을 터득해야 했다.

　　신문 배달은 요령도 중요하지만, 어느 구역을 맡느냐가 더 중요했다. 구역은 A급, B급, C급으로 나누어져 있었다. A급은 배달하는 신문 부수가 많고, 독자가 밀집되어 있고, 수금이 잘 되는 지역이었다. B급은 신문 부수가 적고, 배달 지역이 멀고, 수금이 잘 안 되는 지역이었다. C급은 신문 부수도 적고, 독자가 광범위하게 흩어져 있고, 수금에 애먹는 변두리 지역을 말했다. 나는 소장과 면담한 뒤 총무가 직접 내 자취방을 확인하고 돌아가 내게 B급 지역을 맡겼다. 소장은 내가 잘하면 A급 지역으로 옮겨 주겠다는 말도 했다.

　　내 자취방에서 보급소까지 가까운 거리였으나 새벽에 나를 깨워 줄 사람도 없고 자명종이 없는 것을 확인한 총무가 잠은 신문보급소에서 자라고 했다. 나는 그날 자정 즈음에 보급소로 갔다. 나보다 먼저 들어온 배달원이 4명 있었고 내 뒤로 2명이 더 들어와 모두 7명이 한방에서 잤다. 집에서 다니는 배달원도 있고 자전거를 타고 다니는 어른도 있었다.

　　다음 날 새벽 3시 40분에 총무가 깨웠다. 나는 일어나 원고를 따라 큰길로 나갔다. 잠시 뒤 신문사 차량이 싣고 온 신문을 길가에 떨어뜨리고 갔다. 배달원들이 우르르 달려가 신문뭉치를 어깨에 메고 보급소로 들어갔다. 총무가 신문을 원고들에게 나눠줬다. 나는 원고와 마주 앉아 신문에 간지를 끼웠다. 내가 간지 한 장 끼울 때 숙달된 원고는 대여섯 장을 끼웠다. 나는 간지를 끼운 신문 76부를 옆구리에 끼고 내가 이어받을 구역으로 원고를 따라 뛰었다. 밖은 캄캄했다. 나는 앞에 뛰어가는 원고가 손가락으로 가리키는 집을 기억해가며 신문을 넣었다. 어느 집은 대문에 'OO일보 사절' 이라는 쪽지가 붙어 있었다. 원고가 그 쪽지를 떼어내며 신문을 계속 넣으라고 했다. 신문 76부를 넣는 데 두 시간 남짓 걸렸다. 내 구역에 여섯 집이 'OO일보 사절' 이라는 쪽지가 붙어 있었다.

내가 닷새 만에 원고 없이 혼자 신문을 배달했다. 신문 배달 중 가장 난처한 것은 신문을 넣지 말라는 독자였다. 신문을 넣지 말라는 쪽지를 떼어내며 계속 넣자 독자가 대문을 지키고 있다 내가 넣어준 신문을 바로 집어 들고 나와 되돌려주며 다시는 넣지 말라고 호통쳤다. 신문을 내 맘대로 끊을 수 없는 나는 새벽마다 발소리를 죽이며 걸어가도 개가 먼저 알고 짖었다. 개 한 마리가 짖으면 온 동네 개가 짖었다. 개가 짖으면 신문을 끊어달라는 독자가 대문을 지키고 있다가 나를 붙잡고 신문을 넣지 말라고 야단쳤다. 총무가 '신문 배달 3년 하면 벙어리도 말을 한다.'고 했는데 신문 배달하면서 독자들과 매일 옥신각신 다투다 보니 신문을 기다리는 집은 늦게 온다고 야단이고, 학교에 지각하기 일쑤였다.

문제는 월말이었다. 월말에 총무와 수금하러 갔는데 바로 신문대금을 주는 집은 반도 되지 않았다. 한 달 뒤로 미루거나 언제 오라는 말도 없이 그냥 며칠 뒤에 오라고 했다. 몇 달 치 밀린 집도 있었다. 신문구독료를 심하게 독촉하면 당장 신문을 끊으라고 했다. 수금하

러 나와 같이 나간 총무가 빈 담뱃갑을 손으로 구겨 길바닥에 팽개
치며 담배를 사 오라고 했다. 배가 고프다며 호떡집에 들어가 호떡
을 사 먹었다. 가게 앞을 지나가다 목마르다고 사이다를 사 오라고
했다. 돈은 모두 수금한 신문대로 냈다. 내가 보급소에 들어가 입금
하는데 소장이 왜 돈이 부족하냐고 했다. 부족한 돈은 총무가 담배
사고, 호떡 사 먹고, 사이다 사 먹었다고 했다. 소장은 내 배달료에
서 그 돈을 공제하고 주었다. 총무에게 항의했다. 총무가 오히려 눈
을 부라리며 말했다.

"야 임마, 네가 돌린 신문대금을 내가 싸워가며 받아줬잖아."

총무가 독자와 싸워가며 받아낸 집은 신문을 넣지 말라는 두 집이
었다. 그것도 '신문배달 하는 아이는 고학생(苦學生)이다. 독자가
신문값을 주지 않으면 고학생이 물어내야 한다.'고 고학생을 미끼로
받아냈다. 스스로 학비를 벌어 공부하는 학생을 고학생이라고 했
다. 고학생은 배달, 행상, 점원, 가정교사, 서비스업 등 다방면에
종사했다. 고학생 신분을 내세울 것도, 부끄러울 것도 없었으나, 고
학생 대부분은 자신의 신분을 드러내지 않았다.

다음 달도 그다음 달도 총무는 달라지지 않았다. 신문구독료를 제
달에 내지 못하는 독자 집도 늘었다. 보급소에서 수금이 안 된 집만
큼 배달료를 주지 않았다. 집에서 다니는 아이들은 수금 못한 집은
무료봉사한 셈 친다고 했는데 배달료로 먹고살며 학교에 다녀야 하
는 나는 그럴 처지가 되지 못했다. 달이 갈수록 신문구독료가 밀리
는 집이 늘어났고 이사 가거나 직장을 옮기는 독자가 있어 배달 부
수도 점점 줄어들었다. 신문배달 부수가 줄어들면 내가 받을 배달료
도 그만큼 줄어들었다.

내가 신문배달을 하고 자취방으로 돌아왔을 때 누가 가져다 놓았는지 방문 앞에 하얀 종이봉투 한 개가 놓여있었다. 종이봉투는 밑창이 찢어졌는데 안에 철 이른 땡감 여섯 개가 들어있었다. 누가 왜 땡감을 방문 앞에 두고 갔는지 궁금했다. 나는 통금 직전에 방을 나와 보급소에 가서 자고 통금이 풀리는 대로 신문배달을 마친 뒤 돌아왔는데, 아마 그사이 누가 왔다 간 모양이었다.

나는 문득 '아버지가 오셨다 가셨구나!'라는 생각에 아버지가 몹시 보고 싶어 집에 가는 길로 미친 듯이 뛰어갔다. 십 리 밖에 있는 연미산 꼭대기까지 뛰어가 집으로 가는 길을 길게 바라보아도 아버지는 보이지 않았다. 아버지를 찾아보던 눈에 눈물이 핑 돌았다. 나는 되돌아오는 길에 다시 곰곰 생각해 보았다. 아무래도 아버지는 통금에 걸려 오실 수 없었을 것이라는 생각이 들었고, 아버지가 오셨다면 나를 안 보고 그냥 가셨을 리가 없다는 생각도 들었다. 그래도 아버지 말고는 짚이는 사람이 한 사람도 없었다.

터덜터덜 자취방으로 돌아와 땡감을 한 입 베어 물었다. 어라! 감이 달았다. 그냥 땡감이 아니라 우린 것이었다. 나는 탱자만 한 감을 집어 먹으며 '다섯 개면 다섯 개고 열 개면 열 개지 왜 여섯 개일까!'라는 생각도 들었다. 그날 뒤로 새벽에 신문배달 하고 자취방으로 돌아올 때면, 늘 내 방문 앞에 누군가 와 있을 것만 같았는데 며칠이 지나도 감을 갖다 놓은 사람은 나타나지 않았다.

내 구역에 배달 부수가 자꾸 줄어들자 보급소에서 '확장지'를 주면서 독자를 확보하라고 했다. 신문구독자를 확장하기 위해 한 달간 무료로 넣어 주는 신문을 확장지라고 했다. 나는 신문배달 할 때 신문 안 보는 집을 골라 무조건 확장지를 넣어주고, 학교에서 돌아오는 대로 그 집을 찾아가 신문을 한 달간 무료로 넣어줄 테니 보아달라고 했다. 집주인은 무료도 싫으니 제발 넣지 말라고 했다.

신문구독자를 확보한다는 것은 하늘의 별 따기였다. 내가 한 달 꼬박 확장한 실적은 겨우 두 집뿐이었다. 독자가 계속 줄어들자 총무가 독자를 확보해 줄 테니 한 달 배달료를 미리 달라고 했다. 보급소에서 관례대로 그렇게 신문구독자를 확장하고 있었으나, 나는 총무가 무슨 농간을 부릴지 의심스러워 내가 계속 독자를 확장해 보겠다고 했다. 며칠 뒤 내가 수금하고 돌아오자 총무는 내 의사와 상관없이 새로 확장했다며 독자 열 집을 일러주며 확장비로 한 달 배달료를 미리 떼고 주었다.

나는 한 달간 신문을 배달하고 수금하러 갔다. 총무가 확장했다는 열 집 모두 '무슨 소리냐. 한 달간 무료로 보고 결정하라고 해서 억지로 본 것뿐이다. 다시는 신문을 넣지 말라'고 했다. 총무에게 속은 것이 분명했다. 신문 확장비도 확장비지만 내가 총무에게 그 정도로 만만하게 보였다는 것에 더욱 화가 났다. 당장 총무를 찾아가 결판을 내고 싶었지만 내색하지 않고 며칠 뒤 내가 받을 배달료만큼 수금한 뒤 보급소에 나가지 않았다.

다음 날 총무가 내 구역에 신문을 넣고 찾아와 구독료를 받아 썼느냐고 물었다. 나는 내가 받을 배달료만큼 받아 썼다고 했다. 총무가 달려들어 멱살을 잡았다. 나도 맞잡고 버티자 총무가 먼저 손을 놓았다. 나는 멱살 잡은 손을 앞으로 당겼다 뒤로 확 밀어버렸다. 총무가 뒤로 벌렁 나자빠졌다. 화가 머리끝까지 오른 총무가 보급소장이 나를 고발한다고 했다며 각오하라고 온갖 욕설을 퍼붓고 돌아

갔다. 아버지 말씀대로 이 세상에 믿을 건 나뿐이었다. 총무가 돌아
간 뒤 하루하루 마음을 졸였는데 아무 일도 없었다.

내가 신문을 배달하는 동안 자주 지각을 하자 담임 윤명호 선생님
이 방과 후 나를 교무실로 불렀다. 교무실에 있던 선생님들이 무슨
일이냐는 듯 나를 쳐다봤다. 담임선생님은 나를 데리고 빈 교실로
들어갔다. 나는 선생님이 가리키는 의자에 앉았다. 선생님은 잠시
숨을 돌린 뒤 집이 어디인지, 부모님은 다 계시는지, 아버지는 뭐
하시는지, 형제가 몇인지, 어떻게 유학오게 됐는지, 지각은 왜 자주
하는지, 밥은 먹고 다니는지, 무슨 말 못할 사정이 있는지 물었다.
나는 선생님이 묻는 대로 대답한 뒤 엄마가 새끼 낳을 때가 얼마
남지 않은 암소를 팔아 고등학교에 보내주었고, 엄마가 고등학교에
보내주긴 했어도 내가 졸업할 때까지 먹을 양식과 학비 대줄 형편이
안되어 신문보급소에 들어가게 되었고, 신문배달로는 먹고 학교 다
닐 수 없어 며칠 전 그만두었다고 말했다.
선생님은 내가 말을 더듬거나 말문이 막히면 내 말문을 트여주며
끝까지 듣고 말했다. "너는 참 훌륭한 부모님을 두었구나." 그러곤
밖으로 나갔다가 물 한 컵을 들고 들어와 내 앞에 놓아주고 말했다.
"나는 마시고 왔어."
선생님은 도로 자리에 앉으며 앞으로 어떤 계획이 있는지 물었다.
나는 돈도 기술도 없어 구두닦이를 하고 싶다고 했다. 물론 충동적
으로 한 말은 아니었다. 아무리 생각해도 학교 다니며 적은 돈 가지
고 몸으로 벌어먹고 살 길은 그 길밖에 없다고 생각했다.
"학교는 야간으로 옮기고, 주간에 직장을 다니면 어떻겠냐?"

326

내 얘기를 듣고 나서 선생님이 물었다. 며칠 전 선생님 제자가 찾아와 회사를 차렸다고, 야간 다니는 학생 몇 명을 추천해 달라는 부탁을 받았다는 말도 했다. 선생님은 잘 생각해 보라며 다시 교무실로 갔다가 한참 만에 돌아와 내게 명함 한 장을 보여주었다. 명함에 '아카데미교육사 사장 민현채'라고 찍혀 있었다. 나는 그 자리에서 야간반으로 옮기고 직장을 선택했다.

다음 날 수업을 마친 선생님이 내가 앞으로 다닐 야간반을 일러주고 나를 데리고 아카데미교육사로 갔다. 민 사장이 밖에 나와 기다리고 있다가 선생님을 모시고 사장실로 들어갔다. 나는 여직원 안내를 받으며 작업실 문을 열었을 때 잉크 냄새가 물씬 풍겼다. 안으로 들어가자 철필로 등사원지를 긁고 있었는데, 그것을 가리켜 '가리방 긁는다'고 했다. 다른 방에서는 마치 페인트공이 페인트칠하듯 원지를 틀에 끼우고 롤러에 잉크를 묻혀가며 학습지를 찍어내고 있었다. 그다음 방은 여직원이 책상에 앉아 학습지를 채점하고 있었다.

나는 칸칸이 학년별로 넣어 놓은 학습지를 꺼내 읽어보고 있었는데 나를 안내해준 여직원이 들어와 사장이 찾는다고 했다. 나는 여직원을 따라 사장실로 들어갔다. 사장실에 선생님은 없었다. 민 사장은 자기도 우리 학교 졸업생이고, 내 얘기는 선생님에게 들었고, 선생님이 직접 학생을 데리고 회사를 찾아오기는 내가 처음이라고 했다. 그리고 내일부터 출근하라며 나를 데리고 밖으로 나갔다.

선생님은 뒷짐을 지고 사무실 앞마당을 걷고 있었다. 민 사장이 선생님 뒤를 따라 나왔다. 선생님은 버스정류장까지 가겠다는 민 사장을 억지로 들여보내고 나와 같이 회사를 나왔다.

아카데미교육사에서 버스정류장까지 3분 거리였다. 정류장까지 걸어온 선생님이 나를 데리고 중국집으로 들어가 짜장면을 시켜주었다. 나는 그때까지 짜장면을 먹어보지 못했다. 선생님이 먼저 젓가락을 들고 어서 먹으라고 했다. 나는 젓가락으로 짜장면을 한 젓가락 집어 입에 넣으려는데, 갑자기 선생님이 손으로 막고 내 짜장면 그릇을 가져다 비벼주었다. 엄마가 만들어준 밀기울 수제비나 메밀국수만 먹다가 짜장면을 한 입 먹어본 나는 세상에 이렇게 맛있는 국수가 있나 싶을 만큼 그 맛에 매우 놀랐다. 내가 짜장면을 먹는 동안 선생님은 한 입도 먹지 않고 계속 비비기만 했다.

내가 거의 다 먹어 갈 때 선생님이 비빈 짜장면을 내가 먹던 그릇에 통째로 부어주고 젓가락으로 비벼주며 먹으라고 했다. 짜장면을 먹을 수도 없고 선생님께 도로 드릴 수도 없었다. 이러지도 저러지도 못하고 가만히 앉아 있는데 선생님이 짜장면 그릇을 내 앞으로 바짝 밀어주며 말했다.

"나는 집에 들어가 밥 먹으면 되니까 어서 먹어!"

선생님이 지켜보는 동안 그 맛있던 짜장면을 아무 맛도 모르고 먹었다.


다음 날 아카데미교육사로 출근했다. 나와 같이 입사한 신입사원은 남녀 모두 24명이었다. 신입사원 교육은 민 사장이 직접 했는데 오전에 끝났다. 우리가 할 일은 초등학생이 있는 집을 찾아내 무료로 학습지를 넣어주고, 그 집에서 나오는 쓰레기(재활용품)를 거둬오는 일이었다. 둘째 날 학습지를 주고 전날 준 학습지를 거둬다 채점하여 셋째 날부터는 새 학습지와 채점한 학습지를 같이 주었다.

민 사장은 한 지역에 두 사람씩 짝을 지어 나가도록 했다. 남녀가 짝을 지어 나가는 것이 유리하다고 했는데, 나는 다른 학교 야간반에 다니는 한 학년 위인 남학생 차용주와 짝이 되었다. 민 사장은 우리에게 반드시 용모를 단정히 하고, 고운 말을 쓰고, 주인 허락 없이는 버린 쓰레기도 줍지 말고, 말과 행동을 각별히 조심하라고 거듭 강조했다.

오후에 학습지와 장부를 받아들고 지역으로 나갔다. 학습지는 전 학년 것을 모두 가지고 갔고, 고객정보를 기록하는 장부는 가로로 '순위, 학생 이름, 학교명, 학년, 주소, 연락처, 비고'로 인쇄되어 있었는데 한 면에 25명을 기록할 수 있었다. 나는 신문을 배달할 때 알아둔 A급 구역을 찾아갔다. 구역 초입에서부터 야트막한 언덕을 넘어가며 양쪽으로 수백여 가구가 있었다.

문제는 대문을 두드리고 안으로 들어갈 용기가 없었다. 특히 으리으리한 집 대문 앞에서 나도 모르게 주눅이 들어 두드리지 못했다. 대문이 열린 집이나 허름한 집 대문만 노크하고 들어갔다. 집주인이 나와도 교육받은 대로 말이 나오지 않아 얼굴만 빨개져 어물어물하다 집을 나왔다. 차용주도 나와 다르지 않았다. 한나절 꼬박 돌아다녔어도 우리가 성사시킨 집은 겨우 네 집에 그쳤다. 회사로 들어가자 민 사장이 기다리고 있다가 고객명단을 작성한 장부를 받아들고 사장실로 들어갔다. 다음 날도, 다음다음 날도, 직원들이 올린 실적은 별반 달라지지 않았다.

넷째 날 출근하자마자 민 사장이 기다리고 있다가 전 직원을 사장실로 불렀다. 민 사장은 그동안 직원들이 올린 실적으로 만든 막대 그래프를 보여주었다. 그래프의 막대 높이가 들쭉날쭉했고 아예 막대가 빠진 곳도 있었다. 상위권에 들어간 직원들은 당당하게 고개를 드는데 하위권에 든 직원들은 그래프를 보자마자 고개를 푹 숙였다. 민 사장이 무거운 침묵을 깨고 그래프를 가리키며 말했다.

"이건 지난 3일간 우리가 올린 실적입니다. 이런 실적으론 우리 월급은 고사하고 학습지 만드는 종잇값도 안 됩니다."

사무실엔 피난길에 숨어든 방공호처럼 긴장감이 돌았다. 사장의 서슬 푸른 목소리가 이어졌다.

"호랑이를 잡으려면 호랑이 굴로 들어가야지요. 호랑이 굴에 들어갔으면 호랑이를 잡아야지요. 호랑이를 잡지 못하면 내가 잡아먹힌다는 각오로 해야지요. 오늘부터 짝을 해체할 테니 혼자 하루에 스물다섯 가구 이상 실적을 올리지 못한 사람은 자진하여 내일부터 나오지 마십시오."

우리는 숨도 크게 쉬지 못하고 사장실을 나왔다. 야간반으로 옮겨서라도 고등학교는 반드시 마치라며 나를 주간에서 야간반으로 옮겨주고 취업을 시켜준 윤명호 선생님 얼굴이 떠올랐고, 지난 3일간 내 행적이 주마등처럼 지나갔다. '떳떳하지 못한 일도 아닌데 도대체 왜 당당하지 못하고 주눅 들어 있을까!' 하는 자책감이 들었다.

모두 학습지를 챙겨 들고 밖으로 나갔다. 차용주가 다가와 어디로 갈 거냐고 물었다. 나는 첫날 나갔던 지역으로 다시 가고 싶다고 했다. 차용주는 같이 일하여 둘이 똑같이 나눠 갖자고 했다. 나는 사장도 생각이 있어 한 말일 테니 각자 나가자고 했다. 차용주가 먼저 학습지를 챙겨 들고 어디로 간다는 말도 없이 나갔다. 나는 차용주하고 나갈 때보다 더 많은 학습지를 가지고 첫날에 나갔던 지역으로 다시 갔다.

나는 제일 먼저 첫날 두드리지 못한 으리으리한 집 대문 앞에 섰다. 숨을 크게 몇 번 쉬고 망설임 없이 대문을 두드렸다. 아무 반응이 없었다. 다시 두드렸다. 안에서 "누구유?" 그러곤 대문을 열었다. 중년 아주머니였다. 아주머니 뒤에 무슨 일이냐는 듯 할머니, 할아버지가 내다보고 있었다. 나는 단도직입적으로 "초등학생 있슈?"라고 물었다. 아주머니가 내 눈치를 살피며 "야아 있슈. 그런디 왜 그러슈?"라고 물었다. 나는 대답 대신 "몇 학년인디유?"라고 재차 묻자 아주머니가 "3학년인디 왜 그러시냐니께유"라며 여전히 경계하는 눈빛으로 나를 쳐다봤다. 나는 더 이상 묻고 자시고 할 것 없이 3학년 학습지를 꺼내주며 말했다.

"저는 아카데미교육사에서 나왔는디유. 우리 아카데미교육사는 초등학교 3학년 학습지를 매일 무료로 배달해 드려유. 그 대신 집에서 나오는 연탄재와 음식물 쓰레기를 뺀 나머지 쓰레기를 모두 대문간에 모아주시면 우리가 매일 학습지를 갖다 드리면서 가져갈게유."

"아이구, 우리집은 쓰레기가 나올 게 없슈."

아주머니가 손사래를 쳤다. 나는 한 발 다가서며 마루에서 내다보는 할머니, 할아버지가 들을 수 있도록 큰 소리로 말했다.

"신문지, 빈 병. 헌책, 구멍 나 못 쓰는 냄비, 세숫대야, 들통, 양은 솥, 넝마, 헌 옷가지, 헌 고무신, 고장 난 우산, 부서진 가구… 하여튼 연탄재와 음식물 쓰레기만 빼구 모두 모아주시면 되유. 물론 안 나와두 상관없슈!"

나는 잠시도 틈을 주지 않았다.

"우리가 학습지만 갖다 드리는 게 아니구, 아이가 공부한 학습지를 걷어다 채점허구 평가해 새 학습지와 같이 갖다드리니께, 큰 도움이 되쥬. 물론 원하시면 언제든지 상담두 해드리구유."

나는 장부를 펴들며 그 집 주소, 아이 이름, 학교와 학년을 물어가며 기록했다. 그렇게 그날 학교에 가기 전까지 무려 서른아홉 집을 해냈다. 그보다 더 중요한 건 자신감을 얻은 것이었다. 그날 늦게까지 차용주를 기다렸는데 끝내 나타나지 않았다.

다음 날부터 리어카를 끌고 다니며 학습지 넣는 집을 찾아가 대문을 가볍게 두드리며 큰 목소리로 "영수야?" 혹은 "종희야?" 하고 아이들 이름을 불렀다. 학부형이 나오면 학습지를 주면서 "아이가 공부를 아주 잘해유. 백 문제 중에 네 문제 틀리구 다 맞었슈", "아이가 산수를 잘해유", "아이가 국어를 잘해유"라고 아이가 잘한 과목을 칭찬해주었다. 아이 칭찬을 듣고 싫어하는 부모는 없었다.

학습지를 주고 나오며 쓰레기를 모아두기로 약속한 대문간에 쓰레기가 있으면 안고 나오고, 없으면 두리번거리거나 쓰레기 나온 게 없느냐고 묻지 않았다. 나는 매일 학습지를 확장해가며 새 학습지와 채점한 학습지를 갖다 주고 쓰레기를 수거했다. 쓰레기가 나오지 않는 집은 입을 만한 헌 옷가지를 주기도 했고 세숫대야, 양재기, 들통, 우산, 책상, 의자, 수리하면 탈 수 있는 고장 난 자전거, 괘종시계까지 아낌없이 내주었다.

아카데미교육사가 입소문을 타고 알려지자, 초등학교 보내는 부모들은 너도나도 쓰레기를 모아줄 테니 학습지를 달라고 했다. 처음에 찾아갔을 땐 신통찮게 여기던 부모들도 우리가 지나가기를 기다렸다가 자기 집에 학습지를 넣어 달라고 했다.

나는 학교에 다녀온 뒤 바로 큰 자루를 들고 다방에 들어가 재떨이에 쌓여 있는 담배꽁초도 수거했다. 그때는 담배꽁초도 모으면 돈이 되었다. 새벽부터 늦은 밤까지 넝마주이가 돌아다니며 길바닥에 버린 담배꽁초, 넝마, 종이, 빈 병, 쇠붙이, 헌 고무신짝, 찌그러진 깡통 등 흙과 돌멩이만 빼고 눈에 띄는 대로 모조리 주워갔다. 내가 다방에 들어가 담배꽁초를 수거한 뒤로 다방 아가씨들이 낮에 피운 담배꽁초를 모아두었다 내주기도 했다. 어떤 날은 내 자루에 주르르 쏟아주는 담배꽁초에 빨간 립스틱이 묻어 있는 것이 불빛에 언뜻 눈에 띄기도 했다. 왠지 그 담배꽁초는 내 뇌리에서 오래오래 지워지지 않았다.

민 사장 사업은 순탄하게 잘 나가고 있었다. 어느 날 민 사장이 다른 지역에 지사를 내겠다고, 지사장은 직원 중에 실적이 우수한 사람을 보내겠다고 했다. 그런데 일은 전혀 예상치 못한 데서 꼬이기 시작했다. 우리 지역에 도난사고가 일어날 때마다 주민들이 우리를 의심하고 경찰에 신고했다. 주민들은 빨랫줄에 널어놓은 빨래가 없어졌다, 마당에 있던 세숫대야가 없어졌다, 마루에 걸어 놓은 시계를 떼 갔다, 수돗가에 놓아둔 들통이 없어졌다, 자전거가 없어졌다, 리어카가 없어졌다, 가방이 없어졌다고 했다. 심지어 인근 공사장에서 용접하는 산소통이 없어졌다고 경찰이 들이닥쳐 우리가 수거하여 산더미처럼 쌓아 놓은 재활용품을 뒤졌다. 산소통은 안 나왔어도 세숫대야, 리어카, 자전거, 양은 솥, 괘종시계 등 주민들이 잃어버렸다고 신고한 물건들이 나왔다. 물론 훔쳐온 것이 아닌데도 장물로 보고 민 사장을 장물아비 취급했다. 도난사건뿐 아니라 강도, 강간, 살인, 폭행 사건이 일어나도 우리는 수사선상에 올랐다.

어느 날 경찰이 여고생으로 보이는 아이를 데리고 사장실로 들어갔다. 그날 우리는 퇴근하지 못하고 한 사람씩 사장실로 불려갔다. 경찰이 돌아간 뒤 그 지역에서 강간치상 사건이 있었다는 걸 알았다. 그날 뒤로 사표를 내고 회사를 떠나는 직원이 잇따랐다. 민 사장은 결원이 생겨도 충원하지 않았다. 사세가 급격히 기울었다. 급기야 민 사장은 직원들에게 한 달간 말미를 주며 다른 직장을 알아보라고 했다. 그로부터 한 달 뒤 아카데미교육사가 문을 닫았고, 우리는 기약 없이 뿔뿔이 헤어졌다. 한 가지 다행인 것은 내가 말을 더듬던 장애가 나도 모르는 사이 치유된 것이었다.

다음 날 새벽에 벌떡 일어났지만 갈 곳이 없었다. 나는 신문배달하던 습관으로 새벽 3시 40분이면 저절로 눈이 떠졌다. 밖은 캄캄했다. 밤새 이 생각, 저 생각으로 뒤척이다 잠들었는데 아침에 일어나서도 막막하긴 마찬가지였다. 옷을 주워 입고 밖으로 나갔다. 갈 데가 없으니 그냥 도시 한가운데로 흐르는 강변 둑길로 들어섰다. 앞만 보고 걸었다. 길도 끝이 없고 고민도 끝이 없었다. 날이 밝으면서 드문드문 서 있던 가로등이 꺼졌다. 시내를 한참 벗어난 하천가에 큰 바위가 보였다. 하천으로 내려가 바위에 걸터앉았다. 아침 해는 솟아오르고 물은 끊임없이 흐르는데 나는 어떻게 돈을 벌어 학교에 다녀야 할지 여전히 막막했다. 답답한 마음에 바위 옆으로 휘영휘영 늘어진 버드나무 잎사귀를 한 줌을 주르륵 훑어 물에 던졌다. 하천바닥이 고르지 않으니 버들잎이 순탄하게 떠내려가지 못하고 더러는 바위에 부딪혀 곤두박질치기도 했고, 소용돌이에 휘말리기도 했고, 옆으로 빠지기도 했다. 다시 버들잎을 한 줌 훑어 물에 띄웠다. 버들잎 떠내려가는 모습이 앞으로 살아가야 할 내 모습을 보는 듯했다. 언제까지나 앉아 있을 수도 없었다.

　나를 다시 일으켜 세운 건 배고픔이었다. 뱃속은 어제 낮부터 굶었다는 것을 일깨워 주려는 듯 자꾸 꼬르륵거렸다. 벌떡 일어나 간 길을 되짚어 걸었다. 얼마쯤 걷다 보니 갈 때 못 본 나무다리가 보였다. 나무다리는 굵고 긴 통나무 두 개를 맞대놓고 꺾쇠를 박은 뒤 굵은 철사로 겹겹이 묶어놓은 간이 다리였다. 학교 가는 아이들이 나무다리를 건너고 있었다.

　나도 나무다리를 건너 걸어가다 '견습공 구함'이라고 쓴 나무 팻말을 공장으로 보이는 문 앞에 걸어 놓은 게 눈에 띄었다. 나는 뭐 하는 집인지 모르고 무슨 견습공을 구하는지도 모른 채 일단 문을 열고 안으로 들어갔다. 그곳은 가구공장이었고, 내가 들어간 문은 뒷문이었다. 공장에 나와 있던 중년 남자가 문을 열고 불쑥 들어선 나를 멀뚱멀뚱 쳐다봤다. 나는 아무것도 묻지 않는 그에게 다가가 견습공 구한다는 팻말을 보고 들어왔다고 큰 소리로 말했다. 중년 남자는 아무런 반응이 없었다. 나도 두 번 다시 말하기 싫어 그가 보는 도면을 넘겨다보았다. 가구 제작용 도면이었다.

　그때 내가 들어온 문으로 반백의 남자가 들어오고 뒤를 이어 너더 댓 명의 남자들이 들어왔다. 중년 남자는 보던 도면을 접어 반백의 남자에게 넘겨주며 뭐라고 이야기하더니 나를 불러 여기 오기 전에 무슨 일을 했느냐고 물었다. 나는 야간고등학교에 다니며 아카데미 교육사에 다녔다고 했다. 내 얘기를 듣고 그가 고등학교를 졸업하면 무엇을 할 거냐고 물었다. 나는 기술을 배우고 돈을 벌어 아버지와 함께 동생들 뒷바라지하고 싶다고 했다. 그는 숙련도에 따라 일당이 달라진다며 내일부터 나오라고 했다.

나는 새벽잠에 꿈을 꾼 듯했다. 목공기술을 배우면 제일 먼저 내 책상과 의자를 만들고 싶었다. 나는 그때까지 내 책상을 한 번도 가져보지 못했다.

다음 날 가구공장으로 출근했다. 가구공장에 도목수가 있었다. 전날 아침에 본 반백의 남자였다. 나는 도목수가 시키는 일만 하면 되었다. 첫날은 온종일 엉덩이를 땅에 붙여볼 새 없이 도목수와 마주 서서 먹줄도 놓고, 목재를 분류해서 옮기고, 연장 심부름을 했다. 둘째 날도 별반 다르지 않았다. 셋째 날은 도목수가 송판 한쪽을 자로 재어 톱으로 잘라주며 남은 송판을 똑같이 자르라고 했다. 산골에서 자란 나는 톱질에 자신이 있었다. 도목수가 시키는 대로 한나절 꼬박 송판을 반듯하게 잘랐다. 도목수는 나와 보지 않았다.

점심때쯤 사장(전날 아침 처음 만난 도면을 보던 중년남자)이 자를 들고 나와서 내가 잘라놓은 송판을 재어 보고 너무 짧게 잘랐다며 귀한 목재 다 버려놨다고 노발대발했다. 나는 도목수가 시키는 대로 했다고 했지만 도목수는 자기가 그렇게 시키지 않았다고 딱 잡아떼었다. 나는 한나절 잘라놓은 송판을 차곡차곡 쌓아 놓고 길이가 조금이라도 다른 것이 있느냐고 따졌지만, 도목수는 자기가 준 송판을 찾아오라고 했다. 나는 수많은 송판 중에 표시가 되어있지 않은 것을 어떻게 찾느냐며 '당신이 준 송판이니 당신이 직접 찾으라'고 했다. 도목수는 '네가 가져간 송판을 내가 어디서 찾느냐'며 아무 일도 시키지 않았다. 나는 도목수가 퇴근할 때까지 싸웠지만 내게 돌아온 건 내일부터 나오지 말라는 말뿐이었다.

분해도 너무 분해 퇴근하는 도목수 뒤를 밟았다. 그가 하천 둑 너머 허름한 집 대문을 열고 들어갈 때 다짜고짜 뒤를 따라 들어갔다. 도목수가 화들짝 놀랐다.

"나두 당신 같은 사람허구 일할 생각 읎으니께 내 일당 주슈."

나는 단도직입적으로 말하고 손을 불쑥 내밀었다. 도목수 아내가 방문을 열고 나오다 나를 보고 우뚝 멈췄다. 방에 있던 아이들이 열린 문으로 밖을 내다봤다. 도목수는 나를 끌고 도로 대문 밖으로 나가 '간조 날' 오라고 했다. 간조 날이 무슨 날이냐고 물었더니 자기가 일한 일당을 받는 날이라고 했다. 이틀 뒤였다. 나는 이틀 뒤 그가 오라고 한 다리 위에서 만나 견습공 일당 몇 푼을 받아 쥐고 보니 살아갈 길이 더욱 막막했다.

다음 날 학교에 가서도 공부는 뒷전이고 머릿속은 온통 벌어먹고 살아갈 걱정뿐이었다. 하굣길에 교문을 나가는데 한종찬이 나를 골목 안으로 잡아끌었다. 우리 반 한종찬은 거리에서 라이터에 기름을 넣어 주고 라이터돌을 끼워주는 행상을 했는데 '라이타돌'이라고 불렀다. 야간고등학교에 다니는 아이들은 가진 기술도 없고, 경험도 없고, 밑천이 짧아 단순한 직장이나 행상을 할 수밖에 없었다.

골목 안에 유광덕, 진석남, 서종삼 선배가 기다리고 있었다. 유 선배는 신문보급소에서 배달하고 남은 신문을 받아다 파는 신문팔이였다. 신문팔이 선배는 2학년부터 담배를 피웠는데 학교에서 담배 냄새 빠져나가라고 개 혓바닥처럼 호주머니를 홀딱 뒤집어 내놓고 다녔다. 3학년이 되고부터 선생님들 사이에 '꼴통'으로 통했고, 교무주임도 꼴통은 보고도 못 본 척해 호주머니는 다시 안으로 들어갔다. 물론 학교 규율이 주간보다 야간이 좀 느슨했다.

진 선배와 서 선배는 수업이 끝나는 대로 교실에서 사복으로 갈아입고 넥타이를 매고 교문을 나가 바로 나이트클럽으로 출근했다. 선배들 사이에는 두 사람을 '뽀이'(보이)라고 불렀다. 나는 앞머리에 두 개의 가마가 뿔처럼 뻗쳐있어 내가 무엇을 하든 '쌍가마'로 통했다. 골목 안으로 들어가자 신문팔이 선배가 이틀 뒤 학교 운동장에서 우리 학교 총동창회 체육대회가 있다고, 그날 아이스케이크 장사로 한몫 잡자고, 한참 떠들고 나서 이렇게 말했다.

"그러니께 말여. 내 말은 내가 나이타돌허구 운동장을 돌어댕기며 아이스께끼를 팔 테니께 뽀뽀이허구 쌍가마는 아이스께끼 장사가 교문 안으루 한 놈두 들어가지 못허게 막으란 말여. 내 말이 무슨 말인지 알것지? 아 참, 그리구 그날은 꼭 교복을 입구 나와야 혀."

진 선배와 서 선배는 늘 같이 붙어 다녔는데 선배들이 둘을 한꺼번에 부를 땐 '야, 뽀뽀이' 하고 불렀다. 물론 우리끼리 그렇게 부르지 다른 사람이 그렇게 부르면 도끼눈을 떴다. 우리 모두 시간이 되는데 행상을 하루 쉬어야 하는 라이타돌만 망설이고 있었다. 그러나 단골이 없는 떠돌이 행상이라는 게 하루 나가든 안 나가든 별문제가 없어 모두 아이스케이크 장사를 한번 해보기로 했다.

체육대회가 있는 일요일 아침 학교에 가듯 교복을 입고 집을 나섰다. 신문팔이 선배와 라이타돌은 손수레에 아이스케이크를 싣고 이미 교문 안으로 들어가 있었다. 나보다 먼저 도착한 뽀이 선배들은 팔뚝에 '주번' 완장을 차고 있었는데 내게도 완장을 주었다. 소문을 듣고 풍선장수, 호떡장수, 솜사탕장수, 엿장수도 들어가 있었다.

오전 9시가 지나면서부터 간간 들어오던 선수와 구경꾼들이 구름처럼 몰려들었고 그들 중 아이스케이크 장사도 섞여 들어왔다. 우리는 아이스케이크 장사를 보는 족족 '잡상인 출입금지' 라고 내몰면서 싸움이 시작되었다. 뽀뽀이가 한패가 되어 아이스케이크 장사와 맞붙어 싸우고, 나는 말리는 척하며 팔꿈치로 돌려 치고, 멱살잡이로 내몰고, 발을 걸어 넘어뜨리고, 엎치락뒤치락 나뒹굴고, 운동장에선 북치고, 꽹과리치고, 징을 꽝꽝 쳐대며 흥을 돋우고, 그 바람에 싸움은 점점 더 격렬해지고, 이리 치고, 저리 치고, 마치 정글에서 맹수가 먹이를 놓고 사생 결판을 내듯 코피가 터지도록 싸워도 아이스케이크 장사꾼들이 점점 늘어나 중과부적이었다.

그때 초록은 동색이고, 가재는 게 편이라고, 입장하던 우리 학교 선배들이 후배가 피투성이가 된 걸 보고 우리와 한편이 되고부터 전세는 역전되었다. 교문 수위도 나와 가세했다. 신문팔이 선배가 왜 교복을 입고 나오라고 했는지 그제야 알게 되었다.

오전 10시부터 싸움이 시작되었는데, 오후 3시가 지나면서 들어오는 아이스케이크 장수는 없고 이미 들어왔던 이들도 싸우다 말고 돌아가기 시작했다. 오후 6시가 지나면서 체육대회가 끝나갈 무렵 라이타돌이 빈 손수레를 끌고 교문을 나왔다. 그날 장사는 대박이었다. 신문팔이 선배는 몰려드는 손님들을 일렬로 쫙 세워놓고 팔았다고 너스레를 떨었다. 어찌 되었든 그날 내가 받은 일당은 가구공장에 들어가 받은 3일 품값에 열 배가 넘었다. 비록 코피는 터졌어도 먹이 싸움에서 우리가 이겼다는 뿌듯함도 느꼈다.

아이스케이크 장사를 계기로 우리는 그냥 단순히 알고 지내는 사이가 아니라 서로가 서로에게 무엇이 되어 주고 싶어 했다.

어느 날 뽀뽀이 선배들이 내게 나이트클럽 영업을 끝낸 뒤 뒷정리하는 일을 해보지 않겠느냐고 물었다. 그 시간대는 내가 하는 일이 없어 노는 입에 염불하는 셈 치고 나갔다. 담배 연기가 가득한 홀에 들어서는 순간 훅 끼쳐오는 열기, 냄새, 어둠에 익숙해지자 먹고, 마시고, 피우고 남긴 것들, 탁자 밑으로 빈 병들이 화장장에 유골처럼 나뒹구는 것을 보고 아연실색했다. 도대체 재떨이에 왜 가래침을 뱉어 놓고, 담배꽁초를 왜 병 속에 집어넣는지, 돈 주고 산 음식을 왜 꼴사납게 남겨두고 갔는지, 나로서는 참으로 모를 일이었다.

홀보다 더 가관인 것은 화장실이었다. 너절하고 지저분한 것은 차치하더라도 남자 화장실이나 여자 화장실이나 사방에 토사물이 질편하게 널려있었다. 술 먹은 개라더니 개장보다 더하면 더했지 조금도 덜하지 않았다. 뽀뽀이 선배들은 눈살 한 번 찌푸리지 않고, 치우고 정리하고 쓸고 닦았다. 청소를 마치고 나자 뽀이 선배가 지배인에게 받았다며 하얀 봉투를 주었다.

한 번은 화장실 청소를 하고 나왔는데 신문팔이 선배하고 라이타돌이 와 있었다. 청소를 마치고 문을 걸어 잠그고 들어온 뽀이 선배가 앞장서 범털이나 들어갈 수 있다는 방으로 들어갔다. 방에는 술상이 차려져 있었다. 나는 그날이 처음이었는데 선배들은 가끔 만나 마시는 모양이었다. 모두 잔을 높이 들었다. 맥주는 김이 빠졌고 마른안주에서 담배꽁초가 나왔다. 뽀이 선배가 홀에 남은 음식이라고 말하지 않은 것은 우리 자존심을 고려한 모양이지만 속으로 비감에 빠져들 수밖에 없었다. 신문팔이 선배가 바닥에 떨어진 안주를 주워 들고 "음식은 다 귀한 거여" 하곤 입에 넣었다.

김빠진 맥주를 마시고 담배꽁초를 가려내며 안주를 집어 먹어도 가슴에 꿈은 있었다. 뽀뽀이 선배들 꿈은 장차 나이트클럽을 경영하는 것이라고 했고, 라이타돌은 한 곳에 정착해 시계포를 내는 것이라고 했고, 신문팔이 선배는 대학교를 나와 신문기자 되는 게 꿈이라고 했다. 나는 그때까지 고등학교를 마치면 자취방 보증금으로 송아지 한 마리 사서 끌고 집에 들어가 동생들하고 배곯지 않게 먹고 사는 것 말고는 생각해 본 게 없었다.

다음 날 내가 학교에서 돌아왔을 때 '득제 칠혁'이라는 전보가 와 있었다. 전보를 받아 본 뒤 고향으로 돌아가야겠다는 생각이 더욱 굳어졌다. 칠혁은 내 여덟 번째 동생이었고, 칠 형제 중 일곱 번째였다.


그날 집으로 돌아가다 통금에 걸렸다. 파출소에 들어가 조서를 받는데 지나가는 경찰이 들고 있던 서류철로 내 머리통을 탁 때리며 '이 새끼 뭐야?' 또 다른 경찰이 주먹으로 내 머리통을 쿡 쥐어박고 '이 새끼 왜 왔어?' 그러곤 지나갔다. 경찰이란 놈들이 그냥 지나가는 법이 없었다.

언젠가 파출소를 자주 들락거리는 선배가 말했다.

"그늠덜은 인권이구 나발이구 읎어. 만만헌디 말뚝 박는다구 반항허면 읎는 죄두 맹글어 넣는 놈들이니께 그냥 참어. 경범죄루 들어가 봤자 벌금 몇 푼 내거나 구류 며칠 살다 나오면 끝나. 벌금 낼 돈 읎으면 몸으루 때우면 뎌. 걔들두 껀수 올리구 진급해야 허니께."

나는 조서를 받으며 내 신분을 학생이라고 말하지 않았다. 조서를 작성하던 경찰이 직업이 뭐냐고 물었을 때 그냥 '허는 거 별루 읎슈.' 그랬다. 학생이라고 신분을 밝혀봐야 경찰이 학교로 연락하여 교무실에서 오라가라 할 것이 뻔했다. 아마 경찰은 조서에 내 직업을 무직이라고 적었을 것이다. 나는 조서를 받다 문득 '통금에 걸리거나 하여튼 경찰에 걸리면 무조건 전화하라'고 했던 뽀이 선배가 떠올랐다. 나는 경찰에게 말했다.

"집에 전화 좀 걸 수 읎을까유?"

내가 집에 전화를 걸게 해달라고 하자 경찰이 깜짝 놀라 말했다.

"뭐! 너희 집에 전화가 있어?"

경찰의 태도가 갑자기 돌변하여 친절히 전화를 걸라고 했다.

나는 뽀이 선배에게 전화를 걸었다. 잠시 뒤 경찰이 내 손바닥에 파란 잉크를 듬뿍 묻혀 통과 고무인을 꾹 찍어주며 나가라고 했다. 파출소를 나오며 다행이라는 생각은 들지 않았고 어딘지 모르게, 뭔가 불만스럽고, 화가 나고, 분노가 치밀었다.

다음 날 계획대로 고물상을 찾아갔다. 나는 여름방학 동안 냉차 장사계획을 세워 두었다. 여름 한철 장사로 냉차 장사만 한 것도 없었고, 설령 냉차 장사가 잘 안된다고 해도 밑천이 적게 들어 크게 손해날 것도 없다는 생각에서였다. 나는 헌 리어카, 각목, 합판, 못을 사고 고물상 연장을 빌려 하루 꼬박 손수레를 만들었다. 집에 돌아와 손수레에 오지항아리를 넣고, 합판으로 만든 덮개 위에 컵 열 개를 씻어 나란히 진열해 놓았다. 덮게 한쪽에 엿 목판처럼 만든 곳에 눈깔사탕과 껌 몇 통을 도매상에서 받아다 올려놓았다. 물론 '달고 시원한 냉차' 라고 현수막을 만들어 손수레에 달았다. 장사할 자리도 보아두었다. 행인이 붐비는 버스정류장 부근이었다.

처음 냉차 장사 나가는 날은 하는 거 없이 마음이 바쁘고 설레었다. 냉차를 만들려면 얼음, 물, 당원, 보리 미숫가루, 갈색 색소가 필요했다. 만드는 방법도 간단했다. 우선 오지항아리에 물 한 양동이를 붓고 당원, 색소, 얼음을 넣는다. 보리 미숫가루는 제일 나중에 냉차가 완성된 뒤 첫 손님이 올 때 넣었다. 미숫가루가 물을 먹으면 고소한 맛이 떨어지고 밑으로 가라앉기 때문에 팔 때마다 조금씩 넣어 고명으로 띄워주었다. 얼음이 녹기 전 또는 다 녹은 뒤에 마시는 손님은 시원하지 않다고 불평을 했다.

평일보다 장날이 좀더 팔리고, 인근에 행사가 있거나 학생들이 단체로 지나가는 날은 냉차가 미지근하든 시원하든 만들 새 없이 팔렸는데, 흐린 날은 파리만 날렸다. 때로는 자동차를 들이대고 운전석에 앉아 냉차를 주문하는 손님도 있었다. 내가 갖다 주는 냉차를 받아 마시고 빈 잔을 건네주며 소리쳤다.

"야 뭔늬므 냉차가 달구 시원허기는 커녕 미지근혀. 입가심허게 냉수 한 잔 줘."

내가 갖다 준 냉수를 받아 마신 운전사가 또 소리를 질렀다.

"야 맹물이 냉차보다 더 시원혀."

자동차 액셀을 우악스럽게 밟은 운전사가 내게 컵을 획 던졌다. 나는 너무 다급해 공을 차듯 발로 차 떠오르는 컵을 받긴 받았는데 발등이 붓고 시커멓게 멍이 들었다. 그래도 그놈은 양반이었다. 냉차를 받자마자 그대로 쌩 달아나는 참 치사한 놈도 있었다.

냉차를 팔다 보면 무거운 참외를 들고 지나가는 사람이 자주 눈에 띄었다. 여름 장사 끝나면 무얼 할까 고민하던 나는 과일 장사를 한번 해보겠다고, 청과시장에 들어가 참외를 사서 버스에 싣고 오다 정류장에서 한 자루를 내려놓고, 다시 한 자루를 내리려는데 차장이 먼저 참외 자루를 번쩍 들어 길바닥에 내동댕이친 뒤 '오라이' 하고 가버렸다. 낭패였다. 다급하게 집에 돌아와 참외 자루를 쏟았는데 아니나 다를까, 참외 4개가 깨져 팔 수가 없었다. 그나마 손수레가 약해 고물상에 가 빈 사과상자 두 개를 사다 잇대 놓고 참외를 올려놓았다. 그 시절 사과상자는 종이가 아니고 제재소에서 얇게 켠 널빤지에 못을 박아 만들었다. 새벽에 일어나 청과시장에 다녀오고, 고물상에 다녀오고, 얼음을 사다 냉차 장사 준비하느라고 아침 점심을 거른 나는 깨진 참외 4개 중 3개를 깎아 먹었다. 점심시간이 끝나가는 무렵이라 손님이 모여들기 시작했다.

냉차를 팔기 시작하고부터 소변이 급했다. 집에서 나올 때 변소에 다녀왔어도 냉차 만들어 맛보느라 마시고 한꺼번에 참외 3개를 깎아 먹은 것이 원인이었다. 손님은 모여들고, 교대할 사람은 없고, 냉차 두 잔값을 이용료로 내야 하는 공중변소는 멀었다. 나는 이를 악물고 참아가며 냉차를 팔다 손님들이 돌아가자, 바지 단추를 푼 뒤 그 자리에 쪼그리고 앉아 오줌을 깔기기 시작했다.

나는 내 오줌보가 그렇게 큰 줄 몰랐다. 바닥을 뚫을 듯이 쏟아지는 오줌이 손수레 밑을 지나 2차선 도로를 큰 구렁이가 지나가듯 쏜살같이 쭈르르 흘러가 도로 끝에 고였다. 시장바구니를 든 젊은 아주머니 둘이 나란히 걸어오다 고인 오줌을 건너뛰면서 자기들끼리 '비도 안 오는데 웬 물'이냐며 다가와 냉차를 주문했다. 내 오줌발은 그때까지 조금도 수그러들지 않았다. 나는 바닥청소 하는 것처럼 얼른 양동이 물을 한 바가지 푹 퍼 뿌리며 엉거주춤 일어나 그대로 냉차를 한 잔씩 퍼 주고, 다시 손수레 뒤에 쪼그리고 앉아 바닥 청소하는 시늉을 해가며 계속 깔겨댔다. 아주머니들이 냉차를 마시고 돌아간 뒤에야 오줌은 멈췄다.

냉차 장사는 의외로 낮 장사보다 밤 장사가 더 쏠쏠했다. 오전에 냉차 찾는 손님은 가뭄에 콩 나오듯 했고, 한낮에 좀 팔리다, 해가 질 무렵에 다시 손님이 뜸했다가, 초저녁이 되면 주전자를 들고 냉차 사러 오는 아이들이 있었다. 대부분 티브이도 없었고, 냉장고도 없던 시절이라 열대야를 넘기는 방법은 바로 냉차였다.

어느 날 빈 주전자조차 무거워 보이는 아이가 냉차를 사러 왔다. 나는 선심 쓰듯 팔고 남은 냉차를 후하게 담아주었는데 아이가 주전자를 받아 들고 길을 건너가다 자동차 경적에 놀라 주전자를 땅에 떨어뜨려 몽땅 쏟았다. 그 개떡 같은 놈이 경적을 얼마나 크게 울렸던지 나도 깜짝 놀랐다.

나는 울고 서 있는 아이를 달랜 뒤 다시 냉차를 담아 주었다. 잠시 뒤 그 아이 엄마가 찾아와 안 받으려는 냉차 값을 기어이 주고 갔다. 그 아이는 내 단골손님이 되었다.


어느 날 냉차를 팔고 있었는데 노점상들이 소발에 하루살이 흩어지듯 뿔뿔이 달아났다. 나는 무슨 영문인지 몰라 지켜보는데 백차가 왜앵 하고 달려와 노점상 단속을 한다며 경찰관이 길가로 내 손수레를 확 밀어붙였다. 손수레가 넘어지면서 흩어진 눈깔사탕과 껌이 파도에 휩쓸려가는 자갈처럼 엎지른 냉차에 쓸려나갔다. 경찰 뒤를 따라온 단속반원들이 길 건너편에서 호떡을 굽던 손수레를 끌어다 차에 실으려 했고, 호떡 장수 할아버지는 손수레를 잡고 안 뺏기려고 악다구니를 쓰며 놓지를 않았다. 나는 잽싸게 손수레 안에 넣어두었던 책가방, 교복, 교모를 주워들고 경찰을 쏘아봤다. 경찰이 갑자기 푹 눌러쓴 내 모자를 홀떡 벗기며 말했다.

"야 너, 학생이었어?"

나는 어금니를 꽉 다물고 있었다. 경찰은 내가 학생인 걸 알고 아랫주머니에서 무얼 한 주먹 꺼내 내 주머니에 푹 찔러주며 말했다.

"앞으로 노점상 단속을 계속할 거야. 내일부턴 안 봐준다. 얼른 끌고 들어가."

나는 단속반원들이 오기 전 손수레를 끌고 집으로 돌아와 경찰이 주고 간 것을 꺼내보았다. 그건 꼬깃꼬깃 꾸겨진 잔돈이었다. 아마 운전사들에게 삥땅친 것 같았다.

내가 잠시 이삿짐센터에서 일할 때였다. 이삿짐을 싣고 가다 보면 후미진 곳에 잠복해 있던 교통경찰이 갑자기 튀어나와 무조건 차를 세우고 손가락을 뱅글뱅글 돌리며 유리문을 내리라고 했다. 운전사가 유리문을 내리면 유리창 문틀에 손을 올려놓고 속도를 위반했다거나 중앙선을 넘었다고 했다. 운전사가 과속한 근거도 없고, 중앙선을 넘지 않았어도, 교통경찰 말이 곧 법이었다. 무슨 변명도 통하지 않는다는 것을 알고 있는 운전기사가 '그래서 뭘 어쩔거냐'는 듯 빤히 쳐다보면 아주 능글맞게 웃으며 '현금이 없으면 외상으로 처리할까?' 라며 면허증을 요구했다.

그때 운전기사가 현금으로 하자며 면허증 대신 얼마인지 얼른 알 수 없도록 꼬깃꼬깃 꾸겨 놓은 잔돈을 쥐어지르듯 불쑥 내밀었다. 그때는 교통경찰이 3년 안에 집 한 채 장만하지 못하면 무능하다고 했다. 교통경찰이 내게 주고 간 잔돈을 펴서 세어보니 손수레 만든 값을 하고도 남았다.

나는 다음 날 손수레를 끌고 고물상에 가 팔아넘겼다. 어차피 냉차 장사는 여름방학 때까지만 할 생각이었다. 손수레를 팔고 고물상을 나오는데 어찌나 서운하던지. 나는 집에 들어갈 생각도 없었고 무얼 해야겠다는 생각도 없이 시내로 들어갔다.

나는 무작정 몇 시간을 돌아다니다 우연히 바라본 곳에 '외판원 모집'이라고 유리창에 붙은 광고지를 보고 들어갔다. 외판원을 모집한다는 광고지는 신문배달할 때 신문 간지에 끼워 배달하기도 했다. 사무실엔 대머리가 훌렁 벗어진 중년 남자가 홀로 앉아 있었다. 그가 들어서는 나를 훑어보더니 무슨 일로 왔느냐고 물었다. 나는 지나가다 외판원 모집 광고를 보고 들어왔다고 했다. 그는 앉으라는 말도 없이 나를 세워 둔 채 외판해본 경험은 있느냐고 물었다. 나는 없다고 대답했다.

그는 외판경험은 없어도 된다며 창고에 들어가 종이 상자를 들고 나왔다. 그는 상자를 열고 안에서 고무로 만든 망아지 한 마리를 꺼내 책상 위에 올려놓고 말이라고 했다. 말에는 가느다란 고무줄이 고삐처럼 달려있고 고삐 끝에 바둑알만 한 공기주머니가 달려있다. 그가 공기주머니를 집게 잡듯 맞잡고 살짝 힘을 주자 말이 팔짝 뛰었다. 그는 사람들이 많이 모이거나 왕래가 빈번한 곳에 자리를 잡고 앉아 자기처럼 말을 가지고 놀며 파는 것이라고 했다.

나는 시장골목에 광주리를 내려놓고 나물과 채소를 팔던 엄마 모습이 떠올랐다. 엄마는 산에 가 고사리, 취, 다래나무 잎, 도라지, 더덕, 두릅, 돌나물, 고들빼기 등을 채취하여 시장에 내다팔았다. 텃밭에 심은 열무를 솎아 단으로 묶어 광주리에 담아 물에 적신 보자기로 덮은 뒤 머리에 이고 시장 어귀에 앉아 팔았다. 동부를 청올치로 한 주먹씩 묶어놓고 팔기도 했고, 풋콩을 꺾어다 다발로 묶어놓고 팔기도 했고, 옥수수나 고구마를 쪄다 팔기도 했고, 강낭콩이

나 완두콩을 까서 함지박에 담아 놓고 조그만 양재기로 되어 팔기도
했다. 내다 팔 것이 없으면 장작을 다발로 묶어 머리에 이고 가서 팔
았다. 엄마는 뙤약볕에 온종일 쫄쫄 굶어가며 다발나무 장사를 하고
광주리장사로 번 돈은 오르지 나와 동생들 학비로 썼다. 나는 도둑
질만 빼고 못 할 게 없다는 생각이 들었다.

사장은 책상에 올려놓은 말을 내게 넘겨주며 한 번 해보라고 했
다. 나도 사장이 하던 대로 공기주머니를 맞잡고 살짝살짝 힘을 줄
때마다 말이 팔짝팔짝 뛰었다. 사장이 뛰는 말은 보지 않고 내 눈을
예리하게 쏘아보며 학생이 거리에 앉아 말을 팔 수 있겠느냐고 물었
다. 나는 팔 수 있다고 했다. 사장은 고개를 끄덕이며 자기가 내게
주는 값하고 파는 가격을 일러주며 당장이라도 말을 내줄 수 있는데
보증금을 내야 한다고 했다. 나는 보증금이 얼마냐고 물었다. 그는
보증금으로 말 백 마리 값을 걸어야 한다고 했다. 나는 말 백 마리는
고사하고 열 마리 값이나 될지 모르겠다고 했다. 그가 그렇다면 우
선 말 열 마리만 갖고 나가 팔아보라고, 재고는 얼마든지 있으니 다
팔고 다시 가져다 팔면 된다고 했다.

다음 날 말 열 마리를 사 들고 사무실을 나왔다. 갈 곳이 마땅치
않았다. 내가 생각해낸 곳은 역전이나 버스터미널인데 그곳은 폭력
배들이 득실거려 여차하면 몰매 맞고 물건도 돈도 모두 빼앗길 수
있었다. 나는 버스터미널로 들어가지 못하고 길목에 앉아 손가락에
쥐가 나도록 말을 뛰게 해도 사람들이 흘깃흘깃 흘겨보며 지나가고,
잠시 멈춰 구경만 하고 지나갔지 얼마냐고 묻는 사람조차 없었다.
학교 갈 시간이 얼마 남지 않았는데 개시조차 못 했다. 나는 좌판을
거둘까 생각 중에 구두를 신은 발이 불쑥 들어와 팔짝팔짝 뛰는 말

을 꾹 밟았다.

"아저씨, 말 밟었슈?"

내가 벌떡 일어서며 소리쳤다. 군인처럼 머리를 짧게 깎은 그 사람 덩치가 얼마나 컸던지 내 눈높이가 그 사람 명치에 닿았다. 그가 말했다.

"야 임마, 발이 밟었지 내가 밟었냐?"

그가 나를 노려봤다. 나는 그의 다리를 어깨로 밀며 소리쳤다.

"이 발이 누구 발인디유?"

길을 가던 사람들이 순식간에 몰려들어 겹겹이 에워쌌다. 그가 한발 밀려나며 소리쳤다.

"누구 발은 누구 발. 내 발이지."

그가 옆으로 밀려나자 밟혔던 말이 용수철 튀어 오르듯 발딱 일어섰다. 나는 말을 주위들고 따졌다.

"그럼 이 말은 누가 밟은 규?"

"어쭈. 이 짜식."

그의 말이 떨어지기 무섭게 주먹이 들어오는가 싶더니 내 관자놀이를 정통으로 가격했다. 맞는 순간 눈에서 불이 번쩍 일었다. 주먹을 한두 번 써본 솜씨가 아니었다. 나는 초등학교 때부터 싸움엔 아주 이골이 났기에 한두 놈쯤은 눈도 깜짝이지 않았다. 나는 좌판을 거뒀다. 좌판이라야 작은 손가방에 내놓은 말을 담아 들면 끝이었다. 나는 얼른 말을 주위들고 일어서며 한국 최초 프로복싱 세계챔피언 김기수가 이탈리아 챔피언 니노 벤베누티에게 훅을 넣듯 젖 먹던 힘을 다해 훅을 한 방 처먹이고 뒤로 빠졌다. 그는 토악질하듯 '우욱' 하며 앞으로 고꾸라지더니 그마저 허물어져 길바닥에 새우처럼 꼬부린 채 나뒹굴었다. 내가 돌아서자 구경꾼들이 하루살이 흩어지듯 흩어지며 길을 터줬다.

버스터미널 앞을 지나 반대쪽으로 걸어가다 나처럼 길가에 앉아 말을 팔고 있는 할아버지를 만났다. 어찌나 반갑던지! 나는 난생처음 보는 할아버지에게 절을 꾸뻑하고 옆에 쪼그리고 앉았다. 할아버지가 대뜸 나를 경계하는 눈초리로 쏘아봤다. 나는 오늘 처음 말을 가지고 나와 맞은편에서 팔다 개시도 못 한 채 행인과 싸운 얘기를 했다. 할아버지는 그제야 경계를 풀고 말했다.

"길거리에 앉어 이 짓을 허다보면 발루 밟구 가는 놈만 있는 게 아녀. 마치 제 땅처럼 누구 허락 받구 장사허느냐며 자릿값 내라는 놈, 배고퍼 죽겠다구 국밥 한 그릇 사 달라는 놈, 지갑을 쓰리 맞었다구 집에 갈 차비 좀 빌려달라는 놈, 도민증을 내보이며 말 한 마리만 외상으루 달라구 부득부득 뻗대는 놈. 하여튼 별의별 놈들이 다 있어."

나는 무엇보다 할아버지가 말을 얼마나 팔았는지 그게 궁금했다.

"말은 얼마나 파셨슈?"

"웬걸 이제 겨우 여남은 마리 팔었어."

"예에! 그렇게 많이 팔었슈?"

"많이 팔다니. 오늘이 여드레째야. 오늘은 나두 아직꺼정 마수걸이두 못했는걸 뭐."

할아버지는 여전히 말을 가지고 놀며 말했다.

"나야 나이 먹구 헐 일 읎으니께 노는 입에 염불헌다구 허는 거지만, 젊은 사람들은 밥 빌어다 죽두 못 쒀 먹어."

나는 할아버지 말을 듣고 큰 충격을 받았다. 하루에 최소한 말 너더댓 마리를 팔아야 학교 다니며 먹고 살 수 있었다. 설령 하루에 너더댓 마리를 판다고 해도 언제까지나 계속할 수 있는 일도 아니었다. 그날 내가 학교에 도착했을 땐 마지막 시간이었다.

어떤 날은 수업이 끝나고 교실 청소할 때 들어가 우두커니 서 있다 나오기도 했다. 비단 나만이 아니라 야간반에 다니는 아이들은 제시간에 등교하는 아이는 반도 되지 않았다. 매일 공부시간에 문을 드르륵 드르륵 밀고 들어가는 게 부담스러워 아예 학교를 중퇴하는 아이도 있었고, 쉬는 시간에 들어가려고 교실 밖에서 오들오들 떨며 기다리는 아이도 있었다.

나는 나흘에 걸쳐 말 열 마리 중 아홉 마리를 팔고 한 마리 남았을 때, 구두통을 장만하여 거리로 나갔다. 구두약 한 통이 빈 통이 될 때까지 침이 마르고 손가락이 닳도록 구두를 닦아도 새로 살 구두약값이 늘 모자랐다. 그도 그럴 것이 구두닦이로 나설 때 내가 원하면 아무 곳에서나 닦을 줄 알았다. 아니었다. 노른자위라는 역전, 터미널, 관공서, 대형빌딩 주변까지 먼저 차지한 구두닦이들이 있었다. 그곳은 구두통을 들고 지나가기만 해도 '나와바리'(구역)를 침범했다고 똘마니들이 개떼처럼 달려들어 구두통을 뺏고 무자비하게 두들겨 패기 일쑤였다. 변두리로 나가봐야 하루에 두세 켤레 닦기도 힘들었다. 아니 구두 신고 다니는 사람조차 만나기 힘들었다. 하루에 두 끼 먹다가 한 끼를 먹어 가며 구두약 한 통이 닳아 없어지도록 닦아도 새로 사야 할 구두약값은 번번이 부족했다.

어느 날 주머니를 탈탈 털어 구두약 반을 샀다. 그때는 구두약을 케이크 자르듯 이 분의 일, 사 분의 일로 쪼개 놓고 팔기도 했다. 내가 터미널 앞 시장에 들어가 구두약을 사 가지고 부리나케 걸어가는데 뒤에서 "세혁아!" 하고 나를 부르는 엄마 목소리가 들렸다. 나는 화들짝 뒤로 돌아 아무리 둘러봐도 엄마는 보이지 않았다. 분명 엄마 목소리였다. 나는 돌아서 다시 집으로 가는 길로 걸었다. "세혁아!" 이번에는 좀더 크게 또렷이 들렸다. 나는 다시 돌아섰다. 그제야 붐비는 인파를 헤집고 버스터미널 앞에서 뛰다시피 걸어오는 엄마가 보였다. 아마 우리 학교로 가다가 나를 본 모양이었다.

나도 엄마에게 달려갔다. 엄마는 장에 갈 때 입던 광목 치마저고리에 검정 고무신을 신었는데 얼굴은 새카맣게 찌들었어도 나를 바라보는 눈빛은 광채가 났다. 나는 엄마 목소리를 듣고도 알아보지 못했는데 엄마는 행인들 속에 걸어가는 뒷모습을 보고 어떻게 나를 알아봤을까! 너무 뜻밖이라 입이 먼저 열렸다.

"그 먼 디서 저를 어티기 알어보셨슈?"

엄마는 형언할 수 없는 표정으로 나를 바라보며 말했다.

"아무려면 에미가 제 새끼를 몰러볼까."

1년 반이 지나 엄마를 만났지만 어디 들어갈 곳도 앉을 만한 데도 없었다. 나는 "점심은 드셨슈?"라고 물어봤어야 했는데 아침도, 점심도 굶은 내 주머니가 텅 비어 있어 입이 떨어지지 않았다. 내 자취방에 가봐야 쌀이 떨어진 지도 오래되었다. 구두를 닦으면 호떡이나 스펀지 같은 술빵 한 쪽 사 먹고, 못 닦으면 그나마 굶었다. 구두통을 들고 있는 나를 바라보던 엄마도 입술만 달싹거릴 뿐 말을 잇지 못했다. 엄마는 한참 만에 말했다.

"신문배달 헌다더니, 대낮에 구두 닦으러 댕기는 겨?"

"예에. 학교는 야간반으로 옮겼슈."

"밥은 굶지 않구?"

"안 굶어유. 학교두 잘 댕기구 있슈."

엄마는 건물로 올라가는 계단에 앉고 나는 길바닥에 내려놓은 구두통을 깔고 앉았다. 엄마가 다소 누그러진 표정으로 물었다.

"초년고생은 사서두 한다더라. 그런디 아부지가 감 갖다 놓으신 건 아는 겨?"

언젠가 문 앞에 놓여있던 땡감 여섯 개가 번쩍 떠올랐다.

"아 땡감 우린 거 여섯 개유!"

"그려. 태풍이 불어 감이 다닥다닥 열린 감나무 가지가 뿌러졌어. 땡감이긴 허지만 버리기 아까워 우렸는디 제법 맛이 들었더라. 그날 밤 늬 아부지가 주무시다말구 벌떡 일어나 감 열 개만 싸 달라구 허시는 겨. 너헌티 갖다 주겠다구. 그래서 내가 첫닭이 울었으니, 가시더라두 날이나 밝은디 갔다오시라구 말씀드렸는디두 부득부득 댕겨 오시겠다는 겨. 내가 더는 막을 수가 읎기에 감 열 개를 종이봉지에 담어 드렸지. 그런디 감에 물기가 있었던개벼. 가는 질에 봉지가 젖으면서 찢어져 손으루 막구 가셨는디 구멍이 커지면서 감이 자꾸 빠져 나가더랴. 땅에 떨어져두 어두운 밤이니께 찾지 못 허구 되짚어 오실 때 네 개를 찾어 두 개는 잡수시구 두 개는 도루 갖구 오셨더라. 그래서 감이 여섯 개여."

그러면 그렇지! 나는 엄마 말을 듣고 또 마음이 울컥했다. 나는 땅을 내려다보며 말했다.

"신문배달 허구 오니께 방문 앞에 있대유. 분명히 아부지가 갖다 놓으신 거라는 생각은 들었는디 통금 때문에 긴가민가했쥬. 나두 안 보구 그냥 가실 리가 읎다는 생각두 들었구유."

엄마가 고개를 끄덕이며 말했다.

"그려. 그런 생각이 들었겠지. 그런디 늬 아부지는 일본놈 순사두 피해 댕기셨는디 뭐. 도시나 통금이 있지 시골에 누가 잡으러 댕기겄냐. 늬 아부지는 지서를 피해 질러댕기는 질(지름길)을 알구 계셔서 가기는 잘 가셨다는디 대문은 열렸어두 늬 방문이 잠겼으니께, 방엔 못 들어가시구 대문 밖에서 담배 한 대 태울 때꺼정 늬는 나타나지 않구, 핵교 가는 얘들만 지나가더랴. 그래서 늬가 핵교 간 줄알구 그냥 되돌어오셨댜."

'아 그러셨구나!' 내 궁금증은 풀렸어도 아버지를 만날 수 없었던 그 날이 오늘 일처럼 서운했다.

"연미산 꼭대기까지 뛰어갔는디 못 만나구 그냥 왔슈. 그런디 아부지 혼자 많이 힘드실 텐디 어쩌쥬? 정혁인 잘 있슈?"

"아부지는 늬가 있으나 읎으나 힘든 건 마찬가지여. 정혁이두 맘 잡구 잘 허구 있어. 그러니께 걱정 말어. 엊저녁 꿈자리가 하두 뒤숭숭혀 왔는디 이제 늬 얼굴 봤으니께 갈란다."

지난밤 엄마 꿈에 무시무시한 황소가 갑자기 나타나 뿔을 휘두르며 내게 달려드는 것을 보고 빨리 피하라고 소리를 지르다 깼다고 했다. 엄마는 아침에 장작을 이고 장에 갔는데 생생하게 떠오르는 꿈이 자꾸 마음에 걸려 다발나무는 다른 사람에게 맡기고 우리 학교로 나를 만나러 가는 길이었다며 몸조심하라고 했다.

만난 지 이십여 분 만에 물 한 모금 나누지 못하고 엄마는 돌아섰고 나는 구두통을 들고 거리로 나섰다. 엄마도 점심을 굶었을 텐데. 구두라도 한 켤레 닦은 뒤 엄마를 만났더라면! 온종일 굶고 버스에서 내려도 차부에 아는 사람도 없고 나무전에 가봐야 엄마 다발나무를 팔아주겠다고 했던 그분이 그때까지 있을 리가 만무했다. 끼닛거리를 장만하려고 나무 팔러 간 엄마가 나를 찾아온 것도 모르고 기다리고 있을 아버지, 굶주린 동생들이 떠오르자 당장 학교를 중퇴하고 집으로 돌아가는 게 도리라는 생각이 들었다. 나는 열 번, 백 번 되돌아갈 수 있어도 엄마는 단 한 발짝도 되돌릴 분이 아니었다.

버스에서 내려 밤길을 타박타박 걸어 집으로 돌아가는 엄마를 상상하며 고개를 푹 숙이고 걸어가는데 누가 주먹으로 내 아랫배를 쿡 쥐어지르자 고구마밭에 들어갔다가 뱀에 물렸을 때처럼 따끔했다. 내가 반사적으로 한 발 뒤로 물러서는 순간 뒤통수를 호되게 맞고 쓰러졌다.

나를 흔들어 깨운 사람은 길 건너 태양여관 주인 강석태 사장이었다. 강 사장에게 몇 번 불려가 구두를 닦은 일이 있었다. 내가 손에 쥐고 있던 구두통은 온데간데없었다.

강 사장이 말했다.

"야 이놈아, 남의 나와바리에 들어왔으면 정신 바짝 차려야지. 괜찮냐?"

"예에. 괜찮어유."

구두약을 사러 갈 때 구두통을 두고 갔어야 했는데 들고 간 것이 그만 표적이 되었다. 내가 일어서려고 했는데 배꼽 아래가 땅겨 엉거주춤하게 일어섰다.

"저런, 저런! 저 피 좀 봐. 피! 비수에 찔렸구나?"

내 바지가 피에 젖어 있었다. 나는 비수에 처음 찔려본 것이 아니라 당황하지 않았다. 깊이 찌를 수 없게 끝만 예리하게 만든 비수는 다급할 때 닥치는 대로 확 긁어버리고 달아나는 무기였다. 비수에 긁히지 않고 찔린 상처는 깊게 들어가지 않아 덧나지 않으면 문제될 게 없었다.

나는 강 사장을 따라 여관으로 들어갔다. 강 사장이 빈 객실에 들어가 씻으라고 했다. 욕실에 들어가 옷을 벗었다. 배꼽 아래에 난 상처에서 흘러내린 피가 사타구니에 순두부처럼 엉겨 있었다. 찬물로 상처를 씻어냈다. 강 사장이 여관에 응급용으로 비치해 놓은 구급함을 갖다 주었다. 상처를 씻어내는 동안 쓰라리고 아픈 것보다 언제 자랐는지 사타구니에 까무스름한 털이 놀라웠다.

"너 우리 여관에 들어와 구두 한 번 닦어 볼래?"

내가 몸을 씻고 나오자 강 사장이 말했다. 나는 강 사장을 멀뚱멀뚱 바라보며 물었다.

"여관에서 구두를 닦으라니유?"

태양여관은 붉은 벽돌로 길게 지은 지상 3층이었는데, 들어갈 때 신발을 벗어 신발장에 넣은 뒤 객실로 들어가게 되어 있었다. 강 사장이 내가 건네주는 구급함을 받으며 말했다.

"너두 아는지 모르겠지만 우리 여관을 청소하는 조건으루 구두를 닦던 애가 있었어. 그런디 손님들이 여관에 들어서자마자 구두를 닦으라구 허는 걸 아주 싫어 혀. 그래서 구두 닦는 값을 써서 신발장에 붙여놨는디 여관에 들어와 구두에 신경 쓰는 손님이 별루 읎어 결국 철수허구 말었어."

강 사장은 잠시 말을 끊었다가 다시 이어갔다.

"이건 내 생각인디 여관에 들어오는 모든 손님 구두를 무조건 닦어주면 나갈 때 그냥 가지는 않을 겨. 물론 그냥 가는 손님두 있었지

356

만 거리를 쏘댕기며 닦는 것보다야 낫지 않겠냐. 객실은 청소허는 아주머니가 따로 있구, 너는 복도만 쓸고 닦으면 되니께. 한 번 잘 생각해봐!"

구두통도 뺏기고 빈털터리에 허기진 내게 다른 선택은 있을 수 없었다. 나는 그날부터 학교 가는 시간을 빼고 밤낮 여관청소를 하고 손님이 벗어 놓은 구두를 파리가 앉으면 미끄러질 만큼 반짝반짝 닦아 두었다가 나갈 때 내줬다. 강 사장 예상은 첫날부터 빗나갔다. 손님들이 구두를 신고 그냥 나갔지 구두 닦은 값을 주고 가는 사람은 고작 열에 한두 사람뿐이었다. 그래도 열심히 청소하고 구두를 닦았다. 손님은 달라지지 않았다. 나는 속으로 손님에게 구두를 내주고 문을 열어주니까 그냥 신고 가는 게 아닌가 하는 생각이 들었다. 그다음부터 구두를 내주고 구두 닦은 값을 주고 가라는 듯 문을 막아섰다. 그래도 손님은 달라지지 않았다. 구두를 내주면 옆에 걸어 놓은 구둣주걱까지 달라고 해 신고 그냥 나갔다. 어떤 손님은 같이 온 여자 앞에서 내게 구두 닦은 값은 고사하고 문 막지 말고 비키라고 반말에 욕지거리까지 했다. 나는 모욕도, 더럽고 힘든 일도 다 참고 견디고 버텨낼 수 있었지만 수입이 없는 것은 생존의 문제였다. 설상가상으로 자취하는 집 주인이 집을 증축하겠다며 방을 비워 달라고 했다. 나는 여관청소를 말끔히 해놓고 강 사장에게 내일부터 나오지 않겠다고 했다. 내 수입을 빤히 알고 있던 강 사장도 매우 미안해하고 있던 참이었다.

"아니 나갈 놈이 청소는 왜 했어. 그냥 나가면 되지."

강 사장이 멋쩍게 웃으며 말했다.

"근디 나가면 뭐 헐겨? 당장 방도 빼야 헌다며."

나는 새벽이면 언덕 위 하얀 집에서 자전거에 상자를 싣고 나오는 사람들을 보고 저 집은 무엇을 하는 집일까 궁금한 생각이 들었다. 그 집에서 나온 사람들은 어디를 갔다 오는지 서너 시간 지나면 상자를 실은 자전거를 끌고 다시 들어갔다. 한낮에 드나드는 사람은 보지 못했다. 나는 그 집으로 들어가는 사람을 붙잡고 그 집이 무슨 집이냐고, 자전거에 싣고 다니는 게 뭐냐고 물었다. 그는 '양유보급소'라며, 생각 있으면 한 번 찾아가 보라고 했다. 나는 그날로 그 집에 갔다. 간판도 문패도 없었다. 나를 맞이하여 준 사람은 사십 대 후반으로 보였는데 달려드는 삽살개 모양 나를 쏘아봤다. 그는 내게 눈길을 거두지 않은 채 어떻게 왔느냐고 물었다. 양유배달을 하고 싶어 왔다고 했다. 어떻게 알았느냐고 물었다. 양유배달 하는 사람을 붙잡고 물어봤다고 했다.

그는 그제야 앉으라고 의자를 권한 뒤 자전거는 잘 타느냐고, 자전거에 쌀을 몇 가마 실어 봤냐고 물었다. 나는 쌀을 실어본 적은 없어도 성인 한 사람은 태우고 다녔다고 했다. 그가 고개를 끄덕이며 말했다. 양유배달을 하려면 구역을 사야 하고, 양유 500병 값에 해당하는 보증금을 걸어야 한다고, 구역 가격은 고객 수에 따라 달라진다고 했다. 나는 그에게 배달료를 물었다. 그는 양유배달은 사륙제라고, 월말에 내가 가져간 양유값에 육십 프로를 입금해야 한다고 했다. 다시 말해 보증금 넣고 양유를 도매로 받아 소매하는 양유 장사였다. 그는 자신을 권갑두 소장이라고 했다. 나는 재빠르게 머리로 계산했다. 내가 하루에 적어도 양유 25병을 배달해야 학교 다니며 먹고살 수 있었다. 문제는 자전거 살 돈과 보증금이었다.

나는 강 사장에게 그 얘기를 털어놓을까 말까 망설였다. 검은 모자를 깊게 눌러쓴 남자가 들어와 방값을 치른 뒤 키를 받아들고 밖으로 나갔다. 밖에 여자가 서 있었다. 방 열쇠를 쥐고 나간 남자가 여자에게 다가가 손목을 잡아끌었다. 여자가 손을 뿌리치고 몇 발짝 앞에 있는 가로수 밑으로 피했다. 남자가 여자를 쫓아가 손목을 잡고 귓속말을 했다. 아마 여자를 꼬여서 데리고 들어올 모양이었다. 여자는 땅만 바라보고 있었다. 나는 강 사장에게 말했다.

"양유배달을 허구 싶은디, 자전거두 사야 허구 보증금두 걸어야 허거든유."

강 사장이 고개를 끄덕이며 말했다.

"돈이 부족헌 게로군. 얼마나 부족헌디?"

"지금은 한 푼두 읎쥬."

"집주인이 방 빼라구 했다면서?"

"방 빼서 방 읃기두 힘든디유?"

"아 그렇지. 그럴 겨."

가로수를 짚은 남자의 손이 여자의 어깨 위에서 반짝반짝 빛나고 있었다. 남자가 쥐고 나간 방 열쇠였다. 여자는 여전히 땅만 내려다보고 있었다. 강 사장이 말했다.

"우리 여관에 창고루 쓰는 방이 하나 있는디, 원래는 객실이었어. 그 방을 창고 겸해 늬가 들어가 살면 어뗘? 물론 공짜는 아녀. 늬가 허던 청소를 계속해야 허니께."

나는 강 사장 제안을 그 자리에서 받아들였다. 문이 열리고 남자가 고개 숙인 여자의 손목을 잡고 들어와 맨 끝 방으로 들어갔다. 나는 남자와 여자가 벗어 놓은 구두를 정성을 다해 깨끗이 닦아 신발장에 넣었다.

내가 구두 닦는 것을 지켜보던 강 사장이 나를 데리고 창고로 쓰는 방으로 갔다. 방 안에 있는 것은 이불, 요, 수건, 비누 등 객실용품이었다. 강 사장은 객실용품을 옮겨 놓을 자리를 잡아주고 나갔다. 나는 옷을 벗어 놓고 방을 치우기 시작했다. 객실용품을 들어낸 자리에 책상으로 써도 될 탁자와 의자가 나왔다. 나는 방을 다 치우고 나와 강 사장에게 탁자를 책상으로 써도 되겠느냐고 물었다. 강 사장이 깜짝 놀란 듯 큰 소리로 말했다.

　"하 이런! 나는 늬가 책상을 갖구 오면 방이 비좁아 어티기 허나 걱정했는디 아주 잘됐어. 그 탁자는 늬가 써도 좋아. 그리구 연탄은 따루 피울 것 없이 우리 사무실 연탄아궁이를 써. 물론 그것도 공짜는 아녀. 늬가 연탄불을 꺼치지 말구 갈어야 허니께."

　연탄아궁이는 건물 밖에 있어 내가 부엌으로 쓰기에 안성맞춤이었다. 나는 머리를 싸매고 고민했던 일이 믿기지 않을 만큼 술술 풀려 마치 무엇에 홀린 듯했다.

　맨 끝 방문이 열리고 남자가 나왔다. 남자 뒤에 고개 숙인 여자가 따라 나왔다. 남자는 내가 내준 구두를 신고 그냥 여관 문을 나섰다. 여자도 그랬다. 내가 마지막으로 닦은 구두였다.

　나는 자취방으로 돌아갔다. 주인은 우마차에 실린 공사용 자재를 마당에 내리고 있었다. 나는 집주인에게 방을 구했다고 당장 방을 비울 수 있다고 했다. 그는 깜짝 놀라며 방을 쉽게 구했다며 자기 일처럼 기뻐했다. 나는 쇠뿔도 단김에 빼라고 주인집 리어카를 빌렸다. 짐을 리어카에 싣는 동안 주인이 보증금을 내줬다. 이삿짐이라야 내가 집에서 가져온 간장, 된장, 고추장 항아리를 실으면 되었다. 나는 책상뿐만 아니라 이부자리도 없었다.

다음 날 나는 자전거 한 대를 샀다. 권 사장이 보증금으로 양유 500병 값을 걸라고 했지만 300병 값을 걸고 점차 늘려가기로 했다. 내 구역에 양유 먹는 집은 열일곱 집이었다. 보증금이 적어 열악한 지역을 살 수밖에 없었다. 양유를 배달하는 집은 주로 모유가 부족한 젖먹이, 병약자가 있거나 부유한 집이었다. 나는 어떻게든 고객을 확보해야 했는데 그게 그리 쉽지 않았다. 양유 판촉전단을 읽어보면 자연에 방목하는 산양 젖이라고 했다. 아이가 양유를 먹으면 건강해지고, 신체발육이 왕성해지고, 머리가 좋아진다고 했다. 병약자가 양유를 먹으면 건강해진다고, 건강한 사람이 먹으면 더욱 건강해진다고 했다.

한데 권 사장은 양유의 성분과 제조과정을 철저히 비밀로 했다. 나는 양유 제조과정이 몹시 궁금했다. 권 사장이 양유를 만드는 시간은 통금이 시작되는 밤 12시부터 다음 날 통금이 풀리는 새벽 4시까지였다. 장소는 권 사장 집 뒷마당이었다. 나는 통금이 풀리기 직전 양유보급소 담벼락에 자전거를 세우고 짐받이에 올라가 울안을 넘겨다봤다. 집 한 채를 짓고도 남을 만큼 널찍한 뒷마당에 파란 천막으로 덮어 놓은 게 보였는데 사람은 보이지 않았다. 잠시 지켜보는 사이 권 사장이 상자를 들고 들어와 천막을 접어 올렸다. 함석으로 욕조처럼 만든 통 안에 양유 병이 층층이 꽉 차 있었다. 통 밑에 아궁이가 있는 걸 보아 물을 끓여 병에 담은 양유도 같이 끓이는 모양이었다.

내가 첫날 양유 17병을 상자에 싣고 달려가 열었을 때 기겁했다. 양유 17병 모두 병마개가 열려 거의 빈 병이었다. 울퉁불퉁한 도로를 지나갈 때 엄지손가락으로 눌러 막아 놓은 병마개가 열려 양유가 넘쳤기 때문이었다. 나는 병에 조금씩 남은 양유를 모아 여섯 병을 만들었다. 우선 여섯 병을 배달하고 다시 열한 병을 가지러 보급소로 달려갔다. 보급소에 내려놓은 양유 상자 안에 들어있던 빈 병 중 4개가 깨져있었다. 배달시간에 쫓겨 페달을 억세게 밟아 빈 병이 요동치며 서로 부딪쳐서 깨진 모양이었다. 물 한 컵이 들어갈 만한 하얀 유리병은 재활용품이어서 보급소에 반품해야 했다. 반품하지 못하면 양유 다섯 병 값에 해당하는 병 값을 변상해야 했다. 다만 두꺼운 종이로 엽전만 하게 만든 병마개에 빨간 글씨로 '산양유'라고 찍힌 것은 일회용이었다.

나는 첫날부터 큰 손해를 봤다. 고객은 좀처럼 늘지 않았고 오히려 두 집이 끊어 열다섯 집이 되었다. 나는 날이 갈수록 적자가 쌓여갔다. 엄마가 새끼든 암소를 팔아 마련해준 자취방 보증금까지 몽땅 털어먹을지도 모른다는 위기감에 하루하루 피가 말랐다.

나는 고객 30가구를 목표로 양유보급소에서 만든 판촉 광고지를 집집마다 돌리고 다음 날 찾아가 판촉활동을 했다. 온종일 한 집도 계약을 못 할 때도 있었고, 한두 집이 주문하기도 했고, 어떤 날은 한 집에서 3병을 주문하기도 했다. 그렇게 달포가 지나자 내가 목표했던 30가구를 채우고 다시 50가구를 목표로 도전했다. 50가구를 확보한다면 은행원 월급보다 훨씬 높은 수입을 올릴 수 있었다. 그때는 누가 양유를 끊어달라고 하면 바로 끊어줬다. 내가 아무리 사정해도 나를 위해 양유를 먹어줄 사람은 이 세상에 단 한 사람도 없다는 걸 깨달았기 때문이었다.

나는 매일 양유배달을 하며 꾸준히 판촉 활동을 했다. 양유배달은 고객의 집 대문이나 창문을 노크하면 공병을 내주고 양유를 받아가는 집이 있고, 장소를 지정해주는 집이 있었다. 장소를 지정해 놓은 집은 내가 그 자리에 양유를 놓아주고 먹고 내놓은 빈 병을 회수했다. 나는 하루도 쉬지 않고 새로운 고객을 찾아다닌 지 두 달여 만에 하루에 50여 병을 배달할 수 있었다. 보증금으로 양유 500병 값을 걸었다.

어느 날 수금하러 갔다가 한 달 꼬박 배달한 양유값을 떼어먹고 귀향한 대학생이 둘이나 있었다. 알아보니 그들은 주인집 아들이 아니고 아래윗집에 하숙했던 동문이었다. 물론 고객이 이사해 받지 못한 집도 더러 있었는데 주인집 아들 행세를 했던 대학생이 떠오를 땐 자다가 벌떡 일어날 만큼 분했다. 엎친 데 덮친다고 분을 다 삭이기 전 어두운 새벽에 자전거를 받쳐놓고 2층에 양유배달을 하고 내려왔을 때 자전거가 보이지 않았다.

'어, 자전거가 어디 갔지!'

누가 내 자전거를 훔쳐갔으리라고는 생각도 못하고 두리번거리다가 어느 순간 머리끝이 쭈뼛했다. 나는 불구덩이 속에서 빠져나오려는 사람처럼 미친 듯이 골목골목 뛰어다니며 찾았지만 양유 병이 실린 내 자전거는 감쪽같이 사라졌다. 그건 내가 당장 벌어먹고 살아가야 할 전 재산이었고 갚아야 할 빚이었다. 황당했고, 허망했고, 분노했고, 몸을 가눌 수 없을 만큼 허탈했다.

넋이 나간 채 한나절을 걸어 집으로 돌아왔다. 내겐 가진 것도, 더 이상 잃을 것도, 아등바등 지킬 것도 없었다. 나는 본능적으로 몸을 움직여 보리밥 한 솥을 지어 솥단지째 갖다 놓고 고추장에 썩썩 비벼 한 끼에 다 먹어치웠다. 아마 밥 한 솥이면 막사발로 대여섯 사발은 넉넉히 되었을 것이다. 보리밥 한 솥을 다 먹고 난 뒤 실성한 사람처럼 나도 모르게 실실 웃음이 나왔다. 아침에 양유를 자전거째 도둑맞은 일이 꿈속에서 일어난 일처럼 생각되었고 마치 아주 오래된 추억 속의 일처럼 생각되기도 했다.

내가 돌아오지 않자 기다리던 권 사장이 사람을 보냈다. 양유배달이 끝나면 회수한 공병을 보급소에 바로 반납해야 세척해 다시 양유를 제조할 수 있기 때문이었다. 나는 권 사장에게 도둑맞은 이야기를 털어놓고 내가 넣은 보증금을 담보로 돈을 빌려 다시 자전거를 사서 양유 50여 병을 배달하면서 학교에 다녔다.


고등학교 졸업을 두 달 27일을 남겨두고 교통사고를 당했다. 눈이 내리는 새벽이었다. 양유 56병을 싣고 사거리에서 길을 건너가려고 좌회전을 하는데 직진하던 승용차가 갑자기 우회전하며 자전거 앞부분을 치고 달아났다. 승용차가 내 자전거를 치고 나가는 순간 나는 "아악!" 소리를 내지르며 만세를 부르듯 두 손을 번쩍 쳐들고 자전거를 사타구니에 긴 채 옆으로 쓰러졌다. 양유 병 깨지는 소리가 고막을 찢을 듯했다. 아픈 줄은 전혀 몰랐고 정신은 말짱했다.

신문배달하던 학생이 달려와 자전거를 들어주는데 안장을 고정한 나사못이 오른쪽 무릎관절에 박혀 있었다. 나는 움직일 수 없었다. 학생이 길 건너 파출소로 뛰어가 신고했다. 경찰이 달려와 자전거를 인도로 들어 올리고 깨진 병을 길가로 밀어냈다. 흰 양유가 하얀 눈을 녹이며 하얗게 흘러갔다.

경찰이 나를 태우고 병원으로 갔다. 의사가 엑스레이를 찍어본 뒤 오른쪽 활주관절이 골절되었고 나사못이 무릎관절을 깊게 뚫고 들어갔다며 깁스를 해야 한다고 했다. 깁스도 통통 부어오른 부기가 빠져야 할 수 있다고 했다. 그날 오후에 권 사장이 병원으로 나를 찾아왔다. 권 사장은 오른쪽 다리만 빼고 멀쩡한 나를 보고 살아있는 게 천우신조라고 했다. 나는 그날 알게 되었지만 양유배달 하다 교통사고로 세 사람이 사망했다고 했다. 나는 권 사장에게 정산은 나중에 하기로 하고 병원치료비를 내달라고 했다.

다음 날 간호사에게 부탁해 학교에 연락했다. 어떻게 알았는지 윤명호 선생님이 제일 먼저 찾아왔다. 내가 교통사고를 당했다는 말을 듣고 많이 놀랐는데, 이 정도 다친 것은 불행 중 다행이라며 학교는 걱정하지 말고 치료 잘 받으라고 하셨다. 선생님이 가실 때 겉표지가 나달나달 낡고 꼬질꼬질하게 손때 묻은 서머싯 몸의 소설 〈달과 6펜스〉 한 권을 주고 가셨다.

내가 입원한 지 사흘 뒤에 깁스했고 30여 일 만에 풀었다. 물론 집에 연락은 하지 않았다. 깁스하기 전 며칠은 다른 환자 간병인이 돌봐줬다. 난생처음 하루에 삼시 세끼를 꼬박꼬박 받아먹었는데 끼니때마다 내 살을 뜯어먹는 것 같았다. 퇴원을 앞두고 권 사장이 찾아왔다. 그는 내가 걸은 보증금과 내 구역을 남에게 넘겨준 금액에서 내가 입금할 양유값, 깨진 병 값, 자전거 수리비, 병원비를 제하고 정산했다. 권 사장은 내가 갑자기 배달할 수 없게 되자 단골을 거지반 잃었다고 했다. 권 사장에게 받은 돈으로는 퇴원할 때 병원비조차 감당할 수 없었다. 나를 입원시킨 뒤 뺑소니운전자를 탐문 수사하겠다던 경찰로부터 아무런 연락도 오지 않았다. 나는 권 사장에게 내 자전거마저 팔아넘겼다. 자전거 값을 받아든 순간 사고당한 자리에 하얀 눈을 하얗게 녹이며 하얗게 흘러가던 양유가 떠올랐다. 나는 졸업식을 며칠 앞두고 퇴원하여 학교로 돌아갔다.

나는 '억지 춘양'으로 고등학교를 졸업했다. 내가 고등학교를 졸업하고 집으로 돌아갈 땐 적어도 송아지 한 마리는 끌고 들어가려고 했는데 내 손엔 달랑 고등학교 졸업장 한 장이 쥐어져 있었다.

# 엄마의 공양단지

내가 고등학교를 나온 뒤에도 보릿고개는 여전히 높았다. 해마다 보
릿고개가 돌아오면 누군가 우리 모르게 곡식이 든 자루를 마루에 두
고 갔다. 닷 되가량 되는 잡곡 자루를 갖다 놓은 사람은 엄마가 예상
했던 대로 관불사 혜명 스님이었다. 어느 날 젊은 스님이 곡식 자루
를 걸머지고 엄마를 찾아와 혜명 스님이 마지막 탁발한 곡식 자루와
우리집 약도가 그려진 쪽지를 주었다고 했다. 혜명 스님은 엄마가
막내와 강아지를 끌어안고 울면서 젖 먹이는 걸 지켜보고 돌아간 뒤
보릿고개가 돌아오면 하루 탁발한 곡식을 모두 우리 마루에 갖다 놓
아 준 것이라고 했다.

엄마는 젊은 스님이 왔다간 뒤 혜명 스님이 열반했다는 소식을 듣
고 팥죽을 쒀 관불사에 다녀왔다. 그때는 사람이 죽으면 부의금 대
신 팥죽 한 동이를 쒀 가기도 했다. 특히 장수한 노인이 돌아가시면
팥죽 쒀 가는 사람이 많았다.

나는 고등학교를 나왔어도 우리 살림에 큰 도움이 되지 못한 채
군에 입대했다. 호적에 나이가 두 살 줄어 있어 입대 영장이 나올 때

까지 기다릴 수 없었고 교통사고를 당한 정신적 후유증에서 벗어나지 못해 자원입대했다. 육군훈련소에 입소하여 전반기 교육을 받은 뒤 통신 주특기를 받아 육군통신학교에 입교했다. 통신학교에서 무선통신교육을 받고 전방으로 발령을 받았다. 자대로 간 뒤 내 주특기와 전혀 관련이 없는 PX 사병으로 차출되었다. PX 사병은 휴가를 한 번으로 제한했고, 그 보상으로 제대를 1개월 앞당겨 주었다.

내가 뒤늦게 첫 휴가를 나와 새뜸을 지나는데 황 씨네 집이 빈집처럼 썰렁했다. 외양간은 텅 비었고 늘 닫혀있던 대문도 활짝 열려 있었다. 마당은 잡초만 무성한데 사람의 그림자조차 찾아볼 수 없고 개 짖는 소리도 들리지 않아 마치 폐가처럼 보였다.

우리집 마당에 들어서자 혼자 토방에 앉아 저녁거리로 감자를 까던 명주가 숟가락을 쥔 채 달려 나오며 반가워했다. 명주 손에 쥔 감자 까는 숟가락이 초승달처럼 닳아 있었다. 감자 까는 숟가락뿐만 아니라 대물림으로 내려온 우리집 가마솥도 그랬다.

엄마는 밥을 짓다 가마솥에 구멍이 나면 구멍에 맞는 못을 찾아다 못대가리가 가마솥 안에 걸리게 꽂아 놓고 밥을 했다. 나는 못대가리가 걸린 틈새로 물이 샐 것 같았는데 한 방울도 새지 않았다. 엄마의 그런 지혜는 어디서 오는지 신기해 물어보면 엄마는 '궁하면 다 통한다.'고 했다. 엄마가 구멍 난 가마솥을 못으로 막아 쓰는 동안 할아버지가 그랬듯이 아버지는 장날 장에 가 가마솥을 때워다 쓰기도 했고, 마을마다 돌아다니는 땜장이에게 때워 쓰기도 했다.

나는 오랜만에 명주를 만나 이런 얘기 저런 얘기를 나누다 문득 만구네 집이 궁금해 물었다.

"명주야. 만구네 집이 왜 저렇게 빈집처럼 썰렁하냐?"

명주가 고개를 살래살래 저으며 말했다.

"아이구 말두 마. 오빠가 군대 간 뒤루 그 집은 아주 쑥대밭이 되었어."

"쑥대밭이 되다니! 그게 무슨 소리야?"

"오빠는 만구가 만철이헌티 맞어 죽은 건 모르지?"

"뭐야! 만구가 만철이에게 맞아 죽다니. 왜?"

우리 마을에 대학을 나온 사람은 만철이뿐이었다. 나는 만철이 고등학교 때부터 대학을 나올 때까지 서울서 하숙을 했고, 대학을 나온 뒤 은행에 다니며 하숙집 딸과 결혼하여 서울서 산다는 말을 들은 게 전부였다. 명주가 말했다.

"나두 자세한 건 몰렀는디 만구 색시가 큰일 다 치르구 난 뒤 자초지종을 얘기해서 알았어. 오빠는 만구가 장가간 것두 모르지?"

"만구가 장가를 갔다고! 그럼 만구가 장가간 것하고 죽은 것하고 무슨 관련이 있냐?"

명주가 고개를 살래살래 저으며 말했다.

"아녀. 지레짐작 허지 말구 내 말 좀 들어봐. 그러니께 만철이가 지 엄니 제사를 메칠 앞두구 내려와 '엄니 제사는 지가 모실테니께 아부지는 제삿날 만구랑 같이 올라와유.' 그러더랴. 그 말을 듣구 황씨가 고개를 끄덕이며 그러라구 했댜. 만구 색시는 노환으루 시난고난 앓던 시아부지가 마음이 약해져 이참에 큰아들에게 제사를 물려주려구 그러는가보다 그러키 생각했댜.

하여튼 제삿날 만구 색시가 이것저것 바리바리 싸 들구 만철네 집으루 들어갔는디 부엌에서 지름 냄새두 안 나구 너무 조용혀 어쩐지 좀 이상헌 생각은 들었어두 시골서 막 올라간 사람들이라 모든 게

낯설어 꿔다 놓은 보릿자루처럼 앉아 있었댜. 아무것두 허는 거 읎
이 한참을 그러구 앉아 있었는디 핵교에 갔던 아이들이 돌아오니께
만철이가 지 마누라와 아이들 허구 방바닥에 빙 둘러 앉아 다 같이
제사를 지내자며 성경책과 찬송가를 한 권씩 나눠 주더라. 만철이
색시가 예수를 믿거든. 큰 메느리가 예수 믿는 걸 칠색 팔색 했던 황
씨는 만철이마저 제사상두 읎이 방바닥에 꿇어 앉아 '아부지! 아부
지! 하느님 아부지!'를 불러가며 예배를 보자 얼굴이 노래가지구 만
철이 허는 짓을 노려보구 있었는디, 지들찌리 성경 읽구 찬송 부루
구 기도허구 제사는 끝났다구 허더라. 그때 황 씨가 온몸을 부들부
들 떨며 일어나 말 한 마디 읎이 문을 박차구 나와 그길루 막차를 타
구 내려왔댜."

나는 명주 이야기를 들으며 황 씨 심정이 어떠했는지 불을 보듯
했다. 그보다 만철이가 왜 만구를 때려죽였는지 그게 더 궁금했다.

"그럼 제사 문제였냐? 만철이가 만구를 때려죽인 게."

명주가 알 수 없는 표정으로 고개를 갸웃거리며 말했다.

"글쎄 발단은 제사 문제였지만, 만구 색시 말을 들어보면 뭐라구
콕 집어 말허기는 좀 그려. 그러니께 그날 만구 색시가 만철네 집을
나와 막차를 타구 내려오는디 만구가 그때까지 울화를 삭이지 못허
구 불 맞은 멧돼지마냥 식식거리구 앉아 있는 지 아부지에게 '아부지
는 아부지구, 예수는 예수구, 하느님은 하느님이지 어티기 하느님
이 아부지가 될 수 있냐. 집에 내려가 제사음식 장만혀 내일 엄니 산
소에 댕겨 오겄다'며 '지가 아부지 뒤를 이어 사대봉사 헐게유'라구
그러더랴.

만구 색시는 그 말을 듣구 집에 오자마자 저녁상을 차려 준 뒤 밤

새 제사음식을 맹글어 다음 날 만구 엄니 산소에 댕겨왔댜. 만구와 메느리를 앞장 세우구 마누라 산소에 댕겨온 황 씨가 며칠 동안 화병으루 누워 있다 만구를 불러다 앉혀놓구 '저승에 가 늬 할머니, 할아부지 뵐 면목이 읎다. 헛 살았다. 앞으루 늬가 사대봉사허구 조상님들 산소두 잘 가꾸라.'고 이른 뒤 땅문서를 모두 챙겨들구 나가 전 재산을 만구에게 몽땅 물려줬댜.

그런디 만철이가 누구에게 들었는지 술이 잔뜩 취해 들어와 마루에서 저녁 먹구 있는 지 아부지에게 '아부지는 왜 저와 상의두 읎이 만구에게 전 재산을 물려줬슈?' 라구 따진 겨. 그러니께 황 씨가 발끈하여 '이늠아, 이 넋 빠진 늠아! 늬가 그러구두 어찌 애비 재산을 바라는 겨. 늬는 늬 애비 찾어가. 나는 에미 애비두 모르는 자식에게 땅 한 평 물려 줄 수 읎어' 라구 소리를 버럭버럭 내질렀댜.

그 말에 격분헌 만철이가 옆에 세워둔 삽괭이를 집어 들구 지 아부지는 때릴 수 읎으니께 만구 등짝을 냅다 내리쳤는디 만구는 지 형이 휘두르는 삽괭이를 피하려다 되레 뒤통수를 맞구 앞으루 팍 고꾸라졌댜. 삽괭이는 황 씨가 대장간에 가 직접 호신용으루 맹글었다는디 그걸 들구 논에 물꼬 보러 댕기며 독사두 때려잡구 너구리두 때려잡던 것이거든. 만구 색시가 피가 철철 흐르는 만구 머리를 수건으루 동여매구 머슴에게 업혀 병원으루 달려갔는디 만구는 이미 숨이 끊어졌더라. 나중에 머슴이 만구를 업구 수산 모퉁이를 돌어갈 때 만구 몸이 축 늘어졌다구 허더라. 그러니께 아마 그때 만구 숨이 끊어졌던개벼.

만구 색시가 어티기 해야 헐지 몰러 머슴을 황 씨에게 보냈는디 얼마 안 되어 머슴이 또 사지를 축 늘어뜨린 황 씨를 업구 병원으루 왔더랴. 만구 색시가 어찌된 일이냐구 물었더니 머슴이 '집에 가니께 영감님이 혼자 밥상머리에 엎어져 있어 업구 왔슈.' 그러더랴. 응급실에 들어가 황 씨를 진찰허구 나온 의사가 뇌출혈인디 시간이 너무 지체되어 가망이 읎다구 허더랴. 황 씨는 만구 장례를 치른 뒤 이레 만에 죽었어. 그런디 만구 색시가 그때 애를 가지구 있었쟈."

"애를! 만구는 군대도 안 갔는데 왜 그렇게 결혼을 일찍 했지?"

"남의 속을 내가 알 수야 읎지만 만구 엄니는 죽었지, 만철이는 서울에 살지, 머슴을 두구 농사짓는 살림을 남자찌리 헐 수 읎으니께 만구 혼인을 서두를 수밖에 읎었겠지. 아마 황 씨는 만구두 군대를 안 보낼려구 생각했을 겨. 요즘 돈 있구 빽 있는 놈들 군대 가는 거 봤어? 만철이두 군대 안 갔잖어."

그건 그랬다. 어쩐 일인지 병치레 한 번 없었던 만철이 신체검사에 불합격 판정을 받아 군대에 가지 않았다. 나는 문득 논두렁에서 디딤돌을 밟고 가며 가위바위보 놀이했던 만구가 떠올랐다. 만구는 좀 어리바리했는데 젖먹이 때 인삼 녹용이 들어간 보약을 너무 많이 먹여 그렇게 되었다는 말도 있었다. 나는 명주에게 물었다.

"그럼 만구 부인은 어떻게 됐냐?"

"만구 색시는 여기서 더는 살 수 읎으니께 황 씨 장례를 치른 뒤 그 많던 재산을 파장 맞은 장돌뱅이 떨이허딕기 논밭은 물론 산까지 모조리 팔어 가지구 어디루 간다는 말두 읎이 가버렸어. 소는 만구 색시 큰 오빠라는 사람이 밤에 와서 끌어갔구. 개는 머슴이 아무리 찾어두 읎더랴. 그 경황에 밥 챙겨줄 사람은 읎었을 테구 개두 제 밥 챙겨주는 사람이 읎으니께 달어났겠지 뭐."

개마저 달아나다니! 나는 황 씨네가 그토록 허망하게 망할 줄은 상상도 못 했다. 마을사람들은 황 씨를 두고 천운을 타고난 사람이라고, 하늘이 낸 부자라고 했다. 나는 문득 죽은 순자가 떠올랐다. 순자가 죽기 전 황 씨 집으로 밥 얻어먹으러 가다가 대문 앞에서 개에게 종아리를 물어뜯기며 내지르던 비명이 들리는 듯했다. 마당에 있던 황 씨도 황 씨 마누라도 대문을 열고 순자에게 찬밥 한 술 내주지 않았다. 아니 대문 밖에서 스님이 염불하고 돌아설 때까지 황 씨네 집 대문은 열리지 않았다. 나는 대문이 휑하니 열려 있는 황 씨네 집을 바라보며 말했다.

"그럼 저 집은 아무도 안 사냐?"

명주는 감자 까는 손을 잠시 멈추고 나직이 말했다.

"그 집은 흉가라구 지나댕기는 사람들두 고개를 돌리는디 뭐어."

만구는 황 씨가 평생 노예처럼 부려먹던 머슴 등에서 숨을 거뒀고, 황 씨도 마지막 가는 길은 머슴 등에 업혀 갔다.

명주가 감자 소쿠리를 들고 부엌으로 들어갔다. 나도 명주 뒤를 따라 부엌으로 들어갔다. 부뚜막 위에 한 말들이 단지 하나가 놓여 있었다. 나는 무심코 단지 뚜껑을 열어봤다. 단지 밑바닥에 보리쌀, 좁쌀, 콩, 팥이 깔려 있었다. 나는 언뜻 혜명 스님이 우리 몰래 마루에 두고 갔던 곡식자루가 떠올라 명주에게 "저게 무슨 단지냐?"고 물었다. 명주가 말했다.

"아이구 참, 오빠두. 그걸 인제 열어봤어? 엄니가 관불사 혜명 스님 다비식에 댕겨온 뒤 끼니때마다 밥을 허든 죽을 쑤든 물을 붓기 전 거기다 쬐끔씩 덜어내 모았다가 해마다 사월 초파일이면 손수 만든 공양자루에 담아들구 관불사루 가셨어. 어느 해는 공양자루가 아버지 베개만 했구, 어느 해는 막내 베개만 했어."

명주가 부엌을 나가며 혼잣말처럼 중얼거렸다.

"우리는 언제 저 단지를 채워 볼지. 그런 날이 오기나 할는지 원."

나는 단지를 바라보며 엄마가 밀기울 한 줌을 쥐고 바들바들 떨던 모습이 떠올랐다.


학교에 갔다 돌아온 현주가 부엌에 들어가 명주와 같이 저녁을 지었다. 현주는 내가 중학교 때 태어났다. 운혁이와 찬혁이가 학교에서 돌아오고 땅거미가 내린 뒤 큰복사골에 들어갔던 아버지, 엄마, 정혁이, 홍혁이 산전을 일구고 돌아왔다. 내가 고등학교에 들어간 뒤 태어난 장혁이와 칠혁이도 뒤따라 들어왔다.

내가 마루에 올라가 부모님께 절을 올리는 동안 운혁은 내가 벗어놓은 군모를 쓰고 밖으로 나가고 장혁은 내가 토방에 벗어 놓은 군화를 신고 마당을 터벅터벅 돌아다녔다. 마루에 열한 식구가 먹을 저녁상을 차렸다. 두레상 하나로는 부족했다.

저녁은 노란 조밥이었는데 밥그릇에 밥보다 감자가 더 많았다. 엄마가 내 밥그릇에 들어있는 감자를 빼내고 대접에 담아 가지고 들어온 조밥을 덜어줬다. 나는 군대에서 잘 먹는다고 했어도 엄마는 들은 척도 안 하고 자꾸 조밥을 떠내 그릇에 담아주었다. 엄마 저녁은 부엌에 있는 게 아니라 내 밥그릇에서 빼낸 감자 세 개가 전부였다.

휴가 동안 아버지를 따라다니며 일을 거들었다. 귀대하는 날 엄마가 감자떡을 만들어줬다. 나는 가지고 가던 감자떡을 따라 나온 장혁이랑 칠혁이랑 쉴바탕에 앉아 먹고 일어났다. 군 생활 3년 동안 처음이자 마지막 휴가였다.

# 아버지의 징검다리를 건너

내가 제대하고 집으로 돌아왔을 때 고등학교에 진학한 동생은 하나도 없었고 남은 동생들조차 진학할 형편이 되지 못했다. 내가 집에 있는 동안 중매가 들어왔다. 아버지는 내가 일찍 결혼하길 바랐다. 나는 도시로 나갈 생각이었지만 하루하루 끼닛거리가 달랑달랑하는데 제대하자마자 제 밥벌이조차 할 수 없는 동생들을 다시 아버지에게 맡기고 떠날 수 없었다.

무엇보다 군대 가기 전엔 내가 아버지를 의지했는데 제대한 뒤로 아버지가 나를 놓으려고 하지 않았다. 내 생각도 그랬다. 아무리 생각해도 아버지 혼자 열 식구를 데리고 보릿고개를 무사히 넘는다는 것은 불가능해 보였다. 이상한 건 엄마였다. 엄마는 예전과 달리 가만히 지켜보았다. 나는 오랜 갈등 끝에 고향을, 아버지 곁을 떠나지 않고 동생들과 함께 살겠다고, 제대를 앞두고 군대에 말뚝 박는 사병의 심정으로 결혼을 결심했다.

내가 결혼할 때만 해도 시골은 중매결혼이 많았다. 중매결혼은 당사자가 물론 중요하지만 우선 가문부터 따져보는 게 순서였다. 나는 할아버지가 작대기 한 방으로 호랑이를 때려잡은 천하장사로 소문이 나 있었고, 아버지는 '고진 어른'으로 널리 알려져 있었다. 그 덕분에 중매가 자주 들어왔는지도 모르겠다. 내가 맞선으로 만난 허영란 씨는 국가유공자 집안으로, 과수원집 맏딸로 태어나 고등학교를 나왔다고 했다. 허영란 씨는 장날 우연히 나보다 엄마를 먼저 봤고, 나 또한 장모님이 장날 먼발치에서 나를 보고 갔다는데 나는 모르고 있었다. 나도 허영란 씨도 양가 부모님들이 먼저 알아볼 것 다 알아본 뒤 서로 만나 결혼을 했다. 우리는 사랑을 알고 사랑해서 결혼한 게 아니라 결혼해서 사랑을 알아가며 사랑했다.

내가 결혼한 뒤에도 우리집 형편은 좀처럼 나아지지 않았다. 큰아버지는 나를 보면 누가 있거나 말거나 염장을 질렀다.

"예전에 김달휘는 국민핵교만 나왔어두 면장을 해먹었는디, 늬늠은 새끼든 소를 팔어 고등핵교까지 나와 제우 산전이나 파먹어? 아니 은제까지 지 애비 등골만 빼먹을 겨?"

큰아버지는 내게 그토록 모질게 퍼부은 것도 모자라 아버지에게까지 핀잔을 줬다.

"늬는 그때 지관 말을 들었어야 혀. 내가 지관 말 새겨들어라, 새겨들어라, 그토록 일렀건만 내 말 안 듣더니 꼴좋다. 엥이."

큰아버지는 지나가던 지관이 한 말을 두고두고 되풀이했다.

어느 날 지관이 지나가다 우리 집터를 보고 '조리 형국'이라고 했다. 우리집 뒤로 웅장한 관불산이 솟아 있고, 좌우로 병풍처럼 둘러선 산 밑으로 흐르는 개울물은 냇물에 합류하여 우리 집터를 감돌아 나갔다. 우리집 뒤로 쭉 뻗어 관음봉으로 이어진 산줄기는 조리 손잡이라고 했다. 우리집은 조리가 물 위에 떠 있는 형국이었다. 지관이 말하길 조리 형국은 재물을 한몫 잡으면 이사가야 한다고 했다.

조리가 가득 차면 그걸 다른 그릇에 쏟아 붓듯 이사가지 않으면 들어온 재물을 단번에 잃을 것이라고.

큰아버지는 우리가 새끼든 소를 팔아 내 학비로 들어간 것을 알면서도 지관 말을 듣지 않아 한 번에 잃었다고 했다.

우리집은 십승지지(十乘之地) 안에 있다. 십승지지는 나라 안에서 경치가 좋기로 유명한 열 곳을 말하는데, 풍수지리에서는 전쟁이나 천재가 일어나도 안심하고 살 수 있다는 열 곳의 땅을 말했다. 우리 조상들이 은골에 들어가 터를 잡은 연유는 두 번째였다.

우리 중시조(中始祖)가 역적으로 몰려 죽고 가산은 적몰되어 자손들은 고향에서 살 수 없어 이사가야 했는데, 역적의 자손들이 갈 곳은 없었다. 문중 어른들이 모여 상의한 끝에 아무도 살지 않는 십승지지를 찾아가기로 했다. 우리 문중의 맏이였던 영일 할아버지가 십승지지 아홉 군데를 모두 찾아보고 열 번째 찾아낸 길지가 바로 '유구 은골'이었다.

십승지지 안에 있는 은골은 오른쪽으로 장엄한 태화산 줄기가 병풍처럼 펼쳐져 있고 왼쪽으로 산세가 웅장한 관불산이 우뚝 솟아있다. 영일 할아버지는 관불산에 올라가 지형을 살펴보던 중 아무도 살지 않는 은골을 발견하고 들어가는 길도 없고 나가는 길도 없는 그곳에 들어가 터를 잡았다.

물론 그때까지 '은골'이라는 지명도 없었다. 영일 할아버지가 그곳에 들어가 동향으로 집을 짓고 은둔생활을 하면서 은골이라 했고, 해가 뜨는 앞산 자락을 새뜸(해뜸)이라고 지었다. 은골에 터를 잡은 영일 할아버지는 자손들에게 입신양명을 위한 글공부를 시키지 않

았다. 영일 할아버지 후손들은 우물 안의 개구리처럼 은골에서 들어
온 길도 나가는 길도 잊고 살았다.

훗날 중시조가 죽은 자리에서 대나무가 났다. 역적 누명도 벗었
다. 왕은 중시조에게 만고의 충신으로 영원토록 청사에 빛날 것이라
며 영의정 벼슬과 문충공 공신 호를 추증했다. 영일 할아버지는 물
론 우리 조상들은 중시조에게 내린 벼슬도 시호도 받지 않았고 족보
에 올리지 않았다. 영일 할아버지는 평생 세상을 등지고 은골에서
새뜸을 바라보며 떠오르는 태양보다 더 붉은 핏덩어리를 한 요강씩
울컥울컥 쏟아낸 뒤 영면했다.

영일 할아버지가 죽은 뒤 주춧돌만 바꾸지 않고 중수를 거듭하며
수백여 년을 살아오는 동안 우리집에서 재물을 한몫 잡은 조상은 나
오지 않았다. 더욱이 아버지는 풍수지리를 믿지 않았고 '길흉화복은
자기 할 탓'이라고 했다. 큰아버지는 아버지와 달리 풍수지리를 신
봉했다. 할아버지 산소 자리가 지손이 잘되는 자리라는 지관의 말을
듣고 큰아버지는 그해 이장을 했다. 그때도 아버지는 묵묵히 큰아버
지를 도왔다.

할아버지 산소는 1년에 한 번 만나기조차 힘든 지관으로 알려진
지름재 노인을 삼고초려 끝에 데려다 열흘간 숙식을 같이하며 할아
버지가 직접 사방 30여 리 안팎을 샅샅이 뒤져 잡은 곳이었다. 산소
자리를 잡아 놓은 뒤 천하를 다 얻은 듯 기뻐하신 할아버지는 그 자
리를 남에게 빼앗길까 봐 가묘를 만들어 놓고 죽는 날까지 지켰다.

할아버지 산소 이장으로 누구보다도 마음고생이 심했을 아버지를
생각하니 도저히 참을 수가 없었다. 나는 처음으로 큰아버지에게 대
들었다.

"할아버지 산소가 지손이 잘되는 자리라고 했지 장손이 잘못되는 자리는 아니잖아요. 지손이 잘되면 왜 안 됩니까? 할아버지가 생전에 장만하시고 만족하신 자리를 어째서 큰아버지 마음대로 이장하셨어요?"

큰아버지는 노여움에 얼굴이 붉으락푸르락하면서 소리쳤다.

"뭐여 이놈아. 이런 천하에 버르장머리 읎는 놈. 내 눈에 흙이 들어가두 늬놈은 다시 안 볼 겨."

큰아버지는 분을 참지 못하고 온몸을 부들부들 떨면서 돌아섰다. 엄마는 아버지도 가만히 계시는데 버릇없이 큰아버지에게 대든다고 나를 호되게 꾸짖었다.

"이늠아, 세상에 조상 읎는 자손이 어디 있구, 살어서 도와주지 못헌 조상이 죽은 뒤 뭘 어티기 도와준다는 겨. 앞으루 큰아부지가 허시는 말씀은 한 귀로 듣구 한 귀루 흘려보내구, 늬는 절대루 산 사람이든 죽은 사람이든 남의 덕 볼 생각 말구 늬 힘으루 살어."


나는 결혼 전 고향을 떠나지 못한 걸 후회했다. 아이들이 태어난 뒤에는 아이들이 태어나기 전 떠나지 못한 것도 후회했다. 큰 말이 나가면 작은 말이 대신한다고 동생들이 자라 내 몫을 하고도 남았다. 내 식구가 하나둘 늘어나자 오히려 내가 부모님과 동생들에게 짐이 되어 더 이상은 눌러앉아 있을 수 없었다. 아버지는 내가 떠날 기미만 보이면 이렇게 말했다.

"나두 늬 맘 알구 있어. 허지만 덮어 놓구 떠날 생각만 허지 말구 잘 생각해봐. 늬가 수중에 가진 것 읎이 천리만리를 간다구 누가 기다려주길 허겠어? 밥 한 그릇을 주겠어? 당장 들어가 살 집이 있어?

소두 언덕이 있어야 비빈다구 여기선 산전두 해먹구 나물두 뜯어다 먹구, 산에 가 땔나무를 해다 팔어먹구 살어두, 저만 부지런허면 굶어 죽지는 안 혀. 사람이 타고난 팔자를 한 번 고친다는 게 얼마나 힘들면 송충이는 솔잎을 먹어야 산다구 허겠어."

'솥 떼어 놓고 3년'이라고 나는 더는 미룰 수 없었다. 떠나야 떠날 수 있다고 생각한 나는 아내가 어서 자라고 깔아놓은 잠자리에 들지 않고 밤새 짐을 꾸렸다. 네 식구가 살아갈 이삿짐이 멜빵을 걸어 짊어져도 가벼웠다. 어두운 새벽에 자는 아이들을 모두 깨웠다. 어디로 가는지도 모르는 아내가 아이를 업고 안고 따라 나왔다. 나는 집을 나설 때까지 부모님에게 어디로 가겠다는 말조차 못했다. 정혁이 살다가 힘들면 언제고 다시 돌아오라고 했다. 아버지가 방문을 열고 내다보며 한탄조로 말했다.

"허허 저 어린것들을 데리구 어디가 무얼 해먹구 살 겨. 차라리 가려거든 늬들이 먼저 나가 자리라두 잡거들랑 데려가든지."

막내가 조카인 큰아이 손을 잡고 가지 말라며 엉엉 울었다. 엄마가 막내를 떼어 놓으며 말했다.

"애야, 가려거든 뒤돌어보지 말구 어여 가! 아무려면 산 입에 거미줄 치겠니?"

나는 뒤돌아보지 않고 돈대를 지나 징검다리를 건넜다. 막내 울음 소리가 멀어졌다. 나는 그제야 뒤를 돌아봤다. 엄마 등에 업힌 막내가 허리를 구부리고 눈물을 훔치는 엄마 등을 주먹으로 내리치며 울고 있었다. 큰아이가 막내 삼촌을 바라보며 울었다.

나는 고등학교 때 했던 양유배달이라도 하겠다는 각오로 집을 나섰지만 차부까지 10여 리를 걸어가는 내내 어디로 가야 살 수 있을지 생각했지만 점점 더 막막해졌다. 어디로 가든 차표는 사야 했다.

행상이 소쿠리에 오징어, 땅콩, 눈깔사탕, 껌을 담아 들고 승객을 찾아다니며 사라고 했다. 아이들 눈길은 눈깔사탕에 꽂혀 있었다. 아내가 큰아이 손목을 잡고 뒤로 물러섰다. 빠앙 빵. 버스가 경적을 울리며 차부를 향해 달려오고 있었다. 버스는 하루에 한 번 지나가는 서울행이었다. 나는 무작정 달려가 서울행 표를 사 들고 아이들과 함께 버스에 올랐다.

아버지 말씀은 한 마디도 틀리지 않았다. 나는 서울에 첫발을 내딛는 순간 어디로 가 무얼 해 먹고 살아야 할지 눈앞이 캄캄했다. 아무리 힘들어도 시골의 보릿고개는 끝이 보였는데, 서울의 삶은 끝이 보이지 않는 보릿고개였다.

**2권으로 계속**

# 향수 ─ 생명의 땅을 찾아서

**신윤섭** 나남출판 편집장

2019년 가을이었다. 작가는 파주 출판사로 찾아와 거칠지만 따뜻한 손을 내밀었다. 하얗게 센 백발에 환한 빛을 뿜어내는 눈 때문에 나이를 가늠하기 어려웠다. 말주변 없는 젊은 편집자에게 귀 기울일 때는 갖은 고비를 넘으며 생의 지혜를 쌓아온 현인의 눈빛인가 하면, 출판사 서재에서 반가운 책들을 발견하고 이내 눈가가 촉촉해질 때는 영락없는 문학청년이었다. 데뷔가 늦었던 박완서 선생이 첫 작품 〈나목〉을 발표했을 때 그녀의 나이 마흔 살이었다. 2008년 환갑의 나이에 대전일보 신춘문예에 당선된 정장화 작가는 10여 년이 지난 그날, 첫 장편소설 《은골로 가는 길》을 탈고했다.

막 탈고를 마친 원고를 넘겨받았다. 문장에서 흙냄새가 났다. 오래 전 봄날, 멍에 맨 암소가 산비탈 밭 한 뙈기 갈아놓고 가쁜 숨 고를 때 쟁기에서 풍기던 흙냄새가 났다. 개화를 예고하며 기지개를 펴는 생의 기운, 가을의 수확을 기대하게 만드는 땅의 생명력이 느껴졌다. 충청도 사투리로 써 내려간 문장에서는 계곡을 흐르는 물소리와 상수리, 머루나무, 다래나무, 동백나무의 숲 속 바람 소리가 그대로 전해졌다. 질박한 충청도 사투리는 본래 깊은 산골마을 은골의 땅과 물과 바람이 빚어낸 언어인가 하는 착각마저 들었다. 충남 보령의 사투리로 한국문단 최고의 스타일리스트 경지에 오른 이문구의 〈관촌수필〉을 떠올리기도 했다.

《은골로 가는 길》은 '은골'에서 시작한다. 은골은 주인공 세혁이 태어난 곳이자, 수백여 년 전 그의 조상들이 아무도 살지 않던 곳에 들어와 대대로 숲을 가꾸며 자급자족하는 삶의 터전이었다. 그들은 어딜 가도 '은골 사람'으로 불렸다. 지방마다 땅이 키워내는 초목이 다르듯이, 땅은 지역마다 다른 언어, 방언을 빚어내고 그 언어를 쓰는 사람들에게서 저마다 다른 생의 감각을 키워낸다. 은골 사람들에게 특유한 감각이나 삶의 방식이란 무엇일까.

은골에서 나고 자라 평생 산전을 일궜던 세혁의 아버지는 숲과 함께 살아갈 줄 알았고, 이웃과 함께 살아갈 줄 알았다. 그는 점점 황폐해지는 민둥산을 바라보며 "산에 찹쌀 인절미를 굴려두 티 한 점 묻을 게 읎어 … 사람이 숲을 살려야 숲이 사람을 살리는겨" 하고 탄식한다. 땅 한 평 가진 적 없었던 아버지는 길 가던 이들이 짐을 내려놓고 쉬어 갈 수 있게 텃밭을 쉼터로 내준다. 또 혼자서 개울에 징검다리를 놓고 큰비에 징검다리가 떠내려가면 학교 가는 아이들을 안아 건네준다. 2020년 여름, 서울시청 외벽에 내걸린 "냇가의 돌들이 서로 거리를 두었음에도 이어져 징검다리가 된다"는 글귀처럼, 따로 떨어져 살던 사람들이 세혁 아버지가 놓은 징검다리를 건너며

'은골 사람'으로 함께 사는 이웃이 되는 과정은 깊은 울림을 준다.

은골 사람들이 '고진(高眞) 어른'이라고 높여 불렀던 그가 아들 세혁에게 숲과 함께, 이웃과 함께 살아가는 법을 일러주는 장면, 즉 은골의 삶의 방식을 가르치는 장면은 이 작품 제 1권 〈활인송의 전설〉의 백미다.

"저게 참싸리여. 저걸루 바지게를 맹글구 어렝이, 광주리, 채반, 소쿠리, 용수, 바구니를 맹그는 겨."

충청도 사투리로 아들에게 풀 이름, 나무 이름을 알려주고 은골에 사는 법을 가르치는 아버지! 부자가 주고받는 이 평범한 대화에서 어떤 비장함이 느껴지는 이유는 한 시대가 저물어가고 있기 때문일 것이다. 현대의 산업사회에서 치열한 경쟁을 뚫고 살아가야 할 아들은 수백 년 동안 숲과 함께 살았던 은골 사람들의 삶의 방식, 아버지의 삶의 방식을 그대로 따를 수 없었다. 성장한 아들이 도시로 떠난후, 아버지는 돌아갈 수 없는 고향 그 자체가 된다. 결국 사람을 살리는 숲, 은골의 이야기는 옛 기억 속의 전설로 남는다.


주인공 세혁이 경부고속도로 건설 현장, 원자력발전소 건설 현장에서 겪는 고단한 삶이 제 2권 〈출구 없는 고속도로〉에서 펼쳐진다. 한국사회의 경제개발을 가속화한 경부고속도로 건설 현장에서 일하는 은골 출신 세혁은 객지 도시에 정착할 수 있는 집 한 칸 마련하기 위해 사무치는 향수를 이겨내야 했던 산업화 세대의 자화상에 다름 아니다.

환갑의 나이에 늦게 데뷔한 작가는 첫 장편소설에서 노련한 내공을 선보인다. 입담이 좋은 '살살이', 덩치가 큰 '깍짓동', 딸과 함께 사는 청상과부 '율포댁'처럼 거칠지만 살을 부대끼며 살아가는 현장의 인물들을 애정 어린 시선으로 보듬어 안을 듯 해학적으로 눙치는 솜씨가 절묘하다. 한번 공사에 투입되면 완공될 때까지 벗어나기 힘든 '출구 없는' 고속도로 건설 현장에서 욕망을 분출할 통로를 찾았던 인부들의 과장된 몸짓과 거친 언어들도 그러하다.

경제발전에 밑거름이 되었지만, 그 결실을 누리지 못하고 소외되었던 이들의 강퍅한 현실을 실감나게 묘사하는 작가는 이름 없이 사라져간 그들을 위한 진솔한 기록자인지도 모른다. 경부고속도로 건설 과정의 순직자들을 위한 위령탑(금강휴게소 소재)에도 기록되지 못하고 은폐된 현장사고 피해자들의 허무한 죽음을 애절하게 들려주는 이야기는 쉽게 잊을 수 없을 만큼 생생하다. 한편, 이들의 궁박한 삶과 극적인 대조를 이루는 건설현장소장과 총무가 저지르는 부정과 뒷거래, 건설회사의 로비와 비자금 등 경제개발의 이면을 신랄하게 고발하기도 한다. 자신이 직접 혹은 간접적으로 겪은 현장체험에 문학적 상상력을 더하고 심혈을 기울여 문장을 조탁한 작가가 아니었다면, 이 야생의 욕망에 들뜬 다양한 인간 군상의 이야기는 아마도 세상의 빛을 보기 힘들었을 것이다.

어쩌면 《은골로 가는 길》은 고향을 떠나 경제개발 시기의 산업역군으로 살아온 세대가 더 이상 존재하지 않는 고향을 찾아가는 이야기로 읽을 수도 있겠다. 또 사회 전체가 가난을 탈출하고자 내달렸던 시대에 어디에도 뿌리박지 못하고 부초처럼 살았던 그들이 이제는 더 나은 세상에 편안히 착근할 수 있도록 지나간 시절의 한을 풀어주는 씻김굿 한 판인지도 모른다. 그들은 각자의 사연으로 고향을 떠났지만, 같은 이유로 그곳에 돌아갈 수 없는 실향민이 아닌가. 그런 의미에서 은골은 그들 모두가 돌아갈 수 없는 고향이지만, 우리 모두가 영원히 그리워해야 할 고향이다.

작가는 '은골로 가는 길'이 이역만리 해외 건설현장으로 이어질 것이라고 귀띔했다. 은골 산전에서 쟁기질하던 세혁이 풀 한 포기 키워내지 못하는 사하라 사막에 푸른 초원을 일구어 기어코 생명의 땅을 만들어냈는지는 아직은 알 수 없다. 그럼에도 불구하고 아련한 '넬라 판타지아'(Nella Fantasia)를 가슴에 품은 작가는 행복할 것이다. 그리고 그는 돌아갈 수 없는 고향, 은골의 꿈을 간직한 채 늠름하게 그 길을 걸어갈 것이다. 은골을 찾아가는 기나긴 여정이 끝나면, 과연 우리는 그곳으로 돌아갈 수 있을까? 노익장의 건필에 기대되는 바 크다.